FRANCESCA MARCIANO

Himmel über Afrika

Buch

In Nairobi, inmitten der endlosen Savannen Kenias, lebt eine Kolonie von Weißen aus aller Herren Länder. Jeder kennt jeden. Sie treffen sich auf Dinnerpartys; sie haben denselben Arzt und essen in denselben Restaurants; sie leihen sich gegenseitig Bücher aus und manchmal auch den Liebhaber. Und sie leiden am *mal d'Afrique,* einer verzehrenden Liebe zum schwarzen Kontinent.

Die Italienerin Esmé ist eine von ihnen. Voller Schmerz über den Tod ihres Vaters, eines gefeierten Dichters, kam sie vor Jahren nach Kenia, und sie ist geblieben, aus Liebe zu Afrika und zu Adam, dem Mann, der ihr die Schönheit dieses Kontinents nahegebracht hat.

Der britische Kriegsreporter Hunter Reed kennt ein anderes Afrika, das Afrika des Hungers und der Slums. Auf den Partys der weißen Kolonie von Nairobi ist er ein seltener Gast, doch eines Tages steht er Esmé gegenüber: ein faszinierender, sensibler Mann, den sein Beruf hart und zynisch gemacht hat und der doch an dem Grauen, das er in den Flüchtlingslagern von Ruanda erlebt hat, zu zerbrechen droht. Zwischen Esmé und Hunter beginnt eine Affäre, die um so leidenschaftlicher ist, als niemand davon wissen darf…

»›Himmel über Afrika‹ gehört ganz einfach zu den Büchern, denen man nachtrauert, wenn man sie ausgelesen hat, weil man weiß, daß man so schnell kein ähnliches findet.«

Wetzlaer Neue Zeitung

Autorin

Francesca Marciano wurde in Rom geboren. Sie arbeitete als Korrespondentin des italienischen Fernsehens in New York und schrieb Filmdrehbücher. Sie lebte viele Jahre in Kenia, seit 2001 in Arizona.

Von Francesca Marciano außerdem bei Goldmann erschienen:

Casa Rossa. Roman (45640)

Francesca Marciano

Himmel über Afrika

Roman

Deutsch von Barbara Schaden

GOLDMANN

Die Originalausgabe erschien unter dem Titel
»Rules of the Wild« bei Jonathan Cape, London

Der Wilhelm Goldmann Verlag, München,
ist ein Unternehmen der Verlagsgruppe
Random House GmbH

Umwelthinweis:
Alle bedruckten Materialien dieses Taschenbuches
sind chlorfrei und umweltschonend.

Einmalige Sonderausgabe Februar 2004

Umschlaggestaltung: Design Team München
Umschlagfoto: Zefa/Damm
Druck: GGP Media, Pößneck
Verlagsnummer: 45668
Made in Germany
ISBN 3-442-45668-1
www.goldmann-verlag.de

Ich dachte, wenn du wirklich in Afrika leben willst,
mußt du fähig sein, dir das Land anzusehen
und zu sagen: Das ist der Weg der Liebe, diese Straße entlang.
Schau dir alles genau an; dorthin wird er dich führen.
Du weißt jetzt sicher, was ich meine, wenn ich dir sage,
daß Liebe nichts wert ist, solange sie nicht durch
ihre eigene Niederlage auf die Probe gestellt wird.
Ich hatte das Gefühl, als würde eine rückhaltlose Liebe
von mir verlangt, ohne Furcht vor den Konsequenzen,
und ich erkannte, daß Liebe eine Art Ehre verleiht,
selbst wenn sie fehlschlägt; ohne Liebe hingegen hast du gar keine Ehre.

Rian Malan

Teil 1

ADAM

1

Ein ganzes Jahr lang bist du jeden Morgen beim ersten
Licht aufgewacht, ein Floh in der Prärie aus Felsen und Sand,
und merkst endlich, daß du deine eigene Bedeutung außerordentlich überschätzt hast.
Verrückt warst du, die ganze Zeit hindurch –
das erkennst du jetzt, wenn du zurückblickst.

Gerald Hanley

In gewisser Weise ist hier alles immer aus zweiter Hand.

Du übernimmst einen Wagen von jemandem, der beschlossen hat, das Land zu verlassen, und verkaufst ihn dann einem deiner Freunde. Du ziehst in ein neues Haus, in dem du schon früher gewesen bist, als jemand anders darin wohnte und rauschende Feste gefeiert hat, auf denen du dich unglaublich betrunken hast, und wenn du beschließt auszuziehen, übernimmt dein Haus wieder jemand, den du kennst. Du schläfst mit einem Mann, der schon mit allen deinen Freundinnen geschlafen hat.

Nichts in deinem Leben ist jemals wirklich neu.

Es ist ein großer Flohmarkt; manchmal kommen wir als Käufer und manchmal als Verkäufer. Als du zum ersten Mal hier warst, hast du dich neu und frisch gefühlt, alle rings um dich sprühten vor Leben, waren voller Aufmerksamkeit, und du konntest dir nicht vorstellen, daß du dich je hier eingewöhnen würdest. Alles kam dir so fremd vor, so schwer verständlich. So gern wolltest du dazugehören, dieses Land erobern, standhalten und deine Fahne in den Boden rammen, und du hast dich danach gesehnt, dieses Fremdheitsgefühl möglichst rasch loszuwerden. Am liebsten hättest du auf einen Knopf gedrückt und dir vorgestellt, dein ganzes Leben hier verbracht zu haben, alle Straßen zu kennen, alle Läden, alle Mechanismen, alle Tricks, die Namen aller Tiere und aller einheimischen Bäume. Der Gedanke, eine Fremde zu sein, war dir verhaßt, du wolltest mit deiner Umgebung verschmelzen wie ein Chamäleon,

Teil der Gruppe sein und ein für allemal akzeptiert werden. Niemand sollte in deiner Vergangenheit herumstöbern, sie war bedeutungslos. Nur die Zukunft war dir wichtig.

Natürlich warst du verrückt, als du dachtest, du würdest es schaffen, ohne dafür zu bezahlen.

Es ist sieben Uhr morgens, ich stehe in der Ankunftshalle des Jomo-Kenyatta-Flughafens von Nairobi und rauche mit krankhafter Lust meine erste Zigarette.

Sie sitzt in der Morgenmaschine der British Airways.

Sie heißt Claire, ich habe sie noch nie gesehen. Blond sei sie, langbeinig und sexy. Sie soll nach mir Ausschau halten – wahrscheinlich nach einer dunkelhaarigen Kettenraucherin, die aussieht wie eine Psychopathin; das wäre jedenfalls die einzige ehrliche Beschreibung, die heute auf mich paßt.

Ich hasse Claire, sie ist meine Feindin, obwohl wir uns nie begegnet sind. Trotzdem bin ich hier, um sie in Empfang zu nehmen und als Teil unserer Familie willkommen zu heißen, dieser Pavianhorde, deren Verhalten ich letztendlich doch noch übernommen habe. Wahrscheinlich ist das meine Strafe.

Sie hat nie hier gelebt, aber sie will sich hier niederlassen. Früher oder später wird sie die Regeln lernen und eine von uns werden, ein sonderbares Exemplar wie jeder von uns. Das müssen alle irgendwann lernen, um es hier aushalten zu können. Sie kommt, um mit dem Mann zu leben, den ich liebe, einem Mann, den ich nicht halten konnte. Auch er ein Besitz, der mir aus den Händen geglitten ist, damit die nächste Käuferin ihn sich schnappen kann.

Die ersten Touristen strömen in die Halle und schieben quietschende Gepäckwagen vor sich her, vollbeladen mit Samsonite-Koffern. Sie sind alle recht merkwürdig gekleidet, als hätte sich jeder dem Idealbild entsprechend kostümiert, das er sich für seinen Afrika-Urlaub zurechtgelegt hat. Der Abenteurer, der weiße Jäger, der romantische Kolonialist, der Surfer. Sie machen alle Urlaub von sich selber.

Sie wirkt leicht verloren, als sie auf mich zukommt. Ich nehme ihre langen dünnen Beine zur Kenntnis, die blonden Haare, die sie zu einem straffen Zopf gebunden hat. Ihre Haut ist blaß, noch verschleiert vom Londoner Nebel. Sie trägt ein geblümtes Kleid und einen dicken blauen Wollpullover, der sie ein wenig kindlich wirken läßt. Ich winke, und ihre Miene hellt sich auf. Es stimmt: Sie ist tatsächlich schön. Sie hat mein Leben zerstört.

Dieses Weiterverkaufsspiel ist wie die »Reise nach Jerusalem«: Wenn die Musik aufhört, hängt einer von uns mit dem Hintern in der Luft. Diesmal hat es offensichtlich mich getroffen.

Ich dirigiere sie aus dem Flughafengebäude zu meinem alten Landcruiser.

»Hattest du einen guten Flug?« Ich versuche es mit einem mütterlichen Tonfall.

»O Gott, ja. Ich habe geschlafen wie ein Stein. Es geht mir prima.« Sie schnuppert die Luft. »Vielen Dank, daß du so früh am Morgen hergekommen bist, um mich abzuholen. Ich hätte doch ohne weiteres mit dem Taxi fahren können, das habe ich Hunter auch gesagt ...«

»Kommt nicht in Frage. Es gibt nichts Schlimmeres, als irgendwo anzukommen, wo man noch nie gewesen ist, und als allererstes um ein Taxi feilschen zu müssen. Von Flughäfen muß man abgeholt werden, finde ich. Das gehört einfach zu den Spielregeln.«

»Also dann – danke.« Sie lächelt mich freundlich an. »Mann! *Fährst* du diesen Wagen etwa?«

»Klar.« Ich steige ein und öffne die Beifahrertür, während ich dem Gepäckträger einen Zehnshillingschein in die Hand drücke. »Paß auf, hier ist alles voller Müll. Wirf das Zeug einfach auf den Rücksitz.«

Beim Anblick des Chaos im Wagen wirkt Claire leicht verschüchtert. Leere Tusker-Bierflaschen auf dem Boden, schlammverkrustete Stiefel, auf der Ablage eine *panga* – die afrikanische Machete –, Moskitonetze, schmutzige Socken, rostige Schraubenschlüssel.

»Ich komme gerade von einer Safari«, sage ich beiläufig, während ich auf die Hauptstraße fahre.

»Ach.«

Sie schaut aus dem Fenster, auf den grauen Himmel, der tief über den Akazien hängt. Ihr erster Eindruck von Afrika.

»Was für ein angenehmer Geruch. So duftend.«

Ein paar Sekunden sitzt sie stumm da, läßt alles auf sich wirken, ihre Müdigkeit vermischt sich mit ihren Erwartungen. Jetzt fängt ihr neues Leben an. Ich spüre einen Stich im Magen. Ich hätte nicht gedacht, daß es so schwer sein würde. Wie üblich habe ich meine Kraft überschätzt.

»Hast du was von Hunter gehört? Er ist immer noch in Uganda, stimmt's?« frage ich, obwohl ich genau weiß, wo er ist, und die Telefonnummer seines Hotels auswendig gelernt habe.

»Ja. Er meint, er wird nächste Woche wieder hiersein, es sei denn, es gibt Ärger an der Grenze mit den sudanesischen Truppen. Dann muß er natürlich dabeisein.«

Sie klingt so naiv – wie sie sich diesen Reporterslang angeeignet hat, als wäre der Ausbruch eines Krieges dasselbe wie die Eröffnung eines Nachtclubs. Irgendein beliebiges Ereignis von mäßigem Interesse, das zweitausend gedruckte Worte wert ist.

»Hoffentlich nicht.« Ich verstärke den mütterlichen Tonfall. »Du willst doch sicher nicht so lang allein hierbleiben.«

»Das ist schon in Ordnung. Es ist alles so neu, daß ich mich bestimmt nicht langweilen werde.« Sie dreht sich zu mir, und ich spüre ihren forschenden Blick.

»Als er mich gebeten hat herzukommen, wußte ich schon, daß er nicht sehr oft hiersein wird«, fügt sie lässig hinzu.

Sie ist zäh, das kann ich jetzt schon sagen, unter dieser hellhäutigen Blondheit steckt ein harter Kern. Sie bekommt immer, was sie will.

»Du lebst mit *Adam* zusammen, stimmt's?« Ein Versuch, mich auf meinen Platz zurückzuverweisen.

»Ja. Er ist noch mit seinen Kunden im Camp, oben im Norden. Ich komme gerade von dort. Du wirst ihn kennenlernen, wenn er am Samstag runterkommt.«

»Hunter hat mir soviel von ihm erzählt. Er muß großartig sein.«

»Er *ist* großartig.«

Wir fahren die Langata Road entlang Richtung Karen. Sie schaut aus dem Fenster und nimmt alles in sich auf: das hohe Gras, leuchtend in den ersten Strahlen der Morgensonne, die durch die Wolken gebrochen ist, den alten Diesellaster voller afrikanischer Arbeiter, der uns eine schwarze Rauchwolke ins Gesicht spuckt, die riesigen Schlaglöcher. Sie wird lernen, ein Ungetüm von Auto zu fahren, sich in der Stadt zurechtzufinden, die Bäume und Tiere beim Namen zu nennen.

»Ich setze dich zu Hause ab, zeig dir, wie man das heiße Wasser aufdreht und so weiter, und dann lasse ich dich ausruhen. Wenn du irgendwas brauchst, ruf mich einfach an, ich wohne gleich um die Ecke.«

»Danke, Esmé, du bist so nett zu mir.«

Sie wird in dem Bett schlafen, das ich so gut kenne und das jetzt ihr gehört.

Ich bin froh, daß ich sie hasse. Jetzt werde ich nach Hause fahren und wahrscheinlich weinen.

Kenia ist ein Land endloser Weite, und doch leben wir alle in einem winzigen Mikrokosmos, um uns vor dem leeren Raum zu schützen. Manchmal wagen wir uns hinaus und schwelgen in der Angst, uns zu verirren und nie mehr gefunden zu werden. Aber wir kehren immer wieder zurück in die tröstliche Wärme unserer Enklave für Weiße im modernen Afrika. Sie liegt gleich außerhalb von Nairobi, am Fuß der Ngong-Hügel, wo Karen Blixen ihre Farm hatte. Sie heißt Langata, was in der Sprache der Massai bedeutet: »Der Ort, wo das Vieh trinkt«.

Es gibt kein Entrinnen; hier weiß jeder, was alle anderen tun. Du siehst ihren Wagen vorbeifahren oder versteckt unter den Bäumen im Garten des Liebhabers parken, siehst ihn auf dem Parkplatz vor der Bank oder dem Lebensmittelladen oder an der Tankstelle. Auf den Straßen wird ununterbrochen gehupt und gewinkt. Ständig begegnet man einander – wenn du im Supermarkt einkaufst, auf der Post deine Rechnungen bezahlst, in der Klinik sitzt, wo sich alle von demselben attraktiven italienischen Arzt gegen Malaria behandeln lassen, am Flughafen, wo du einen Freund abholst, in der Autowerkstatt.

Selbst wenn du draußen auf Safari bist, Tausende von Meilen entfernt, und ein olivgrüner Landcruiser dir entgegenkommt, schaust du hinüber, weil du erwartest, den Fahrer zu kennen – und meistens kennst du ihn tatsächlich. Es ist eine fixe Idee, aber sehr tröstlich. Soviel Weite ringsum, und nichts als diese eine kleine Pavianhorde, die darin herumstreift.

Das ist unser riesiger Spielplatz, der letzte Ort auf Erden, wo wir immer noch wie Kinder spielen und gleichzeitig so tun können, als verhielten wir uns wie Erwachsene.

Wir haben hier sehr strenge Regeln, obgleich wir behaupten, wir hätten sie hinter uns gelassen. Argwöhnisch beschnuppern wir Neuankömmlinge und schätzen die Folgen ab, die ihre Ankunft für unsere Gruppe wahrscheinlich haben wird. Je nach Geschlecht fürchten wir ein mögliches Ungleichgewicht oder sind entzückt über die Aussicht auf einen neuen Partner. Immer herrscht ein unterschwelliger Aufruhr. Der Reihe nach wird jeder von uns an den Rand gedrängt, neue Bündnisse werden geschlossen. Jeder lügt. Immer besteht irgendein geheimer Pakt, der älter ist als der, den du jetzt insgeheim geschlossen hast. Gegen ein neues weibliches Exemplar, das eine Bedrohung für die Familie sein könnte, rotten die Frauen sich zusammen, und doch zögern sie keine Minute, im Fall einer Grenzüberschreitung einander den Krieg zu erklären. Alle denken immer nur an Revierverteidigung und Eroberung – ein endloser Kampf um Territorien und Macht.

Du hast dich immer für besser als die anderen gehalten, gewissermaßen für weniger verdorben vom afrikanischen Verhalten. Du dachtest, du seist ein vollkommen zivilisiertes, belesenes, mitfühlendes menschliches Wesen, das sich der sozialen Regeln stets bewußt war. Die Erkenntnis, daß auch du zum Tier geworden bist, macht dich rasend. Zuerst schämst du dich deiner Skrupellosigkeit, dann bist du beinahe fasziniert von ihr. Die unverblümte Aufrichtigkeit dieser elementaren Brutalität verleiht dir Kraft. Du erkennst, daß du weder Raum noch Zeit für moralische Entrüstung hast.

Es ist einfach eine Frage des Überlebens.

Nicole und ich sitzen in einem Gujarati-Lokal in einer Seitengasse der River Road, wo vegetarische Gerichte serviert werden, die man mit den Fingern von Aluminiumtellern ißt. Hier gibt es grellbunte Wandverkleidungen aus Plastik, jede Menge Ventilatoren und Fliegen, und die Einrichtung sieht aus, als stammte sie direkt aus einem verschrobenen David-Lynch-Film. Den *wazungus,* den Weißen, würde es nicht im Traum einfallen hierherzukommen, und genau das ist der Grund, weshalb wir hier sind: Der Gedanke, daß sich zwei weiße Frauen auf der falschen Seite der Stadt zum Mittagessen verabreden, gefällt uns.

»Krank siehst du aus«, sagt Nicole, während sie Chapati und Dal futtert. Ihre Haut, von einem dünnen Schweißfilm überzogen, ist eine Spur zu blaß für jemanden, der in Afrika lebt. Sie ist mager, knochig, von einer merkwürdigen Schönheit.

»Ich *bin* krank.«

»Du *mußt* darüber hinwegkommen. Ich kann's nicht ertragen, dich so zu sehen.«

Sie hat sich im Kosmetiksalon des Norfolk-Hotels maniküren lassen, und ihre Nägel glänzen in tiefem Blutrot. Von derselben Farbe ist ihr Lippenstift, der jedoch beim Kontakt mit Papierserviette und Chapati rasch verblaßt. Sie trägt einen hautengen Rock und ein leicht durchscheinendes Gazehemd und sieht aus, als hätte sie sich eben in der Pololounge in Hollywood für eine Filmrolle vorgestellt und dann den ganzen Weg zum Äquator in einem offenen Sportwagen zurückgelegt.

»Warum mußtest du sie denn unbedingt vom Flughafen abholen? Ich meine, das hätte doch jemand anders tun können.«

»Wahrscheinlich wollte ich mich auf die Probe stellen. Und in gewisser Weise war es symbolisch.«

»Hat Hunter dich darum gebeten?«

»Ja.« Ein rasches Nicken. Aber es ist eine Lüge.

»Das ist doch unglaublich. Er ist wirklich ein...«

»Nein. Es war meine eigene Idee.«

»Du bist tatsächlich krank.«

»Richtig. Aber das gehört alles zu unserem kleinen Privatkrieg.«

Nicole seufzt, senkt ihr wogendes Haar auf den Teller und nimmt noch einen Bissen Gemüsecurry.

»Was macht sie? Ich meine, was hat sie hier vor?«

»Keine Ahnung. Vielleicht Artikel für *House and Garden* schreiben? Vielleicht gründet sie eine Werkstatt mit Kikuyu-Frauen und läßt sie für ›Pier One‹ Körbe flechten. Sie sieht aus wie eine, die handwerklich begabt ist...«

»Oh, nicht doch!« Nicole lacht, wedelt mit ihren lackierten Nägeln und zündet sich eine Zigarette an. »Das kann doch nicht *alles* sein.«

Ich atme tief ein und kämpfe gegen die Beklemmung an, die wie eine Welle über mich hereinbricht und mich zu ersticken droht. Von dem blanken Schmerz bin ich schier betäubt. Es ist beinahe eine Lust, ihn zu spüren, wie einen hinterhältigen Wind in den Segeln, der mich jeden Augenblick zum Kentern bringen kann. Wenn ich ihn überstehe, wird er mich womöglich ans andere Ufer treiben. Falls es ein anderes Ufer überhaupt gibt.

Ich habe das Gefühl, alles verloren zu haben. Nicht bloß Hunter: Ich habe auch Adam verloren, mich selbst, und vor allem habe ich den dummen Traum zerschlagen, den ich von meinem Leben hier hatte. Auch Afrika habe ich verloren.

»Als ich sie heute morgen gesehen habe...« Ich muß es sagen, muß es loswerden. »Einfach die Art, wie sie alles angesehen hat, so voller Aufregung... Weißt du, es muß ihr alles so neu und anders vorkommen... Es hat mich daran erinnert, wie ich selbst zum ersten Mal hierherkam. Wie stark ich damals war. Ich fühlte mich wie Napoleon auf einem neuen Feldzug, wollte meine Armeen herführen, verstehst du, was ich meine?«

Sie nickt, sie hat das alles schon eine Million Mal gehört, aber sie ist entschlossen, geduldig auszuharren, wahrscheinlich weil sie mich liebt. Sie hat schon im voraus gewußt, daß sie für dieses Mittagessen eine Extraportion Toleranz würde mitbringen müssen.

»Sie wird ihren Krieg führen und die Lust der Eroberung neuer Gebiete erleben. Und das meine ich nicht nur sexuell. Sie wird sich bald unglaublich frei fühlen. Während ich bereits eine Gefangene hier bin. Wie du und alle anderen. Wir haben gekämpft, wir dachten, wir hätten etwas gewonnen, aber letztlich sitzen wir alle hier fest wie Kriegsgefangene. Und wir haben immer noch keine Ahnung, wer eigentlich der Feind war.«

»Ach, komm, sei nicht so apokalyptisch. Du bist einfach in einer miserablen Stimmung. Ich finde, du brauchst eine Pause. Vielleicht solltest du eine Zeitlang nach Europa zurückgehen.«

»Nicole, wieso haben wir nach so vielen Jahren keinen einzigen afrikanischen Freund? Kannst du mir darauf eine Antwort geben? Ich meine, wenn man darüber nachdenkt...«

»Was hat das damit zu tun?«

»Es hat damit zu tun. Wir sind wie Geister in diesem Land, wir können nirgendwo mitreden, wir dienen keiner Sache. Wir *glauben* nicht an dieses Land. Wir sind nur wegen seiner Schönheit hier. Und das ist doch entsetzlich, findest du nicht?«

Nicole nimmt meine Sonnenbrille vom Tisch, setzt sie auf und starrt ins Leere.

»Hör zu, es ist sinnlos, schon wieder darüber zu reden. Ich kann es nicht ausstehen, wenn alle pessimistisch und irrational werden und sich über das Leben hier beschweren.«

Sie starrt mich durch die dunklen Gläser an, dann nimmt sie die Brille ab und poliert sie mit einer Papierserviette.

»Ist dir das Muster nicht aufgefallen? Wir sind wie ein Verein manisch-depressiver Irrer. Im einen Moment fühlen wir uns wie im Paradies, und in der nächsten Sekunde hat sich das ganze Land in eine riesige Falle verwandelt, der wir verzweifelt zu entrinnen versuchen.«

»Ja«, sage ich, »ein ständiges Auf und Ab.«

»Ich meine, wir tun nichts anderes, als unsere privaten Ängste auf den ganzen verdammten Kontinent zu projizieren. Das war immer Hunters Hauptleidenschaft, und du hast ihm einfach zu lange zugehört. Er liebt es, allen anderen das Leben zu vermiesen, weil er nicht allein mit seinem Unglück sein will. Er wird auch Claire das Leben zur Hölle machen, warte nur ab.«

Dieser Gedanke hebt meine Stimmung ein wenig. Ich bin im Moment viel zu kleinlich, als daß ich fähig wäre, mich über das künftige Glück anderer Leute zu freuen. Ich verhalte mich genau wie Hunter: Um mich nicht völlig ausgeschlossen zu fühlen, arbeite ich daran, mein inneres Elend nach außen zu tragen und rings um mich zu verbreiten.

Nicole lächelt.

»Komm mit aufs Klo. Danach fahren wir in die Biashara Street. Du brauchst eine kleine Shopping-Therapie.«

In der engen rosaroten Toilette legt Nicole auf ihrem Taschenspiegel eine Linie Koks aus. Ich beneide sie darum, wie sie immer völlig unbeeindruckt von ihrer Umgebung zu sein scheint und sich in der dritten Welt mit derselben Lässigkeit bewegt wie in einem Ethno-Basar bei Harvey Nichols.

Sie hält ihre Locken zurück und schnupft.

»Mann! Was für ein mieses Zeug, aber was soll's ...«

Sie beobachtet mich, während ich meine Portion Rattengift inhaliere, dann setzt sie ein niederträchtiges Lächeln auf.

»Ich weiß, wie wir Claire loswerden: Wir törnen sie mit diesem wirklich grauenhaften Koks an und machen sie süchtig. Wir lassen sie so lange nicht in Ruhe, bis sie aus der Nase blutet.«

Ich fange endlich an zu lachen. Der plötzliche Ausbruch tröstet mich. Ich würde Nicole jetzt gern umarmen, aber sie sieht mich auf einmal ernst an.

»Weißt du, Esmé, ich hab's dir nie gesagt, aber irgendwie hab' ich das Gefühl, ich sollte es dir jetzt sagen ...«

»Was?«

»Ich habe auch mit Hunter geschlafen. Lange bevor du hergekommen bist.«

»Ach.«

Ihre Wangen sind jetzt leicht gerötet. Ich wende den Blick von ihrem Gesicht ab.

»Das habe ich geahnt«, sage ich. Aber die Eröffnung hat mich weder schockiert noch gekränkt.

»Warum?«

»Einfach wegen... ach, ich weiß nicht. Wegen dieser Art Vertrautheit, die ihr beide immer hattet.«

»Bist du mir böse, daß ich's dir erst jetzt sage?«

»Nein. Das spielt doch keine Rolle. Wirklich nicht.«

Wir verstummen und lächeln uns an. Mein Herz hämmert wild, und ich verspüre den jähen Drang nach einer Zigarette, aber das ist die Wirkung des Kokains und hat mit Nicoles Offenbarung nichts zu tun. Merkwürdig – wenn überhaupt, fühle ich mich ihr dadurch nur noch näher. Sie zündet zwei Zigaretten an und reicht mir eine. Wir stehen da, an die rosafarbenen Kacheln gelehnt, und atmen Rauch und den Geruch von Scheuerpulver ein.

»Weißt du, was du vorhin gesagt hast, das ist mir natürlich auch klar. Wir sind alle in irgendeinem verrückten Spiel gefangen, das die Weißen hier spielen«, sagte sie leise. »Ich will mich bloß nicht völlig von dieser Unzufriedenheit auffressen lassen – ich hab doch keine Alternative.«

»Was meinst du damit?«

»Inzwischen bin ich nicht mehr dazu fähig, nach Europa zurückzugehen und zu funktionieren. Wenn ich jetzt darüber nachdenke, dann war es wohl das, was mich in der Zeit mit Hunter so unglücklich gemacht hat. Ich hatte das Gefühl, daß er mir permanent Energie abzapfte – seine Bitterkeit hat mich vergiftet. Das war der Grund, weshalb ich mich von ihm getrennt habe.«

»Hm... Wahrscheinlich bin ich jetzt diejenige, die vergiftet ist.«

Schweigend stehen wir da und rauchen unsere Zigaretten.

»Ich kann dir genau sagen, was es ist, das so weh tut, Nicole. Die absolute Sicherheit, daß mir – wahrscheinlich genauso wie dir – die Entschlossenheit fehlt, nein warte, der *Glaube,* ich könnte jemanden wie Hunter retten. Wir beide wählen eher den Giftbecher, als daß wir versuchen, *ihn* zu entgiften. Ich habe nie geglaubt, daß ich die Kraft hätte, ihn glücklich zu machen. Ist das nicht idiotisch?«

»Und was bringt dich auf die Idee, daß dieses Mädchen ihn glücklich machen wird?«

»Sie hat die Kraft dazu. Sie wird ihn einfach aus dem Loch zerren, in das er sich verkrochen hat, und an die Oberfläche holen. Sie wird ihn lieben, so einfach ist das.«

»Du liebst ihn auch.«

»Aber sie ist furchtlos. Jung. Und sie wird seine Kinder bekommen.«

»Ja. Sie ist ein Muttertier…«

»Richtig. Wir nicht.«

»Nein. Wir schnupfen lieber Koks auf dem Klo.«

Eine Weile schweigen wir nachdenklich. Wir ziehen uns noch eine Linie rein, und dann gehen wir einkaufen.

Ich muß einen Schritt zurücktreten und versuchen, Ordnung zu schaffen. Damit ich mir ein paar Entschuldigungen zurechtlegen kann.

Du hast schon früher versucht fortzukommen.

Mitten in einer Winternacht bist du aufgewacht, der Regen hämmerte wütend auf das *mabati*-Dach, und du hattest das Gefühl, daß alles, einschließlich deines Gehirns, sich in Moder verwandelte. Der Gedanke, so weit fort zu sein, vergessen von deinen Freunden zu Hause, blind gegen die politischen Veränderungen der Welt, ist dir zuwider. Du erkennst, wie ausgehungert du bist – nach Zeitschriften, anspruchsvollen Gesprächen, Filmen und schönen Kleidern. Die Person, die neben dir liegt, ist ein Mann, der hier geboren wurde, für den das alles einfach nicht existiert. Vor dem Einschlafen hat er dir noch gesagt, wie sehr er das Geräusch des Regens liebe, der auf das Wellblechdach prasselt, wie sehr es ihn an seine Kindheit erinnere. Du hörst ihn friedlich atmen, in die Decke gewickelt, während du langsam durchdrehst. Am Morgen gehst du in den Garten hinaus, den heißen Becher Kaffee ans Kinn gedrückt, dein letztes brauchbares Paar Stiefel bis über die Knöchel im Schlamm. Du hast das Gefühl, daß deine Seele untergeht. Alles ringsum hat den bitteren Geschmack des Verfalls: die faulenden

Mangos im Korb, der korrupte Polizist an der Straßensperre, der ein Schmiergeld verlangt, ehe er dich durchläßt, die Schlagzeilen in der Zeitung über neuerliche Stammesmassaker in der Wüste und Berge von Leichen, die in der Hitze verwesen. Mit einem Schlag wird dir die Härte dieses Kontinents bewußt, und Afrika erscheint dir gefühllos, verrückt, ohne Aussicht auf Erlösung.

Wenn du in den Spiegel schaust, sieht dein Gesicht ausgezehrt aus, verhärtet, ohne eine Spur von Fröhlichkeit. Du wirkst älter. Zu dem Zeitpunkt denkst du, es könnte noch nicht zu spät sein, um dich zu retten.

Du willst fort. Und du denkst, du wirst nie zurückkommen.

Niemand läßt dich gern gehen, denn unter den Symptomen deiner Krankheit leiden auch alle anderen. Jemand wird dich widerwillig zum Flughafen bringen, wird dem kenianischen Stil gemäß noch immer Shorts und Sandalen tragen, ein Tusker-Bier nach dem anderen am Türgriff entkorken und die tropfenden Flaschen auf den Rücksitz werfen, unterwegs schwankend und fluchend die *matutu*-Busse überholen und die Träger anschnauzen, die zu langsam sind, um dein Gepäck zu nehmen.

Dir ist es gleichgültig.

Du bist bereits jenseits des Ozeans, gewappnet mit dem letzten Rest deiner guten europäischen Kleider und der Liste der Anrufe, die du morgen erledigen mußt.

Du hast es geschafft, du bist draußen.

Lächelnd checkst du ein, reichst dein Ticket der hübschen Stewardeß in tadelloser Uniform, schon hinter dem Schalter der Fluglinie heißt dich die Effizienz Europas willkommen.

Irgendwann wirst du sicher wiederkommen, denkst du, aber als Touristin, um deine Freunde und ehemaligen Liebhaber zu besuchen. Um all die Gegenden, die du geliebt hast, noch einmal zu sehen. Die Chyulu-Hills, den Turkanasee, den Strand von Lamu, den Ewaso-Ngiri-Fluß.

Du weißt noch nicht, daß du nicht imstande sein wirst, dich loszureißen.

So viele haben versucht, das Gefühl in Worte zu fassen, das die

Franzosen als *mal d'Afrique* bezeichnen: Es ist in der Tat eine Krankheit. Die Engländer hatten nie eine Definition dafür, wahrscheinlich, weil sie nicht gern zugeben wollten, daß dieser Kontinent eine Bedrohung für sie war. Natürlich stellten sie sich viel lieber vor, Afrika zu beherrschen, als von ihm beherrscht zu werden.

Erst jetzt wird mir klar, daß dieses Gefühl eine Form von Korruption ist. Es ist wie ein Riß im Holz, der langsam breiter wird. Mit der Zeit gräbt er sich tiefer und tiefer, bis er dich schließlich vom Rest abgespalten hat. Eines Tages wachst du auf und merkst, daß du allein dahintreibst, eine eigene Insel geworden bist, abgetrennt vom Mutterland, deiner geistigen Heimat und Basis. Das alles hat sich vollzogen, während du geschlafen hast, und jetzt ist es zu spät, um noch einen Befreiungsversuch zu unternehmen: Du bist hier draußen, es gibt keinen Weg zurück. Für diese Reise hast du nur eine einfache Fahrkarte.

Wider deinen Willen bist du gezwungen, mit euphorischem Entsetzen zu erleben, wie du in einer Leere dahintreibst und deine Vertäuung unwiderruflich gerissen ist. Es ist eine Empfindung, die langsam alle deine Haltestricke zersetzt hat, und zugleich ein anhaltendes Schwindelgefühl, an das du dich nie gewöhnen wirst.

Deshalb mußt du eines Tages zurückkehren. Weil du jetzt nicht länger irgendwohin gehörst. Zu keiner Adresse, keinem Haus, keiner Telefonnummer in irgendeiner Stadt. Sobald du einmal hier draußen gewesen bist, frei schwebend im großen Nichts, wirst du nie mehr in der Lage sein, deine Lunge mit genügend Luft zu füllen.

Afrika hat dich gepackt und von deiner Vergangenheit, deinem früheren Ich abgeschnitten.

Deshalb wirst du dich immer nach der Ferne sehnen und immer wieder zurückkehren müssen.

Aber dann ist da natürlich der Himmel.

Nirgendwo sonst auf der Welt gibt es einen derart gewaltigen Himmel. Er hängt über dir wie ein riesiger Schirm und raubt dir den Atem, und zwischen der Endlosigkeit der Luft über dir und der festen Erde unter dir wirst du zu Boden gedrückt. Der Himmel ist überall rings um dich, dreihundertsechzig Grad weit: Himmel und Erde eine wechselseitige Luftspiegelung. Der Horizont ist hier keine flache Linie mehr, sondern ein unendlicher Kreis, der dich taumeln läßt. Ich wollte wissen, welcher Trick sich hinter diesem Geheimnis verbirgt, denn es ist nicht einzusehen, weshalb es an einem Flecken der Erde mehr Himmel geben sollte als anderswo. Aber es ist mir nicht gelungen, die optische Täuschung zu erkennen, die den afrikanischen von jedem anderen Himmel unterscheidet, den du in deinem Leben gesehen hast. Es könnte der besondere Winkel des Planeten am Äquator sein oder vielleicht auch die Art, wie die Wolken ziehen: nicht über deinen Kopf hinweg, sondern direkt vor deiner Nase, am unteren Rand des Schirms, knapp über dem Horizont. Diese treibenden Wolken, die fortwährend die Himmelskarte neu gestalten: Mit einem einzigen Blick kannst du sehen, wie sich im Norden ein Gewitter zusammenbraut, im Osten die Sonne scheint und im Westen ein grauer Himmel jeden Augenblick in Blau übergehen kann. Es ist, als säße man vor einem riesigen Fernsehschirm und verfolgte einen kosmischen Wetterbericht.

Du fährst nach Norden, auf den NFD, den legendären nördlichen Grenzbezirk zu, und auf einmal ist es, als sähst du die Landschaft durch das falsche Ende eines Fernglases – den alleräußersten Weitwinkel, der die Unendlichkeit auf dein Blickfeld zusammendrängt. Noch nie haben deine Augen einen so weiten Blick geworfen. Flaches Land, das bis zu den fernen purpurroten Umrissen der Matthews-Kette reicht, und dann, gerade als du dachtest, du hättest eine Art Endpunkt im Raum gefunden, gerade wenn du dir einbildest, die Landschaft werde sich wieder um dich schließen und du würdest dich weniger ausgeliefert fühlen, hebt sich ein weiterer Vorhang vor einer weiteren Unermeßlichkeit, und deine Augen können noch immer nicht das Ende erreichen.

Immer mehr Land breitet sich gehorsam unter den Reifen deines Wagens aus und lädt zur Durchquerung ein. Deine Spuren werden zu endlosen Flaggen deiner Eroberung. Du füllst deine Lunge mit dem trockenen Geruch von Staub und heißen Felsen und meinst das Universum einzuatmen.

Du siehst dich selbst, während du in diese grandiose Geometrie des Absoluten eintauchst. Du bist nur ein winziger Fleck, ein mikroskopisches Teilchen, das sehr langsam vorankommt. Du hast dich nun auf den Raum eingelassen und bist gezwungen, sämtliche Proportionen neu zu definieren. Ein Wort fällt dir ein, das dir seit Jahren nicht begegnet ist. Es steigt von irgendwoher aus deinem Inneren empor.

Du fühlst dich *demütig.* Denn Afrika ist der Beginn.

Es gibt keine Zuflucht: keinen Schatten, keine Wände, keine Dächer, unter denen du dich verstecken könntest. In diesem Land hat der Mensch sich nie darum bemüht, Spuren zu setzen. Nur winzige Hütten aus Stroh, wie Vogelnester, die der Wind mühelos davonblasen kann.

Du kannst dich nirgends verbergen.

Hier bist du, unter dieser sengenden Sonne, bloßgestellt. Du erkennst, daß du dich auf nichts anderes mehr verlassen kannst als auf deinen Körper. Was immer du in der Schule gelernt hast, aus dem Fernsehen, von deinen klugen Freunden, aus den Büchern, die du gelesen hast – hier nützt es dir nichts.

Erst jetzt wird dir zum ersten Mal klar, daß deine Beine nicht stark genug sind, um zu laufen, deine Nase nicht riechen kann, dein Augenlicht zu schwach ist. Du erkennst, daß all deine früheren Kräfte dich verlassen haben. Wenn der Wind dir den beißenden Geruch der Büffel zuweht, einen Geruch, den du nie zuvor wahrgenommen hast, erkennst du ihn auf der Stelle. Du weißt ganz einfach, daß dieser Geruch immer hiergewesen ist. Dein eigener hingegen ist eine Mixtur aus vielen Bestandteilen, von der Sonnenschutzcreme bis zur Zahnpasta.

Le mal d'Afrique ist Schwindel, ist Zersetzung und ist gleichzeitig auch Nostalgie. Es ist das Heimweh nach der Kindheit, nach derselben Unschuld und derselben Furcht, nach einer Zeit, in der noch alles möglich war und jeder Tag der Tag deines Todes sein konnte.

Wie ich schon sagte, ich lege mir Entschuldigungen zurecht.

Ich versuche, alles auf einen größeren Maßstab zu erweitern, um mir einreden zu können, mein Verlust sei nicht umsonst gewesen. Ich wurde aus dem Garten Eden vertrieben, aber der Apfel war keine Frucht, die ich aus reiner Gier essen wollte. Jetzt weiß ich, daß kein Mensch dieser Versuchung je widerstehen kann.

2

Angst hat man immer.
Man mag reden, aber… die Furcht…
ist immer da.

Joseph Conrad

Ich stamme aus der Alten Welt.

Im Schatten der dicken Mauern von Familienwohnsitzen bin ich aufgewachsen, hinter bröckelnden Fassaden, zwischen alten Möbeln, die meine Großeltern hinterließen. Zur Schule ging ich durch düstere Gassen zwischen Gebäuden, die Michelangelo gebaut hatte. In heißen Sommernächten sprang ich mit meinen Freunden ins kühle Wasser der Brunnen und schwamm zwischen Tritonen und Meerjungfrauen, deren Fischschwänze sich in schrecklichen marmornen Knoten ineinander verschlangen. Mein ganzes Leben verbrachte ich in einer Welt, die von den außergewöhnlichen Fähigkeiten des menschlichen Geistes zeugte. Ich wuchs nicht einfach nur in der Zivilisation auf, sondern umgeben von einer Schönheit, die ich für selbstverständlich hielt. Mein Schicksal war offensichtlich geographisch bedingt.

Mein Vater war das vollendete Produkt des zwanzigsten europäischen Jahrhunderts: ein Dichter. Ein neapolitanischer Dichter, bourbonenblütig und erleuchtet. Ferdinando hing sein Leben lang nur einem einzigen Glauben an, und das war der Glaube an die Macht der Worte.

»Wir verkaufen alles, bis auf die Bücher«, pflegte er zu sagen, wann immer uns das Geld ausging, und stellte sich stolz vor seine Bibliothek wie ein Krieger vor die Mauern der Stadt.

Und wir verkauften in der Tat: Stereoanlagen und Teppiche, Bilder und Fernsehapparate. Ein ständiger Fluß von Waren strömte zwischen uns und den Pfandhäusern hin und her, und wir fanden ihn eher erheiternd als erniedrigend. Die Bücher jedoch verließen uns nie. Ohnehin hätte sie uns keiner abgekauft.

Ich muß Ferdinando ein wenig Platz einräumen, denn ich wäre nicht hier draußen gelandet – und wäre vermutlich auch nicht aus dem Garten Eden vertrieben worden –, wäre er nicht mein Vater gewesen.

Ferdinando war ein schöner Mann. Stattlich auf eine Weise, wie es nur leidenschaftliche Menschen sind, deren gesamte Energie sich im Gesicht konzentriert und aus den Augen strahlt. Er hatte die Augen eines Falken. Für mich sah Ferdinando aus wie ein ergrauender mittelalterlicher Ritter: starke Gesichtszüge, eine ausgeprägte Nase, elegante Linien, die sich um seine Augenwinkel fächerten, dichtes dunkles Haar, das er immer zu lang trug und das sich später weißgesträhnt um seinen Nacken ringelte. Und seine Hände natürlich. Sehnig und kräftig, überzogen von einem Geflecht blauer Adern, waren seine Hände die Fortsetzung seines Gehirns. Die Worte flogen geradewegs vom Kopf in die Hände und flossen durch die Feder aufs Papier. Ferdinando hatte ein sehr spezielles Verhältnis zu seiner Handschrift und hielt nichts von Schreibmaschinen. Er mußte die Worte sehen, hingekritzelt in sein Notizbuch, tastende Worte, die tagelang in der Ecke einer Seite verweilten und geduldig ihres weiteren Schicksals harrten. Vielleicht würden sie aufgenommen, vielleicht auch verworfen. Seine Notizbücher sahen aus wie ein verschrobenes Diagramm – hier eine Wendung, dort ein ganzer Satz, alles auf Abruf an verschiedenen Stellen. Ein Gedicht ist eine Art Puzzle, sagte er. Ein falscher Baustein, und nichts klingt mehr richtig. Am Ende fand er immer den vollkommenen Ton, nach dem er gesucht hatte, und sofort erwachte die hingekritzelte Seite zum Leben, warf alle Unschlüssigkeiten von sich und entstand neu und klar, in der Form weniger schöner Zeilen.

Ferdinando interessierte sich nicht für die Natur. Er war zu dekadent, zu atheistisch, seine Seele einzig von attischen Furien besessen. Es erübrigt sich zu sagen, daß er ein Trinker war.

Harmonie und Ausgewogenheit hatten keinen Reiz für ihn. Das

Chaos war es, das ihn anzog, die undurchschaubare Unordnung, die das Leben in den modernen Städten beherrscht. Er kannte die Erniedrigung, fürchtete nicht die Verwahrlosung. Er konnte dem schwarzen Stier ins Auge blicken.

Meine Mutter hatte er in den fünfziger Jahren in New York kennengelernt. Sie tranken, zogen durch die Clubs, trieben sich mit interessanten Leuten herum, stritten über Politik und experimentierten mit allem, was ihnen in die Hände fiel. Mit ihrem roten Haar und ihrer weißen Haut wirkte meine Mutter immer zerbrechlich, immer verletzlich, als stünde sie stets am Rand des Zusammenbruchs. Ich sehe sie noch vor mir, wie sie unaufhörlich ihr Haar malträtierte, auf ihren Nägeln kaute: Es schien immer so, als wäre sie nicht ganz anwesend, als träumte sie von jemand anderem. Vielleicht liebte sie jemanden, der sie unglücklich machte. Immer schien sie von einem Schmerz gequält, der mit uns, mit dem Leben, das wir miteinander führten, nichts zu tun hatte.

Ich erinnere mich an meine Mutter als junge Frau – wir lebten damals in New York, in einer alten Wohnung an der Upper West Side –, wie sie auf dem Sofa saß, die nackten Beinen ausgestreckt, aus dem Fenster starrte und taub war gegen den Lärm ihrer spielenden Kinder. Sie lag einfach da, hörte Jazz, eingesponnen in ihre geheimen Obsessionen, und wartete. Ich wußte nie, worauf. Vielleicht wartete sie, daß das Telefon läutete, ihr Liebhaber sie anrief. Aber es läutete nie.

Ich weiß nicht, was es war; das wußte wahrscheinlich niemand. Vielleicht war es einfach ihre Art, mit Ferdinando zu spielen: Um ihn zu ertragen, mußte sie sich ihm entziehen. Wir alle beobachteten sie fortwährend, folgten mit dem Blick ihren Gängen durch das Zimmer, als fürchteten wir, sie könnte von einer Minute zur anderen verschwinden. Wir waren ständig auf der Hut.

Ich war erst acht und mein Bruder vier, als sie starb. Spät nachts, auf dem Rückweg vom Haus einer Freundin in Conneticut, fuhr sie den Wagen in ein Brückengeländer und stürzte in die Tiefe. Sie habe zuviel getrunken, hieß es.

In dieser Nacht schneite es. Sonst weiß ich nicht mehr viel. Ich erinnere mich nur, daß das Telefon meinen Bruder und mich aus dem Schlaf riß und unaufhörlich weiterläutete, während das Haus sich langsam mit Leuten füllte. Ich konnte die Hysterie im Nebenzimmer spüren, und am Klang der Stimmen erriet ich, daß etwas geschehen sein mußte. Etwas Gewaltiges und Düsteres, Erschreckendes. Etwas völlig Neues, wie wir es noch nie erlebt hatten. Wir saßen geduldig in unseren Schlafanzügen in der Küche und warteten darauf, daß jemand uns sagte, was los war. Schließlich kam jemand herein, umarmte uns und fütterte uns mit Schokoladenkeksen.

Ich erinnere mich, daß ich meine Nase ans Fenster drückte und versuchte, mich auf die wirbelnden, treibenden Schneeflocken im orangegelben Licht der Straßenlaternen zu konzentrieren, und immer wieder dachte, wie lustig wir es morgen im Park haben würden.

Seither habe ich mir gern vorgestellt, daß sie einfach in den Fluß geflogen war. In Zeitlupe, Pirouetten drehend wie eine Ballerina, wie eine dieser Schneeflocken, die durch die Nacht tanzten.

Ich glaube nicht, daß Ferdinando je der Gedanke gekommen war, meine Mutter könnte sterben. Schließlich war er derjenige, der gefährlich lebte, der Alkoholiker, der *poète maudit,* bei dem ein tödlicher Unfall viel eher zu erwarten gewesen wäre. Nun hatte der Tod meiner Mutter ihm die Schau gestohlen und ließ ihn sprachlos zurück. Die Rolle des Witwers mit zwei Kindern, fand er, stand ihm nicht.

Also nahm er mich und meinen kleinen Bruder und kehrte mit uns in sein Haus in Neapel zurück, wo wir das extravagante Leben zweier Kinder führten, die der Obhut eines älteren, mißratenen Bruders anvertraut waren.

Häufig verschlief er und vergaß, uns in die Schule zu schicken, nie waren Lebensmittel im Haus, und nie dachte er daran, uns neue Kleider zu kaufen. Er drückte uns nur immer wieder Bündel zerknitterter, klebriger Geldscheine in die Hand, damit wir uns selbst versorgten. Aber er las uns Gutenachtgeschichten aus der *Ilias* vor und brachte uns bei, wie man frisch gefangene Seeigel öffnet und das Innere ißt. Die Ruinen von Pompeji präsentierte er uns als unseren privaten Spielplatz und machte uns weis, wir seien die einzigen Überlebenden nach dem Ausbruch des Vulkans und hätten nun eine ganze Geisterstadt für uns allein. Wir liebten ihn mit geradezu besessener Leidenschaft. Er war unser König. Meinen Elektra-Komplex durchlebte ich vorbehaltlos – schließlich hatte ich nichts anderes, woran ich mich hätte halten können.

Ferdinando heiratete noch zweimal: Ein Leben ohne Frau war ihm unerträglich. Beide Frauen verschlossen ihre Tür vor meinem Bruder und mir, jede auf ihre Weise, als hätten sie Angst vor uns. Aber vielleicht war es auch umgekehrt, vielleicht waren wir diejenigen, die es vorzogen, sich fernzuhalten. Sie erinnerten mich beide an unsere Mutter: Sie wirkten gehetzt, sie waren schön, und sie lebten in ihrer eigenen Welt.

Alle seine Frauen hielten etwas vor ihm zurück, das Ferdinando nicht zu fassen bekam und das er ihnen sein Leben lang zu entreißen versuchte, rasend wie ein Jagdhund vor dem Dachsbau.

Ich weiß, wie man es anstellt, Schmerz abzuschütteln: Ganze Brokken meines Lebens lösen sich auf wie ein Tropfen Tinte in Wasser. Aber ich erinnere mich gut an eine der letzten Begegnungen mit Ferdinando. Von dem, was danach kam, als alles vorbei war und nichts als ein qualvoller Schmerz zurückblieb, weiß ich nicht mehr viel.

Ich fahre zu dem Haus auf dem Land, in dem er und seine dritte Frau Louise leben. Es ist Februar, kurz vor Sonnenuntergang, und es herrscht dieses besondere klare Winterlicht, in dem alles scharf wie Glasscherben aussieht, wie lasiert von der Kälte. Das Haus steht auf dem höchsten Punkt eines runden Hügels, nur drei Zypressen durchbrechen die kreisförmige Silhouette, und mir kommt in den Sinn, wie untypisch es für Ferdinando ist, in einer so zahmen Landschaft wie der Toskana zu leben. Aber Louise konnte das Stadtleben nicht ertragen. Und er ist inzwischen zu krank und zu schwach, um ein Machtwort zu sprechen und sie zu zwingen, wieder mit ihm in eine seiner Kasbahs zu ziehen.

Während ich langsam auf das Haus zufahre, sage ich mir: *Vielleicht sehe ich ihn heute zum letzten Mal.* Es klingt absurd: So etwas weiß man nicht im voraus, erst im nachhinein erkennt man, was das letzte Mal gewesen ist.

Aber als ich vorsichtig auf der Kiesauffahrt abbremse, überkommt mich ein Gefühl völliger Fremdheit, die Ahnung einer Art wissenschaftlichen Experiments, das mir bevorsteht: Ich muß meinem Geist jede einzelne Phase der Tragödie einprägen, die sich vor meinen Augen abzuzeichnen beginnt. Ich bin noch nicht imstande, sie als Ganzes zu erkennen, ich kann sie nur in kleinen Bruchstücken aufnehmen, eines nach dem anderen.

Das Haus sieht aus wie immer. Die überladenen Bücherregale, die vergilbten Lampenschirme, das verblaßte Baumwollmuster des Sofas, der rauchige Geruch des Kamins. Er sitzt am Fenster, ein dunkler Umriß vor dem schwindenden Abendlicht. Er hat keine Lampe angezündet. Er trägt einen Dreitagebart, seine Haare sind ungewaschen. Die Ärmel seines mottenzerfressenen alten Pullovers sind aufgekrempelt. Er wirkt schlampig. Und sieht wunderschön aus, wie immer.

Ich sitze ihm gegenüber und starre ihn an. Wir sprechen kein Wort, sehen einander nur an, während sich im Zimmer rasch das blaue Winterlicht ausbreitet, das dem Sonnenuntergang folgt. Mein Blick streicht über sein Profil, die hohen Wangenknochen, die Lippen. Seine Hände befingern einen Knopf. Er hat das Rauchen eingeschränkt, und es ist merkwürdig, ihn ohne Zigarette in der Hand zu sehen, ohne die vertraute Rauchwolke, die ihn früher stets eingehüllt hatte.

Ich denke: Die Art, wie er stirbt, ist ganz anders, als ich erwartet hätte. Er starrt mich an, geistig völlig klar, während mit jedem Tag ein weiteres Stück seines Körpers verfällt. Nur sein Zorn ist noch nicht abgebröckelt: Ich weiß, wie rasend ihn der Gedanke macht, sterben zu müssen.

Mit jedem Tag tilgt der Gehirntumor einen weiteren Ton aus seiner Rede. Seine Gedanken sind alle noch da, geistreich, kompliziert und verschroben wie eh und je: Es ist die Sprache, die ihn langsam verläßt. Jeden Morgen wacht er auf und stellt fest, daß wieder ein Laut aus seinem Mund verschwunden ist. Inzwischen besitzt er nur noch Vokale. Ein schreckliches, animalisches Knurren. Ich versuche, die Töne zu entziffern, und er verliert die Geduld. Die Demütigung, nicht verstanden zu werden, ist ihm unerträglich.

Louise ist oben. Ich höre das gedämpfte Geräusch ihrer Schritte auf den hölzernen Dielen und die schwachen Klänge klassischer Musik. Jeder in seiner Umgebung muß so tun, als geschehe nichts. Keiner von uns darf zugeben, daß er stirbt. Das ist der Pakt, den wir alle mit ihm schließen müssen.

Ein paar Wochen zuvor, als er noch halbwegs sprechen konnte, legte er mir den Arm um die Schultern und zog mich zu sich. Er starrte mir in die Augen.

»Das bin nicht mehr *ich,* das weißt du, nicht wahr?« flüsterte er.

Es war das einzige Mal, daß er je ein Wort darüber verlor.

Wie absurd, daß Ferdinando stumm sterben mußte.

Es war, als hätte ihn irgendeine karmische Strafe ereilt. Wie ein griechischer Held, der durch den Willen eines zornigen Gottes auf einmal seines Schildes beraubt wird und dem Speer des Feindes auf dem Schlachtfeld nackt gegenübersteht.

Ferdinandos Körper war schwach, durchscheinend weiß, verbraucht von zu vielen Zigaretten, Alkohol und Schlaftabletten. Er war eine leblose Hülle, ein vergessenes Gerippe, das keine Pflege verlangte. Er hatte ihm nie etwas bedeutet. Es war sein Kopf, der ihn unverwundbar machte.

Ironischerweise war es dieser vernachlässigte Körper, der ihn am Ende im Stich ließ. Langsam, unablässig lockerte sich jede winzige Schraube und Mutter, gingen Einzelteile verloren, bis das Ganze in Stücke zerfiel und unkenntlich wurde. Und seine Würde verlor.

Seine Krankheit zwang ihn, auf die primitivste Form zurückzuweichen, die sein Körper je gehabt hatte: Ferdinando starb wie ein Kleinkind ohne Sprache und mußte wimmern, um die anderen auf sich aufmerksam zu machen. Er starb auf eine Weise, die uns begreifen ließ, daß die Regale voller Bücher, die wir nie verkaufen durften, die Shakespeareschen Sonette, Dantes Quartinen, die Gemälde von Piero della Francesca und Brunelleschis Perspektivgesetze nicht das geringste nützten. Wir ahnten, daß es noch einen anderen Weg geben mußte, dem Tod entgegenzutreten. Aber darin war sogar Ferdinando, der doch sonst immer alles wußte, völlig hilflos.

Als ich ihm an diesem Abend, in dem stillen Moment des Übergangs zur Nacht, gegenübersaß, sah ich etwas, das mir völlig fremd an ihm war.

Ich sah seine Angst.

Er wollte wissen, was geschehen würde. Wie würde es sein, wenn die Finsternis über ihn käme?

Ich wollte nicht, daß er merkte, wie erschrocken ich war, ihn so zu erleben, und deshalb schloß ich die Augen und hielt einfach nur lange Zeit seine Hand, bis wir beide im Dunkeln saßen.

Von meiner Mutter weiß ich noch immer nichts.

Geblieben sind mir nur ein paar Schwarzweißfotos, die ich mir immer wieder angesehen habe, als ich jünger war, weil ich hoffte, von ihnen mehr über sie zu erfahren.

Ein Foto gibt es, das mir besonders gefiel: In einem leichten, zerknitterten Leinenkleid sitzt sie auf einer Fensterbank, barfuß, und sieht aus wie ein Zirkusmädchen. Eine Trapezkünstlerin, eine gescheiterte Tänzerin. Die Entschlossenheit und die Trauer, die sie ausstrahlt. Diese Kraft in ihren Waden und die Verletzlichkeit in ihrem Blick.

Ich suchte sie oft an meinem eigenen Körper, suchte nach ihren geschwungenen Brauen, den schlanken Füßen, den hohen Wangenknochen, den schmalen Augen. Aber nichts davon hatte sich erhalten. Anscheinend waren sogar ihre Gene verschwunden, wie Fische, die aus dem Netz schlüpfen, und ich konnte sie nicht zurückfordern.

Jahre später fand ich eine Notiz von ihr, an Ferdinando gerichtet; sie hatte sie kurz nach ihrer ersten Begegnung geschrieben. Sie stand auf der Rückseite einer verblaßten Postkarte.

»So einschüchternd zu sein liegt nicht in der Natur der Liebe. Ich will

nicht Angt vor Dir haben müssen, vor allem, wenn Dein Geist oft so bösartig ist. Ich war nie gut darin, ängstlich zu sein, und Du weißt doch, wie verschreckte Tiere sich verhalten. Hör auf zu reden, halt mich einfach fest. Noch besser: Heirate mich.«

Diese hingekritzelte Notiz war die einzige Spur in all den Jahren, die meine Mutter lebendig werden, in Fleisch und Blut vor mir auftauchen ließ, die sie real für mich machte. Sie mußte Ferdinando heiraten, um nicht mehr fürchten zu müssen, sie könnte ihn brauchen.

Heirate mich, hatte sie ihm befohlen. Befreie mich von meiner Angst.

Er gehorchte. Mein Vater hatte immer großen Respekt vor mutigen Gesten.

Ferdinandos souveräner Umgang mit Worten verlieh ihm die Macht, sich nahezu überall durchzusetzen, und darauf verstand er sich gut. In dieser Hinsicht war er ein arroganter Eroberer.

Nach seinem Tod wurde mir auf einmal klar, daß ich mein ganzes Leben im Schutz seiner Persönlichkeit verbracht hatte: Ich hatte mich hinter seinem Genie versteckt, seinem herausfordernden Wesen, ohne irgend etwas von seinem Talent geerbt zu haben. Allenfalls war ich in seinem Schatten immer schwächer und schwächer geworden, und jetzt, ohne ihn, fühlte ich mich entblößt, unfähig, mit der Welt zurechtzukommen.

Deshalb mußte ich mir einen Ort suchen, der mich nicht an ihn erinnerte, einen Ort der Leere, ohne schriftlich fixierte Geschichte, wo Sprache von geringer Bedeutung war. Denn ohne Ferdinando waren Schönheit, geistige Übung, künstlerische Begabung und Literatur sinnlos für mich geworden.

Später, als ich das alles hinter mir ließ, hatte ich das Gefühl, als hätte es gar nie existiert: Ich erinnerte mich nur noch an den Ausdruck der Angst in seinen Augen und an die stumme Frage, auf die ich natürlich keine Antwort wußte.

Tatsächlich war alles, was er mir nach seinem Tod hinterließ, die Erkenntnis, daß man in Ferdinandos Welt – der Welt, in der Worte

Macht haben, in der Kultur Kontrolle bedeutet – die Angst nur hinausschieben kann. Man kann sie einfrieren: Das ist das einzige, wozu man imstande ist.

Deshalb mußte ich nun irgendwohin gehen, wo mein Körper das einzige überlebensnotwendige Werkzeug war, mußte einen Ort finden, an dem ich in der Lage wäre, meine Angst auf die Probe zu stellen, statt den Moment hinauszuzögern, in dem ich mich ihr stellen mußte.

Nur auf diese Weise, dachte ich, wäre ich vorbereitet auf alles, was geschehen würde.

3

»Die Natur, Mr. Alnutt, ist etwas, worüber wir uns erheben müssen – dafür sind wir auf dieser Erde.«

Katherine Hepburn in *African Queen*

Nun ist Adam an der Reihe, in die Geschichte zu treten.

Wenn es stimmt – wovon ich übrigens immer überzeugt war –, daß Namen ein Schicksal in sich bergen, dann hätte Adam gar nicht anders heißen können.

Für mich war Adam der erste Mann der Welt, der Mann, den Leonardo da Vinci mit ausgebreiteten Armen in den Kreis gestellt hat. Der Anfang aller Dinge. In der Tierwelt hätte man gesagt: ein Alphamännchen.

Nach Afrika kam ich mit dem falschen Mann, was sich später jedoch als das richtige erwies.

In der Mitte eines trostlosen Aprils, nur einen Monat nach der Beerdigung meines Vaters, wurde ich wie ein Postpaket auf diesen Kontinent geschickt, mit Schlaftabletten beruhigt und in Begleitung eines jungen Mannes – nennen wir ihn P. –, mit dem ich gleich nach Ferdinandos Tod eine verzweifelte Affäre begonnen hatte.

Jede Nacht war ich zu ihm ins Bett gekrochen, die Augen fest geschlossen, hatte meine Beine um seinen Körper geschlungen wie eine parasitäre Pflanze, die einen Baum stranguliert, und mit derselben Entschlossenheit hatte ich mich weiterhin an ihn geklammert in der Hoffnung, am Ende des Tunnels ein wenig Sonnenlicht zu finden. Aber dem war nicht so.

P. fand es großartig, er hatte keine Ahnung, wie krank mein Hirn in Wirklichkeit war, und er merkte nicht, wie sehr mich der Tod meines Vaters aus der Bahn geworfen hatte. Er glaubte an den Sinn von Zerstreuungen und bestand darauf, mich ständig auszuführen.

P. war ein Yuppie mit literarischen Ambitionen, groß, dunkelhaarig, nach *Eau sauvage* duftend, tadellos gekleidet. Wahrscheinlich gutaussehend, aber ohne eigenes Gesicht. Er war sein Leben lang mit harmlosen Mädchen ausgegangen, und von den bösen wußte er nur aus Büchern. Deshalb genoß er meinen Zustand durchaus – meine Unzurechnungsfähigkeit, mein Entsetzen und vor allem meine Grausamkeit. Er war überzeugt, durch mich etwas Neues lernen zu können.

Er nahm mich mit auf einen Urlaub in Kenia und bezahlte pflichtbewußt die ganze Reise: Geld war für ihn immer die einzige Möglichkeit der Einflußnahme gewesen.

Mir war es vollkommen gleichgültig, wo ich war.

Ich lag einfach in verschiedenen Betten in verschiedenen Fünf-Sterne-Hotels, besänftigt nur durch die tröstliche Geräuschkulisse von Klimaanlage und CNN, und bestellte den Zimmerservice, während P. unterwegs war und in zebragestreiften Geländewagen die Natur erforschte, in Gesellschaft einer fröhlichen Meute von Touristen, die für ihr Geld etwas sehen wollten und keine Ruhe gaben, ehe sie nicht eine exzellente Aufnahme von einem erlegten Löwen geschossen hatten. Kurz vor Einbruch der Dunkelheit kehrten sie alle erschöpft zurück und verglichen ihre Tagesausbeute, laut und stolz und begierig nach mehr.

Ich haßte sie alle und bestellte weiterhin Sandwiches mit Hühnerfleisch.

Irgendwo dort draußen lag Afrika, ein geheimes Wesen, das über seine Natur nichts preisgeben würde. Ich spürte die unermeßliche Weite durchs Fenster kriechen. Mit Sicherheit ging dort draußen Großartiges vor sich, aber ich legte keinen Wert darauf, es herauszufinden.

Am sechsten Tag beschuldigte mich P. der Sabotage.

»Esmé, ich halte es wirklich nicht für eine gute Idee, ganz allein hier rumzuliegen, davon wirst du nur noch deprimierter. Komm, raff dich auf. Vertrau mir.«

»Hör zu, mit mir ist alles in Ordnung, ich bin nicht in der Stimmung, andere Leute zu sehen, ich will mich einfach nur ausruhen.«

»Manchmal hab' ich das Gefühl, du machst das absichtlich. Du *willst* nicht, daß es dir bessergeht.«

Ich lag auf dem Bett zwischen Aschenbechern, Zeitschriften, Krümeln und leeren Tellern und sah zu ihm hinauf.

»Es ist normal, daß es einem nicht ununterbrochen gutgeht, weißt du. Glücklichsein ist keine *Vorschrift* auf dieser Welt.«

P. war sein Leben lang Tourist gewesen. Es gefiel ihm, herumzustöbern, zu fotografieren und nach einer gewissen Zeit nach Hause zurückzukehren. Von seiner Reise ins Innere meiner Person hatte er sich viel versprochen, und höchstwahrscheinlich war er enttäuscht. In seiner Denkart muß ihm die Aussicht, die neurotische Tochter eines berühmten toten Dichters nach Afrika mitzunehmen, als reizvolle Alternative erschienen sein. Für den Fall, daß ihm die Inspiration ausging, hatte er sich ein Exemplar von *Die grünen Hügel Afrikas* in seinen Fendi-Aktenkoffer gelegt.

Leider hatte ich mich eher als Flachland erwiesen, in dem nicht viel Action geboten war. Außerdem war unser Liebesleben zum Erliegen gekommen. Ich ertrug es einfach nicht mehr und hatte ihn gebeten, ins andere Bett zu ziehen. Er war zwar nicht begeistert, doch er nahm es mit Souveränität hin. Schließlich war er ein wohlerzogener Italiener und hatte nicht die Absicht, sein Geld zurückzuverlangen.

Mag sein, daß er sich betrogen fühlte, aber das war mir gleichgültig; ich wollte nur in Frieden gelassen werden.

Am siebten Tag fuhren wir weiter, mitten ins Masai Mara, in ein Luxuszeltlager, das von noch wüsteren amerikanischen Touristen bevölkert war. Hier den ganzen Tag im Zelt zu sitzen war unmöglich, auch die Hypnose durch CNN blieb mir versagt, und so erklärte ich mich einverstanden, auf eine Fotosafari vor Sonnenuntergang mitzukommen.

Ich weiß noch, daß ich den Regen roch. Ich sah dunkle Wolken, die sich vor uns auftürmten, dick und bleiern vor blauem Himmel. Dieser unglaubliche Himmel, den ich jetzt endlich erblickte, verschlug mir den Atem. Damals fehlten mir die Worte, um ihn zu beschreiben; sie fehlen mir noch heute.

In der Ruhe vor dem Sturm breitete sich die Ebene vor mir aus. Die sanfte Silhouette der Akazien, die Zebra-, Weißschwanzgnu- und Büffelherden, die in der Ferne das verdorrende Gras sprenkelten.

Alles erwachte zum Leben, und auch was in mir tot gewesen war, begann langsam wieder zu atmen.

Dann sahen wir die Elefanten, ungefähr dreißig an der Zahl. Ich bat den Fahrer, anzuhalten und den Motor abzuschalten. Durch das offene Dach richtete ich mich auf, spürte die scharfen Windböen in meinem Haar und beobachtete, wie sie langsam näher kamen.

»Mein Gott, was für Riesen!« sagte P. und schoß Foto um Foto. »Esmé! Sieh bloß, wie riesig die Burschen sind!«

»Sei doch einfach *still*, ja?«

Er verstummte.

Die Elefanten kamen näher, alle in einer Reihe, sehr gemächlich. Die alte Matriarchin führte ihre Herde an. Inzwischen hatten sie uns umringt, ich schloß die Augen, witterte ihren Geruch und lauschte dem sanften Rascheln des Grases, das ihre Rüssel ausrissen. Keine Schritte: nur das Geräusch von Gras und Wind und der Geruch des Gewitters, das mit jeder Sekunde näher kam. Die Sonne verschwand hinter den Wolken und warf ein letztes beißend grünes Licht über die Ebene. Ein kälterer Windstoß, dann wurde der Himmel schwarz.

Wie eine Sintflut brach das Gewitter über uns herein, mit Blitz und Donner und ohrenbetäubendem Lärm.

Von den Leibern der Elefanten rann in Strömen das Wasser, das schlammverkrustete Fell der Büffel triefte. Die Tiere aber ließen sich nicht aus der Ruhe bringen, trotz des Lärms vernahm ich noch die gedämpften Laute der Gnus, die im Wolkenbruch ungerührt weideten.

»Wir sollten fahren, meinst du nicht?« flüsterte P. mir nervös ins Ohr.

Er gehört zu den Männern, die es hassen, naß zu werden.

Ich gab keine Antwort. Noch immer stand ich im offenen Dach, das Wasser floß mir über die Wangen, rann meinen Hals entlang, in meine Nase, das Haar klebte mir an den Schläfen. Ich atmete tief, spürte den weiten Raum, den Regen und witterte die Tiere und den Geruch der Erde, die ihre Reichtümer freigab.

Ich weinte. Endlich.

P. seufzte und zog sich ins Innere des Wagens zurück, recht unglücklich über mein Verhalten.

Am achten Tag fühlte ich mich zwar nicht unbedingt besser, doch zumindest anders.

Entschlossen setzte ich mich an den Frühstückstisch unseres Luxuscamps und schickte mich an, im hellen Morgenlicht eine gründliche Durchleuchtung von P. vorzunehmen.

Als er sich Rührei mit Speck auf den Teller lud, hatte ich eine vollkommen klare Vorstellung davon, was ich an ihm verabscheute.

Es existiert eine sehr große Gruppe von Männern wie P., die es fertigbringen, sich ihr Leben lang hinter ihren selbstauferlegten Grenzen zu verschanzen, und sich vollkommen damit abgefunden haben, sie niemals zu überschreiten.

Die bloße Vorstellung, sich ins Freie zu wagen, verursacht ihnen Unbehagen: Tatsächlich scheinen sie nicht einmal ohne weiteres in der Lage zu sein, ihre Kleider abzulegen. Du kannst sie immer nur in ihren Brooks-Brothers-Hemden sehen, sogar dann, wenn sie nackt sind und über dir keuchen. Nichts wird sie je aus ihrem Gleis werfen, weder Tod noch Katastrophen, weder Krieg noch ein gebrochenes Herz. Aber wirklich traurig daran ist, daß auch die Schönheit sie nicht verändern wird. Sie können sie nicht wahrnehmen, geschweige denn sich ihr öffnen. Sie sind immerwährende Zuschauer. Sie machen einfach nur Fotos.

Es war unerträglich: die Vorstellung, von der Schönheit ausgeschlossen zu sein, sie mit derselben Resignation betrachten zu müssen wie etwas, das man mit Sicherheit niemals bekommen wird, weil man seiner nicht wert ist. Das trieb mich regelrecht zur Verzweiflung.

Die entfernte Möglichkeit, sich selbst einmal in Schönheit zu verwandeln, und sei es auch nur ein einziges Mal, einfach indem man darin eintaucht, sie durch die Poren der Haut eindringen läßt, sich darin suhlt, sei es in Schlamm oder Staub, Regen oder Sand, sich damit *beschmiert* – auf einmal wurde ich wild –, wie konnte es jemand fertigbringen, diese Möglichkeit absichtlich aus seinem Leben zu verbannen?

Heute weiß ich das nicht mehr, aber damals, an diesem Frühstückstisch, fiel es mir wie Schuppen von den Augen, als ich die Touristentruppen in ihren Calvin-Klein-Uniformen beobachtete, die zusahen, daß sie auf ihre Kosten kamen, ihre Teller beluden, die Augen auf den Speck geheftet, und in Gedanken einen Vergleich mit der heimatlichen Speckqualität anstellten. Sie schienen völlig ungerührt. Ich hingegen war aus der hermetischen Versiegelung befreit worden, in der man mich erst vierzehn oder fünfzehn Stunden zuvor hier abgeliefert hatte, und geriet bereits in Ekstase. Auf keinen Fall würde ich wieder in meinen Karton klettern und vergessen, was ich kurz zuvor erlebt hatte.

»Unser Flugzeug hebt um drei von der Piste ab«, sagte P., der hoffte, ich hätte nach meiner Wehklage mit den Elefanten das Schlimmste überstanden und würde ihm weiteres dysfunktionales Verhalten ersparen. »Wir könnten noch eine kurze Fotosafari machen, um eins zurückkommen, etwas essen und dann packen.«

Seine akribischen, kleinkrämerischen Pläne. Ich hatte Lust, ihm ins Gesicht zu schlagen. Und warum sagte dieser völlig fremde Mensch ständig »wir«?

Es war wie Wellenreiten. So lange hatte ich unter Wasser gelebt und darauf gewartet zu ertrinken, aber jetzt fand ich mich vollkommen unverhofft auf dem Kamm der Welle wieder, in der hellen Sonne, voller Entsetzen bei dem Gedanken, das Gleichgewicht zu verlieren, weil das Ding so verdammt schnell dahinraste. Aber es war meine einzige Chance, und ich durfte nicht fallen, egal, wie groß meine Angst war und wie armselig ausgerüstet ich mich fühlte. Ich wollte auf keinen Fall wieder untergehen.

»Weißt du was? Ich komme nicht mit dir zurück«, hörte ich mich sagen, fröhlich, den Mund voll Toast. Der Klang gefiel mir recht gut. »Ich werde allein hierbleiben.«

»Wo *hier*?« Er sah mich bestürzt an.

»Hier. In Afrika. Im Busch. Ich weiß nicht.« Ich wedelte mit der Hand, deutete unbestimmt auf die Bäume. »Vielleicht genau hier.«

Er starrte mich an.

»Das kannst du nicht machen.«

»Warum nicht?«

»Weil wir ein Ticket haben, das du nicht... Es kann nicht umgebucht werden, und...«

»Alles läßt sich ändern.«

Er sah mich ungläubig an. So früh am Morgen war er auf so etwas nicht vorbereitet.

»Und was ist mit dem Geld? Ich meine, es wird dich ein *Vermögen* kosten, allein in einem Camp wie diesem zu leben, ich kann mir einfach nicht vorstellen, wie du...«

Ich lächelte ihn an und begann geflissentlich, eine zweite Scheibe Toast mit Butter zu bestreichen.

Er gab auf. Endlich fing er an, mich zu hassen.

»Esmé, warum mußt du dich immer so *abartig* verhalten?«

Ich zuckte die Achseln. Ich fühlte mich wohl auf dem Wellenkamm und war überzeugt, ich würde immer Mittel und Wege finden, um zu manövrieren und mich im Gleichgewicht zu halten.

»Ich komm schon zurecht. Aber könntest du mir dreihundert Dollar leihen?«

Weiteres Schweigen, weitere wütende Blicke.

»Hör zu, ich fühle mich für dich verantwortlich. Das heißt, ich *bin* verantwortlich und nicht gewillt...«

»Ach, halt doch den Mund.«

So war das. Monatelang hatte alles in mir langsam vor sich hingegärt, und auf einmal kippte mein Leben über einem Teller Rührei um.

Ich begleitete P. zur Flugpiste wie eine pflichtbewußte Sekretärin, die ihren Chef verabschiedet. Er hinterließ mir fünfhundert Dollar in bar und hatte eine weitere Nacht im Camp bezahlt. Ungefähr eine Million Mal fragte er mich: »Aber *wie lange* willst du denn noch bleiben?«

Daß ich keine Pläne hatte, daß ich nicht länger bereit war, mich wie eine Touristin zu verhalten, die gehorsam die Anweisungen ihres Reiseleiters befolgt, daß ich vorhatte, mich einfach auf eigene Faust in diese unbekannte Landschaft zu stürzen, schien ihn zu entsetzen. Wie ein verrückter russischer Anarchist entfloh ich dem Gesetz des Vouchers.

»Ruf mich an, sobald du zurück bist. Ich werde mir große Sorgen machen, solange ich nichts von dir höre. Oder noch besser: Ruf mich per R-Gespräch an, wenn du in der Nähe eines Telefons bist.«

Ich tätschelte ihm sanft den Rücken, küßte die Luft neben seinen Wangen, winkte ihm lächelnd zum Abschied und sah zu, wie die sechssitzige Maschine ihn meinem Leben enthob.

Ich fühlte mich leicht und beschwingt, als der Landrover mich mit dem neu eingetroffenen Trupp Texaner zum Lager zurückbrachte. Sie störten mich nicht mehr, nicht einmal, als sie mich begierig fragten, ob ich Nashörner in der Gegend gesehen hätte.

Adam saß auf einem Barhocker unter dem Strohdach des Verpflegungszelts, als ich zurückkam. Ich bemerkte ihn nicht sofort, denn ich war zu sehr damit beschäftigt, über mein jüngstes wissenschaftliches Experiment nachzudenken. War ich, das Versuchskaninchen, im Begriff, auf der Stelle auszuflippen, auf meinem Surfbrett den Verstand zu verlieren und in die Wellen zu stürzen, oder war das der Beginn der Freiheit? Aufmerksam nach den geringsten Anzeichen einsetzender Beklemmung suchend, setzte ich mich an die Bar und bestellte ein Glas Tequila. Ich hatte das Bedürfnis nach Wärme und dachte mir, die beste Methode sei, einen Schritt nach dem anderen zu tun und jede halbe Stunde meine Körpertemperatur zu prüfen.

Rings um uns senkte sich die Nacht herab und erfüllte die Luft mit ihren Tönen, wie die Klangwolke, die aus dem Orchestergraben aufsteigt, ehe der Dirigent das Podium betritt. Jedes Tier stimmte sein Instrument und fiel mit ein – das schrille Zirpen der Grillen, das heisere Quaken der Frösche, das abgehackte Grunzen eines

Flußpferds, gefolgt von dem Planschen, mit dem es ins schlammige Wasser tauchte, das Gekreische der Paviane, die durch die Bäume tobten. Und in der Ferne das gedämpfte Muhen vieler Tausender Gnus, die in der Steppe grasten und auf der Suche nach grünerem Gras weiterrückten wie eine Armee, die ihren Troß verlegt.

Ich spürte Adams Blick auf mir. Wir waren die einzigen, die noch in der Bar saßen, alle anderen hatten an den Tischen Platz genommen und schlangen ihr Essen in sich hinein. Er lächelte.

»Keinen Hunger?«

»Was? Ich?… Oh… nein, eigentlich nicht… Ich betrinke mich langsam mit Camino Real.«

Er lachte.

»Darf ich mithelfen und dich auf ein Glas einladen?« Seine Stimme war wie Samt. Ihr Klang im Halbdunkel gefiel mir sehr.

»Ja, gern. Danke. Ich heiße Esmé.«

»Adam. Was ist das für ein Name, Esmé?«

Er rückte näher. Er roch gut. In dem trüben Licht des Zelts konnte ich sein Gesicht nicht genau sehen, doch er schien mir eine angenehme Gesellschaft zu sein.

»Eigentlich heiße ich Esmeralda. Ein ziemlich pompöser italienischer Name. Aber Esmé heißt auch eine literarische Gestalt, ein schreckliches kleines englisches Mädchen aus einer Kurzgeschichte von Salinger… meine Eltern waren *verrückt* nach Salinger.«

»*Für Esmé mit Liebe und Unrat,* richtig?«

»Du kennst die Geschichte?«

»Klar. Der amerikanische Soldat und das kleine englische Mädchen in der Teestube. Dann dreht er durch oder irgendwas in der Art.«

Es überraschte mich, daß er die Geschichte gelesen hatte. Offensichtlich hatte ich angenommen, jeder in Afrika sei ungebildet.

Adam sprach den Barmann leise auf Kiswahili an, das in meinen Ohren wie eine Geheimsprache von Kindern klang, voller Ahs und Ohs und Uhs, in seinem singenden Tonfall ein wenig wie Italienisch, aber weniger bombastisch. Der Barmann lachte wie nach einem guten Witz und füllte zwei Gläser mit Camino Real.

»Machst du hier Urlaub, oder was?« fragte er.

Ich lächelte.

»Gute Frage. Ich weiß eigentlich nicht genau, was ich mache.«

Das Funkgerät im hinteren Teil der Bar begann rauhe, unverständliche Töne auszustoßen, und Adam sprang von seinem Stuhl und verschwand hinter der Theke. Ich hörte ihn wieder Kiswahili sprechen, durchsetzt mit ein paar englischen Worten wie »Zündkerzen«, »Wechselstromgenerator« und »Anlasser«, und gleich darauf saß er wieder auf seinem Barhocker, lächelnd.

»Das hat sehr effizient geklungen«, sagte ich in freundlichem Ton.

»Ich brauche ein Ersatzteil aus Nairobi für meinen Wagen, und ich hoffe, sie fliegen es morgen her.«

Der Barmann zündete eine Sturmlampe an und stellte sie auf die Theke. Ich betrachtete Adams Gesicht, und jetzt erkannte ich sein sandfarbenes Haar, den kräftigen Hals und seine wunderschönen Lippen. Er sah mich an. Seine Augen kamen mir grün vor. Er sah so unerwartet gut aus, daß ich auf einmal errötete: Ich war nicht darauf gefaßt, von einem derart attraktiven Mann angestarrt zu werden. Ich bemerkte seine Hände, die das Glas umschlossen. Stark und flach. Rasch schüttete ich den zweiten Tequila in mich hinein.

»Ich habe ein eigenes Camp ein paar Meilen weiter flußaufwärts. Meine Gäste sind heute abgereist, und ich sitze fest, bis ich mein Auto reparieren kann. Hier gibt es einen ausgezeichneten Mechaniker, der oft für mich gearbeitet hat. Sie haben ihn uns ausgespannt, aber er ist Gott sei Dank immer noch in der Nähe.«

Ich war auf einmal zu nervös, um etwas zu sagen.

»Also, Esmé.« Ich liebte es, diese Stimme meinen Namen sagen zu hören. »Was treibst du ganz allein an einem Ort wie diesem?«

Ich lieferte ihm einen kurzen, wirren Bericht. Sagte ihm, ich hätte nichts vor, würde nichts und niemanden kennen, sei auf einer Art Mission, aber was ich eigentlich zu erledigen hätte, wisse ich noch nicht. Er schien sich nicht zu wundern. Wir tranken weitere Tequilas.

Er erzählte mir ein wenig von seiner Familie; er sei Kenianer der zweiten Generation, sein schottischer Großvater habe eine Kaffeeplantage im Norden des Landes besessen, und sein Vater sei Jäger im nördlichen Grenzbezirk gewesen, er selbst leite Safaris mit Luxuszelten für betuchte amerikanische Touristen. Er bombardierte mich mit Fragen, als gehörte ich einer exotischen Spezies an, die ihm noch nie untergekommen war, und das gefiel mir. Beim vierten Tequila hatte ich meine Wellenreiterei völlig vergessen – ich hatte den Autopiloten eingeschaltet und glitt an der Seite dieses schönen Fremden elegant in die Nacht hinein.

Am nächsten Tag erwachte ich im Morgengrauen allein in meinem Zelt und versuchte verzweifelt, mit klopfendem Herzen, mich von meinen eindeutig morbiden sexuellen Träumen freizukämpfen. Es sah noch immer recht düster aus dort unten in diesen Tiefen, wo mein Unterbewußtsein frei wie ein wildes Tier umherstreifte. Ich verließ das Zelt und ging zum Fluß, dort setzte ich mich nieder und beobachtete die Nilpferde, die noch am Ufer schliefen, eines über dem anderen. So eine glückliche Familie. Ich wünschte, ich hätte selber eine solche Nacht erlebt.

Ich trank viele Tassen Kaffee, bis ich Herzklopfen hatte, badete ausgiebig und kleidete mich sorgfältig an. Dann machte ich mich auf die Suche nach Adam.

Im Personalquartier des Camps fand ich ihn zwischen einer Menge geschäftiger Afrikaner in Overalls, aus einem Transistorradio kreischte zairische Musik. Er starrte angestrengt unter die Motorhaube eines riesigen Geländewagens.

»Guten Morgen.« Er lächelte. Sein Haar war noch feucht, und im Morgenlicht bestätigte sich, daß seine Augen tatsächlich von dunklem Grün waren.

»Sehr nett siehst du aus in diesem Kleid, *Esmé*.« Die Art, wie er meinen Namen aussprach, ließ mein Herz für den Bruchteil einer Sekunde stocken. Wie diese samtige, tiefe Stimme darauf verweilte, wie sie den Klang streichelte. Es überraschte mich, daß ich bereits etwas geworden war, das er beim Namen nennen konnte.

»Macht's dir was aus, wenn ich zusehe, wie du das Auto reparierst?«

Adam lachte.

»Überhaupt nicht. Du kannst mir sehr gern *zuschauen*«, sagte er, als hätte ich ihm ein sexuelles Angebot gemacht. Womit er völlig recht hatte.

Ich saß mit gekreuzten Beinen auf dem Boden und begann, jeden Muskel seines Körpers zu zerlegen, ich registrierte die Form seiner Arme, Waden, Knöchel, beobachtete jede Sehne, jede Kontraktion, jeden Schweißtropfen, als hätte ich in meinem Leben noch keinen Männerkörper gesehen. Hypnotisiert folgte ich seinem Rhythmus, den geschickten Bewegungen seiner Hände unter der Motorhaube, die Schrauben entfernten, vorsichtig Kabel hervorzogen und das Öl an seinen alten Khakishorts abwischten, hörte zu, wie er sich freundschaftlich und angeregt mit den Männern unterhielt, die ihm immer wieder Werkzeuge reichten wie ein Assistententeam dem Chirurgen. Hin und wieder schaute er zu mir herüber und lächelte, wie um sich zu vergewissern, daß ich noch da war.

Ich erinnere mich so deutlich an diese Szene, weil darin der Schlüssel zu der Anziehungskraft liegt, die Adam auf mich ausübte. Sein Körper strahlte eine kraftvolle Vitalität aus, wirkte perfekt koordiniert und hatte sich doch seine einfachste, ursprünglichste Form bewahrt. Adams Schultern waren die Urform aller Schultern, ebenso seine Beine, die Adern seiner Unterarme, die stabile Rundung seiner Kniescheiben.

Manche Körper – eigentlich die meisten – sind stumm, ihre Funktion beschränkt sich auf die Beförderung und den Schutz ihres Inhalts. Arme und Beine führen kein Eigenleben, und eine genaue Prüfung der Anatomie ergibt keinen Hinweis auf die Persönlichkeit oder eine geheime Veranlagung. Der Hauptzweck solcher charakterlosen Körper besteht darin, etwas zu verbergen, nicht, etwas auszudrücken.

P. hatte einen vollkommen stummen Körper – tatsächlich nahm er nur dann einigermaßen Gestalt an und übermittelte eine Botschaft, wenn er in Designerhemden und pastellfarbene Kaschmirpullover gehüllt war. P.s Körper machte sich der Welt nur durch elementare, modisch kodierte Signale verständlich, die er sich zulegte wie ein Betriebssystem. Abgesehen davon hatte sein Körper nie eine eigene Sprache entwickelt.

Dieser Körper hingegen, der Körper eines Mannes, der seinen Wagen reparierte – also, ich mußte mich niedersetzen, um imstande zu sein, ihn ganz in mich aufzunehmen, er ließ meine Knie weich werden.

Er sprach nicht zu mir, er *sang*. Jeder winzige Knochen seines Handgelenks, die Form seiner Fingerspitzen – das Zusammenspiel war wie ein Symphonie. Ich konnte es kaum ertragen.

Tatsächlich hielt ich es auf einmal nicht mehr aus, diesen Körper noch eine Minute länger anzusehen, solange ich in seine Musik nicht mit einstimmen konnte. Anders gesagt, ich hatte das Gefühl, als würden meine Ängste sich endlich und endgültig nur dann legen, wenn dieser Körper mich umarmte und in sich aufnahm. Ich dachte nicht an Sex. Ich wollte, daß dieser Mann, den ich nicht kannte, mich liebte. Ich war mir vollkommen sicher, daß ich am anderen Ende des Tunnels auftauchen, frische Luft atmen und Licht erblicken würde, wenn er es tat – das wußte ich durch den Anblick seines singenden Körpers und durch den Klang meines Namens in seinem Mund. Offensichtlich war ich im Begriff, den Verstand zu verlieren: Alles geriet mir außer Kontrolle. Aber gleichzeitig amüsierte mich die Entschlossenheit, die ich bei all meiner Verrücktheit empfand.

»Esmé, was hast du vor? Ich meine, wo willst du als nächstes hin?« Er hatte sich eine Zigarette angezündet und war zu mir gekommen, während seine Leute in ihren Overalls ein obskures Metallteil schweißten.

Ich spürte einen Hitzeschwall in mir aufsteigen.

»Oh … also … ich weiß nicht genau. Eigentlich sollte ich … muß ich … heute abreisen.«

»Wenn du Lust hast, kannst du mitkommen und in meinem Camp wohnen.« Er hielt die Augen auf die Schweißer gerichtet, um sicherzugehen, daß seine Leute nicht pfuschten. Ein äußerst konzentrierter Mensch, dachte ich.

»Also, ich weiß gar nicht, was ich sagen soll. Es klingt großartig, aber…«

»Das Camp ist leer, und es gibt fünf große Zelte. Und eine perfekt ausgestattete Bar.«

Die Bemerkung über die fünf Zelte hieß, daß wir die Wahl hätten, getrennt zu schlafen. Die volle Bar bedeutete wahrscheinlich, daß wir genügend Schnaps zur Verfügung hätten, um die Entscheidung treffen zu können, an der uns wirklich gelegen war, nämlich im selben Zelt zu schlafen.

»Vielen Dank«, antwortete ich unverbindlich.

Es trat eine Pause ein. Ich wagte nicht, ihn anzusehen, und schützte ein jähes Interesse an seinen Ersatzteilen vor.

»Gut«, hörte ich ihn sagen. »Mit dem Wagen sind wir fast fertig. Wir können aufbrechen, sobald du soweit bist. Die Fahrt dauert nur ungefähr fünfundvierzig Minuten.«

Ich entspannte mich. Die Hitzewelle ließ nach. Es gab doch noch eine Hoffnung am Ende dieses wahnsinnigen Tunnels. Zumindest hielt ich das für die Botschaft, die mein Körper mir mitzuteilen versuchte.

Von meinem ersten Tag mit Adam weiß ich nicht mehr viel. Statt die landschaftlichen Schönheiten zu bewundern, auf die er mich ständig hinwies, starrte ich immer nur ihn an. Zwischen wandernden Zebra- und Gnuherden fuhren wir mit seinem Wagen eine lange steile Böschung hinauf.

»Das sieht aus wie in der Genesis, am vierten Tag der Schöpfung, als Gott beschließt, die Tiere in die Landschaften zu setzen«, sagte ich. »Ich kann's kaum glauben, daß du zu allem Überfluß auch noch Adam heißt.«

Nie wurde er müde anzuhalten, um mich auf eine Thompson-Gazelle oder ein Zebra aufmerksam zu machen oder mir einen winzigen Vogel auf einem Zweig zu zeigen, der wunderschön gefärbte Flügel und einen höchst komplizierten Namen hatte. Er hatte keine Klassenvorurteile wie diese gierigen Touristen, die sich nur für die Giganten interessierten, Nashörner und Elefanten und

Raubkatzen, als wäre der Rest der Tierwelt in seiner ganzen Vielfalt nur die Arbeiterklasse, das Fußvolk, und keiner Beachtung wert. Adam liebte alles mit derselben Leidenschaft und deutete mit derartigem Stolz auf das Licht im Akazienlaub und die Umrisse der Hügel, als hätte er sie persönlich an diesem Morgen entworfen. Ich mimte lebhaftes Interesse für alles, was er mir zeigte, nickte und beobachtete unterdessen seinen schönen Mund, und ich fragte mich, wann er mich wohl küssen würde – vielleicht nach Sonnenuntergang? –, aber ich muß zugeben, daß seine Begeisterung mich rührte.

Sein Camp gefiel mir auf Anhieb. Es war bestens ausgestattet, aber auf eine schlichte Weise, so daß es wirklich wie ein Zeltlager wirkte, nicht wie ein Hotel im Busch. Es gab ein großes Verpflegungszelt mit einem Holztisch und Safaristühlen, und überall waren Kelims und Kissen verteilt. Die Zelte bestanden aus dicker grüner Leinwand, in meinem Zelt gab es ein Doppelbett, einen entzückenden Schreibtisch und auf der Veranda einen alten Korbstuhl.

Meine Erinnerungen an den Nachmittag sind ein wenig verworren: Ich glaube, wir spazierten eine Weile den Fluß entlang, machten ein Nickerchen (getrennt), duschten, und während sich unmittelbar nach Sonnenuntergang das Orchester einstimmte, machten wir uns daran, die Bar zu plündern. Mit doppelten Gin-Tonics saßen wir am Feuer, tranken etliche Biere zum Abendessen, danach, wieder am Feuer, einen Cognac, und endlich, gerade als ich meinte, mit meiner Ausdauer am Ende zu sein, als ich schon die Hoffnung verlor, kam endlich die Erlösung, die Wonne in Gestalt seiner Arme, die mich sanft an sich zogen.

Und ich trieb langsam auf ihn zu, während er mich umarmte und ins Zelt führte. Er zog mich aus, langsam, ohne ein Wort, und hielt mich fest und betrachtete lächelnd meinen nackten Körper. Und wir berührten und küßten und liebten uns, als hätten wir das unser Leben lang getan. Da gab es keine Kanten, keine Knochen, keine Spannung: Alles an unseren Körpern war rund und weich, die Hände und Lippen wie Federn. Wir schwebten und trieben ineinander, und es war vollkommen. Nie war ich mir so sicher gewesen. Ich hatte das Gefühl, als sei ich endlich nach Hause gekommen.

Und dann sagte er noch einmal meinen Namen und schaute mir in die Augen.

»Ja?« fragte ich, und meine Stimme war heiser.

»Ich liebe diesen Klang«, flüsterte er.

Ich wollte mehr. So verzweifelt wünschte ich mir mehr von dieser Liebe, daß ich die Augen schloß und dachte: Bitte, mach es gut, diesmal darfst du's nicht verpfuschen. *Bitte*, rette dein Leben.

Ich hab's verpfuscht.

Aber wie lernt man denn sonst etwas?

4

Warum bin ich so häufig unterwegs,
wenn das Reisen mir so schreckliche Angst einjagt?

Sven Lindquist

Nicole und ich fahren ziellos mit meinem Wagen durch die Gegend, unsere Einkäufe auf dem Rücksitz. Ich habe es geschafft, eine astronomische Summe für Dinge auszugeben, die ich nicht brauche. Ich besitze nun einen neuen Satz Espressotassen, aus Frankreich importiert, eine italienische Weinkaraffe, einen sehr teuren Stoff aus Rajestan für den Fall, daß mir irgendwann der Sinn nach neuen Kissen steht, eine alte westafrikanische Perlenkette zur Erweiterung meiner Sammlung, ein weiteres äthiopisches Silberkreuz, Brie, Camembert, deutsches Roggenbrot und eine Kiste südafrikanischen Wein. Ich habe Unmengen eingekauft und noch immer nicht genug. In nur zweieinhalb Stunden haben wir das Yaya-Center, den offenen Markt der Stadt, den äthiopischen Laden und das neue Feinkostgeschäft auf der Ngong Road gestürmt.

Jemand hat gesagt, in Afrika werde man habgierig. Du willst immer noch mehr, nie hast du genug. Dein Haus wird immer unzulänglich aussehen, immer provisorisch, immer zuwenig raffiniert. Dein Kleiderschrank ist immer leer, dein Wagen zu alt, deine CD-Sammlung armselig. Du denkst nur noch darüber nach, was dir im Leben alles fehlt. Immer ist etwas zu reparieren, gibt es irgendein absolut unverzichtbares Möbelstück, ein weiteres Küchengerät, eine weitere Sprosse auf der Leiter, die du erklimmen mußt, ehe du deinen inneren Frieden findest. Du bist besessen von materiellem Besitz – das kann ein Wonderbra sein oder ein Stück echter Stilton-Käse: Die Art des Gegenstands ist irrelevant. Das Objekt selbst wird zum Mantra, über dem du meditierst, wann immer du das Gefühl hast, daß dir deine Identität abhanden kommt.

Wir kaufen drei Monate alte Ausgaben der *British Vogue*, gestohlen vom Postamt. Im Stoßverkehr schieben uns die Straßenhändler auf dem Uhuru Highway die Hochglanzmagazine durchs Wagenfenster. Schon wieder entfaltet sich ein Katalog materieller Notwendigkeiten vor unseren Augen, während wir eilig die klebrigen Seiten durchblättern.

Der Artikel über »Sinnliche Badezimmer« umfaßt sechs ganze Seiten. Die Liste der Gegenstände, die du zur ungetrübten Badelust brauchst, ist sehr spezifisch und wird dich ein Vermögen kosten. Ambraduftkerzen für zehn Pfund, weiße marokkanische Baumwollhandtücher der Marke »Hammam« zu vierundzwanzig Pfund, Rosenblätter-Badesalz zu achtzehn Pfund, ein stählernes Regal, entworfen von Philip Starck, zu hundertfünfzig Pfund.

Alles ist uns recht, nur um nicht nachzugeben und uns womöglich in eine dieser desperaten Hausfrauen in Jogginghosen und Turnschuhen zu verwandeln, die schon längst keine Hoffnung mehr haben und in deren Bad ein einsames Töpfchen mit vergilbter Pond's-Nachtcreme steht. Oder wie diese Diplomatengattinnen, die in hübschen Kleidern und Perlenketten herumlaufen, sämtliche Yoga- und Elternkurse im Lighthouse Center besuchen, sich von Joghurt und Alfalfasprossen ernähren und sich verzweifelt an eine Art von Routine klammern, mit der sich eine entfernte Ähnlichkeit zwischen ihrem Leben hier und dem ihrer Freunde zu Hause herstellen läßt.

Nicole und ich sind fest davon überzeugt, daß allein in der Frivolität Rettung zu finden ist. Unser Konsumwahn dient dem Überleben und ist zuweilen streng voyeuristischer Art – eine ungeschriebene Regel zum Erhalt unserer geistigen Gesundheit.

Wir biegen in die Tankstelle von Karen ein, die neben der Bank und dem Postamt liegt.

Karen hat seinen Namen von Isak Dinesen, hier besser bekannt als Karen Blixen. Denn hier hatte die Baronesse Blixen ihre mittlerweile international berühmte Kaffeefarm. Zu ihrer Zeit dauerte der Weg nach Nairobi einen halben Tag auf dem Pferderücken. Heute fährt man zur Innenstadt eine halbe Stunde, und Karen hat sich in eine recht wohlhabende, überwiegend weiße Vorstadt verwandelt, die sich noch eine Spur von Buschatmosphäre bewahrt hat.

Das Karen-Shopping-Center ist das Epizentrum unseres Lebens. Jeden Tag kommen wir hierher, um die Post zu holen, zur Bank zu gehen, einzukaufen, eine Freundin in Horseman's Restaurant zu treffen, Blumen für Dinnerpartys zu besorgen, beim Automechaniker vorbeizuschauen, im Baumarkt Holz oder Farbe zu bestellen. Hier erfahren wir alles, was so passiert. Ununterbrochen halten die Autos vor den Läden und fahren wieder ab: Kombiwagen mit schmutzigen, barfüßigen Kindern auf dem Heimweg von der Banda-Schule, neurotische junge Mütter in Shorts, die sich für eine Woche mit Vorräten eingedeckt haben, kenianische Cowboys in Sandalen, die ihren Laderaum mit Bierkisten und Eisblöcken für die nächste Safari füllen, hinfällige alte Paare, die zu lange in der Sonne gelebt haben, starr wie einbalsamierte Schildkröten, und die den Ladenjungen in Erinnerung an die gute alte Zeit mit einem einzigen Shilling Trinkgeld entlohnen.

Es ist der Inbegriff provinziellen Vorstadtlebens, mit einer Abweichung allerdings: Das Echo von Karen Blixen und die Kolonialarchitektur der steinernen Gebäude verleihen der hoffnungslosen Trivialität unserer Beschäftigungen eine gewisse romantische Aura. Genau hier, am Fuß der Ngong-Hügel, fing alles an: Die Baronesse Blixen ist zur Freiheitsstatue von Nairobi geworden.

»Habari mama.« Der Junge lächelt mich an, als ich ihm die Schlüssel reiche, und beginnt, den Wagen vollzutanken. »*Wapi* Adam?«

»Alienda safari. Atarudi weeki ingine.« Ich bin, wer ich bin, weil ich zu Adam gehöre. Wir leben hier eindeutig in einer Männergesellschaft.

»Wo habt ihr denn den ganzen Tag gesteckt?« Nena erscheint am Wagenfenster und beißt in einen grünen Apfel. »Ich habe überall Nachrichten hinterlassen.«

Sie trägt ein altes Secondhandkleid, in der Taille mit einem Turkana-Perlengürtel geschnürt. Ihr langes dunkles Haar ist zu einem Knoten geschlungen, in dem statt einer Nadel ein Bleistift steckt. Sie hält Natasha, ihre vierjährige Tochter, im Arm.

»Hi, Schätzchen.«

»Wir sind herumgefahren«. Ich streichle Natashas Haar. »Hallo, Süße.«

»Ich gebe heute abend eine Party«, sagt sie.

»Toll.«

»Deine Halskette ist wunderschön«, sagt sie zu Nicole.

»Danke. Um wieviel Uhr?«

»So gegen neun. Ich dachte, wir könnten auch Hunters Freundin einladen, ist sie nicht heute angekommen?«

Eine kaum merkliche Pause tritt ein.

»Ja. Esmé hat sie vom Flughafen abgeholt«, sagt Nicole beiläufig.

Ich spüre Nenas forschenden Blick auf mir, während meine Finger nervös am Zigarettenpäckchen nesteln. Ich habe keine Ahnung, ob sie Bescheid weiß. Wahrscheinlich schon – hier weiß ja jeder immer alles.

»Meint ihr nicht, daß sie ganz gern ein paar Leute kennenlernen würde? Hunter hat uns gebeten, uns um sie zu kümmern, bis er aus Kampala zurückkommt.«

»Ganz bestimmt.« Ich lächle geschäftsmäßig. »Ich ruf sie an und nehme sie im Wagen mit.«

Nena wirft das abgenagte Kernhaus über die Schulter.

»Wie ist sie? Claire heißt sie, stimmt's?«

»Ja. Claire. Sie scheint ganz nett zu sein«, sage ich. »Blond. Du weißt schon – irgendwie hübsch.«

»Ach.« Nena ist enttäuscht über den Mangel an interessanten Details. »Okay, ich hab's eilig, ich muß Toby von der Schule abholen. Bis heute abend also.«

Ohne ein weiteres Wort fahre ich Nicole nach Hause.

Ich denke, ich werde vielleicht bald fortgehen müssen, zurück nach Europa, und diesmal ernsthaft versuchen, mich dort wieder einzugewöhnen.

»Alles in Ordnung?« Nicole beobachtet mich scharf.

»Nein. Aber es wird schon wieder.«

»Um Gottes willen, kannst du nicht *einmal* aufhören, dich derart zu beherrschen?«

»Was meinst du damit?«

»Ich meine, wenn es dich innerlich so zerreißt, wie es den Anschein hat, dann hör auf, so zu tun, als könntest du's ertragen. Ruf ihn an, jetzt, sag ihm, du stirbst, sag ihm, du kannst nicht ohne ihn leben. Kämpfe darum, es ist dein Scheißleben!«

»Ich werde auf keinen Fall ohne ihn sterben. Das ist es ja. Und das weiß er nur zu gut.«

»O Gott!« Nicole zündet sich eine Zigarette an. »Das ist vielleicht eine miese Seifenoper!«

Ich setze sie zu Hause ab. Ihre Veranda sieht so friedlich aus – an der Wand lehnen leinwandbespannte Rahmen, die Pinsel stecken säuberlich in einem Korb, in der Luft hängt Terpentingeruch. Ich beneide sie darum, daß sie nach Hause kommen kann und etwas vorfindet, was ihr am Herzen liegt.

»Soll ich dir für heute abend mein grünes Kleid leihen?« fragt sie munter, schon auf dem Weg zum Haus.

»Nein, danke. Ein andermal.«

»Hättest du noch gern eine Linie?«

»Eigentlich nicht.«

»Willst du sie wirklich abholen? Wieso läßt du sie nicht einfach, wo sie ist? Wir müssen nicht ...«

»Ich hoffe, alle werden sie hassen. Ich hoffe, *du* haßt sie.«

»Selbstverständlich. Mach dir *darüber* mal keine Sorgen.«

Im goldenen Halb-sechs-Uhr-Licht fahre ich nach Hause. Die magische Stunde. Wenn kurz vor Sonnenuntergang die Wolken den Himmel freigeben, herrscht ein Augenblick des Friedens.

Am Straßenrand gehen die Massai-*askaris*, in ihre roten Decken gewickelt, zur Arbeit. Die Kikuyu-Dienstmädchen sind auf dem Weg zum Autobus, der sie nach Hause bringt, fort von der idyllischen Ruhe dieses Weißenviertels in das verrauchte, beengte Chaos von Ongata Rongai, wo aus den Fenstern des *hoteli* Reggae dröhnt und Kerosinlampen in der Dunkelheit leuchten, tief hinein in den heiseren und fröhlichen Lärm der afrikanischen Stadt.

Ehe ich vor meinem Tor hupe, bleibe ich am Straßenrand stehen und beginne, gewissenhaft die Preisschilder von den Espressotassen, der Karaffe, dem südafrikanischen Wein zu entfernen. Das Geld, das ich dafür ausgegeben habe, entspricht dem doppelten Monatslohn von Wilson, dem Koch, oder Alice, dem Mädchen.

Ich weiß nicht, was mir mehr Schuldgefühle verursacht: wenn ich vergesse, diese Operation vorzunehmen, und zufällig den Gesichtsausdruck von Wilson und Alice bemerke, während sie in der Küche die Einkaufstüten auspacken – es ist nicht Groll oder Gehässigkeit, eher eine Art ehrfürchtiges Entsetzen vor einem so unerklärlich teuren Gegenstand –, oder wenn ich noch rechtzeitig daran denke, auf den Rücksitz des Wagens krieche und hektisch Preisschilder abreiße, wie ein Dieb, der Angst hat, gefaßt zu werden.

Am Äquator ist es nach Sonnenuntergang stockfinster, wie der Schatten eines Riesen fällt die Nacht herab.

Drinnen im Haus zündet Alice den Kamin und die Kerzen auf dem Sims an. Auf einmal ist mir kalt.

Ich setze mich neben das Telefon. Man weiß nie, ob es funktioniert. Ich nehme den Hörer ab. Es funktioniert. Morgen könnte es gestört sein.

Er ist nur zehn Ziffern entfernt.

Ich kann nicht. Ich kann nicht wählen, nach ihm fragen, warten, bis man mich verbindet, atmen, sagen: Hunter, ich bin's, ich liebe dich, bitte laß uns aufhören mit diesem mörderischen Spiel, laß uns einfach zusammensein, siehst du denn nicht, daß wir füreinander bestimmt sind, bitte schick sie weg, das ist zu verrückt, ich werde dich glücklich machen, ich will dich einfach nur lieben.

Nein, das könnte ich nie, und jetzt ist es ohnehin zu spät. Die Zeit, die uns gegeben war, haben wir vergeudet, waren zu sehr damit beschäftigt, einander abzuwehren. Jetzt ist unsere Zeit um. Wir haben alles verdorben.

Wilson schleicht lautlos ins Zimmer und fragt flüsternd, ob ich zu Hause esse.

»Nein, ich gehe zu *mama* Nena, danke, Wilson.«

Ich lasse ein Bad einlaufen und denke nicht mehr daran.

Auch Caire hat gebadet, ihr langes Haar ist noch feucht.

»Bist du soweit?« Ich lasse den Wagenschlüssel an der Fingerspitze baumeln.

»Ja. Meinst du, ich brauche einen Pullover?«

»Wahrscheinlich.«

Ich beobachte sie, während sie zum Schrank geht. Sie trägt einen weiten karierten Rock, in dem sie aussieht wie ein Schulmädchen. Auf diese geheimsnisvolle englische Art ist sie sexy, wie es nur blonde Mädchen aus gutem Hause mit einer Vorliebe für Sport im Freien sein können, frisch wie eine Rose und doch hart wie Eisen. Im Vergleich mit ihr fühle ich mich so anders, dunkel und verletzt wie der pfeildurchbohrte heilige Sebastian – ich wundere mich fast, daß kein Blut durch mein Kleid sickert.

Das Telefon läutet, und sie ist mit einem Satz am Apparat und hebt beim zweiten Läuten ab.

Er ruft vom selben Hotelzimmer in Kampala aus an, in dem ich eine Stunde zuvor meine imaginäre Szene, meine mißlungene Liebeserklärung stattfinden ließ. Er liegt bei brennnendem Neonlicht auf dem Bett, schlürft Cola, wie ich ihn mir vorgestellt habe, mit dem Unterschied nur, daß er mit ihr telefoniert.

Claire flüstert und windet schlangengleich ihren Körper um den Hörer.

»Gut... ganz prima... ich gehe gleich aus... Nena... Jonathan Hart hat angerufen und wollte dich sprechen...«

Sie erwähnt nicht einmal meinen Namen, als wäre ich gar nicht im Raum.

»... gehe ich in die Stadt... Was meinst du, wann du kommst... schön... ich auch... ja, ich auch.«

Ich sitze in dem roten Lehnstuhl und wende ihrem Gespräch den Rücken zu.

Nichts kann schlimmer sein als das.

Ich sage die Worte vor mich hin, sehr langsam, flüsternd, damit sie mein Selbstgespräch nicht hören kann.

Ich bin eine Betrügerin in diesem Haus, ich dürfte nicht einmal hier sein.

Lächelnd kommt sie zu mir zurück.

»Das war Hunter, er wird vielleicht schon übermorgen hiersein.«

»Ach.«

Wir gehen hinaus ins Dunkel, der *askari* leuchtet uns mit der Taschenlampe bis zum Wagen. Wir fahren schweigend, ich bin zu erschöpft für jeden Versuch einer Konservation. Die Scheinwerfer streifen die wilden Hasen, die durchs Gras hoppeln, am kalten Himmel leuchten die Sterne.

Sie riecht nach Kokosnußkörperlotion. Was für ein idiotisches Parfum.

Daß ich Ferdinando verloren habe, werde ich nie verwinden, das weiß ich. Tatsächlich vermisse ich ihn immer mehr: Als er noch da war, konnte ich alles durch die Linse seiner Intelligenz betrachten. Ich konnte sie mir immer ausleihen, wie ein Kind, das mit der Brille seines Vaters spielen darf, und wenn ich es tat, war ich von dem, was die Leute sagten oder taten, auf einmal nicht mehr verängstigt oder verwirrt. Er verstand es, die Dinge wieder ins rechte Licht zu rücken. Es war, als hätten wir unseren eigenen privaten Beobachtungsposten. Er war für die Scharfstellung verantwortlich, mir stand das Privileg zu, die Linse zu benutzen. Ferdinando konnte Menschen durchschauen, niemand führte ihn je hinters Licht. Häufig machte er sie dermaßen lächerlich, daß sie sogar aus der Erinnerung getilgt waren. Und ich fand oft, daß er sich benahm wie ein Kind, dessen Lieblingsspiel darin besteht, alle meine Puppen in Fetzen zu reißen. Aber am Ende, nachdem er seine wahnwitzige Operation am offenen Herzen vorgenommen hatte, mußte ich zugeben, daß im Inneren tatsächlich nichts anderes war als Plastik.

Vermutlich war das seine einzige Möglichkeit, meinen Bruder und mich zu schützen: Nie machte er Anstalten, sich auf andere Weise um uns zu kümmern. Sein Beobachtungsposten war der sicherste Aufenthaltsort, den wir hatten.

Jetzt, ohne ihn, verschwimmt mir wieder die Sicht, und ich bin nicht mehr fähig, die Umrisse zu erkennen. Wahrscheinlich verwechsle ich mittlerweile wieder Plastik mit Gold.

Nie in meinem Leben hatte ich mich so passiv gefühlt wie nach diesem ersten Liebesakt mit Adam.

Vor allem konnte ich nicht schlafen, ich wollte wach bleiben, still neben ihm liegen, genügend Zeit haben, um seine Nähe in mich aufzunehmen, seinen Geruch: Ich wollte ihn absorbieren, ihn so rasch wie möglich kennenlernen. Ich beobachtete, wie sein Körper neben mir langsam atmtete, sein Brustkorb sich rhythmisch hob und senkte, und ohne jede Furcht saugte ich die Wärme seiner Nacktheit ein. Nichts an ihm erschien mir fremd oder einschüchternd. Am liebsten hätte ich die Uhr angehalten, um nie wieder aufstehen, etwas sagen, Entscheidungen treffen zu müssen. Ich wollte bloß ruhig im Dunkeln neben ihm liegen und ihn atmen hören.

Durch das Netz im Zelteingang beobachtete ich, wie der Himmel allmählich heller wurde, und lauschte den ersten Vögeln, die in den Bäumen erwachten. Vor dem weißen Licht zeichnete sich Adams Profil ab, noch in seine ruhigen Träume gehüllt. Ich sah, wie die Farben zum Leben erwachten, die Blau- und Grüntöne sich über das Schwarz und Grau der Nacht legten, wie das rosafarbene Morgenlicht die Laken färbte. Als das Zelt sich in ein blasses Aquarell verwandelt hatte, öffnete Adam die Augen, ohne sich zu regen. Ich sah ihn erwartungsvoll an und fand in seinen Augen denselben Ausdruck wie in der Nacht zuvor. Der Schlaf hatte ihn nicht fortgespült. Dieser Ausdruck war, glaube ich, vollkommene Glückseligkeit.

Später saßen wir an der schwelenden Asche des Feuers vom Vorabend, tranken heißen Tee und sprachen kaum ein Wort. Dann fragte er einfach: »Wirst du bleiben?«

Es war nicht klar, was er meinte: diesen Tag, die Woche oder noch länger?

»Ich hab nicht vor, irgendwohin zu gehen. Ich hoffe, es macht dir nichts aus«, sagte ich und versuchte, ebenso sphinxähnlich zu klingen wie er.

»Sehr gut. Dann haben wir ja alle Ruhe der Welt.«

Es schien mir ein guter Plan zu sein. Ich wußte nur nicht, ob ich schon soweit war, mir Ruhe zu wünschen.

Die verrückte Wellenreiterin in mir war noch immer bereit zum Mord, um selbst zu überleben. Seit dem Tod meines Vaters war ich vergiftet von Schmerz und zehrte nur von Angst und Wut. Jetzt hatte ich zum ersten Mal verzweifelt den Wunsch, sie loszuwerden. Ich kam mir vor wie eine Gestalt aus einem Abenteuerfilm, die in einem Taifun in der Südsee Schiffbruch erleidet – die Wellen zerschmettern das Schiff, die Masten brechen mit Getöse, Schreie, Menschen werden über Bord geschleudet, Blitze zucken, und der Sturm zerreißt die Segel – *Schnitt.* Der nächste Morgen, völlige Windstille, blauer Himmel, unsere Heldin wurde an einem von Kokospalmen gesäumten Sandstrand ans Ufer gespült und läßt sich von Eingeborenen mit Blumen im Haar retten.

Ich war Adam immer dankbar für die Art, wie er mich in sein Leben einließ. Nie mußte ich bitten, anklopfen, drängen. Von Anfang an hatte er mir seine Tür weit geöffnet.

Ich hatte mich nie für einen guten Menschen gehalten. Zu verschroben, zu unglücklich, um gut zu sein. Doch jetzt wollte ich gezähmt werden. Ich mußte wieder vollständig werden. Meiner Erfahrung nach konnte ich ein besserer Mensch sein, als ich in der letzten Zeit gewesen war.

Adam und ich verbrachten schließlich fast zwei Wochen im Busch. Er brach das Lager ab und schickte den Lastwagen mit seinen Jungs nach Nairobi zurück, und wir beiden machten uns allein auf den Weg nach Norden.

Was mir von Anfang an auffiel, und was ich noch an keinem anderen Mann erlebt hatte, war, daß Adam offensichtlich alles konnte. Er war der kompetenteste Mensch, den ich je gesehen hatte. Er verfuhr sich nie, und dazu mußte er nicht einmal auf die Karte schauen – er *erkannte* ganz einfach die Gestalt der Berge, Flüsse, Wegkreuzungen mitten im Nirgendwo. Er erinnerte sich an Bäume, Felsblöcke, Quellen. Die Landschaft hatte sich ihm eingeprägt, und in gewisser Weise war das sogar einleuchtend: Sie hatte sich ja seit seiner Kindheit nicht verändert. Es gefiel mir, wie er dieses Land *besaß*. Es gehörte ihm, sein Leben lang war er darin herumgestreift.

Für mich hingegen war der Busch eine derart fremde Umgebung – ich wußte so wenig darüber, daß ich mich nicht einmal entscheiden konnte, ob ich in Panik ausbrechen sollte oder nicht. Nachdem Adam eingeschlafen war, lag ich wach im Zelt und lauschte der Gegenwart der Tiere rings um uns. Ich hörte Zweige knacken, fernes Grunzen, nahes Knurren, ein sonderbares Zischen. Zuweilen konnte ich schwören, daß ich eine Tierflanke spürte, die an der Zeltwand neben mir entlangstreifte. Was es war, wußte ich nie, doch auf jeden Fall konnte ich sie *riechen*. In einer Art regloser Erheiterung schaffte ich es, vollkommen still zu liegen, spürte die Wärme von Adams schlafendem Körper neben mir und war mehr von meiner Reaktion verwirrt als von der Möglichkeit, zwischen einem Mann und einem Löwen zu schlafen. Am nächsten Morgen entdeckte Adam ihre Spuren auf dem Sand rund um das Zelt. Hyänen, Paviane, Flußpferde, ein Leopard, verkündete er sachlich, und in der Tat wirkten die Abdrücke ihrer Hufe oder Pfoten bei Tageslicht vollkommen harmlos. Es schien mir einfach unmöglich, daß all diese Aktivitäten stattgefunden hatten, während wir im Zelt waren. Nachts richtete er seine Taschenlampe auf den Fluß und beleuchtete die funkelnden gelben Augen der Krokodile oder den glatten Rücken eines Flußpferds. Er liebte das Gefühl, von wilden Tieren umringt zu sein, und war geradezu enttäuscht, wenn ein Lagerplatz ihm zu ruhig erschien. Ich war verwirrt, wußte nicht, wie ich mich verhalten sollte, wollte ihn aber nicht enttäuschen, und deshalb beklagte ich mich nie. Ich hatte keine Ahnung, ob es Wahnsinn war, was wir taten, oder völlig normal, aber ich vertraute ihm uneingeschränkt und zwang mich, alles mitzumachen, was er zu genießen schien. Mein geheimes Experiment auf dieser ersten Safari bestand darin, jede halbe Stunde meine Angst zu testen, jedesmal ein Stück weiterzugehen und mich zu bemühen, den Pegel vergleichsweise niedrig zu halten. Es war wie ein Muskeltraining: Ich hatte nie ausprobiert, wie weit meine Kraft reicht, und vermerkte mit Stolz meine Leistung.

Eines Abends, erinnere ich mich, hatten wir auf der Spitze eines Hügels unser Lager eingerichtet und brachen dann zu einem Spaziergang auf. Adam ging wie immer voraus, in völligem Schweigen, und suchte die Hügel mit dem Fernglas nach Elefanten oder Büffeln ab. Wir wußten, daß sie in der Nähe waren, wir hatten ihre frischen Spuren gesehen, und mittlerweile hatte sogar ich meinen sechsten Sinn soweit entwickelt, daß ich sie spüren konnte, irgendwo hinter den Bäumen. Er setzte sich ins hohe Gras am Abhang über einem Tal und beobachtete den Wald unter uns. Ich geriet auf einmal in Panik, hatte Visionen von Büffeln, die zwischen den Bäumen hervorbrachen und uns in rasender Wut von allen Seiten angriffen. Mein Herz hämmerte wild, jede Faser meines Körpers schrie und flehte mich an, um mein Leben zu laufen. Ich fühlte mich ausgeliefert und völlig nutzlos, als ich mich gehorsam neben Adam setzte, während er den Blick auf das Dickicht gerichtet hielt und lauschte. Sehr lange saßen wir so, und allmählich verlangsamte sich meine Atmung, und mein Herzschlag paßte sich dem seinen an. Es war, als wäre seine Ruhe nach und nach in mich geflossen wie eine Bluttransfusion. In unser Schweigen drangen Laute, die ich zuvor nicht wahrgenommen hatte: der Wind im Laub, das Zirpen ferner Vögel und Grillen. Nach einer Weile hatten sich all die schreienden Fasern meines Körpers beruhigt und waren zu Boden gesunken wie Sand im Wasser. Jetzt, nachdem alles in mir endlich still geworden war, erwachte der Wald zum Leben und verströmte seinen nach Moos und frischer Erde duftenden Atem.

Auf einmal erschien ein Antilopenbock auf der Lichtung. Ich sah Adam lächeln, als er auf ihn deutete und mir das Fernglas reichte. Es war ein wunderschönes, vollkommenes Tier. Zuerst bewegte es sich nicht – es hatte uns gesehen –, aber nachdem es erkannt hatte, daß wir uns nicht von der Stellte rührten, begann es scheu zu grasen. In dem Moment wurde mir bewußt, daß alles war, wie es sein sollte: Meine Angst war verschwunden, Adam, der Antilopenbock und ich atmeten gemeinsam mit dem Wald, hatten uns seinem

Rhythmus und Herzschlag angepaßt, und nichts Schlimmes würde uns zustoßen. Kein Wesen würde aus dem Busch stürmen, um uns zu töten. Unser Schweigen hatte uns mit dem Wald eins werden lassen, und solange wir ihm lauschten, waren wir in Sicherheit.

Adams Schweigen lehrte mich alles, was ich über den Busch weiß, und jetzt erscheint mir das beinahe selbstverständlich. Aber damals war es wie eine Offenbarung, die ich nie mehr vergessen würde.

Alles, was er tat, wirkte einfach: Jeden Abend am Lagerfeuer kochte Adam ein unglaublich gutes Essen. Sprachlos sah ich ihm zu, wie er Wasser und Mehl mischte und einen Teig knetete, den er in einem geschwärzten Tiegel mit Glut bedeckte, bis ein duftendes Brot daraus geworden war. Er manövrierte den Wagen aus dem Schlamm, reparierte den Kühler, flickte Löcher in den Reifen, sprach Samburu. Ohne ihn wäre ich wohl schon hundertmal umgekommen.

Sehr bald war mir klar, daß Adam nicht der einzige Grund für mich war zu bleiben. Während wir durch die weite Ebene fuhren, öffnete sich Afrika und nahm mich auf, und ich hatte das Gefühl, daß alle meine vertikalen Ängste, die Fallen und Löcher, denen ich auszuweichen versucht hatte, sich nun flach auf dem Boden aufrollten. Alles breitete sich aus, glättete sich in der Weite des Raums, selbst meine Atmung verlangsamte sich.

Ich wollte lernen und kompetent genug werden, um hier zu überleben, und Adam war natürlich der perfekte Lehrer. Der Schlüssel, mit dem sich die Tür aufsperren ließ. Es war nicht nur die Schönheit Afrikas. Es war die moralische Geographie dieses Landes, von der ich Teil werden wollte. Auf einmal wurde mir klar, daß dies der Ort war, den ich mir ausgesucht hatte, um wieder ich selbst zu werden. Unter den grellen Strahlen dieser wolkenlosen Sonne, wo es keine Zuflucht gibt, keinen Schirm, keinen Schatten.

»Esmé, du hast die Konstitution eines Maultiers«, sagte er eines Tages, nachdem wir in der Mittagssonne den Wagen aus einer Sandbank hatten schieben müssen. Er schüttelte den Kopf und lachte. »Schau dich an.«

Er drehte den Rückspiegel zu mir, und ich sah mich zum ersten Mal seit Tagen: mit wirrem Haar wie eine Medusa, bedeckt von rotem Staub, die Arme und Beine zerkratzt, Wagenschmiere auf der Nase.

Ich war so glücklich, als hätte ich ein neues Leben geschenkt bekommen.

Unglaublich erfrischend – und ich weiß noch, daß es mir während dieser ersten Safari von Anfang an auffiel – war, daß Adam und ich in keiner Hinsicht dieselbe Sprache sprachen.

Das gefiel mir sehr, denn daß ich Englisch mit ihm sprach, förderte unvermeidlich etwas zutage. Nicht nur zwang mich der Gebrauch meiner zweiten Sprache, mich einfacher, weniger machiavellistisch auszudrücken, sondern zudem ließ ich damit ein großes Stück meiner Geschichte hinter mir, das natürlich mit Ferdinando verbunden war. Ich fühlte mich leichter, als hätte man mir erlaubt, ein Gewicht abzuwerfen.

Wir wußten nichts voneinander und konnten uns unmöglich ausmalen, wie unser Leben bis dahin verlaufen war. Ich versuchte mir seine Kindheit auf der Farm seines Großvaters vorzustellen, wie er barfuß den Warzenschweinen nachgelaufen war, im Alter von elf Jahren den Umgang mit einem Gewehr gelernt hatte, wie ihm eine Kobra in die Augen gespuckt hatte.

Er war das Ergebnis von Ereignissen und Umständen, die mir vollkommen fremd waren.

Und ich war ihm ein nicht minder großes Rätsel. Er hatte keine Ahnung – Neapel, Ferdinando und die kommunistische Partei, die Fahrten zur Schule im Taxi, weil mein Vater nie Auto fahren gelernt hatte, die Architektur des Barock, Truffauts Filme, das kühle Mittelmeer im Frühling. Instinktiv mieden wir unsere jeweilige Geschichte, denn wir hatten das Gefühl, damit zu viele unnötige Lücken aufzureißen. Wir liebten uns, schliefen, aßen und fuhren.

Doch wir lernten, uns körperlich nahe zu sein.

Auf dem Rückweg nach Nairobi rief ich vom Postamt in Nanyuki per R-Gespräch Louise an, Ferdinandos dritte Frau. Durch das Fenster sah ich Adam, der den Kühlwasserstand prüfte, und ließ ihn während des ganzen Gesprächs nicht aus den Augen, als hätte ich das Bedürfnis, das Bild so real wie möglich festzuhalten, während ich den ersten Kontakt mit der anderen Seite herstellte.

Es zeigte mir einen gutaussehenden Mann, von dem ich nicht viel wußte, am Rand einer wildwestähnlichen afrikanischen Stadt gegenüber einem Laden, der sich »The Settler's provisions store« nannte. Nanyuki, Kenia, Ostafrika.

Louise klang müde und gequält. Sie sagte, Ferdinandos Testament habe sie in einen unglaublichen bürokratischen Wust gestürzt und ich solle zurückkommen, um ein paar Papiere zu unterzeichnen. Ständig sagte sie »dein Vater«, als wäre jetzt, nachdem er tot und zu nichts mehr zu gebrauchen war, ich für die chaotische Situation verantwortlich, die er hinterlassen hatte.

»Wir wissen nicht mal, wer die amerikanischen Übersetzungsrechte hat, du weißt, daß dein Vater unfähig war, seine Unterlagen in Ordnung zu halten, es ist so ein Durcheinander… «

»Hast du mit Lorenzi gesprochen? Er müßte es doch wissen.«

»Lorenzi ist ein habgieriger Mistkerl, genau wie alle anderen. Gottverdammte Geier.«

»Louise, das kommt schon in Ordnung. Kein Grund zur Panik, okay?«

»Ich will einfach nur raus hier, das Haus verkaufen und so schnell wie möglich verschwinden. Ich *hasse* dieses Land!« Sie schien am Rand eines Nervenzusammenbruchs zu stehen.

Es gefiel mir nicht, wie rasch sie sich in ihre Muschelschale zurückzog, mit einem Mal voller Groll gegen den Ort, an dem sie fünfzehn Jahre gelebt hatte.

»Ich hab's satt. Die Freunde deines Vaters sind alle *grandissimi stronzi!*«

Sie klang auf einmal so bitter, als hätten wir uns jetzt, ohne die Aura meines Vaters, wieder in Wilde zurückverwandelt, mit denen sie nichts zu tun haben wollte, und sie kam mir vor wie die typische gefühlskalte Amerikanerin, die getan hatte, als gefiele ihr dieses unbekümmerte, unkonventionelle Leben voller Exzesse, nur um einen Ehemann zu haben. Auf einmal wurde mir klar, daß sie unsere Lebensart wahrscheinlich die ganze Zeit über verachtet hatte.

»Du verkaufst das Haus? Ich dachte, du …«

»Dein Vater und ich hatten es nie anders geplant.« Sie klang jetzt abwehrbereit. »Er wußte, daß ich um nichts auf der Welt allein hier leben würde.«

Ihr Verrat überraschte mich. Aber sie hatte vermutlich kaum eine andere Wahl. Würde ich Louise vermissen? Liebte ich sie, oder brauchte ich ihre Liebe zumindest so sehr, daß sie einen Grund hatte zu bleiben? Die Antwort war nein.

Dort, wo ich herkomme, gab es nie genug Liebe, um irgend jemanden irgendwo zurückzuhalten. Niemand hatte je einen anderen gebeten, im Namen von irgend etwas seine Pläne zu ändern.

Im Namen der Liebe, sollte ich wohl sagen.

»Was sagt Teo dazu?«

»Ach Gott, du weißt doch, wie dein Bruder ist. Ihm ist es so oder so egal.«

Ich hielt meine Augen auf die staubige Straße im Fensterausschnitt des Postamts geheftet.

»Wo bist du überhaupt?« Sie klang, als wäre sie das Gespräch leid.

»In Afrika.«

»*Das* weiß ich. Wo genau?«

»Oh. Kenia. Am Äquator. Tatsächlich habe ich ihn gerade überquert.«

»Zahle *ich* diesen Anruf?«

»Ja, in der Tat.«

»Wann kommst du zurück? Du mußt diese Papiere unterschreiben, und dein Bruder ist natürlich total …«

»Louise.«

»Ja?«

»Bitte reden wir nicht *jetzt* über die Papiere.«

»Richtig. Gibt es sonst noch was?«

»…«

»Geht's dir gut?«

»…«

»Esmé, das kostet mich ein Vermögen.«

Ich legte auf.

Zehn Tage später kehrte ich also zurück.

Die Logistik, die notwendig war, um mein Leben tatsächlich zu verändern, erwies sich als überraschend einfach: Es gab nichts, wohin ich hätte zurückkehren können. Ich hatte keine ernstzunehmende Arbeit, ich teilte mir eine Wohnung mit einer Freundin, die ich nicht mochte, und abgesehen von meinem Bruder, würde ich niemanden besonders vermissen.

Ich unterzeichnete die Papiere. Ich erhielt meinen Anteil an den amerikanischen Rechten, und Lorenzi, der sich die ganze Zeit über absolut korrekt verhalten hatte, sagte, ich bekäme alle sechs Monate meinen Anteil an den Tantiemen. Er war der Anwalt und ein guter Freund meines Vaters gewesen und hatte nicht die Absicht, irgend jemanden übers Ohr zu hauen.

»Versprich dir nicht zuviel«, sagte er mit einem Lächeln. »Dichtung verkauft sich nicht.«

Doch es zeigte sich, daß Ferdinando in seinem Testament in bezug auf meinen Bruder und mich sehr genaue Anweisungen erteilt hatte. Nicht nur bekamen wir beide einen Anteil vom Verkauf des toskanischen Hauses, sondern wir erbten auch ein paar sehr gute Bilder.

An einem regnerischen Tag ging ich mit meinem Bruder Teo in eine Trattoria, die seit jeher unsere Stammkneipe gewesen war und wo Ferdinando eine Art Sonderarrangement hatte, was bedeutete, daß er praktisch nie seine Rechnung bezahlte. Der Besitzer kam aus der Küche, küßte uns, versicherte uns, er werde Ferdinando sehr vermissen und es käme überhaupt nicht in Frage, daß wir in Zukunft je bezahlten. In seinem Lokal war es warm und schön, es roch nach Minestrone, Holztäfelung und feuchten Mänteln und erinnerte uns an viele andere Mahlzeiten, die wir hier eingenommen hatten, so daß wir sehr sentimental wurden und eine Menge teuren Rotwein tranken.

Teo ist die jüngere Version des ergrauenden Ritters, zuzüglich der Zerbrechlichkeit und der verträumten Augen unserer Mutter. In dem bis zum Hals zugeknöpften, viel zu großen Hemd, das er auf dem Flohmarkt erstanden hatte, mit seinen schwarzen Locken, feucht vom Nieselregen, sah er an diesem Tag besonders byronisch aus.

»Wann kannst du zu deinem Ensemble zurück? Schaffst du's bis zur nächsten Spielzeit?« fragte ich ihn.

»Das weiß Gott. Niemand weiß es. Ich kann mein Bein immer noch nicht richtig beugen.« Er sah sich ungeduldig im Raum um. »Vielleicht kann ich's nie mehr.«

»Bitte, sag so was nicht.«

Ein paar Monate zuvor hatte er sich eine schwere Knieverletzung zugezogen und mußte mit dem Tanzen aufhören. Ich wußte, wie sehr er darunter litt, zu tanzen bedeutete ihm unendlich viel – auf der Bühne hatte er eine silbrige Energie gehabt, wie ein wirbelnder Akrobat, ein fliegender Ariel.

»Was wirst du mit dem Geld anfangen?« fragte ich.

Es war eine unmögliche Frage. Noch nie hatten wir soviel Geld gehabt, daß es sich lohnte, darüber zu sprechen.

»Ich könnte die Wohnung kaufen, in der ich jetzt lebe«, sagte Teo achselzuckend. »Das wäre sicher das Vernünftigste. Andernfalls könnte ich es fröhlich mit dir auf Reisen verprassen.«

»Da kämen wir nicht sehr weit. Wir wären ziemlich gut im Verprassen.«

Teo lachte. »Ich würde sagen, wir wären hervorragend.«

»Es ist das einzige Geld, das wir je zu erwarten haben«, sagte ich. »Ich finde, wir sollten etwas damit anfangen, und wenn schon nichts Vernünftiges, dann zumindest etwas Einscheidendes.«

»Das denke ich auch. Vielleicht sollten wir eine größere Wohnung kaufen und zusammenziehen. Wir könnten unser Leben in Ordnung bringen und versuchen, uns wie Erwachsene zu verhalten.«

»Richtig.«

Ich verstummte. Trank mehr Wein.

Eine Wohnung in Rom. Eine brandneue Geschirrspülmaschine. Eine gute Stereoanlage. Ein Telefon im Bad. Wollte ich das?

»Teo, ich glaube, ich möchte nach Afrika ziehen.«

Er setzte sein Weinglas ab und starrte mich bestürzt an. Dann versuchte er zu lächeln.

»Hm. Das ist allerdings was Einschneidendes.«

Ich wischte Brotkrümel vom Tisch und war nicht fähig, seinen Blick zu erwidern. Ja, auch wir beide waren im Begriff, uns zu trennen. Der Beobachtungsposten war endgültig geschlossen worden, und wir mußten uns beide einen anderen erhöhten Standort suchen, von dem aus wir das Leben unter uns betrachten konnten. Es war für uns beide an der Zeit, uns auf eigene Füße zu stellen.

»Ich weiß nicht. Dieser Mann, Adam... er... möchte, daß ich zurückkomme und mit ihm lebe.«

Er hatte mich darum gebeten. Im Namen der Liebe. So einfach.

Es war, nachdem wir von unserer Safari im Busch in eine Art Realität zurückgekehrt waren – mit Autos, Telefonen, Supermärkten, der Nähe anderer Menschen. Ich war bereits in Panik. In nur zweieinhalb Wochen waren meine fünfhundert Dollar auf fünfundsiebzig geschrumpft, Adam mußte wieder in sein Büro, neue Kunden buchen, weitere Geländewagen in Schuß bringen, über Funk plaudern, ein neues Camp einrichten. Irgendeine Entscheidung mußte fallen. Ich fühlte mich verloren.

»Ich werde bald fortmüssen, Adam. Nächste Woche, denke ich«, sagte ich eines Morgens, kurz nachdem wir in seinem pflanzenüberwucherten Steinhäuschen in Langata aufgewacht waren.

Er gab keine Antwort. Wir lagen noch im Bett. Er starrte auf das Moskitonetz, dann nahm er ruhig meine Hand, und mir kamen die Tränen. Ich war überrascht, meine Tränen auf das Kissen tropfen zu sehen: Es war, als hätte mein Körper beschlossen, einen sichtbaren Beweis meiner Gefühle zu liefern. Doch Adam sah mich nicht weinen, er schaute nach wie vor zur Decke, als wäre ich nicht da.

»Geh nicht«, sagte er leise.

»Aber...«

»Hör zu«, unterbrach er mich. »Ich wußte es in dem Moment, in dem ich dich gesehen habe. Es war ein Gedanke wie: Ach, da bist du ja endlich.«

Nun drehte er sich zu mir. Seine grünen Augen sahen sehr ernst aus, beinahe vorwurfsvoll.

»Diese Chance bekommt man nicht öfter als ein- oder zweimal im Leben, weißt du.«

»Ich weiß.«

»Dann laß es uns nicht kaputtmachen.«

Ich wischte mir die Tränen ab.

»In Ordnung. Ich könnte abreisen und wiederkommen.«

»Das ist viel besser.«

»Er sagt, er *liebt* mich.«

Teo sah mich überrascht an.

»Phantastisch.«

»Ich weiß nicht. Es ist ein bißchen unheimlich. Ich hab so etwas noch nie getan.«

»Tu's. Steig morgen ins Flugzeug. Hier ist sowieso alles tot.«

»Ich hab das Gefühl, als wäre ich in irgendeinem Geheimauftrag unterwegs, von dem ich nichts weiß. Als hätte mir jemand auf einem Blatt Papier Anweisungen hinterlassen, und ich muß sie einfach befolgen. Sehr merkwürdig.«

»Nein, das verstehst du nicht, das ist ja gerade das Aufregende daran: Färb dir die Haare rabenschwarz, setz dir eine Sonnenbrille auf und hol deinen falschen Paß mit deiner neuen Identität ab. Es wird höchstwahrscheinlich ein deutscher Name sein, irgendein komplizierter Doppelname. Sie werden dich vom Flugplatz abholen und dir sagen, was du als nächstes tun mußt. Es wird ein tolles Abenteuer.«

»Hoffentlich.«

Es trat eine Pause ein.

»Mann, Nairobi!« Er ließ das Wort im Mund umherrollen, als wollte er den Klang prüfen.

»Das ist ein Massai-Name«, sagte ich mit plötzlicher Wehmut. »Es bedeutet ›kalt‹. Der kalte Ort.«

»Oh, das ist nett.«

Wir verstummten.

»Wirst du mich besuchen?« fragte ich nach einer Weile.

»Ja. Aber irgendwann kommst du doch auch mal wieder, oder?«

»Natürlich.«

Plötzlich hatte ich Angst.

»Ach Teo, ich weiß nicht, ob ich das schaffe.«

»Natürlich schaffst du das, Liebes. Ruf mich oft an.« Er griff über den Tisch und drückte mir fest die Hand. »Ruf mich per R-Gespräch an. Ich bin jetzt ziemlich reich, weißt du?«

Ich hatte gedacht, der Auszug aus meinem früheren Leben wäre ein titanisches Unterfangen, doch meine gesamte Geschichte füllte nur knapp neun Kisten. Ich schickte ein paar Faxe an die Bank und bat, jeden Monat einen kleinen Betrag auf ein Konto in Nairobi zu überweisen. Ich verkaufte eines der Bilder, und damit war die finanzielle Frage vorerst geregelt. In weniger als sechs Wochen war ich bereit, nach Afrika zurückzukehren.

Es war Anfang Juli. Als die Maschine der Egypt Air in Fiumicino abhob, ergriff mich eine Welle der Panik – mein Herz raste, meine Hände wurden kalt und feucht. Ich versuchte, meine Atmung unter Kontrolle zu bringen, und redete mir ein, daß ich schlimmstenfalls ja unmittelbar nach der Landung in Ägypten umkehren konnte.

Aber als ich in Kairo in der Transithalle saß und auf den Anschluß nach Nairobi wartete, verwehte die Panik wie Rauch im Wind. Ich musterte die anderen Passagiere, die im grellen Neonlicht, das so typisch für jeden Flughafen der dritten Welt ist, auf orangefarbenen Plastikstühlen vor sich hin dösten. Amerikanische Missionspriester, nigerianische Dandys mit Baseballmützen, streng verschleierte jemenitische Frauen, indische Familien mit unglaublich lauten Kindern, deutsche Rucksacktouristen, die den *Lonely Planet Guide* studierten. Die Transithalle: Ich war in dieses Niemandsland gelangt, das nur von Vertriebenen bewohnt wurde – im Fegefeuer auf dem Weg zur letzten Bestimmung –, und angesichts unserer gemeinsamen Lage fühlte ich mich viel ruhiger.

Sobald man einmal unterwegs war, gab es offensichtlich genügend Platz für sehr viele verschiedene Leute, und ich dachte, wenn es für die Jemenitinnen, die Missionare, die nigerianischen Dandys und die kreischenden asiatischen Kinder einen Platz gab, weshalb sollte dann nicht auch jemand wie ich einen Platz finden?

5

Ich denke manchmal, wir gewöhnen uns hier Unarten an,
so wie wir unter Dingen und Menschen leben, zu denen
wir nicht gehören – ohne Verantwortung und Verpflichtungen,
ohne die geringste Stütze, an welcher wir uns aufrichten können,
ohne den kleinsten Zusammenhalt; wir heiraten Ausländer,
wir züchten uns einen künstlichen Geschmack heran
und drücken uns um unsere natürliche Mission.

Henry James

Seien wir ehrlich. Dies ist eine Geschichte über Weiße in Afrika, und ich werde gar nicht erst so tun, als ginge es um etwas anderes.

Wie ich schon sagte, wir haben keine afrikanischen Freunde. Mit Ausnahme jener seltenen Gelegenheiten – man kann sie an den Fingern abzählen –, bei denen wir den einen oder anderen jungen Kenianer kennenlernten, in der Regel aus guter Familie stammend und mit Studium an einer englischen Universität. Und jedesmal blieben sie uns ein wenig aufregender in Erinnerung, als sie tatsächlich waren, und wir notierten uns im Geist: »Zur nächsten Party müssen wir ihn/sie unbedingt einladen.«

Es hat nichts mit Vorurteilen zu tun, es ist einfach so, und nach einer Weile ist es sinnlos, überhaupt noch darüber zu reden.

Als ich zurückkam, um mit Adam zu leben, war mir klar, daß die Afrikaner eine große Rolle in meinem Leben spielen würden. Ich hatte mir noch keine spezielle Verhaltensweise zurechtgelegt, doch der Antagonismus Weiße gegen Afrikaner, den ich ringsum sah, behagte mir nicht sonderlich. Also übertrieb ich, war ständig auf der Hut, immer zu vorsichtig, zu freundlich, zu sehr darauf bedacht, niemanden vor den Kopf zu stoßen. Verschwenderisch verteilte ich astronomische Trinkgelder an alle, die irgendeinen Handgriff für mich erledigt hatten, und wenn ich ausgenutzt wurde, wagte ich nie zu protestieren. Es war, als hätte ich alles darangesetzt, den Preis für das Beste-weiße-Mädchen-des-Jahres zu ergattern.

Aber ich beobachtete auch Adam, sah zu, wie er mit den Afrikanern umging, die für ihn arbeiteten. Er brauchte nichts zu beweisen. Allmählich wurde mir klar, daß ich diejenige war, die ein Problem hatte.

Trotzdem wollte ich nicht lockerlassen, und wenn auch nur deshalb, um etwas nach Hause schreiben zu können. Ich bedrängte unsere Grundeigentümerin in Langata, eine distinguierte Kikuyu-Witwe namens Wambui Wambera, so lange, bis sie kapitulierte und sich einverstanden erklärte, an einem Sonntag zum Tee zu kommen. Sie erschien mit ihrer Schwester und zweien ihrer Kinder, beide ausstaffiert in glänzendem Polyester, mit Nylonperücken und hellrosa Nagellack. Steif saßen sie auf der Kante des Sofas, die Hände auf den Knien, während die Kinder mich wie in Todesangst anstarrten, in den Augen den gehetzten Blick von Geiseln. Wir sprachen höflich über das Wetter, die Schulgebühren und einen Schwarzenegger-Film, den sie tags zuvor aus der Videothek ausgeliehen hatten. Ich gab auf.

»Das beweist nur das Ausmaß deiner Psychose«, fuhr Hunter mich an, als ich ihm einmal, sehr viel später, diese kleine Teeparty mit Wambui schilderte und hoffte, er werde sie amüsant finden. Ich hatte mich getäuscht.

»Wir leben hier nicht in der wirklichen Welt. Und auf lange Sicht ist es selbstmörderisch, so zu leben.«

Abgesehen von Hunter, der sich die beste Rolle im Stück ausgesucht hat und unser schlechtes Gewissen verkörpert, geben wir uns letztlich damit zufrieden, daß wir mit unseren Angestellten gut auskommen, und reden uns ein, wir seien für ihr Leben unverzichtbar geworden. Wir bringen sie in die Klinik, wenn sie krank sind, beteiligen uns an den Kosten für Begräbnisse, Geburten, Hochzeiten, rauchen in der Küche eine Zigarette mit ihnen, lachen über gelegentliche Scherze, und das scheint uns genug, um uns mit dem Thema auszusöhnen.

Unser Verhältnis zu den Afrikanern ist ausschließlich vom Geld bestimmt. Natürlich denken wir gern, man könnte mehr tun, aber am Ende des Tages sind wir nicht anders als die Baronesse Blixen und ihr geliebter Koch Kamante – mit demselben idiotischen Wohlwollen – durch ihre Dankbarkeit und ihre Treue vollkommen besänftigt. Deshalb reißen wir wie die Diebe die Preisschilder von unseren Luxuseinkäufen.

Wir haben einfach aufgehört, in unserem Verhalten irgendeinen Widerspruch zu sehen.

Hier sind wir also, meine Feindin und ich, auf dem Weg zu einer weiteren nairobischen Party, die ausschließlich *mzungu* ist. Es ist der Abend ihres offiziellen Debüts in der weißen Pavianhorde. Ich tue besser daran, sie genau zu beobachten.

Nenas Mann Peter öffnet uns die Tür. Er sieht gut aus, auf diese schlichte, natürliche Weise, wie die meisten Männer hier aussehen, ewige Jungen mit sonnengebleichtem Haar, die ihr ganzes Leben an der frischen Luft verbracht und ihren Körper durch vielfältige physische Strapazen gestählt haben.

Peter ist eine Mischung zwischen Verhaltensforscher und Computerfreak: Im wesentlichen beobachtet er die Entwicklung der Elefantenpopulation im Tsavo und stellt einmal im Monat seine Daten zusammen, die dann ins Internet gehen und die wachsenden Sorgen der Umweltschützer rund um die Welt beschwichtigen.

Wird es den Elefanten gutgehen? Das scheint die einzige Frage hinsichtlich der Zukunft Afrikas, für die der Westen sich wirklich interessiert.

Nun, Peter ist der Mann, der sie beantworten kann. Er ist der Elefantenmann von Kenia, er kennt die Zahlen und hat Bücher verfaßt, die ihm internationale Anerkennung eintragen. Vor allem die weiblichen Leser lieben ihn wegen des Fotos auf dem Umschlag, auf dem er besonders zerfurcht aussieht. Schließlich ist der Mann erst Mitte Dreißig, hat eine schöne Frau und zwei Kinder, sandfarbenes Haar, blaue Augen und eine gesunde Bräune – und er hat ein Anliegen.

Dank dieses unglaublich guten Images ruft jeder Filmproduzent,

Journalist, Schriftsteller, jede Sorte westlicher Halbberühmtheit, die nach Kenia kommt, bei Peter und Nena an, entweder im Zusammenhang mit den Elefantenbüchern oder weil ihr Haus in *World of Interiors* veröffentlicht wurde und unbestreitbar den Eindruck erweckt, daß man genau dieses Haus gesehen haben muß, um in die Heimat zurückkehren und sagen zu können, man habe das wahre afrikanische Ambiente erlebt.

Nena hat ein sagenhaftes Talent, durch die Kombination völlig unvereinbarer Dinge eine verblüffende Wirkung hervorzurufen. Ihr Haus ist vollgestopft mit Treibholz, Muscheln, äthiopischen Kopfstützen, Affenschädeln, Kelims, indischen Stoffen, Trockenblumen und so weiter. Nena ist in der Lage, eine Seerose im Glas neben einen Giraffenknochen zu stellen und das Ensemble aussehen zu lassen, als hätte Georgia O'Keefe soeben den Raum verlassen.

Hier ist sie also, in ihrem schönen Haus mit ihrem schönen Ehemann und den schönen Kindern, die frisch gebadet in Schlafanzügen herumlaufen und nach Seife riechen. Der Tisch ist wunderschön gedeckt, die Kerzen brennen, und zu allem Überfluß sieht Nena selbst heute abend umwerfend aus, mit ihrem leicht verblaßten Charlotte-Rampling-Look, das dunkle Haar zu einem Knoten geschlungen, im kleinen Schwarzen und mit feuerroten Stöckelschuhen.

Sie kommt auf mich zu und küßt mich.

»Hallo, Schatz.«

Dann wendet sie sich Claire zu und schüttelt ihr die Hand.

»Willkommen. Wie tapfer, daß du dich ganz allein hier durchschlägst.«

Ich drehe mich um und sehe Claire an: Sie ist leicht eingeschüchtert von Nenas Eleganz und hält ihr eigenes Outfit inzwischen wohl für zu naiv. Was selbstverständlich der Fall ist und der Grund, weshalb ich sie heute hierhergebracht habe: damit sie nicht unterschätzt, was auf sie zukommt. Sie hat offensichtlich noch nicht bemerkt, daß der Geist von Elspeth Huxley längst verblaßt ist.

Die Liste der Teilnehmer an diesem Ritual ist wieder einmal klassisch.

Da haben wir den frisch eingeflogenen amerikanischen Drehbuchautor, der für einen Hollywoodfilm über eine nebensächliche Gestalt aus der Happy-Valley-Szene recherchiert. Sein Name ist Kevin Steinberg, und er hat, wie es scheint, das Drehbuch zu einem Jack-Nicholson-Film verfaßt, den keiner von uns gesehen hat. Es folgt ein verblüffender blonder dänischer Entwicklungshelfer mit völlig unverständlichem Namen, der nach sieben Monaten Äthiopien auf dem Rückweg nach Hause ist. Dann haben wir Allison und Richard Fagen, die ein Projekt oben im Norden nahe der somalischen Grenze leiten, seit vielen Jahren im Land leben und den Ziegen- und Kamelbestand der lokalen Stämme wiederaufstocken. Ein rauh aussehender älterer Journalist von der *Sunday Times* ist hier, den ich schon einmal gesehen habe: Ronald Bailey, angesetzt auf eine der jüngsten Korruptionsgeschichten um den Alten, Kenias Präsidenten, der wegen eines ungeheuer teuren, in Texas erstandenen Privatjets letzte Woche schon wieder die Schlagzeilen beherrscht hat.

Ich mache die Runde, schüttle Hände und führe Claire von einem zum anderen, bis ich schließlich neben Miles auf der Armlehne des Sofas lande.

»Claire, das ist mein allerbester Freund Miles Sinclair vom *Guardian.*«

»Hi, Claire. Hunter hat mir schon sehr viel von dir erzählt. Willkommen.«

»Danke.«

Miles mustert Claire von Kopf bis Fuß, und ich sehe ihm an, daß sein Urteil positiv ausfällt.

»Kann ich euch Mädchen was zu trinken holen?«

Er kommt mit zwei Gin-Tonics zurück und zündet sich eine Sportsman an. Er ist bereit für die Show.

»Hunter hat mir erzählt, daß ihr beide lange gemeinsam in Ruanda wart«, sagt Claire schwungvoll. »Ich kenne sogar dein Gesicht von ein paar Fotos, die er mir gezeigt hat. Ich glaube, das war, als ihr in Kigali in eine Botschaft eingebrochen seid.«

»Ja, richtig, die kanadische Botschaft.«

»Ja. Und ihr habt mit irgendeinem ruandischen Kommandeur Dom Pérignon aus der Flasche getrunken.«

»Tatsache ist, daß sich alle aus dem Staub gemacht hatten. Wir hatten einen Riesenhunger, aber im Keller fanden wir nur Champagner. Mein Gott, er hat dir doch nicht etwa *diese* Bilder gezeigt, oder?«

»Ich fand sie großartig.«

Das hört Miles natürlich überaus gern. Es ist, als wenn ein Filmstar ein hübsches Mädchen trifft, das alle seine Filme gesehen hat: Man hat bereits Punkte gesammelt, ohne auch nur einen Finger rühren zu müssen.

Unvermeidlich kommen sie auf den Krieg zu sprechen. Claire ist begierig darauf, den Standpunkt des Insiders kennenzulernen. Das ist das neueste Thema in ihrem Leben, und sie hat etliches aufzuholen.

Miles ist ein großartiger Geschichtenerzähler, ein absoluter Profi. Die meiste Zeit ist er amüsant, hebt das Groteske hervor, den trivialsten Aspekt dessen, was es bedeutet, im Krieg zu sein. Nie begeht er den Fehler, heroisch oder tapfer klingen zu wollen, nie läßt er eine Distanz zwischen Zuhörer und Erzähler zu, nein, er zieht dich auf seine Seite und gibt dir das Gefühl, daß an dem, was er erlebt hat, im Grunde nichts Besonderes ist – es passiert schließlich ständig, daß Männer sich gegenseitig umbringen –, und dann, gerade wenn du anfängst, dich zu entspannen, *zack*, schleudert er dir irgendein grauenhaftes Detail ins Gesicht. Aufgedunsene Kinderleichen in einer Toilette, ein abgerissener Arm, der gegen deine Windschutzscheibe prallt, während du durch die Nacht fährst, der Gestank des Todes in einem leeren Swimmingpool. Innerhalb einer Sekunde zwingt er dich in die Knie und läßt dich mit einem einzigen Geniestreich das Grauen spüren: ein wahrer Meister des *coup de théâtre*.

Als Reporter ist Miles eine Verschwendung, er sollte Romane schreiben, sage ich ihm immer wieder. Manchmal hört er das gern, manchmal nicht. Er ist Anfang Dreißig, hat dreieinhalb Kriege mitgemacht, aber seine Peter-Pan-Erscheinung ist nach wie vor intakt.

Er genießt immer noch die Eigendynamik, von der er hier profitiert. Wahrscheinlich ist es schwer, den Status eines Pressestars in Ostafrika gegen die obskure Rolle irgendeines Möchtegernschriftstellers in Europa einzutauschen. Wer könnte es ihm verdenken: Genau in dieser Minute hängt Claire hingerissen an seinen Lippen und nickt zu allem, was er sagt. Inzwischen sind sie in Hutu-Tutsi-Horrorgeschichten vertieft.

»Bis dahin hatten wir alles, was dort vorging, bereits in der Zeitung veröffentlicht«, sagt er. »Und dann treffen wir zufällig diesen Oberst Bagosora in der Hotellobby, er ist nämlich das Gehirn hinter der ›Endlösung‹.«

»O mein Gott! Und was habt ihr getan?« fragt Claire mit besorgter Miene.

»Na ja, man konnte die Leichen vom Fenster aus sehen, mindestens zehn tote Kinder lagen im Hinterhof, direkt vor unseren Augen.«

Ich habe das alles schon zu oft gehört, ich werde mit meinem Drink weitergehen müssen.

Nein, ich versuche nicht, abgestumpft zu klingen. In Wahrheit ist das Gegenteil der Fall.

Wenn Hunter von Ruanda zurückkam, schaffte er es immer wieder, mich zum Weinen zu bringen. Ich glaube nicht, daß ich es ertragen kann, diese Szene zu beobachten, in der Claire eine meiner früheren Rollen spielt. Die Wiederholung ist hypnotisch, es ist, als sähe man den *Kirschgarten* immer wieder von vorn: Die Schauspieler tauschen einfach ihre Rollen miteinander, wenn sie darüber hinausgewachsen sind.

Aber ich bin nicht gleichgültig. Damals war alles sehr real.

Jedesmal, wenn sie abreisten, dachte ich, sie würden in einem Plastiksack zurückkommen. Oder überhaupt nicht. Nachts konnte ich nicht mehr schlafen, so überwältigt war ich.

Aber sie kamen immer wieder zurück, betranken oder bekifften sich oder vögelten, und abgesehen von der wachsenden Verstörung in ihrem Blick, sahen sie aus wie immer.

Sie kamen zu den Dinnerpartys, und wir saßen da, hörten zu, nickten, und schließlich gewöhnten wir uns daran.

Nicole kommt herein, in dem grünen Kleid, das sie mir leihen wollte, schön wie eine Nymphe. Sie hat ein weiteres frisch eingeflogenes Exemplar vom Typ Junge-amerikanische-Fotografin mitgebracht. Sie heißt Linda Irgendwas.

Sie kommen und gehen in dieser Stadt, tun alle dasselbe, stellen immer dieselben Fragen. Es geht entweder um ein Buch oder einen Film oder einen Fotoauftrag, entweder über Tiere oder Krieg oder Nomadenstämme. Wir alle breiten gehorsam unsere Tugenden und unser Wissen aus und legen Wert darauf, uneingeschränkt kompetent zu klingen. Wir versorgen sie mit allem, was sie brauchen: Telefonnummern, Locations, Massai-Häuptlingen, Löwenfellen. Wir nehmen sie mit auf Safari, fahren sie Tausende von Meilen durch die Gegend, trinken sie unter den Tisch. Wenn sie wieder abreisen, sind sie normalerweise fix und fertig.

Wenn wir nach Europa kommen und sie anrufen, klingen sie begeistert und laden uns zum Essen ein, aber nach diesem einen Mal – sobald die wenigen gemeinsamen Bekannten gründlich durchleuchtet wurden – ist ihr anfänglicher Enthusiasmus unweigerlich verblaßt.

Du bist ihr »Freund aus Afrika«. Ein Handelsartikel, der sich im europäischen Klima rasch abnutzt. Seien wir doch realistisch: Wie viele Dinnerpartys braucht es denn, bis jeder deine Geschichte von der Python gehört hat, die deinen Jack-Russell-Terrier aufgefressen hat?

Linda, die junge amerikanische Fotografin, ist eine mittelwestliche Schönheit vom Typ der zur Kuhäugigkeit neigenden gesunden Blondine. Nachdem sie nicht genau wußte, was sie von der Soirée im Haus des Elefantenmannes zu erwarten hatte, hielt sie offensichtlich einen Kampfanzug für das unverfänglichste Outfit, und deshalb trägt sie Khaki-Shorts und Stiefel, was immer gut ankommt, wenn man schöne Beine hat. Sie hat.

Sie und Claire, die Neulinge, haben sich instinktiv in die entgegengesetzten Ecken des Zimmers zurückgezogen, um sich unabhängig voneinander ihren Weg ins unbekannte Gelände zu bahnen. Claire bearbeitet die Männer, schwatzt nun mit Peter und Miles über irgendeinen neuen iranischen Film, der in London zur Zeit in aller Munde ist. Sie weiß noch nicht, was für ein hoffnungsloses Thema Filme in diesem Land sind. Dennoch trägt ihr der Reiz des Neuen gebührende Aufmerksamkeit ein. Linda, die mutiger ist, hat beschlossen, Nena, Nicole und mich zu testen.

»Ich würde gern eine Weile hier leben«, sagt sie näselnd.

»Was für eine wunderbare Idee«, antwortet Nena mit erheblichem Mangel an Begeisterung. Sie liegt seitlich auf dem Sofa neben Nicole, die einen Joint dreht. Ich spüre eine leichte Abneigung in ihrem Ton, den hierzulande verbreiteten Widerwillen, Zeit in Leute zu investieren, die man wahrscheinlich nie wiedersehen wird.

»Ich habe da dieses Projekt über Frauen. Ich hab meinem Verleger in New York davon erzählt, und … «

»Frauen? Was für Frauen?« fragt Nicole zerstreut, die Augen auf das Zigarettenpapier geheftet.

»Beschnittene Frauen. Ich glaube, Infibulation ist wohl der korrekte Begriff, nicht wahr?«

»Oh. Keine Ahnung.« Nicole zündet den Joint an und hustet. »Nena, gibt es nicht einen Unterschied zwischen Infibulation und Beschneidung?«

»Doch.« Nena streckt die Hand nach dem Joint aus. »Ich glaube, bei der Beschneidung wird die Klitoris entfernt, und Infibulation bedeutet, daß die Vagina zugenäht wird.«

»Wie auch immer«, fällt ihr Linda ins Wort. »Wir jedenfalls reden immer von WGV, weiblicher Genitalverstümmelung.«

Sie sagt dies in einem Ton, als wären wir höchst interessierte Verlagsleiterinnen und sie müßte uns überreden, ihr auf der Stelle einen Vorschuß zuzugestehen.

Nicole streckt sich auf dem Sofa aus, die Beine über Nenas Beine gelegt.

»Na, da wirst du sicher keine Probleme haben. Davon findest du hier mehr als genug. Die Massai, Samburu, Rendille, vielleicht sogar ein paar Kikuyu – sie machen's immer noch, weißt du.«

Ich reiche Linda den Joint.

»Willst du?«

»Nein danke, ich rauche nicht.«

»Da war doch diese Französin, vor zwei oder drei Jahren – wie hieß sie noch mal, Nicole?« fragt Nena.

»Sabine?«

»Ja, Sabine. Sie kam hier raus und machte genau das, was du vorhast. Beschneidung und so weiter. Eine großartige Frau. Hat sie nicht den Pulitzer bekommen oder so was?«

»Das stimmt. Sabine. Sie bekam den Pulitzer«, sage ich.

»Ach.«

Linda wirkt am Boden zerstört. In New York hat ihr Projekt wahrscheinlich wie eine wahrhaft originelle Idee geklungen.

»Wißt ihr, ich bin mir zwar nicht ganz sicher, aber ich glaube, daß nur amerikanische Staatsbürger den Pulitzer bekommen können«, sagt sie mit einer Spur von Argwohn.

Nicole zuckt die Achseln und stößt dicken Rauch aus.

»Weiß ich nicht. Vielleicht war ihre *Mutter* Amerikanerin.«

»Oder vielleicht war's auch nicht der Pulitzer«, sagt Nena, bereits völlig gelangweilt. »Aber *irgendeinen* Preis hat sie auf jeden Fall bekommen.«

»Etwas Prestigeträchtiges. Ich weiß noch, daß wir danach Champagner getrunken haben«, füge ich hinzu.

»Es war wirklich ein wunderbares Buch. Ich müßte es eigentlich noch irgendwo haben.«

Nena steht tatsächlich auf und stöbert im Bücherregal.

»Ja. Du solltest wirklich mal einen Blick hineinwerfen, es ist sicher interessant für dich«, sagt Nicole.

»Ach, ich hab's wohl jemandem geliehen, der es nicht zurückgegeben hat.« Nena setzt sich wieder zu uns aufs Sofa.

»Macht nichts«, sagt Linda. Sie sieht uns der Reihe nach an. Wir sind komplett high. Nicole seufzt mit halbgeschlossenen Augen.

»Sabine. Was für eine außergewöhnliche Frau sie war.«

»Ich wünschte, sie käme mal wieder«, gähnt Nena. »Sie war so *witzig.*«

Es tritt ein langes Schweigen ein. Linda klimpert mit den Eiswürfeln in ihrem leeren Glas und lächelt uns an, während sie sich rasch zu entscheiden versucht, ob sie uns sofort hassen soll oder ob es sich lohnt, noch eine Weile durchzuhalten, um herauszufinden, ob wir am Ende vielleicht doch noch ein bißchen netter werden.

Wir werden zu Tisch gebeten. Nena setzt ihre ausgeklügelte Tischordnung um: Linda plaziert sie zwischen Ronald Bailey und Miles, die über Huren und Clubs in Kinshasa diskutieren. Mir wird der Hollywood-Drehbuchautor Kevin zugeteilt, der mit der Entschlossenheit eines *Vanity Fair*-Redakteurs sofort beginnt, mich auszufragen.

»Und Sie leben hier, ja?«

Das ist *immer* der Eröffnungszug. Es folgt die Frage, wie lange du schon hier lebst (Dienstalter), wovon du lebst (Autorität), ob du allein lebst (sexuelle Zweideutigkeit). Ich antworte gehorsam, ich habe meine Schritt-für-Schritt-Routine schon lange gelernt.

Claire sitzt zwischen Peter und dem verblüffenden dänischen Entwicklungshelfer.

»Impalastreifen?« fragt Peter ungläubig.

»Ja. Du schneidest die Haut in Streifen und klebst sie auf das Loch. Es hält so fest wie Leim«, sagt der Däne mit seinem verwaschenen Akzent. Er ist Experte auf diesem Gebiet: Von Äthiopien bis hierher ist er mit dem Motorrad gefahren.

»Klingt toll. Das einzige, was mir Sorgen macht, ist der Geruch.« Peter lächelt gönnerhaft.

»Genau das ist der springende Punkt. Es klebt, sobald es zu verwesen beginnt. Es funktioniert wirklich, das garantiere ich dir.« Wie ein erfahrener Kellner gießt der skandinavische Beau mit einer eleganten Flaschendrehung Wein in Claires Glas. Sie ist erhitzt vom Alkohol und von der Aufregung. Die Gegenwart der Männer wirkt belebend auf sie.

»Wo bekommt man denn Impalahäute?« fragt sie. »Kann man sie *kaufen*?«

Peter und der Däne lachen. Sie halten ihre Frage für entzückend.

»Zuerst mußt du ein Impala schießen, dann häutest du es, dann schneidest du die Haut in Streifen.« Der dänische Junge klingt bedrohlich. Ich stelle mir vor, wie er zu Hause bei einer Reifenpanne mit seinem Schweizer Messer Kühe häutet.

»Das ist aber eine ziemliche Tortur«, räumt Peter ein. »Offen gestanden, ich würde mich lieber an Gummi halten.«

Claire lacht mit leicht zurückgeneigtem Kopf. Sie liebt es zu flirten – aber wem gefiele das nicht, zwischen diesen beiden?

Als sie wieder einen kräftigen Schluck aus ihrem Glas nimmt, wird mir klar, wie perfekt sie sich hier einleben wird. Soviel ist sicher: Sie hat auf der Stelle begriffen, worum es hier insgeheim geht – sexuelle Spannung. Das genießt sie nicht nur, sondern sie weiß offensichtlich auch damit umzugehen.

Nicole und ich wechseln einen raschen Blick über den Tisch. Sie sitzt eingezwängt zwischen Bailey (der jetzt mit Miles über das Metropole-Hotel in Accra in der guten alten Zeit diskutiert) und Richard Fagen (er spricht mit Nena über den Vorteil von Kamelen gegenüber Kühen in der Hirtenkultur).

Sie beugt sich über den Tisch und grinst Claire an.

»Sag mir, Claire, weißt du denn schon, was du hier tun wirst?«

Claire richtet sich auf, als wäre sie von einer Lehrerin getadelt worden, und setzt rasch wieder ihre Unschuldsmiene auf.

»Also, ich dachte, es wäre eine gute Idee, mich zuerst einfach nur umzuschauen. Hunter meinte, es wird eine Weile dauern, bis ich rauskriege, wie hier alles läuft.«

Ich kann es nicht ertragen, seinen Namen mit soviel Vertrautheit aus ihrem Mund zu hören.

»Das ist sehr vernünftig«, sagt Nicole. »Obwohl ich fürchte, das hat bisher noch keiner von uns rausgekriegt.«

»Das glaube ich gern.« Claire lacht herzlich. Hervorragend geschickt, dieses Mädchen.

»Mein Traum wäre jedenfalls, im Naturschutz zu arbeiten«, fügt sie mit einem scheuen Lächeln hinzu und beäugt Peter. »Ich *liebe* Tiere.«

Unterdessen hämmert der amerikanische Drehbuchautor ununterbrochen auf mich ein, entschlossen, nicht ohne brauchbare Antworten in sein Zimmer im Serena-Hotel zurückzukehren – irgend etwas Zündendes, das er morgen nach Hollywood faxen kann, um seine Recherche zu rechtfertigen.

»Warum gab es in Kenia Ihrer Meinung nach immer diese Tradition der – wie soll ich sagen? Ist es Dekadenz? Verschrobenheit? Wahrscheinlich ist es *Romantik*. Ich meine diese außerordentlichen Gestalten, die alle hier gelandet sind. Warum nicht in Tansania?«

»Ich habe keine ...«

»Exakt! Warum, meinen Sie, ist Tansania weniger interessant? *Anthropologisch* gesehen natürlich.«

»Also, das weiß ich wirklich nicht. Vielleicht weil ...«

Er hört nicht einmal zu, er wirft einfach nur Fragen in die Luft.

»Verstehen Sie, die *Romantik*, genau das ist der springende Punkt. Es ist wie ein Cocktail aus geheimen Zutaten. Das Abenteuer muß darin enthalten sein, der Drang zu überleben und zu erobern – das gilt natürlich für die meisten afrikanischen Länder –, aber was diesen Ort hier so besonders macht, ist die Verbindung mit außergewöhnlichen Persönlichkeiten. Daher die Dekadenz, die unglaubliche Sinnlichkeit! Meinen Sie nicht?«

»Ich bin mir nicht wirklich sicher, worauf Sie hinauswollen ...«

»Die Romantik schafft nicht das Land an sich, sondern die Interpretation, die bestimmte Leute – sollen wir sagen: Intellektuelle? – wie Blixen oder Hemingway dazu lieferten. Sie verbreiteten die Romantik und erfanden den geheimnisvollen Nimbus. Stimmen Sie mir nicht zu?«

»Nun, ich persönlich ...«

»Andernfalls«, er ist jetzt ungeduldig und sieht mich an, als hätte ich ihn wirklich in Wut versetzt, »warum *sonst* sollte jemand wie *Sie* ausgerechnet *hier* leben?«

Miles fährt schließlich Linda und Claire nach Hause. Ich bin zu high, um in der Dunkelheit den Weg zu finden, und beschließe, im Gästezimmer zu übernachten. Nicole ist der letzte Gast, und wir setzen uns mit Nena auf einen letzten Joint und einen Schluck Whisky in die Küche.

Nena schüttelt den Kopf.

»Es wird nicht halten. Das kann ich euch jetzt schon sagen. Sie ist für Hunter nicht geschaffen.«

»Inwiefern?« frage ich hoffnungsvoll.

»Sie ist zu mädchenhaft, zu naiv. Irgendwann wird er sich langweilen.«

»Das ist es ja, was ihm an ihr so gefällt. Er liebt es, Frauen zu tyrannisieren. Das macht ihn an.«

»Dumm ist sie nicht«, sagt Nicole. Sie sitzt auf dem Küchentisch und sieht nach sechs Joints, drei Gin-Tonics, einer Flasche Wein und einem halben Gramm miesem Koks immer noch frisch und sexy aus. »Ich habe mit ihr gesprochen. Ich sag's euch wirklich nicht gern, aber sie kann recht witzig sein.«

Ich sehe sie ungläubig an.

»*Witzig?*«

Mit »sexy« komme ich zurecht, auch »schlau« kann ich ertragen. Aber »witzig« gibt mir den Rest.

Nicole hüpft vom Küchentisch.

»So, Mädels, ich bin dahin. Esmé, komm doch morgen früh auf dem Rückweg vorbei. Wir könnten miteinander Kaffee trinken.« An der Tür flüstert sie: »Liebes, ich bitte dich, finde deinen Humor wieder.«

»Ich hoffe, sie stirbt.«

Sie küßt mich zum Abschied, und ich torkele in mein Zimmer. Ich höre noch, wie sie ihren Wagen anläßt und davonfährt, einwandfrei und selbstsicher wie immer, dann tauche ich ins Vergessen ein.

Am nächsten Morgen um sieben wache ich mit brüllenden Kopfschmerzen auf, nebenan spielen Nenas Kinder. Draußen nieselt es und scheint kalt zu sein. Es ist Juli, der afrikanische Winter.

Ich liege im Bett und lausche den Geräuschen des Hauses. Oben duscht jemand, und Juma deckt den Frühstückstisch.

Ich versuche, über die Party des gestrigen Abends nachzudenken und zu analysieren, warum mir jede Minute davon so unerträglich war. Nicht Claire ist der Grund, ich selbst bin es. Es ist jetzt etwas an mir, das mir zutiefst mißfällt, mir bisher aber nicht klargewesen war. Ich bin verbittert.

Wenn es eines gibt, wofür ich Ferdinando nicht dankbar bin, dann ist es das von ihm geerbte Talent, Menschen zu öffnen und mit der grausamen Gleichgültigkeit eines Insektenkundlers aufzuspießen. Aber mein Vater hatte seine Widersprüche: Er behauptete, er erwarte von allen das Maximum, doch in Wahrheit gab er sich mit viel weniger zufrieden, nur um nicht allein sein zu müssen, und auch wenn er jemanden in Stücke gerissen hatte, empfand er immer noch das dringende Bedürfnis, am selben Abend mit ihm zu essen. Seine Schwäche war, daß er stets ein Publikum brauchte.

Doch während er fähig war, seinen Zynismus durch seine Dichtung wettzumachen, habe ich, die Närrin, nur gelernt, seine Herzlosigkeit nachzuahmen, ohne irgendein Gegengewicht schaffen zu können. Jetzt liegen alle meine Spielsachen zerbrochen auf dem Boden, und ich habe nichts mehr, womit ich spielen kann. Ich wünschte, ich könnte wieder so empfinden wie früher, aber wie ich das anstellen soll, habe ich leider nicht gelernt.

Die Kinder reißen die Tür auf und stürmen auf mein Bett zu.

»Esmé, schau, wir haben ein Kaninchen!«

»Oh, laßt sehen … kommt her, zeigt es mir.«

Toby und Natasha klettern neben mir ins Bett, gefolgt vom Hund. Sie halten ein wuscheliges Kaninchen in ihren winzigen Händen.

»Hat es einen Namen?«

»Ginger«, antwortet Natasha ernst. »Möchtest du es halten?«

»Ja, gern, danke. Ach … ist das süß …«

»Wenn du magst, kannst du es an den Ohren halten«, fügt Toby hinzu und zeigt es mir.

»Kommt, kriechen wir alle unter die Decke, es ist so kalt. Hier ist Platz für alle … Ginger wird das sicher gefallen.«

Ich überrede sie, so zu tun, als wären wir in einem Zelt im Busch, und wir schmiegen uns unter der Decke eng aneinander, Hund und Kaninchen eingeschlossen. Ich küsse sie und drücke sie an mich, spüre die Wärme ihrer kleinen Körper, nehme ihren Schlafgeruch wahr. Sie kichern und treten und schlingen ihre rundlichen Arme und Beine um mich, bis mir warm geworden ist und ich Tränen in den Augen habe.

Ich weine das ganze Frühstück hindurch, die Tränen fließen unaufhörlich, rinnen einfach immer weiter auf meinen Toast. Ich schluchze nicht und gebe keinerlei Geräusche von mir, sondern weine lautlos und, wie ich hoffe, einigermaßen würdevoll. Nena sieht mich an, sagt nichts, sondern reicht mir Butter, Kaffee, Zucker, weitere Toastscheiben. Toby und Natasha starren mich fassungslos an, während das Kaninchen fröhlich auf den Tisch hüpft. Sogar Juma sieht mich an und seufzt. Gott sei Dank ist wenigstens Peter bereits in seinem Büro.

Nena reicht mir eine Papierserviette.

»Warum weint sie?« flüstert Natasha erschrocken.

»Schsch, ihr beide geht jetzt mit Ginger in den Garten… zieht euch die Schuhe an… schnell.«

Die Kinder starren mich immer noch an. Toby packt das Kaninchen.

»Möchtest du es halten?«

»Nein danke, Schatz, es ist schon gut.« Ich schneuze mich. »Geht ihr nur hinaus und spielt mit ihm.«

Nena und ich bleiben stumm. Sie wird mir keine Fragen stellen – das ist ihre Art, mir klarzumachen, daß sie ganz genau weiß, was vor sich geht.

»Man kann nicht immer stärker sein als der Schmerz, weißt du«, sage ich nach einer Weile. »Irgendwann muß man einfach nachgeben…«

Sie nickt und sieht mit einem merkwürdigen Lächeln zum Fenster hinaus.

Sie scheint sehr genau zu wissen, wovon ich rede, und wieso auch nicht – die schöne Nena mit ihren schönen Kindern, in dem bezaubernden Haus, mit ihrem großartigen Ehemann, Nena, von der wir alle glauben, sie dürfte nie wieder unglücklich sein.

Früher war es anders. Früher lebten wir hier beinahe im Paradies. Ich sollte mich bemühen, mich an diese Zeit zu erinnern. Das sage ich mir immer wieder, während ich im Nieselregen auf der Magadi Road nach Hause fahre.

Aber mit einem Mal erscheint es mir sinnlos, mich an irgend etwas zu erinnern. Ist Glück nicht ein äußerst uninteressantes Gefühl und so langweilig zu beschreiben, sobald man leidet?

6

Die einzige Antwort, die ich auch jetzt noch finde,
ist, daß für manche Menschen das Unbekannte stets
die Verheißung der Liebe, der Vollkommenheit in sich birgt.

Vikram Chandra

Als ich nach Afrika kam, um mit Adam zu leben, stellte ich verblüfft fest, wie faszinierend das Reich der materiellen Gegenstände ist und welche innere Befriedigung darin liegt, Kontrolle über sie zu gewinnen.

In der ersten Welt hatte ich den physikalischen Mechanismen, die mein Leben zusammenhielten, nie die geringste Beachtung geschenkt. Mich für die Funktionsweise einer Toilettenspülung, den unterirdischen Verlauf einer Gasleitung, den eigentlichen Zweck einer Zündkerze zu interessieren kam mir gar nicht erst in den Sinn.

Ihre wahre Natur war mir nie ein Anliegen gewesen – ich sah keinen Zusammenhang zwischen einer Schraube und einem Kabel, einer Feder und einem Hebel, einer Zündkerze und einem Funken: Für mich war das Innenleben mechanischer Gegenstände so abstrakt wie ein kubistisches Gemälde. Mechanische Apparate hatten zu funktionieren, und wenn sie ihren Dienst einstellten, wurden sie entweder von teuren Spezialisten repariert oder weggeworfen und ersetzt.

Erst in Kenia lernte ich, wie vollkommen unrealistisch diese Einstellung war. Afrika ist das Mutterland des mechanischen Lebens: Um dich hier durchzusetzen, mußt du sämtliche Komponenten, die du brauchst, um von A nach B zu gelangen, im Griff haben. Bricht ein einziger kleiner Mechanismus zusammen, mußt du in der Lage sein, ihn zu reparieren. Das Wort »Ersatzteil« hat hierzulande denselben Klang wie anderswo »Kaviar«.

Vergiß Verbesserungen – das Leben dreht sich hier ausschließlich um Instandhaltung.

Deine täglich Aufgabe besteht lediglich darin, die Dinge so zu erhalten, wie sie sind, und den Verfall abzuwenden – deine Dachbalken vor Termiten zu schützen, die Karosserie deines Wagens vor Rost, deine Haut vor der Sonne. Ständig mußt du dafür sorgen, daß nichts verrottet, zerspringt oder entzweibricht.

Wie *repariert* man etwas? – das hier der eigentliche Lebensinhalt, und du mußt einen ständigen Energiestrom darauf verwenden, neuerlichen Pannen vorzubeugen. Diese Erkenntnis beunruhigte mich zutiefst. Mir wurde klar, daß ich die Dynamik des Lebens keineswegs im Griff hatte und meine geistigen Fähigkeiten sich auch in dieser Hinsicht als gänzlich wertlos erwiesen. Mit anderen Worten: Meine Hilflosigkeit in praktischen Dingen stürzte mich in vollkommene Abhängigkeit von Adam.

Es fing damit an, daß ich nicht einmal seinen Wagen zu fahren verstand. Mir erschien der alte Toyota Landcruiser wie ein gigantischer und feindseliger Jagdhund, der mich in Abwesenheit seines Herrn mit Sicherheit anknurren würde. Allein die Vorstellung, einen Reifen plattzufahren und eigenhändig wechseln zu müssen, ließ mir den kalten Schweiß ausbrechen. Der Wagen war zu gewaltig, zu massig, zu männlich, als daß ich mir zutraute, ihn je zu beherrschen.

Zu dem Zeitpunkt begann ich mich zu fragen, was für Frauen in diesem Land lebten und wie sie es schafften zurechtzukommen. Wenn ich sie ausfindig machen und ihr Verhalten studieren konnte, dachte ich, wäre ich vielleicht in der Lage, dieses Handwerk ebenfalls zu erlernen.

Immer wenn ich Adam zum Baumarkt von Karen begleitete, sah ich ihn weiße Mädchen aus der Nachbarschaft begrüßen und küssen. Dann lehnten sie nebeneinander an der Theke und unterhielten sich fachmännisch über Schraubenschlüssel, Schrauben und Rohre, während ich mich verschüchtert und unbeholfen im Hintergrund hielt. Ich war ein Neuankömmling und eine absolute Dilettantin, und meine Unbeholfenheit gebot mir, stets zwei Schritte Abstand zu halten. Ich *roch* geradezu nach Anfängerin, das wußte ich. Die Mädchen im Laden begutachteten mich von Kopf bis Fuß, und ich musterte sie mit gleichem Interesse: Schließlich sollten sie meine künftigen Rollenvorbilder sein. Manche waren hartgesottene kenianische Cowgirls, ungeschminkt, mit weiten Shorts und muskulösen Waden. Die Aussicht darauf, daß ich mir früher oder später denselben Lesben-Look zulegen würde, war nicht gerade verlockend, doch das Erstaunliche war, daß ich trotzdem nichts anderes wollte, als ihnen nachzueifern, so heftig war meine Sehnsucht.

Es stellte sich jedoch heraus, daß es noch einen anderen Typus Frau gab, von dem ich zwei Vertreterinnen in ebendiesem Laden erspähte. Sie waren unglaublich attraktiv, trugen äthiopische Silberarmreifen, altmodische Seidenkleider und Sandalen, hatten ein kehliges Lachen und einen trockenen Humor. Sie sprachen mit Adam über Entwässerungsgräben und Elektrozäune, während sie in entschlossenem Ton Nägel der falschen Größe zurückwiesen und in fließendem Kiswahili sorgfältig Holzbalken aussuchten. Mit derselben Einstellung, mit der sie in Begleitung eines Rockstars in einem schicken Restaurant zu Mittag gespeist hätten, kauften sie Baumaterial. Ich fand sie ungeheuer sexy und wünschte mir sehnlichst, ihre Sprache zu lernen. Die beiden waren natürlich Nicole und Nena.

Von Anfang an herrschte zwischen uns keine Spur von Feindseligkeit. Wir sahen einander an und erkannten auf der Stelle, daß wir Artverwandte waren, einem Stamm von Frauen angehörten, die durch reinen Zufall nach Afrika verschlagen worden waren: Für diese Art von Leben waren wir nicht von Natur aus berufen.

»Malst du?« fragte ich Nicole mit einem Blick auf die Keilrahmen, die einer der Jungs draußen auf dem Parkplatz auf ihren Dachgepäckträger lud.

»Ja.« Sie lächelte und musterte mich scharf. »Komm doch mal vorbei. Adam kann dir sagen, wo mein Haus ist.«

Es gefiel mir, daß sie mich allein einlud und Adam die Aufgabe überließ, mir den Weg zu beschreiben. Nena lächelte, und mir fiel auf, daß sie einen sehr dunklen Lippenstift trug, passend zu ihrem Nagellack. *Rouge noir* von Chanel. O nein, diese beiden waren keineswegs weitab vom Schuß.

»Wirst du eine Weile bleiben?« fragte Nena. »Wir sind hier so *verzweifelt* auf der Suche nach neuen Freundschaften, weißt du.«

Auf mich wirkten sie zwar nicht im geringsten verzweifelt, doch zu hören, daß sie bereit waren, meine Gesellschaft als bereichernd zu empfinden, tat mir gut.

Seit einem Monat war ich wieder in Kenia und hatte den größten Teil meiner Zeit damit verbracht, Adam hinterherzulaufen und zu versuchen, meinem neuen Leben eine Struktur zu geben. Ich war schon kurz davor, zu resignieren, doch die Begegnung mit Nicole und Nena bedeutete eine Wende für mich. Die beiden waren die ersten Frauen meines Schlags, die ich bisher getroffen hatte. Wenn sie es geschafft hatten, das Klima und alle anderen Härten zu überleben, dachte ich, dann hatte ich ebenfalls Chancen. Ich sah ihnen nach, während sie in den zerbeulten Geländewagen stiegen und geschickt rückwärts aus der Parklücke steuerten.

Ja, ich würde bleiben und lernen, zu sein wie sie.

Was einem an den Weißen in Kenia unweigerlich auffällt, ist der ständige Eifer, mit dem sie an ihrer »afrikanischen Herkunft« arbeiten, sorgfältig darauf bedacht, überall den Eindruck zu erwecken, daß sie nie den geringsten Versuch unternehmen, ihre Fähigkeiten zu verbessern. Darin besteht der Trick: Es muß aussehen, als sei die Kompetenz angeboren. Alles, was du hier tust, muß naturgegeben wirken, ob du fließend Massai sprichst, mit der Steinschleuder Vögel erlegst oder mit dem Lasso Nashörner fängst.

Als ich hierherkam, hatte ich den Eindruck, als sei jedermann direkt von einer Casting-Agentur geschickt worden: Sie hatten den richtigen Wagen, die richtigen Kleider, die richtige Abenteuerlust. Auf mich wirkte alles vollkommen natürlich: Die Romantik schien ererbt, der Stil biologisch bedingt, und es war, als hätten die Spieler selbst nicht die geringste Ahnung von ihrer Brillanz – nur das Auge des Betrachters nahm sie wahr.

»Wahrscheinlich könnte man sagen, daß wir hier alle Geiseln sind«, sagte Nicole achselzuckend, als ich sie zum ersten Mal besuchte. »Geiseln der Schönheit.«

Wir tranken Tee auf ihrer Veranda. Sie war vollgestopft mit Pinseln und Farbtöpfen, Muscheln und Treibholz, Farnen in Töpfen, die von den Dachbalken herabhingen, roch nach Holz und Rauch, und mit den Bildern, die an der Wand lehnten, und einem sonnengebleichten Kelim verbreitete sie eine poetische Boheme-Atmosphäre. Auf dem Tisch stand eine kleine chinesische Teekanne, und wir tranken Ingwertee aus gesprungenen Tassen.

»Was meinst du damit?«

»Ich meine, daß wir alle nicht mehr loskommen, weil wir hier eine so *gute Figur* machen. Nirgendwo sonst auf der Welt kann irgend jemand für dasselbe Geld ein solches Luxusleben führen wie wir.« Sie deutete auf den Shamba-Jungen, der vor den Blumenbeeten kniete.

»Wir haben Dienstboten, zahlen keine Steuern, feiern jede Menge Feste, am Wochenende betätigen wir uns als Hobbyforscher, das ganze Jahr über sehen wir gesund und braungebrannt aus, und für alles, was schiefgeht, können wir immer die Afrikaner verantwortlich machen. Es ist so ein ausgezeichnetes Geschäft!«

»Na ja ... sicher, aber es wird doch noch mehr geben als nur *das* ...«

»Selbstverständlich. Aber wie Hunter immer sagt, wird hier redaktionell ziemlich stark eingegriffen. Du weißt schon – sämtliche schlechten Aufnahmen werden aussortiert und nur die guten veröffentlicht. Und damit hat er natürlich vollkommen recht.«

»Wer ist Hunter?«

»Hunter Reed ... er schreibt für den *Independent*. Er ist hier geboren, aber erst vor kurzem als Ostafrika-Korrespondent aus England zurückgekommen. Du solltest ihn kennenlernen, er würde dir bestimmt gefallen. Er ist ein unglaublich heller Kopf. Was hier eher eine Seltenheit ist, wenn du weißt, was ich meine.«

Dieses Gespräch beunruhigte mich. Ich war noch nicht bereit, der Frage auf den Grund zu gehen, weshalb die Weißen in Afrika in derartiger Selbsttäuschung lebten. Es überraschte mich, daß Nicole sich so viele Gedanken darüber machte: Nachdem es gerade das Fehlen jeglicher intellektueller Kritik gewesen war, das mich an diesem Land zuallererst fasziniert hatte, erwartete ich naiverweise, daß auch alle anderen so empfänden.

In dieser Nacht klammerte ich mich an Adams Körper, der sich stark und hart wie ein Baum anfühlte. Nein, ich sehnte mich nicht nach unglaublich hellen Köpfen – ich hatte eine viel einfachere Sehnsucht: Ich wollte ein Loch in den Boden graben, in das ich meine jungen Wurzeln stecken konnte, damit sie zumindest weit genug festwachsen konnten, um mich an die üppige afrikanische Erde zu binden.

Adam unterhielt ein Luxuscamp. Die Logistik bei der Bereitstellung von Nahrung, angemessenen Unterkünften, Toiletten und heißen Duschen mitten im Busch ist mit aufwendiger Planung und hohen Kosten verbunden. Wenn man Eiswürfel in seinem Sonnenuntergangs-Gin-Tonic erwartet, muß man all die Arbeit bezahlen, die dafür erforderlich ist.

Adam hatte ein Büro in der Stadt, wo eine kleine, aber hocheffiziente Gruppe von Leuten die Organisation in der Hand hatte. Sie kümmerten sich um Buchungen, die Beschaffung von Proviant und anderen Vorräten und um jedes unvorhergesehene Problem, das im Busch auftauchen konnte. Im Hintergrund knisterte stets das Funkgerät, während die Jungs im Camp ihre wöchentlichen Bestellisten durchgaben: eine neue Verteilerkappe für den Toyota, Kaffeebecher, Waschpulver, Sturmlampen, Wachs, Streichhölzer, Seile, Handtücher, Besteck und was noch alles.

Adam holte die Kunden am Flughafen ab, brachte sie ins Norfolk-Hotel, damit sie ihren Jetlag ausschlafen konnten, und fuhr dann am nächsten Tag mit ihnen ins Camp. Je nach Jahreszeit und den Wünschen der Kunden verlegte er sein Lager, doch sein bevorzugter Standort lag oben im Norden, am Ewaso-Ngiri-Fluß im Stammesland der Samburu.

Die Kunden waren vorwiegend Amerikaner und ausnahmslos sehr gut betucht. Wenn sie aus dem Flugzeug stiegen, sahen sie immer gleich aus und protzten mit absurden Hüten, goldenen Armbanduhren und Designersonnenbrillen. Die Frauen hatten entweder das grimmige Aussehen von Wasserstoffblondinen mit neurotischer Angst vor dem Alter, den eisig starren Blick der viel jüngeren Geliebten oder das wutentbrannte Funkeln der erbitterten Gattin. Die Männer waren leicht ergraut, und ihre Körperfülle wuchs proportional zu ihrem Verlust an Macht. Um andere zu beeindrucken, blieb ihnen nur noch ihr Geld, und deshalb leisteten sie sich astronomisch teure Ferien.

Kunden dieses Typs kamen in der Regel aus dem amerikanischen Mittelwesten oder Süden, sprachen in langgezogenem, näselndem Ton und redeten stur mit ihrem starken Akzent auf die Samburu ein, weil ihnen nicht im Traum einfiel, daß es auf diesem Planeten Menschen ohne Englischkenntnisse geben könnte. Sie waren anspruchsvoll und reizbar, wenn nicht alles so reibungslos lief wie in einem Fünf-Sterne-Hotel. Nichts an ihnen war anziehend oder sympathisch.

Es kamen aber auch jüngere Paare. Kalifornische Platten- und Filmproduzenten, New Yorker Börsenmakler, Immobilienmagnaten aus Miami, die in den achtziger Jahren ihr Glück gemacht, kiloweise bolivianisches Koks geschnupft hatten und jetzt überzeugte New-Age-Anhänger geworden waren. Zigaretten, Alkohol und Drogen hatten sie aufgegeben und widmeten sich mit religiösem Eifer der Gesunderhaltung ihres Körpers. Ihre Freundinnen neigten in der Regel zur Magersucht, füllten ihre Handtaschen mit teurem Make-up, fest entschlossen, ihre weißen Körper keinem Hautkrebsrisiko auszusetzen, und auf ihrem Nachttisch lag der neueste Bestseller über Ganzheitsmedizin.

Diese letzte Kategorie von Kunden fiel unweigerlich unter das »Leben von Francis Macomber«-Syndrom. Die Freundinnen waren stets angenehm überrascht, wenn sie aus dem Flugzeug stiegen und Adam erblickten, der weitaus attraktiver war, als sie erwartet hatten: ein zusätzlicher Bonus zu einem exotischen Abenteuer.

Ich sah es kommen, sobald sie das Camp betraten. Nach knapp achtundvierzig Stunden Gemeinsamkeit waren die Mädchen soweit, daß sie ihre Freunde ignorierten und Adam mit Fragen aller Art überschütteten.

»Was für Schlangenarten leben denn hier? Sind sie tödlich? Sind das Massai? Samburu? Sprichst du ihre Sprache?«

Sobald Adam mich als seine Freundin vorstellte, sah ich einen Funken Enttäuschung in ihren Augen, während sie mir die Hand schüttelten.

Nach einer Aperitif-Runde am Feuer aßen wir gemeinsam im Verpflegungszelt. Am dritten oder vierten Tag gaben sie meist ihr Mineralwasser auf und stiegen auf härtere Getränke um, was sie ein wenig lockerer werden ließ – nicht immer mit positiver Wirkung.

In dieser Phase hatten die Frauen in der Regel unverblümt mit Adam zu flirten begonnen. Er hatte sich in die aufregendste männliche Kultfigur verwandelt, die sie je außerhalb von Hollywood erblickt hatten. Inzwischen hatte er sie angewiesen, was sie tun sollten, wenn der – höchst unwahrscheinliche – Fall eintrat, daß ein Elefant anzugreifen versuchte, hatte ihnen versichert, solange sie im Wagen säßen, sei es technisch unmöglich, daß ein Löwe auf sie losginge, und hatte ihnen geduldig erklärt, welche Schlangen wirklich gefährlich waren und wie man verhinderte, daß nach einem Biß das Gift in den Blutkreislauf gelangte.

Bis dahin waren ihre Freunde oder Ehemänner für viele entscheidende Aspekte ihres Lebens verantwortlich gewesen: ihren gesellschaftlichen Status, ihr Bankkonto, die Innenausstattung des neuen Heims. Doch nun oblag diesem gutaussehenden jungen Mann, den sie kaum kannten, die Verantwortung für ihr Überleben.

Das war natürlich sehr sexy. Afrika, das bedeutet Gefahr, Finsternis, die Angst vor dem eigenen Tod. Und wie wir alle wissen, ist nichts so erotisch wie Furcht.

Eigentlich sollte das niemand besser wissen als ich: Lange vor diesen Frauen hatte ich vor Adams Männlichkeit kapituliert, doch ich redete mir immer noch gern ein, daß ich dabei mehr Geschmack bewiesen hatte als sie.

»Wie dieser Löwe heute gebrüllt hat… O mein Gott… das werde ich nie vergessen!« erinnerte sich die eine oder andere magersüchtige Schönheit mit einem Seufzer, ließ das Eis in ihrem Glas klingeln und warf Adam einen Blick zu, der nach einer Art kosmischer Bestätigung heischte. »Ich dachte ... Mann ... das ist *wirklich* irre ... du hörst diese Stimme und erkennst, daß wir auf diesem Planeten wirklich *nichts* wert sind ... Weißt du, was ich meine?«

Zu dem Zeitpunkt waren die Männer normalerweise bereits eingeschnappt. Die afrikanische Safari mit ihrer Schönen hatten sie sich wahrhaftig anders vorgestellt: Die Reise hatte keinen anderen Zweck gehabt, als *sie selbst* romantisch, männlich und glorreich erscheinen zu lassen – und statt dessen mußten sie jetzt feststellen, daß sie eine Menge Geld ausgegeben hatten, um neben diesem Burschen wie die letzten Versager dazustehen.

»Wie können *Sie* denn hier leben?« fragte mich der New Yorker Exkokser, der jetzt ein gesünderes und wohlhabenderes Leben in L.A. führte.

Es war frühmorgens, und wir beide saßen am Tisch im Verpflegungszelt. Er hatte beschlossen, die Fotosafari um sechs Uhr ausfallen zu lassen und statt dessen an seinem Laptop zu arbeiten. Wahrscheinlich hatte er das Bedürfnis, seine Autorität wiederherzustellen, indem er der Hongkonger Börse ihren rechtmäßigen Platz inmitten all dieser Natur einräumte. Er klang angriffslustig und war offensichtlich in miserabler Laune. Ich hatte beobachtet, wie er kurz zuvor mit unheimlicher Gefräßigkeit sein Frühstück in sich hineingeschlungen hatte, und war mir sicher, daß er im Bett weitaus weniger auf seine Kosten kam, als er geplant hatte.

»Ich meine, Adam ist hier geboren, na gut, für ihn ist das seine Heimat ... Aber was tun *Sie* hier? Ich meine, ich würde glatt *sterben*, verstehen Sie, ich würde verflucht noch mal *sterben*, wenn ich so lange auf das Stadtleben verzichten müßte.«

»Wahrscheinlich hab ich genug vom Stadtleben«, sagte ich trocken.

Unmittelbar unter uns zog der Fluß eine enge Schleife. Ich heftete den Blick auf ein gewaltiges Krokodil am gegenüberliegenden Ufer: Es sah aus wie eine Lehmskulptur. Ich machte ihn darauf aufmerksam. Er warf einen flüchtigen Blick hinüber und nickte unbestimmt. An diesem Morgen war er nicht gewillt, mir die Genugtuung zu verschaffen und irgendein Interesse an der Natur zu bekunden. Er wandte sich wieder seinem Flüssigkristallbildschirm zu und hackte eine Zeitlang auf die Tastatur ein.

»Das ist doch alles nicht *real.* Es ist nur ein riesiges Hirngespinst.«

Ich gab keine Antwort. Er langweilte mich bereits dermaßen, daß ich hätte schreien können.

»Eine Neuauflage von Disneyland, das ist es – mit der realen Welt hat das hier nichts zu tun. Hier stellen sie die Natur in den Vordergrund, weil sie dann den Leuten für teures Geld vorführen können, wie es vor tausend Jahren war, das Jagen und Töten und so weiter. Aber sobald sich kein Geld mehr damit verdienen läßt, werden sie die Natur genauso zerstören, wie sie's überall sonst auf der Welt getan haben.«

Ich griff zum Fernglas und tat, als suchte ich das Flußufer nach weiteren Tieren ab.

»In Nigeria brauchen sie keine Naturparks. Wissen Sie wieso? Weil sie dort Öl haben«, kicherte er. *»Jede Menge.«*

Ungeduldig deutete er auf seinen Bildschirm, wie um mich daran zu erinnern, daß in ebendiesem Moment, während wir unsere Zeit damit vergeudeteten, Krokodile im Schlamm zu beobachten, in Lagos bedeutende Börsengeschäfte abgewickelt wurden.

»Sie leben in einem Museum, das ist Ihnen doch wohl klar ...«

»Na, Sie sind aber ziemlich ptolemäisch«, sagte ich.

»Was soll das heißen?«

»Sie wissen, daß wir vor Galilei an das ptolemäische System glaubten, in dem die Erde der unbewegliche Mittelpunkt des Universums war?«

Er beäugte mich argwöhnisch. Er hatte zwar nicht wirklich begriffen, wovon ich sprach, doch die Andeutung behagte ihm nicht, das sah man ihm an.

»Anders ausgedrückt: Wieso bestimmt immer der Westen, was real ist und was nicht?« fragte ich.

Er schüttelte den Kopf, als sei ich hoffnungslos lächerlich.

»Ich meine, wir stehen schließlich kurz vor der Jahrtausendwende, Leute!«

»Na und?« Die Art, wie er mich als »Leute« bezeichnete, gefiel mir nicht.

»Na ja, man braucht keinen Nobelpreisträger, um euch zu sagen, daß die Zukunft nicht in *diesem* Teil des Planeten geschrieben wird. Ich an Ihrer Stelle könnte es nicht ertragen, so weit ab vom Schuß zu sein.«

»Und was würden Sie tun, wenn Sie an meiner Stelle wären?« fragte ich und zündete mir die erste Zigarette des Tages an. Ich wußte, wie abstoßend er es fand, daß ich so früh schon zu rauchen anfing, und blies absichtlich den Rauch auf seinen Bildschirm.

»Na ja, ich würde von der ganzen großartigen Technologie profitieren, die der Westen erzeugt ... Da draußen liegt eine ganze Welt, verstehen Sie, und sie ist *total* umwerfend, das können Sie mir glauben!«

»Wahrscheinlich«, antwortete ich zweifelnd.

»Und abgesehen davon«, fügte er in bedrohlichem Ton hinzu und starrte mich eindringlich an, »sind Sie eine schlaue und äußerst attraktive Frau. An Ihrer Stelle würde ich so schnell wie möglich abhauen und mich den Teufel darum scheren, welcher Vogel wie heißt!«

Ich wußte nicht, welcher Vogel welchen Namen hatte – ich kannte überhaupt keine Namen, und vor den wilden Tieren hatte ich nicht weniger Angst als die magersüchtigen Schönheiten – ihr Verhalten und ihre Gewohnheiten waren mir so fremd wie ihnen.

Trotzdem mochte ich die Gäste nicht, die uns ständig umringten, ihre Anwesenheit irritierte mich, weil sie mich an alles erinnerte, wovor ich davongelaufen war. Ihre forschenden Blicke, ihre indiskreten Fragen verursachten mir Unbehagen, verfälschten meine Sicht der Landschaft. Es war, als wären sie Geheimagenten mit dem Auftrag, mir Handschellen anzulegen und mich nach Hause zurückzuholen.

Natürlich gab es Ausnahmen. Man sah sie mit ihrem übertriebenen Gepäck aus dem Wagen steigen und hatte in derselben

Minute eine exakte Vorstellung von ihnen – die sich dann als falsch erwies.

Tara zum Beispiel: Sie war Ende Vierzig, platinblond, aufdringlich gekleidet, trug künstliche silberne Fingernägel und ein schreiendes Make-up und sah aus wie eine reiche Zockerin aus Las Vegas. Adam und ich konnten uns nicht vorstellen, wieso um alles in der Welt sie allein eine Safari unternahm. Sie schien den Busch zu verabscheuen, zuckte bei jedem Geräusch zusammen, kreischte bei jedem Insekt, beklagte sich, daß ihre Nägel splitterten, und marschierte unverdrossen auf hohen Absätzen durchs Camp. Natürlich hatte ich meine Theorien über sie.

Lief sie vor jemandem davon? War sie eine Spionin? Ein Transsexueller? Was war ihr Geheimnis?

»Ich arbeite in der Filmbranche, Schätzchen«, vertraute sie mir an, als ich meinen Mut zusammennahm und sie fragte. »Exotische Tiere. Ich bin Tiertrainerin, und meine Spezialität sind Katzen. Jeder Löwe und jeder Tiger, den du in einem Film siehst, stammt von mir.«

»Tiger?«

»Sibirische, bengalische. Zu Hause schlafen vier Tiger bei mir im Bett. Und deswegen fand ich, daß es an der Zeit ist, nach Afrika zu fahren und mir mal die ungezähmte Wildnis anzuschauen.«

Es paßte alles zusammen: Sie trug in der Tat diesen extravaganten Zirkusstil zur Schau, wie er Katzenliebhaberinnen manchmal zu eigen ist.

Tara wußte absolut alles über Großkatzen. Sie wußte sogar, wie man Hautprobleme, Wurmbefall, Vitaminmangel behandelt. Wann immer sie bei einer Safari einen Löwen oder Geparden erspähte, bat sie Adam, der am Steuer saß, sich so weit wie möglich zu nähern, und dann begann sie, in einer unverständlichen Sprache auf sie einzuflüstern. Unweigerlich wandten die Tiere ihr den Kopf zu und lauschten halb hypnotisiert. Adam war beeindruckt und betrachtete sie fortan mit völlig anderen Augen.

»Was sind das für Laute, die Sie da machen? Ist das eine Sprache, die sie verstehen?« fragte er sie.

»Ein Geheimnis«, antwortete sie mit orakelhaftem Lächeln. »Das verrate ich nicht.«

Niemand bezweifelte, daß sie es auch fertiggebracht hätte, sie zu berühren – man spürte ihre absolute Furchtlosigkeit. Und neben einem wilden Tier ging jedesmal eine unerklärliche Verwandlung mit ihr vor: So grotesk und lächerlich ihre Aufmachung sonst wirkte – in solchen Momenten sah sie majestätisch aus.

Adam fragte, was sie dazu gebracht habe, Tiertrainerin zu werden.

»Sagen wir so, Schätzchen. Dort, wo ich lebe, kann man heutzutage jederzeit erschossen werden. Lieber soll mich ein schönes wildes Tier umbringen, als daß ich mich von einem geistesgestörten Cracker niederknallen lasse. Das ist eine sehr viel reizvollere Art, sich zu verabschieden.«

Wer könnte ihr das verübeln?

Von diesen wenigen Ausnahmen abgesehen, zog ich es normalerweise vor, Adam bei seinen Safaris mit den Gästen nicht zu begleiten, sondern statt dessen am Fluß entlangzuspazieren oder auf den Bergkamm zu klettern, begleitet von zwei der Samburu-*askaris*, die im Camp arbeiteten.

Lenjo ging stets voraus, in den Händen den langen Speer und sein *rungu*, den aus Olivenholz geschnitzten kurzen Knüppel, den jeder Samburu immer mit sich trägt. Diani, der fast noch ein Kind war, ging hinter mir. Ich hielt die Augen auf Lenjos Rücken geheftet: Seine langen Zöpfe, mit Rinderfett und rotem Ocker bestrichen, baumelten hin und her, die rote *shuka*, die er wie eine römische Toga über eine Schulter gebunden trug, flatterte im Wind, und seine unglaublich langen und mageren Beine schienen den Boden mit der Schwerelosigkeit einer Feder zu berühren. Er war ein Moran, ein Krieger seines Stammes. Diani war noch nicht beschnitten und hatte deshalb noch nicht den Status eines Moran errungen. Seine Haare waren noch kurz, seine Ohren nicht durchbohrt, und er durfte noch nicht die bunten Perlen tragen, die Lenjos dunkle Haut schmückten.

Wir gingen schweigend dahin, lauschten lediglich den Lauten aus dem Busch und spürten die kühle Morgenluft, die uns über Arme und Beine strich. Hin und wieder blieb Lenjo stehen und hielt Ausschau, und ich ahnte, daß seine Augen den Busch vor uns absuchten. Das war immer ein Moment der Spannung, in dem ich den Atem anhielt und nie wußte, was als nächstes geschehen würde. Ich schaute zurück, um Dianis Miene zu sehen, und stellte jedesmal fest, daß er sich, durchaus gelassen, auf seinen Speer stützte und auf einem Zweig herumkaute.

»Ndovu«, Elefant, verkündete Lenjo nach langem Schweigen leise und deutete bedächtig auf das Tal unter uns. Ich hörte nur das schwache Geräusch brechender Zweige und sah im Dickicht einzelne Bäume hin und her schwanken.

Ja, dort waren sie, gewaltige Elefanten mit riesigen Rüsseln. Einer, zwei, drei – manchmal bis zu zwanzig. Wir beobachteten sie eine Weile schweigend. Lenjo und Diani unterhielten sich auf Samburu und kommentierten die Größe der Tiere. Dann deutete Lenjo, der halbwegs Englisch sprach, auf einen undeutlichen braunen Fleck im Busch und sagte befriedigt: »Sehr, sehr großer Elefant.«

Er liebte es auch, mir die Pflanzen und Heilkräuter zu zeigen, die sein Stamm benutzte.

»Dies sehr gefährlich, kann Elefant töten. Dies streichst du auf Pfeilspitze, und Mensch stirbt in zwei Minuten«, sagte er über einen ganz harmlos wirkenden grünen Zweig. Dann zeigte er mir ein silbernes, samtiges Blatt.

»Dies wir nennen Moran-Decke, weil Morans auf diesen Blättern liegen, wenn sie unter dem Himmel schlafen. Sehr, sehr weich, wie Decke... Dies hier heilt Erkältungen, nur durch Geruch... Und dies macht dich stark, sehr stark, wenn du Rinde kochst und trinkst wie Suppe, macht dich sehr hungrig, und du ißt eine große Ziege, vielleicht zwei...«

Es gefiel mir, wie die beiden jungen Krieger ständig mit ihren Fähigkeiten protzten. Ja, selbstverständlich konnten sie einen Löwen mit dem Speer erlegen, einem benachbarten Stamm hundert Rinder stehlen, dreißig Meilen marschieren, in einer einzigen Nacht eine ganze Ziege aufessen. Für einen Moran war nichts zu groß oder zu kräftig.

Ein Samburu-Krieger mußte tapfer sein – das war ihm von frühester Kindheit an eingebleut worden.

»Und wenn du bei der Beschneidung bloß die Zehen umbiegst«, sagte Lenjo lächelnd, »dann bist du fertig. Sie nennen dich Feigling, und auf deine Familie fällt Schande. Bestimmt!«

Er und Diani lachten über meine Verblüffung. Die Beschneidung war das Lieblingsthema eines jungen Samburu.

»Du mußt tapfer sein und stillsitzen, wenn sie dich mit Messer schneiden. Jeder schaut dich an, um zu sehen, ob du vielleicht die Zehen umbiegst... Deswegen mußt du still sitzen: So.«

Lenjo schloß die Augen, als döse er vor sich hin. Diani nickte ermutigend. Und nach dieser Demonstration lächelten sie stolz.

»*Mape*. Jetzt gehen wir.«

Über lange Strecken wanderten wir stumm weiter, dann hielten wir inne, setzten uns mit überkreuzten Beinen auf einen Felsblock und schauten auf die endlose Ebene hinab. Wir saßen reglos und schweigend und lauschten dem Rauschen des Windes unter uns. Es gefiel mir, daß ich in Gesellschaft anderer so ruhig bleiben konnte, ohne das Bedürfnis zu verspüren, die Stille mit Geplauder zu füllen.

Es war Lenjo, der sanft das Schweigen brach.

»Malo.« Ein großer Kudu. Er zeigte auf einen winzigen Fleck in der Ferne. Die beiden lachten über mich, wenn sie mich argwöhnisch blinzeln sahen.

Ich liebte die Stimmung auf diesen Wanderungen.

Zwischen Menschen, die dicht beieinander die Wildnis durchstreifen, besteht eine sehr spezielle Bindung. Sie müssen sich vorsichtig bewegen und auf jede Eventualität gefaßt sein. Der Unterschied zwischen diesen beiden jungen Kriegern und mir hätte nicht größer sein können, und doch hielten wir nach denselben Zeichen Ausschau, während wir schweigend gemeinsam durch das hohe Gras streiften, suchten, witterten, lauschten. Falls wider Erwarten tatsächlich etwas geschehen sollte, würde es uns dreien zustoßen, ob es ein Büffel war, der aus dem Gras hervorbrach, ein Löwe oder eine Kobra. Ja, die übersättigten Touristen mochten ruhig weiter den Busch für ein Hirngespinst halten – mir erschien die Natur durchaus real.

Und so lebendig war das Gefühl, daß ich jetzt den Eindruck hatte, als gehörten all die Wut und der Schmerz, die ich empfunden hatte, als ich zum ersten Mal hiergewesen war, einem anderen Leben an. Es war, als sei das Schweigen der Wildnis in mich eingesickert und habe den sinnlosen Lärm meiner Angst beschwichtigt.

Lenjo lächelte stets, wenn ich ihn fragte, was wir tun würden, wenn wir im Gras auf einen Löwen stießen.

»Löwen haben Angst vor Menschen. Aber du zeigst keine Angst, denn Tiere spüren Angst. Du bist immer mutig, und der Löwe läuft davon. Bestimmt!«

Wir trafen nie einen Löwen, und ich mußte seine Theorie nie auf die Probe stellen.

Einmal jedoch, als wir fast das Camp erreicht hatten, blieb er jäh stehen. Mein Herz ebenfalls: Ich war mir sicher, daß uns diesmal Gefahr drohte. Lenjo drehte sich zu mir um und deutete schweigend auf die Bäume. Ich konnte mit Mühe eine Gestalt erkennen und sah ein paar heftig bewegte Äste.

»Elefanten«, flüsterte er und begann zurückzuweichen. Alle drei gingen wir rückwärts, eine Ewigkeit, wie mir schien, den Blick auf die schwankenden Äste geheftet. Dann hörten wir das Trompeten. Es brachte regelrecht die Erde zum Beben, so nahe war es. Dann splitterten die Äste. Ein Adrenalinstoß schoß durch meinen Körper. Todesangst in reinster Form. Lenjo und Diani erstarrten für den Bruchteil einer Sekunde, dann bedeuteten sie mir loszulaufen.

Sofort griff ich nach Lenjos Ellenbogen – ich traute meinen Beinen nicht zu, so schnell zu laufen wie er. Wir rannten und rannten, im Zickzack durch den Busch, rings um uns flatterten Vögel. Ich wußte nicht, ob wir immer noch verfolgt wurden, ich konzentrierte mich nur auf das Laufen, und auf einmal – ich weiß nicht, woher – war ich mir sicher, daß wir nichts zu befürchten hatten.

Das Unglaubliche war, daß wir immer heftiger lachten, je länger wir rannten. Keuchend vor hysterischem Gelächter klammerten wir uns aneinander, wie spielende Kinder, und als wir schließlich ins Camp stürzten, hielten wir uns die Bäuche.

»Huju, anaweza, kukimbia sana«, sagte Lenjo zu Adam und den anderen Jungs, deutete auf mich und schüttelte grinsend den Kopf.

»Selbstverständlich kann ich rennen, was hast du denn gedacht?« antwortete ich scherzhaft und wischte mir den Schweiß von der Stirn.

Und auf einmal fühlte ich mich als Siegerin. Alles in allem war es kein schlechtes Gefühl, schneller zu sein als ein zorniger Elefant.

Eines Abends im Dämmerlicht nach Sonnenuntergang tauchte Iris auf. Sie erschien in voller Montur: mit ihrem zerbeulten olivgrünen Landrover, einer Pistole von Handtaschengröße im Handschuhfach, einem alten Filzhut über ihrem langen blonden Zopf, mit rotem Staub überzogen, schweißverkrustet und geschmückt mit Samburu-Perlen, und auf dem Rücksitz saßen zwei eindrucksvolle Morans.

Wir hatten unser Camp unweit von Wamba aufgeschlagen. Die Kunden, eine Gruppe Chicagoer Chirurgen mittleren Alters nebst Gattinnen, starrten dieses ungezähmte blonde Wesen ungläubig an, und einer von ihnen holte tatsächlich seine Kamera hervor, um sie zu fotografieren. Iris fiel Adam um den Hals und küßte ihn leidenschaftlich.

»O Mann! Ich bin die ganze Strecke von South Horr in einem Stück gefahren und total am Ende! Zuallererst brauch ich was zu trinken… Hallo, ich bin Iris Sorensen… freut mich, Sie kennenzulernen… Tut mir leid, daß ich in euren Dämmerschoppen einbreche… Oh, Esmé… Da bist du ja – war aber auch Zeit, daß wir uns kennenlernen!«

Ehe ich mich versah, umschlangen mich ihre kräftigen Arme. Sie roch nach Staub und Benzin. Dann rückte sie von mir ab, musterte mich gründlich und wandte sich an die Umstehenden: »Ich hab von dieser Frau schon jede Menge gehört!«

Iris war auf dem Rückweg nach Nairobi. Zwei Monate lang hatte sie eine Gegend weiter nördlich durchstreift, um Fotos für ein neues Buch über die Stämme des Nordens zu machen. Über Funk hatte sie gehört, daß Adam am Ewaso sein Lager aufgeschlagen hatte, und beschlossen, einen Abstecher zu machen und sich einen Tag Pause zu gönnen. Wie sie das Camp gefunden hatte, weiß ich nicht – mir kam es vor, als wären wir mitten im Nirgendwo. Aber offensichtlich immer noch nicht abgelegen genug für eine Buschfrau wie Iris.

Adam schenkte ihr einen Drink ein, während sie das Personal begrüßte. Sie schien sie alle schon lange zu kennen, und vor allem Lenjo war begeistert, sie zu sehen. Sie vollführten ein kompliziertes Begrüßungszeremoniell und scherzten miteinander auf Samburu.

»Ach, dieser Lenjo. Er ist einfach umwerfend«, sagte sie kopfschüttelnd zu Adam, als sie zu ihrem Stuhl zurückkam. »Eines Tages werde ich ihn dir entführen.«

Sie kramte einen Tabaksbeutel hervor und fing an, sich auf dem Schoß eine Zigarette zu drehen. Wir alle umringten sie und starrten sie gebannt an, wie eine Leinwandfigur. Sie schüttelte den Kopf und lächelte uns an.

»Bin ich froh, daß ich hergefunden habe, das kann ich euch sagen! Rund um Barsaloi sind zur Zeit alle ziemlich nervös wegen der *shiftas.*«

»Was ist das?« fragte eine Chirurgengattin.

»Banditen«, antwortete Iris lässig und fügte hinzu, während sie das Papier befeuchtete: »Außerdem ziemlich üble Burschen.«

Die Gäste gerieten in Aufregung und begannen sie auszufragen. Ob ihr Buch in den Staaten veröffentlicht würde? Ja, in der Tat.

Wer diese Frau sei, fragten sie mich. Ob ich je von ihr gehört hätte? Ja, natürlich hatte ich von ihr gehört, und nicht nur das: Tatsächlich hatte ich gar nicht lange zuvor ihr erstes Buch in der Hand gehalten. Es hatte im Schaufenster des Buchladens im New-Stanley-Hotel gelegen und trug, wenn ich mich recht erinnere, den Titel *Die letzten Riten.* Ich erinnerte mich an ihr Foto auf dem Schutzumschlag: Sonnengebräunt, das lange Haar offen, behängt mit Stammesschmuck, saß sie lächelnd in ihrem schlammverkrusteten Landrover.

Ich weiß noch, daß ich dachte: Na komm, die Frau kann doch unmöglich echt sein!

Aber hier war sie, durchaus echt, mitsamt ihren Requisiten.

Ob sie in Kenia geboren sei, fragten die Amerikaner, begierig, mehr zu erfahren.

Ja, und sie hatte den größten Teil ihres Lebens bei den Nomadenstämmen des Nordens verbracht. Ihr Vater war ein schwedischer Farmer, der Mitte der fünfziger Jahre nach Afrika ausgewandert war und sich in der Nähe von Maralal niedergelassen hatte.

Nach dem Essen mit den Gästen saßen wir zu dritt am Feuer. Sie trug nichts als einen somalischen *kikoy* und ein Männerhemd, und ihr langes Seidenhaar fiel ihr offen über den Rücken. In vielerlei Hinsicht sah sie aus wie die gebleichte Version eines Moran – derselbe elegante Gang, dieselbe hagere Gestalt.

Adam schien glücklich, sie hier zu haben: Zwischen ihnen herrschte eine Vertrautheit, die offenbar weit in die Vergangenheit zurückreichte. Immer wieder erwähnte Iris Bekannte und bezog sich in einer Art Kürzelsprache auf Gegenden im Busch, die sie beide sehr gut kannten. Anscheinend hatten sie eine gemeinsame Geschichte aus Safaris und Abenteuern, Reisen und Nächten unter den Sternen, geschützt nur durch ein Moskitonetz.

»Weißt du, ich habe eine Woche lang in den Ndotos festgesteckt, weil mir die Gangschaltung unter den Händen zusammengebrochen ist. Unglaublich. Deswegen mußte ich warten, bis dieser Bursche den ganzen Weg von der Mission herkam, um die Schaltung zu reparieren … Weißt du noch die Mission, wo wir damals, bei der Durchquerung der Kaisut-Wüste, Benzin gekauft haben? Wie heißt sie noch?«

»Jaja, ich erinnere mich … Die Mission, die dieser italienische Priester hatte, dieser Automechaniker …«

»Er ist inzwischen gestorben. Aber an seiner Stelle ist ein kanadischer Priester da, ein toller Typ. Er hat mir schließlich geholfen, das Ding zu reparieren …«

»Hervorragend.«

»Weißt du noch die Brücke, hinter dem riesigen Vulkanfelsen, wenn du auf dem Weg nach Ol Doinyo Nyro bist?«

»Sie ist unterspült, ich weiß. Ich bin vor ungefähr vier Wochen dort vorbeigekommen.«

»Die Straße ist jetzt der reinste Alptraum. Ich bin immer wieder im Schlamm steckengeblieben.«

Ihre Landmarken waren Felsen und Berge und Bäume, Wasserlöcher und verstreute *manyattas* im Busch. Ich lehnte mich zurück und hörte zu, wie sie über das Land sprachen, es nachzeichneten und neu entstehen ließen, allein um des Vergnügens willen, aus einer abstrakten Erinnerung wieder ein greifbares Gebilde zu schaffen. All dieses Land, das sich rings um uns erstreckte, Land, das für mich keinen Namen, keine Gestalt und keinen Sinn hatte.

Ihr Gespräch ließ mich an die australischen Aborigines denken, die überzeugt sind, die Erde verdanke ihre Gestalt ihren Gesängen: In der Traumzeit waren die Urahnen aus der vollkommenen Finsternis erwacht, und als das Licht zu leuchten begann, gingen sie auf Wanderschaft. Sie zogen durchs Land und sangen – besangen die Form jedes Felsens und Wasserlochs und Hügels, besangen die Bäume, die Steine, die Flüsse, die Canyons, und so erschufen sie die Welt: indem sie sie Stück für Stück besangen. Die Gesänge waren ihre Traumpfade, die Spuren, die ihre Lieder von einem Ort zum anderen gegraben hatten. Dort erbt man kein Land – man erbt Gesänge. Die Stämme besitzen Lieder.

Praktisch die gesamte australische Landschaft läßt sich besingen. Wo die Gesänge eines Stammes aufhören, knüpft der nächste Stamm an.

In dieser Nacht sangen Adam und Iris ihre Gesänge über den Norden Kenias, als sei es ihr angestammtes Eigentum, und wurden nicht müde, bis sie jeden Hügel und jede Brücke, jeden Wald und jeden Baum, jeden obskuren Winkel des afrikanischen Buschs besungen hatten.

Es war schön, ihren Gesängen zu lauschen.

»Wart ihr ein Paar?« flüsterte ich im Dämmerlicht des Zelts. Adam und ich hatten uns geliebt, und jetzt lag er auf der Seite und rauchte einen Joint. Eine sinnlose Frage, ich wußte die Antwort ohnehin.

»Ach«, sagte Adam geistesabwesend. »Ja, als wir viel jünger waren.«

Ein Schweigen trat ein. Er spürte meine Unruhe.

»Weißt du, sie ist mir jetzt wie eine Schwester.«

Die Vorstellung von Iris als seiner Schwester behagte mir wenig – allenfalls bedeutete sie eine noch größere Gefahr für mich.

»Was bin *ich* denn für dich?« fragte ich.

Ich spürte seine Hand auf meiner Schläfe, die mein Haar streichelte, als wollte er meine Zweifel zerstreuen. Wahrscheinlich wirkte ich immer so unsicher, aber ich wußte tatsächlich nie genau, wie die Zeichen zu deuten waren. Sollte ich bleiben? Sollte dies von nun an mein Leben sein? Das Leben einer Museumswärterin, wie der bekehrte Kokser so verächtlich gesagt hatte?

»Schsch«, sagte er und küßte mich flüchtig. »Warum suchst du immer nach Definitionen? Du bist erst zufrieden, wenn man dir Etiketten in die Hand drückt, die du überall aufkleben kannst.«

Er hatte recht. Ich brauchte Worte, ich glaubte an sie.

»Ich liebe dich«, sagte er. »So einfach ist das.«

Er drehte sich um, drückte den Joint aus, löschte die Kerosinlampe.

»Und jetzt sei still«, sagte er.

Ich lächelte in die Dunkelheit, als er mich näher zu sich zog und von hinten seine Arme um mich schlang. Ich spürte seine warme Hand auf meinem Bauch und seinen Atem in meinem Nacken.

Mehr konnte eine Frau sich nicht wünschen. Oder?

Aber ich wünschte mir mehr.

Denn mein ganzes Leben lang war ich auf anderen Pfaden gewandert als Iris und Adam.

In meiner europäischen Traumzeit hatte es keine Felsen und Berge und Bäume gegeben, die ich hätte besingen können, eigentlich gar nichts Sichtbares. Ziellos hatte ich mich von einem Geisteszustand in den nächsten treiben lassen und eine so abstrakte Welt gezeichnet, daß ich jetzt völlig verloren war. Verzweifelt sehnte ich mich nach dem Ende meines Exils: Aber im selben Moment, in dem ich Frieden gefunden zu haben meinte und mich endlich zu Hause fühlte, geschah etwas Neues, und ich geriet von neuem in Panik. Anscheinend gab es für mich keinen Trost, keine Ruhe. Warum?

Mein Leben lang hatte ich Menschen verloren: meine Mutter, meinen Vater, und jetzt begann mir sogar mein Bruder zu entgleiten. An die Vorstellung, Menschen zu verlieren, war ich inzwischen so gewöhnt, daß ich eine Expertin darin geworden war, alle Bindungen rasch zu kappen, um den Schmerz so gering wie möglich zu halten. Ich hatte gelernt, mich nie auf jemanden zu verlassen, der von Liebe sprach: Es wäre mir als schlechte Investition erschienen. Liebeserklärungen nahm ich einfach nicht zur Kenntnis, als wäre Liebe der Inbegriff der Flüchtigkeit – heute vorhanden und morgen schon nicht mehr da.

Dabei war ich doch vom Glück begünstigt.

Dieser Mann, den Leonardo da Vinci in den Kreis gestellt hatte, der vollendete Archetyp: Er hatte keine geheimen Absichten, und jetzt gehörte er zu mir und würde sich nicht von mir abwenden. Die Götter hatten ihn mir gesandt – warum war ich denn blind dafür?

Ich *war* blind.

Ich fuhr fort, mich zu quälen und mir einzureden, es sei nicht von Dauer. Mein teuflischer Verstand drehte sich bereits mit einer Geschwindigkeit von tausend Meilen pro Minute, verzweifelt und verteidigungsbereit, und suchte nach Wegen, um ohne ihn in diesem fremden Land zu überleben. Es war ein vollkommen unbewußter Mechanismus – wie Nägelkauen: In dem Moment, in dem du merkst, was du tust, blutest du schon.

Was soll ich sagen? In manchen Gehirnen ist die Angst ein fester Bestandteil.

Im Rückblick sehe ich, daß Iris' Erscheinen an jenem Tag der Auslöser für die meisten späteren Ereignisse war. Sie wußte das damals natürlich nicht, und später blieb ihr keine Zeit, es zu erfahren. Ich hätte es ihr ohnehin nie erzählt.

In dieser Nacht am Feuer, als sie das Land besangen, in dem sie aufgewachsen waren, erkannte ich sehr deutlich, was Adam mir später bestätigte.

Sie waren Geschwister, geboren im selben Land. Sie *gehörten* hierher. Afrika lag ihnen im Blut.

Ich war eine Fremde und würde immer fremd sein.

Am nächsten Morgen, als ich um sieben Uhr aus dem Zelt trat, sah ich Iris, die schon seit Sonnenaufgang auf den Beinen war. Ihr Haar glänzte von der Dusche und roch nach Shampoo, und auf der Motorhaube des Wagens stand ein Becher mit dampfendem Kaffee. Sie rüstete sich zum Aufbruch mit ihren beiden Schutzengeln.

»Hier«, sagte sie freundlich, »ich möchte, daß du das trägst …«

Sie legte mir ein Armband aus Samburu-Perlen um das Handgelenk.

»Wir werden uns sicher in Nairobi sehen … aber einstweilen sollst du es behalten. Eine kleine Erinnerung. Ich freue mich wirklich, daß ich dich endlich kennengelernt habe.«

»Danke.« Ihre Freundlichkeit verblüffte mich. »Also … das ist wirklich sehr nett von dir.«

Mir war klar, daß das Armband in Iris' Sprache ein unmißverständliches Zeichen der Freundschaft war. Ihre Geste war vollkommen echt gewesen, daran zweifelte ich nicht. Ich bereute meinen früheren Argwohn, den ich jetzt für einen Ausdruck von Kleinmut und Engstirnigkeit hielt. Ich wußte, daß sie keinen Versuch unternahm, mich zu manipulieren oder zu beherrschen. Sie war keineswegs den ganzen Weg hierher gekommen, nur um etwas zu beweisen oder ihr Eigentumsrecht an Adam zu behaupten: Das war nur meine persönliche Paranoia. Jetzt wäre ich gern ihre Freundin gewesen, aber das konnte ich nicht einfach mit einem Knopfdruck bewerkstelligen, deshalb lächelte ich sie so freundlich an, wie mir möglich war. Ich sah zu, wie sie vorsichtig Wasser in ihren rostigen Kühler schüttete, während die Strahlen der Morgensonne durch die Kaskade ihrer goldenen Haare fiel.

»Warum bleibst du nicht noch einen Tag?« fragte ich. Nun war es an mir, sie willkommen zu heißen.

»Danke, aber ich möchte jetzt wirklich nach Hause. Ich muß telefonieren, auf die Bank, in die Badwanne. Du weißt schon – alle diese großartigen Dinge, die in der zivilisierten Welt möglich sind.« Sie lächelte mich an. »Nachdem ich fast zwei Monate im Busch verbracht habe, freue ich mich geradezu auf eine Großstadtsafari, wenn du weißt, was ich meine.«

Ich dachte, sie meinte Sex. Nun ja, warum nicht, mußte ich denken, sie sah nicht aus, als hätte sie irgendein Problem, auf *diesem* Gebiet erfolgreich zu sein.

»Außerdem kann ich's kaum erwarten, meine Bilder zu entwickeln. Meine gesamte Zukunft ist da drin ...« Sie tätschelte ihre dicke Kameratasche.

Nachdem ich ihr erstes Buch gesehen hatte, bezweifelte ich nicht, daß auch ihre neue Arbeit beeindruckend sein würde. Ihr Problem war, daß sie einfach zu gut aussah – umwerfend, überwältigend. Ihr Aussehen war ihre Visitenkarte und zugleich ihr Kreuz, nehme ich an.

Unterdessen war das gesamte Personal zum Wagen gekommen, um sich zu verabschieden. Sie sprach Kiswahili und Samburu mit den Leuten, verteilte großzügige Trinkgelder und riß Witze, daß alle sich vor Lachen bogen. Dann sprang sie in ihren Landrover und fuhr in einer Staubwolke davon.

7

Um in Afrika zu leben, muß man wissen,
was es bedeutet, in Afrika zu sterben.

Ernest Hemingway

Von Ferdinandos Tantiemen zu leben kam mir auf einmal falsch vor.

Abgesehen davon, reichte das Geld nicht einmal annähernd – die Amerikaner waren an den Gedichten meines Vaters offensichtlich nicht besonders interessiert.

Nach sechs Monaten im Busch wurde mir klar, daß es Zeit war, nach Nairobi zurückzukehren und mich nach einem Job umzusehen. Ich brauchte eine Arbeit, die mir einen Grund gab zu bleiben.

Das Leben im Camp war ungeheuer spannend gewesen. Inzwischen verstand ich, einen massigen Wagen durch unwegsames Dickicht zu steuern, mit dem Hebebock einen Reifen zu wechseln, am Lagerfeuer Brot zu backen und die Spuren der meisten Tiere zu erkennen. Ich hatte gelernt, nicht zusammenzuzucken, wenn eine Schlange meinen Weg kreuzte oder eine Fledermaus in der Dunkelheit mein Gesicht streifte. Ich beherrschte genügend Kiswahili, um die Jungs am Feuer mit meinen Scherzen zum Lachen zu bringen. Afrika hatte mich gepackt. Trotzdem hatte ich jetzt das Bedürfnis, eine Beschäftigung zu finden, die allein meine Sache sein konnte.

Während Adam mit seinen Kunden kam und ging, richtete ich mich in seinem Haus in Langata ein, einem Steincottage an einem grünen Hang gegenüber den Ngong-Hügeln. Es war ein gemütliches kleines Haus; es gefiel mir, wie die dunklen Holzdielen unter meinen Füßen knackten, ich liebte die Wärme des offenen Kamins, wenn ich nach Sonnenuntergang im Wohnzimmer saß, die Weiße unseres breiten Bettes. Wilson und Alice hießen mich mit einem scheuen Lächeln willkommen und brachten mir eine Freundlichkeit entgegen, wie ich sie nie zuvor erlebt hatte.

Mir war klar, daß ich von Adam viel zu abhängig geworden war. Deshalb empfand ich jetzt – obwohl ich ihn vermißte, während er unterwegs war – eine merkwürdige Erregung, wenn ich allein in unserem Bett erwachte und den ganzen Tag für mich hatte.

Auf einmal hatte ich Zeit, mir eine breitere Perspektive zurechtzulegen. Allmählich gewann ich eine Vorstellung davon, was es wirklich bedeutete, in Afrika zu leben. Was hatte ich denn bisher kennengelernt?

Ich hatte Weiße gesehen, die in Afrika lebten und in seiner Schönheit und seiner Wildheit schwelgten. Ich hatte Afrikaner gesehen – freilich nur aus der Sicht der Weißen –, die entweder stolze und edle Krieger aussterbender Stämme waren oder treue Dienstboten, die sich um ihre Herrschaft kümmerten. Und nun begann ich mich zu fragen, ob das denn alles sein konnte.

Ich wußte, daß das Leben hier noch eine andere Seite haben mußte, aber wie ich es anstellen sollte, ihr ohne fremde Hilfe auf die Spur zu kommen, wußte ich nicht. Natürlich war sie da – das konnte jeder Narr sehen –, und doch war sie so mühsam zu definieren. Niemand, den ich bisher kennengelernt hatte, schien gewillt, über diese verborgene Seite zu sprechen.

Nicole, dachte ich, wußte Bescheid – *Wir sind Geiseln der Schönheit*, hatte sie gesagt –, doch anstatt ernsthaft darüber zu sprechen, flüchtete sie sich lieber in den Sarkasmus.

Wenn ich jetzt zurückschaue, sehe ich, daß mir das alles von Anfang an klar gewesen ist – ich hatte es lediglich vorgezogen, es nicht zur Kenntnis zu nehmen. Immer wieder flüsterte eine innere Stimme: Mach's noch nicht kaputt, genieß es einfach, so wie es ist...

Aber als ich in Nairobi auf einmal auf eigenen Füßen stand, ohne Adam und mit massenhaft freier Zeit, wurde das Bild endlich schärfer, und ich fing an, die Afrikaner wirklich zu sehen.

Die Afrikaner, die mir jetzt begegneten, waren nicht länger die edlen Krieger aus dem Norden, geschmückt mit Perlen und Straußenfedern und bewaffnet mit langen Speeren. Was ich jetzt sah, wenn ich sie auf der Straße traf, waren die Durchschnittskenianer in zerlumpten westlichen Kleidern: die alten Bettler an der Ecke der Kaunda Street, die leimschnüffelnden Knirpse gegenüber dem New-Stanley-Hotel, die ihre knochigen Hände durch das Wagenfenster streckten und um einen Shilling bettelten, die schwarze Mittelklasse, die ihre Mittagspause im »La Patisserie« verbrachte, die Tankwarte in makellosen Overalls, die lächelnden Dienstmädchen in gestärkten Uniformen, die in den Häusern der Weißen Tee servierten, die sich dahinschleppende Herde erschöpfter Arbeiter, die staub- und ölverschmiert in der Abenddämmerung von den Werkstätten oder der Fabrik nach Hause gingen.

Bei ihrem Anblick konnte ich nicht umhin, an Ferdinando und seine Prinzipien zu denken, und ich wußte, er hätte mein Handeln mißbilligt. Wie, um alles in der Welt, konnte ich in der dritten Welt leben und meine Privilegien als Weiße genießen, ohne mich auch nur umzusehen und zu erkennen, was auf der anderen Seite vor sich ging? Was hatten die Afrikaner getan, während ich auf Safari war? Was wußte ich von ihren Mühen und Kämpfen? Und vor allem: Wo zum Teufel waren sie? Warum hatten unsere Wege sich nie gekreuzt?

Ich erinnere mich, daß ich einmal Wilson ins Krankenhaus fuhr, wo seine Frau gerade ein Kind bekommen hatte. Ohne die Uniform, die er im Haus trug, sah er ganz anders aus – in seinen Alltagskleidern erkannte ich ihn kaum wieder. Er trug nur eine Baseballmütze und Bluejeans, aber irgendwie machte er einen völlig anderen Eindruck, als ich von ihm gewöhnt war. Wahrscheinlich hatte ich angenommen, Wilson sei ebenso altmodisch wie die Uniform, die er tragen mußte: daß er einen Walkman dabeihatte und Rap hörte, befremdete mich.

»Wie alt sind Sie, Wilson?« fragte ich und schämte mich auf einmal, weil ich bisher nie auf die Idee gekommen war, ihn danach zu fragen.

»Achtundzwanzig, *memsahib*.«

Ja, vielleicht war das der Schlüssel. Die Kombination von Rap-Musik und *memsahib*. Vielleicht war es das, was ich nicht fassen konnte.

Bald wurde mir klar, daß es ein eigener Beruf war, eine Meinung über die Schwarzen zu haben: Nairobi wimmelte von Dritte-Welt-Spezialisten, UN-Leuten – Unicef, UNDP, Unesco –, Amref, Missionaren, Entwicklungshelfern aller Art, von weißhäutigen Männern in kurzärmeligen Hemden, die für die Weltbank arbeiteten. Jeder hatte eine Theorie, jeder war auf der Suche nach Subventionen oder leitete ein Projekt. Die Kriege in den Nachbarländern Somalia und Sudan hatten Tausende von Flüchtlingen über die Grenze nach Kenia getrieben. Ruanda stand kurz vor der Explosion. Aids griff mit rasender Geschwindigkeit um sich. Die kenianische Wirtschaft war zusammengebrochen. Jeden Tag strömten weitere Experten herbei.

Ich wußte nicht, wo ich anfangen sollte, um eine Antwort auf eine ganz simple Frage zu finden – so elementar, daß ich nicht einfach hingehen und fragen konnte: Wie lebt ein Weißer in einem schwarzen Land? Und vor allem: In welchem Verhältnis stehen wir zueinander? Ich wollte, daß mir jemand die Widersprüche erklärte, mich auf die Hindernisse aufmerksam machte, mir eine Antwort lieferte. Aber das tat keiner. In meiner Umgebung schien jeder die Frage schlichtweg zu ignorieren.

Ich denke, sie gingen ihr aus einem sehr einfachen Grund aus dem Weg.

Nairobi hatte kein Soweto, das war es wohl. In Kenia gab es keine Geschichte der Rassenunruhen. Im Parlament saßen keine Weißen mehr, die für offenkundige Ungerechtigkeiten gegenüber den Afrikanern verantwortlich gemacht werden konnten. Weshalb also marterten wir uns, wenn wir offiziell nichts falsch machten und nicht einmal die Schwarzen sich beklagten?

Innerhalb der Grenzen ihrer wohlbehüteten Häuser hatten die Weißen ihre kolonialistische Einstellung gegenüber den Afrikanern unangetastet beibehalten. Neuankömmlinge machten sie sich auf der Stelle und so mühelos zu eigen, als wären sie ihr Leben lang an afrikanische Dienstboten gewöhnt, während sie sich zu Hause in Europa wahrscheinlich nicht einmal eine Putzfrau für zwei Stunden in der Woche leisten konnten. Es ist erstaunlich, wie schnell

Weiße sich daran gewöhnen, Afrikaner herumzukommandieren. Kaum ist ihnen klargeworden, daß niemand ihnen unangemessenes Verhalten vorwirft, kaum haben sie begriffen, daß niemand hier den Ausdruck »politisch korrekt« auch nur gehört hat, verwandeln sich selbst die liberalsten Weißen binnen weniger Tage in Sklavenhalter. Sie vergessen die Bedeutung des Wortes »Überstunden«, weigern sich, einen Vorschuß von ein paar hundert Shilling zu zahlen, verlieren aus nichtigen Gründen die Beherrschung und fangen zu schreien an, und aus einer jähen Laune heraus sind sie bereit, ihre Angestellten zu feuern.

Das war es, was mich neugierig machte. Ich war keine Expertin und nicht imstande, eine soziopolitische Analyse zu liefern; dennoch wollte ich begreifen, weshalb wir alle uns so verhielten.

Die Ausländer sprachen ständig über Afrikaner. Wenn sie über den Automechaniker redeten, der ihren Wagen reparierte, oder den Mittelsmann, den sie bestachen, um eine Arbeitserlaubnis zu erhalten, schüttelten sie den Kopf: »Du kannst ihnen nicht wirklich vertrauen. Sie sagen, sie erledigen es bis morgen, aber das stimmt nicht, es sei denn, du setzt dich daneben und überwachst sie.«

Über den Polizisten, der gekommen war, um dem Diebstahl ihrer Kamera nachzugehen, und über den Koch, der seit Jahren für sie gearbeitet hatte und zum Hauptverdächtigen geworden war, sagten sie: »Sie lügen grundsätzlich, du darfst ihnen nie ein Wort glauben.«

Alle Afrikaner waren entweder Lügner oder Diebe, sofern sie kein Geld hatten, und wenn sie auf der sozialen Leiter ein wenig höher standen, waren sie alle korrupt und skupellos.

Vielleicht war das Mißtrauen notwendig, um das Schuldbewußtsein zu beschwichtigen. Je mehr man sich betrogen fühlte, desto leichter war das Gefühl zu ertragen, daß man sie ausnutzte. Ich weiß nicht – aber der Gedanke, ein Leben zu führen, in dem keiner dem anderen vertraute, war mir zuwider.

Nairobi war in den letzten paar Jahren zunehmend gefährlich geworden. Man mußte auf der Hut sein, wenn man nachts mit dem neuen Wagen nach Hause fuhr, denn es konnte sein, daß man schon von bewaffneten Gangs erwartet wurde, wenn man vor dem Tor die Lichthupe betätigte, damit der *askari* öffnete. Sie setzten einem die Pistole an die Schläfe, und wenn man ihnen nicht gab, was sie wollten, kam es vor, daß sie den Fahrer tot auf der Zufahrt liegenließen und mit dem brandneuen Pajero davonfuhren. In Muthaiga schlichen sich Räuberbanden, bewaffnet mit *pangas*, nachts ins Haus eines weißen Mannes, prügelten ihn und seine Frau bewußtlos und nahmen sein Geld, die Stereoanlage und den Fernseher mit. Wenn ein Touristenminibus auf der Straße von Mombasa nach Nairobi eine Reifenpanne hatte, war es sehr wahrscheinlich, daß sogar am hellichten Tag eine kleine Bande hungriger Jugendlicher aus dem Gebüsch am Straßenrand hervorstürzte, rostige Messer schwang und die Touristen ausraubte. Ständig mußte man auf Diebe gefaßt sein, denn für einen ausgehungerten Afrikaner war nichts zu alt oder zu schäbig – nicht einmal der abgefahrene Reservereifen im Kofferraum war vor ihm sicher. Jeder Weiße hatte eine Waffe im Haus und prahlte, er werde auf alles schießen, was sich bewege, wenn ihn nachts ein Geräusch aus dem Schlaf reiße.

Auf den Dinnerpartys der Weißen war Sicherheit ein Gesprächsthema, das nie aus der Mode kam.

»Das wundert mich überhaupt nicht. Die Afrikaner haben nichts, keine Arbeit, kein fließendes Wasser, keinen Strom, sie leben mit fünf, sechs Kindern in Lehmhütten und haben nichts zu essen. Mit dem Inhalt unserer Kühlschränke könnten sie zwei Wochen lang ihre Familien durchbringen«, sagte ich einmal leidenschaftlich, während die gesamte Tischgesellschaft verstummte. »Ich meine, wie können wir erwarten, in einem Land, in dem soviel Ungleichheit herrscht, in Frieden zu leben? Sie haben nichts, und wir haben immer mehr, als wir brauchen. Wenn wir an ihrer Stelle wären, würden wir genau dasselbe tun. Wir sind nur zufällig auf der richtigen Seite der Barrikade, das ist alles.«

»Und welche Seite sollte das wohl sein?« fragte jemand am anderen Ende des Tisches mit einem Anflug von Hohn.

»Na ja, die Seite, die es nicht nötig hat zu stehlen.«

Ich war bei Nena und Peter zum Abendessen eingeladen. Es war mein erster Besuch im Haus des Elefantenmannes, Adam war unterwegs, und ich wollte einen guten Eindruck hinterlassen. Aber irgendwie hatte das Gespräch eine gefährliche Wendung genommen, und ich war zu impulsiv. Ein Mann, der wie ein Fleischhauer aussah – ein argentinischer Polo-Champion, wie ich erfuhr –, hatte soeben geschildert, wie es ihm gelungen war, zwei Einbrechern in die Beine zu schießen, sie mit Stricken zu fesseln und mit seinem Lieferwagen zur nächsten Polizeistation zu fahren wie Schweine zum Schlachthof. Die Lust, die er ausschwitzte, während er beschrieb, wie er sie verwundet hatte, seine Häme über die Angst in ihren Augen, nachdem er ihnen die Hände auf dem Rücken verschnürt und sie auf die Ladefläche seines Lieferwagens gestoßen hatte, brachten mich in Wallung.

»Sie dachten, ich werfe sie in den Straßengraben und schieße sie tot, die Mistkerle«, kicherte er. »Und sie hatten wirklich Glück, daß ich's nicht getan habe.«

Ich wußte noch nichts über die Regeln in einer ehemaligen Weißenkolonie. Ich war in einem Land aufgewachsen, in dem es niemandem eingefallen wäre, bei einer Abendeinladung das Thema Waffen zur Sprache zu bringen. Keiner meiner Bekannten hatte je ein Gewehr besessen, geschweige denn benutzt.

Mittlerweile waren alle Augen auf mich gerichtet, und ich geriet immer mehr in Fahrt.

»Ich weiß nicht, ich könnte neben einem Gewehr nicht schlafen. Es ist doch immer wieder dasselbe: Man benutzt eine Waffe, und als nächstes kreuzen die wirklich üblen Burschen auf, weil sie dein Gewehr haben wollen. Und sie richten es auf dich.«

»Glaub mir, meine Liebe, wenn du Kinder im Haus hättest und um ihr Leben fürchten müßtest, dann würdest du sehr wohl neben einem Gewehr schlafen«, sagte Peter, der Elefantenmann, der gewiß weder Rassist noch Faschist war und dessen Blick ich gesucht hatte, weil ich mir von ihm moralische Unterstützung für mein Plädoyer gegen die Gewalt erhoffte.

Nein, ich hatte keine Kinder, die in Pu-der-Bär-Schlafanzügen unter dem Moskitonetz schliefen, und deshalb hatte ich kein

Recht, Menschen, die auf dem Schwarzen Kontinent das Leben Unschuldiger zu schützen hatten, meine liberalen Theorien aufzudrängen.

Wenn man sich bemüht, Afrika zu begreifen, kommt es einem vor, als würde man von einem schwarzen Loch aufgesogen. Je tiefer man in diese Finsternis einzudringen versucht, desto geringer ist die Wahrscheinlichkeit, am anderen Ende wieder herauszufinden. Und weil es kein anderes Ende gibt, lernt man früher oder später, sich fernzuhalten.

Als ich an jenem Abend nach Hause fuhr und vor dem Tor auf die Lichthupe drückte, ertappte ich mich dabei, wie ich nervös in den Rückspiegel starrte. Zum ersten Mal kam mir der Gedanke, daß es vielleicht keine sehr gute Idee war, so spät in der Nacht allein unterwegs zu sein. Das nächste Mal sollte ich lieber einen *askari* mitnehmen, dachte ich.

Als ich nachts in dem leeren Haus allein im Bett lag und dem furchterregenden Kreischen eines Klippschliefers in den Bäumen lauschte, fragte ich mich, ob Adam wohl eine Waffe im Haus hatte. Wir hatten nie darüber gesprochen, ich wußte allerdings, daß er im Camp ein Gewehr hatte – was angesichts der Gefahr wilder Tiere im Busch einleuchtend war. Aber wie stand es mit verzweifelten Menschen in der Stadt? Ich fragte mich, wie Adam bei meinem Ausbruch wohl reagiert hätte: Hätte er mich wie Peter als naiv bezeichnet? Überrascht stellte ich fest, daß ich keine Ahnung hatte.

Aber vor allem fragte ich mich, ob ich dieses Thema überhaupt angeschnitten hätte, wenn er bei mir gewesen wäre, und mir wurde klar, daß ich in seiner Anwesenheit zu viel größerer Zurückhaltung neigte. Ich befürchtete stets, meine Ansichten könnten zu einfältig klingen.

Nach wie vor klafften zwischen uns diese rätselhaften Abgründe, die ein Ergebnis unserer unterschiedlichen Erziehung waren. Manchmal wirkten diese Gegensätze überaus anziehend, dann wieder riefen sie in mir das Gefühl hervor, fremd und anders zu sein: eine Außenseiterin.

Am Fenster rüttelte der Wind, der Holzboden knackte, und ich war schweißüberströmt. Es war Angst. Und in Afrika hat die Angst immer ein schwarzes Gesicht.

Würde es etwas nützen, wenn ich meinen Mördern meine Ansichten über die ungleiche Verteilung von Wohlstand unterbreitete? Würden sie das Engagement zu schätzen wissen, mit dem ich dem argentinischen Polo-Champion widersprochen hatte? Würden sie mitten im Zuschlagen innehalten, mir mit anerkennendem Lächeln auf die Schulter klopfen und mich »Genossin« nennen? Natürlich nicht. Ich würde trotzdem niedergemetzelt werden. Wegen der Farbe meiner Haut stand ich auf der falschen Seite der Barrikade: Ich hatte, was sie nicht haben konnten, weil ich weiß war – darin bestand der ganze Unterschied.

Man muß die Angst überwinden, sonst hat es keinen Sinn, in Afrika zu leben.

Am Morgen nach der Party rief ich Nicole an.

»Bilde ich mir das ein, oder stimmt es, daß die Weißen in diesem Land allmählich schießwütig werden?« schnauzte ich ins Telefon, ohne vorher wenigstens hallo zu sagen.

»... Esmé, wie spät ist es?« antwortete sie mit heiserer Stimme. »Hast du keinen Kater, um Gottes willen?«

»Doch, aber aus irgendeinem merkwürdigen Grund hält er mich wach. Hab ich mich gestern abend lächerlich gemacht?«

»Ach ... dieser schreckliche Argentinier. Er ist ein absoluter Waffennarr, ich weiß nicht, wieso Nena ihn immer wieder einlädt. Natürlich hast du dich nicht lächerlich gemacht. Der Kerl ist ein Alptraum.«

Warum war ich dann immer die einzige, die ihre Meinung aussprach? Warum kamen mir die anderen nie zu Hilfe, sondern taten so, als ödeten sie solche Ansichten nur an? Ich war verwirrt.

Das Leben nahm seinen gewohnten Lauf, und wir zahlten alle weiter unsere hohen monatlichen Gebühren an die private Polizeitruppe, die nachts unentwegt patrouillierte, stellten *askaris* ein, die mit Pfeil und Bogen kreuz und quer durch das Viertel liefen, und züchteten Rottweiler und Dobermänner, die wir zum Töten abrichteten.

Unterdessen veranstalteten amerikanische Truppen mit ihrer High-Tech-Kampfausrüstung in Somalia eine Neuauflage von *Apocalypse Now*.

Die ersten »Doing the Mog«-T-Shirts tauchten auf, und auf den Hecks der Landrover prangten Aufkleber mit »Cobra«-Helikoptern. Die internationale Presse veröffentlichte Fotos von sandalentragenden, AK47 schwenkenden Somalikriegern im *kikoy*, während sonnenverbrannte Marinesoldaten mit Bürstenhaar und Ray-Ban-Brillen mit besorgter Miene durch flimmernde Hitze in die Ferne starrten.

Der Krieg in Somalia war ein romantischer Krieg, ausgetragen von einer Gruppe stolzer und wilder Wüstenstämme, die nicht gewillt waren, westliche Einmischung zuzulassen. Die Somalis fürchteten den Tod nicht – statt Deckung zu suchen, richteten sie ihre rostigen Maschinengewehre zum Himmel, fest entschlossen, eine Cobra herunterzuholen. An Bord der UN-Flugzeuge flogen junge Söldner von Nairobi nach Somalia und zurück, und neben den Buschgeschichten kursierten nun Kriegsberichte in der Stadt. Auf einmal wimmelte die Carnivore-Bar von Reportern, Fotografen, Kameraleuten auf Kurzurlaub zwischen zwei Einsätzen, die mit atemberaubenden Erzählungen, wie sie mitten in Mogadischu knapp einem Bombenangriff entronnen waren, an der Theke hofhielten. Sie trugen grüne Drillichanzüge und verspiegelte Sonnenbrillen und hatten sich angewöhnt, *miraa* zu kauen, die berauschenden bitteren Blätter, mit denen die Somalis sich Tag für Tag aufputschten. Sie stopften sich die Taschen voll mit Bündeln kleiner Zweige, die in Zeitungspapier gewickelt waren, kauten ununterbrochen die frischen Schößlinge, bis sich eine Kugel im Mund gebildet hatte und die Kiefer schmerzten, und kippten ein kaltes Bier nach dem anderen. Und sie hatten den gehetzten Blick von zu vielen schlaflosen Nächten und einem zu hohen Dauer-Adrenalinspiegel im Blut.

Ganz Nairobi vibrierte unter dem Eindruck des Krieges in Somalia.

Nicole war ein großer Fan der Reporter. Sie kaute *miraa* und sprach mit ihnen über Politik. Zum ersten Mal hatte ich Miles bei ihr zu Hause getroffen, zusammen mit Bernard, einem jungen französischen Fotoreporter, und einer wilden Gestalt namens Reuben, einem Amerikaner und Kameramann bei WTN. Sie waren gutaussehend, überdreht und sprühten vor Leben. Alle waren gerade erst Mitte Zwanzig. Manche von ihnen waren kurz in Bosnien gewesen, manche auch in Eritrea, doch die meisten hatten bisher nur sehr wenig Kriegserfahrung. Und sicher war keiner von ihnen auf das vorbereitet, was ihnen noch bevorstand.

Nachdem ich soviel Zeit ausschließlich in Adams Gesellschaft verbracht hatte, wurde mir jetzt klar, wie ausgehungert ich nach männlichen Freunden war, und ich gewöhnte mich rasch daran, mit ihnen an Nicoles Kamin zu sitzen, die bitteren Blätter zu kauen, bis wir die Wirkung verspürten, und die ganze Nacht zu reden. Wann immer ich einen Versuch unternahm, mich loszureißen, zogen sie mich auf die Kissen zurück.

»Du kannst jetzt nicht gehen«, sagte Miles, »es ist noch nicht mal hell.«

Ich genoß das Gefühl, ihre Gefangene zu sein. Nicole und ich zehrten von ihrer überschwenglichen Energie: Das beunruhigende Verhalten von Männern, die um ihr Leben fürchten, reizte uns. Sie sahen aus, als seien sie tagelang auf Acid gewesen.

Während dieser *miraa*-Nächte fiel der Name Hunter Reed mehrmals. Er war einer ihrer besten Kumpel. Ich weiß nicht, weshalb, doch von Anfang an horchte ich jedesmal auf, wenn sein Name erwähnt wurde, und folgte dem Gespräch mit besonderer Aufmerksamkeit. Er brachte eine Saite zum Klingen, wie eine Art Vorahnung – als wüßte ich bereits, daß unsere Wege sich kreuzen mußten und diese Begegnung eine tiefe Spur hinterlassen würde.

»Seine Mutter hat einen der BC-Führer geheiratet«, erklärte Reuben, »du weißt schon: von Steve Bikos Partei.«

»Ach«, sagte ich. »Ich dachte, Hunter sei ein *mzungu*.«

»Ist er auch. Das ist es ja eben.« Reuben lächelte, amüsiert über meine Bemerkung. »Er ist weißer als weiß, ein Engländer, um genau zu sein; aber er ist in Südafrika unter afrikanischen Aktivisten aufgewachsen. Seine Mutter war BBC-Reporterin in Ostafrika, und als sie Ende der sechziger Jahre nach Johannesburg zogen, verließ sie Hunters Vater wegen diesem Biko-Mann. Sie sind immer noch zusammen.«

»Ich bin ihr einmal begegnet«, fügte Miles hinzu. »Sie ist eine klasse Frau. Sehr, *sehr* radikal.«

»Hört sich ganz so an«, sagte ich.

»Das erklärt seine Haßliebe zu Afrika«, fuhr Miles fort. »Als wir uns vor ein paar Jahren in England kennenlernten, schwor er, daß er nie wieder herkommen würde. Er sagte, er sei es endgültig leid und wolle ein normales Leben führen. Aber es ist wie eine Sucht, er schafft es einfach nicht, davon loszukommen. Und er kennt Afrika verdammt gut – deswegen ist klar, daß seine Zeitung ihn bekniet und Unsummen investiert, um ihn immer wieder herzuschicken.«

Hunter Reed war also offensichtlich der Rockstar unter den Journalisten in Ostafrika. Und wie alle Rockstars haftete ihm die Aura der Unnahbarkeit und Kratzbürstigkeit an. Einem wie ihm, dachte ich, begegnet man nicht einfach auf der Straße, und der Gedanke, ihn eines Tages kennenzulernen, machte mich unerklärlich nervös.

Mein Augenblick der Wahrheit mit Hunter Reed kam schließlich ausgerechnet durch Iris.

Ihr Buch hatte sie sehr in Anspruch genommen, und seit ich in Nairobi war, hatte ich sie kaum gesehen, abgesehen von ein paar Abenden im Carnivore mit »den Jungs«, bei denen wir alle früher oder später komplett dicht waren.

Ich kann wirklich nicht sagen, weshalb, doch ich hatte das Gefühl, es sei an mir, auf sie zuzugehen und ihr zu zeigen, daß ich ihre Freundin sein wollte. Ich fand, ich sollte mich bemühen, einmal in nüchternem Zustand und länger mit ihr zusammenzusein, und so machte ich eines Morgens auf dem Rückweg vom Karen-Einkaufszentrum mit einem Strauß Tuberosen und einer Tüte frisch gemahlenem Kaffee einen Abstecher zu ihr. Von außen wirkte ihr

Cottage wie ein Puppenhäuschen: Holzschindeln auf dem Dach, hübsche Blumen überall rings ums Haus und in Töpfen auf der Veranda. Ich drückte die Tür auf und staunte über die extreme Unordnung: ein wildes Durcheinander aus verstreuten Kleidern, Magazinen, Fotopapier, Werkzeug, Farbsprühdosen, Stapeln von Abzügen und Bögen mit Dias. Ihr Haus sah aus wie die Höhle eines chaotischen Teenagers.

Aus der Küche hörte ich eine männliche Stimme. Ich folgte ihr und fand Iris in einem gestreiften Männerpyjama, die ganz allein an einem kleinen Tisch saß und ihren Morgentee trank.

»G für Großzügigkeit«, verkündete eine höfliche Tonbandstimme mit starkem indischem Akzent. *»Der einzige Weg, unser Geld wieder zu uns zurückkehren zu lassen, besteht darin, es so verschwenderisch wie möglich auszugeben ...«*

»Oh, Esmé! Das darf doch nicht wahr sein, daß ausgerechnet du hier aufkreuzt – unglaublich«, sagte sie. »Genau der Mensch, den ich jetzt sehen wollte!«

»Oh, gut. Was hörst du denn da?«

»... alle unsere Gedanken und unsere Impulse bestehen aus Atomen, und jede einzelne Aktion trägt ihre eigene Energie in den Raum«, fuhr die Stimme fort.

»Ach, das ist dieses phantastische Tonband eines indischen Gurus, das mir mein Cousin aus Europa geschickt hat. Man muß es jeden Tag anhören und die Worte wiederholen. Die Wirkung besteht im wesentlichen darin, daß man auf diese Weise lernt, seine positive Energie so zu steuern, daß sie wieder zu einem zurückkommt.«

»Sehr gut. Und was passiert, wenn sie zurückkommt?«

»Tja ...« Sie zögerte. »Ich weiß, es klingt verrückt, aber darin besteht eben seine Annahme: Er geht davon aus, daß die positive Energie, die man ins Universum schickt, mit Sicherheit wieder zurückkehrt.«

Sie drückte auf die Rückspultaste und ließ das Band von vorn ablaufen.

»Du mußt nichts anderes tun, als zuzuhören, was er sagt, es laut zu wiederholen, und schon kommst du zu Geld.«

»A wie Anhäufung. Anhäufung muß vor allem anderen eine geistige Einstellung sein. Wohlstand ergibt sich dann von selbst ...«

»Was denn«, sagte ich, »soll das heißen, daß man nur dazusitzen und dieses Zeug jeden Morgen zu wiederholen braucht, um reich zu werden? Kann ich dir einen frischen Kaffee anbieten?«

»Absolut, und du mußt nicht mal über die Bedeutung nachdenken. Die bloße Wiederholung der Worte schickt die richtige Energie überall hin und ... o ja, danke, wie nett von dir.« Sie nahm mir die Kaffeetüte aus der Hand. »Ich setze gleich Wasser auf. Das Prinzip besteht darin, daß um so mehr zu dir zurückkommt, je mehr du lernst loszulassen. Geld, Arbeit, Liebe, einfach alles. Es ist unglaublich.«

»... laß deine positiven Gedanken frei fließen und überlaß es dem Universum, sich um die Details zu kümmern ...«

»Mann, *das* gefällt mir ganz besonders gut«, sagte ich.

»Es funktioniert bestimmt, das garantiere ich dir.«

»Kümmert sich denn das Universum um deine Details?«

»Ziemlich gut.« Sie lachte. »Jetzt zum Beispiel: Ich habe gerade ein Fax bekommen, auf dem mir ein Job angeboten wird, aber ich hab mit meinem Buch noch zuviel zu tun, und deshalb dachte ich darüber nach, wer ihn an meiner Stelle machen könnte, und genau in dem Moment tauchst du auf. Tatsächlich bist du wie geschaffen dafür.«

»Worum geht es?«

»Die französische *Vogue*. Sie wollen eine Geschichte über Kriegskorrespondenten machen und brauchen jemanden vor Ort, der ihnen die Kontakte herstellt, Interviews vereinbart, Locations sucht, und so weiter. Ich denke, sie zahlen nicht schlecht, und ich werde ihnen auf jeden Fall sagen, daß du die ideale Person dafür bist. Weißt du, sie wollen nichts anderes als all die gutaussehenden Reporter in Designerkleidern zu fotografieren – du mußt also bloß ein paar von ihnen zusammentrommeln, Miles, Reuben, Hunter und – wie heißt er noch, dieser süße französische Fotograf ...«

»Bernard.«

»Genau. Ich bin sicher, du wirst das hervorragend machen.«

»Ach… na ja… da bin ich mir nicht so sicher. Aber danke, ja! Vielen Dank, Iris. Du bist großartig.«

Ich war begeistert. Und wahrscheinlich mußte ich mich auch bei dem indischen Guru dafür bedanken.

Seit meiner Ankunft in Kenia vor beinahe einem Jahr sollte dies mein erster Job sein. Kaum war ich zu Hause, hängte ich mich ans Telefon und rief die Nummer in Paris an. Der sehr aufgeregte Moderedakteur mit starkem französischem Akzent klang entzückt, als ich ihm meine Dienste anbot. Ja, sie würden mit diesem hochberühmten italienischen Fotografen und einem Autor herkommen. Natürlich sei es sehr wichtig, daß die betreffenden Personen *Charme* hätten. Das konnte ich ihm versprechen.

»Machen Sie sich deswegen keine Sorgen. Die Männer, an die ich denke, sehen alle unheimlich gut aus«, sagte ich mit der Entschlossenheit einer Agentin, die einem Casting-Büro ihre Klienten anpreist.

Wenn man zuwenig Distanz zu den Dingen hat, während sie geschehen, verliert man vermutlich das rechte Maß, und die Perspektive verzerrt sich. Zu dem Zeitpunkt schien es mir vollkommen normal, daß eine Modezeitschrift eine Story über junge, gutaussehende Kriegsberichterstatter bringen wollte. Deshalb griff ich zum Telefon, fürchterlich aufgeregt über meine neu erworbene Rolle in der internationalen Modewelt, und informierte Miles, Reuben und Bernard, daß *Vogue* einen Artikel über sie veröffentlichen wolle und daß sie die Kleider, die sie bei den Aufnahmen tragen würden, behalten dürften. Sie schienen geschmeichelt und waren erfreut über die Aussicht auf eine kostenlose Garderobe. Danach rief ich den deutschen ZDF-Korrespondenten an, einen stattlichen Mann Anfang Vierzig, der gestählt und fit wirkte, und hinterließ mehrere Nachrichten auf dem Anrufbeantworter eines äußerst gutaussehenden südafrikanischen Fotografen.

Dann zündete ich mir eine Zigarette an und schickte mich an, Hunter Reed anzurufen.

»Kann ich bitte mit Hunter Reed sprechen?«

»Am Apparat.«

»Hallo, wie geht's, ich bin eine Freundin von Iris Sorensen, wir kennen uns nicht... Ich heiße Esmé.«

»Ja, ich weiß, wer du bist.«

»...«

»Ja, Esmé, ich höre. Sprich weiter.«

»...Oh, also, ich... ich arbeite für... also, eigentlich helfe ich bei... Ich werd's dir erklären... Die französische *Vogue* will eine Geschichte über Kriegskorrespon...«

»Die französische *was*?«

»*Vogue*. Die Modezeitschrift.«

»Verstehe.«

»Sie würden gern ein paar Reporter interviewen, die zur Zeit über die Kriege in Ostafrika berichten, und sie fotografieren. Ich habe schon mit Miles Sinclair, Bernard Marchand und Reuben Torres gesprochen, die, glaube ich, alle gute Freunde von dir sind. Sie sind einverstanden. Ich warte noch auf die Zusage eines ZDF-Korrespondenten, und...«

»*Vogue*, hast du gesagt, richtig?«

»Ja. Sie kommen mit einem italienischen Fotografen und einem Autor her. Sie wollen über jeden von euch eine Seite bringen, und ihr könnt die Kleider behalten.«

»Was für Kleider?«

»Ach, du weißt schon, die Kleider, die ihr für die Aufnahmen tragt. Armani, Comme des Garçons und...«

»Du meinst, wir sollen *Models* sein?«

»Na ja, nicht direkt – aber in gewisser Weise wohl schon. Sie drucken von jedem von euch ein Ganzporträt in den Kleidern, die sie aussuchen. So läuft das eben bei Modemagaz...«

»Esmé, seit wann lebst du hier?«

»...«

»Liest du die Zeitungen? Weißt du überhaupt, was los ist?«

»Ja, natürlich weiß ich das. Warum fragst du?«

»Weil in Mogadishu jeden Tag Leute auf der Straße *erschossen* werden, deswegen, Esmé. Was Armani damit zu tun haben soll, kann ich …«

»Hör zu, ich *arbeite* bloß für sie, diese Sache ist nicht meine Idee. Ich hab damit nichts zu schaffen, verstehst du?«

»Ich dachte, du rufst in ihrem Auftrag an.«

»Ach komm, du *mußt* das nicht machen, wenn dir nicht danach ist, ich dachte nur, ich könnte dich fragen. Wenn dir die Sache zuwider ist, dann ist das in Ordnung, das verstehe ich vollkommen.«

»Ja, genauso ist es. Die Sache ist mir zuwider. Ich finde sie *abscheulich.*«

»Na gut. Dann ist ja alles klar. Es tut mir leid, daß ich dich belästigt habe.«

»Keineswegs. Kein Problem.«

»Gut, dann auf Wiederhören, Hunter, und jedenfalls vielen Dank.«

»Wiederhören, Esmé. Ich hoffe, du kriegst alles gut hin.»

»Du mußt nicht so herablassend sein, weißt du.«

»Bin ich herablassend?«

»Ja, das bist du.«

»Tut mir leid.«

»Oh, macht nichts. Vergiß das Ganze einfach, okay?«

»Wie du meinst.«

»Wiederhören, Hunter.«

»Wiederhören, Esmé.«

Ich warf den Hörer auf die Gabel. Scheiß auf dich, Hunter Reed, dachte ich. Mein Gott, was bist du für ein Arschloch.

Etwa einen Monat später rannte mitten in Mogadishu eine Gruppe von Reportern zu den Überresten eines Gebäudes, das soeben von Cobras mit Granaten beschossen worden war, wobei, wie sie gehört hatten, viele somalische Zivilisten ums Leben gekommen waren. Als sie mit gezückten Kameras eintrafen, fiel eine wütende Meute über sie her. Sie wurden zu Tode gesteinigt. Die Geschichte von ihren blutigen Leichen, die durch die Straßen von Mogadishu gezerrt wurden, machte weltweit Schlagzeilen.

Ein düsterer Schatten legte sich auf uns.

»Warum ausgerechnet sie?« fragte Nicole mit kalkweißem Gesicht, während ihr lautlos die Tränen über die Wangen liefen. »Sie konnten doch nichts dafür.«

Aber war das ein Grund, um fliegende Steine zu stoppen? War der wütende Mob sich bewußt gewesen, daß diese jungen Leute nicht ihre Feinde waren, sondern nur berichten wollten, was geschehen war? Nein, sie waren trotzdem umgebracht worden, denn auch sie standen wegen der Farbe ihrer Haut auf der falschen Seite der Barrikade.

Reuben und Miles kehrten mit dem UN-Flugzeug nach Nairobi zurück. Sie waren fiebrig und gehetzt und konnten nicht aufhören, darüber zu reden. Sie weinten und betranken sich, schluchzten, bis sie nur noch wirres Zeug hervorstießen, und schliefen in Wodkadünsten und mit Tränen in den Augen auf Nicoles Kissen am Kamin ein. Sie alle kannten einander und waren wie Brüder gewesen, verbunden durch das gemeinsame Erlebnis der Gefahr und des lauernden Todes. Es war etwas, das wir alle nicht fassen konnten, und wir fühlten uns nur noch hilfloser. Hunter Reeds bester Freund war bei dem Gemetzel umgekommen. Reed würde am nächsten Tag mit einer UN-Sondermaschine mit den Leichen zurückkommen. In einer Kirche in Hurlingham sollte ein Gedenkgottesdienst für die Opfer und eine Totenwache stattfinden. Ganz Nairobi würde trauern.

Ich ging nicht zum Gottesdienst. Ich wollte ihre Trauer nicht stören. Ich hatte kein Gesicht, keinen Körper, keine Erinnerung zu beweinen. Und abgesehen davon konnte ich die Vorstellung nicht ertragen, Hunter Reed zum ersten Mal zu sehen, während er um seinen besten Freund trauerte, der auf den Straßen von Mogadishu umgekommen war. Nun – daran sieht man, wie alles vor meinen Augen bereits Gestalt anzunehmen begann, doch das Ergebnis war niederschmetternd. Je mehr ich erkannte, was es bedeutete, in Afrika zu leben, desto weniger begriff ich, welchen Grund es geben sollte, dies alles auf sich zu nehmen. Vielleicht bestand mein Fehler darin, daß ich in der Mitte stand: Ich hätte eine der beiden

Parteien ergreifen und mich daran halten sollen. Aber wäre es die Partei von Iris und Adam gewesen, die Afrika wegen seiner Wildnis und seiner ursprünglichen Unschuld liebten, oder die Partei des argentinischen Polospielers, der den Hunger und den Haß der Afrikaner fürchtete? Wäre es die Partei der schicken europäischen Magazine, die sich Afrika als den perfekten Hintergrund für ihre Modeaufnahmen aussuchten, oder die Partei der trauernden jungen Männer, die zusammenkamen, um den Tod ihrer Freunde zu beweinen, der Opfer einer aufgebrachten Menschenmenge? Diese Seite zeigte, scheint es, wie hoffnungslos und gedankenlos grausam Afrika sein konnte.

Es ist merkwürdig, auf welche Weise Menschen in dein Leben treten, welche Umwege oder Abkürzungen sie sich aussuchen, ehe sie in die Hauptstraße einbiegen, auf der du dahingehst. Du ahnst, daß sie sich eine Weile parallel zu dir fortbewegt haben und daß ihr einander jederzeit an einer Kreuzung begegnen könntet – du spürst geradezu, wie ihr aufeinander zugeht. Manchmal dauert es ewig, bis ihr euch trefft, und du verlierst beinahe die Geduld. Als Hunter Reed und ich uns kennenlernten, wußten wir schon zuviel voneinander, um überrascht zu sein.

Aber eines gab es, das ich nicht wußte, und aus irgendeinem befremdlichen Grund war ich davor zurückgeschreckt, mich zu erkundigen. Ich hatte keine Ahnung, wie er *aussehen* mochte. Ich wollte nicht hören, daß er etwa attraktiv war, und die Vorstellung, daß er es sein könnte, war mir unangenehm.

Adam war mit Kunden auf Safari in Tansania. In den vergangenen Monaten hatte ich ihn nur sehr selten gesehen. Seine Stimme war zu einem fernen Knistern im Funkgerät geworden, das ich zu bestimmten Zeiten in seinem Büro in der Stadt abhörte. Zwischen zwei Safaris kam er immer nur für ein paar Tage nach Hause, jedesmal mit seinen Kräften am Ende, voller Sorgen wegen der nächsten Reise, traurig über die neuerliche Trennung.

Ich kam mir beinahe vor wie eine Soldatenbraut: Mir waren weitgehend die Hände gebunden, ich konnte nur versuchen, die

Situation zu akzeptieren. Die neuen Freunde, die ich gefunden hatte, waren sehr kostbar geworden.

Es war ein regnerischer Abend: Nicole hatte mich zum Essen eingeladen, Nena und Peter waren da, und Miles kreuzte mit Iris auf, was Nicole in Rage brachte.

»Ich bin sicher, sie waren miteinander im Bett«, sagte sie, während sie in der Küche die Kartoffel-Lauch-Suppe salzte. »Das macht mich *wahnsinnig.*«

»Oh«, sagte ich verdutzt, »ich wußte gar nicht, daß Miles und du ...«

»Na ja, nur ein bißchen, weißt du. In Wirklichkeit war es mehr Kuscheln. Aber kaum ist Iris in der Stadt, landest du automatisch hinten in der Küche mit der Schürze um den Bauch, während sie im Wohnzimmer deinen Tequila plattmacht und vor den Jungs ihre Einst-waren-wir-Krieger-Show abzieht. Bis du dann den Kaffee bringst, sterben alle vor Lust, sie zu vögeln. In ihrer Gegenwart fühle ich mich immer wie die allerletzte *Hausfrau*!«

An dem Abend sah Iris besonders sexy aus mit ihrem kurzen Veloursrock, der ziemlich viel von ihren goldbraunen Beinen freigab, einem Gürtel aus Kaurimuscheln um die Taille und ihrem schimmernden langen Haar, das ihr offen auf den Rücken fiel. Sie war in Topform und flirtete mit sämtlichen Männern im Raum, die gar nicht anders konnten, als darauf zu reagieren.

Gerade als wir uns zu Tisch setzen wollten, wurde die Tür aufgerissen, und ich sah Reuben mit einem Freund hereinkommen.

»Tut mir leid, Nicole, aber wir hatten einen Platten«, waren seine ersten Worte.

Er trug schwere Stiefel, eine braune Wildlederjacke und war tropfnaß. Er war mager und knochig, und neben seinen langen schwarzen Haaren wirkte seine Haut sehr weiß. Seine Hände waren voller Wagenschmiere, und ich sah, daß er seine Fingernägel bis aufs Fleisch abgekaut hatte. Auf der Stelle war mir klar, daß dies Hunter sein mußte.

»Aha, *du* bist also Esmé«, sagte er, als wir einander vorgestellt wurden. Seine dunklen Augen waren genauso, wie ich sie mir während unseres Telefongesprächs vorgestellt hatte: blanke Klingen, die mich durchbohrten. Er grinste mich an, als hielte er es für amüsant, daß ich tatsächlich zu existieren wagte und eine menschliche Gestalt hatte. Er beklopfte seine Taschen und zog dann ein Päckchen Roosters hervor, die billigen filterlosen Zigaretten, die sonst nur die Afrikaner kaufen. Er blies mir den Rauch ins Gesicht und lächelte.

»Wie ich höre, war dein Vater ein Dichter.«

»Ja.«

»Weißt du, möglicherweise habe ich ein paar seiner Gedichte gelesen.«

»Das bezweifle ich… er ist außerhalb von Italien nicht sehr bekannt. Erst vor kurzem wurde er auch in Amerika veröffentlicht.«

»Genau! Ein Freund von mir, ein amerikanischer Journalist, hat mir eines der Bücher deines Vaters dagelassen, als wir in Somalia waren. Ich weiß nicht mehr, wie es hieß. Ich hab's vor ungefähr zwei Monaten gelesen.«

»Ach, tatsächlich?« Ich versuchte, gleichgültig zu klingen, doch ich war beeindruckt.

»Es hat mir sehr gut gefallen.«

»Das ist sehr sonderbar.«

»Was? Daß ich das Buch gelesen habe oder daß es mir gefallen hat?«

»Daß du ausgerechnet in Mogadishu die Gedichte meines Vaters gelesen hast.«

»So was kommt vor. Nichts geschieht zufällig, wie die Buddhisten sagen.«

Mit einem Lächeln starrte er mich an, halb in der Erwartung einer Reaktion, doch ich gab keine Antwort. Ich hatte keine Ahnung, was diese Bemerkung bedeuten sollte, und konnte mir nicht erklären, weshalb er auf einmal so freundlich war oder warum er beschlossen hatte, unser Telefongespräch nicht zu erwähnen, als hätte es nie stattgefunden.

Ja, ich hätte es sofort zugeben sollen: Hunter Reed war in der Tat sehr attraktiv. Attraktiver, als ich je erwartet hätte. Seine Gesichtszüge waren scharf, und er sah aus wie ein Mensch, der sich nicht gern in die Sonne hinauswagt, sondern spät aufsteht und bis zur Dämmerung Kaffee trinkt und raucht. Seine Schönheit hatte etwas Quecksilbriges, Sprunghaftes, sein hagerer Körper schien zu vibrieren wie eine Violinsaite. Man konnte regelrecht die Elektrizität spüren, die ihn umgab wie eine Aura. Die einzige Weichheit an seiner Person waren seine vollen Lippen.

Wir saßen rund um den Eßtisch, den Nicole mit Blumen und Kerzen geschmückt hatte.

»So, Hunter«, sagte Peter, »wie ich gehört habe, warst du gerade eine Woche in London. Nach Somalia muß das eine willkommene Unterbrechung gewesen sein.«

»Nicht wirklich. Es ist sogar ziemlich verwirrend, vor allem, wenn man nur so kurz dort ist.«

»Keine wilden Partys? Keine Mädels?« beharrte Peter.

Hunter starrte mich über den Tisch hinweg an.

»Nein. Um ehrlich zu sein, ich finde, London ist voller Mädchen mit sehr aufregenden Dessous und sehr langweiligem Leben.«

Alles lachte. Ich errötete ohne Grund, als wäre seine sexuelle Anspielung insgeheim an mich gerichtet.

Unterdessen hatte Iris mit einer Mission begonnen, deren Ziel Miles war. Als sie im Norden gewesen sei, um die Fotos für ihr Buch zu machen, erklärte sie, hätten die Morans ihr einen Samburu-Namen verliehen, und das sei eine große Ehre, denn ein Recht auf einen Namen hätten nur jene, die sie als ihresgleichen betrachteten. Miles war beeindruckt.

»Und was bedeutet dein Name?« fragte er.

»Die Reiche.«

Hunter feixte. »*Daran* besteht kein Zweifel.«

»Damit ist der *geistige* Reichtum gemeint«, bemerkte Iris kühl.

»Aber sicher.« Hunter verdrehte die Augen. »Und was wäre die Samburu-Entsprechung für *geistig*? Ich würde wirklich zu gerne wissen, wie du zu dieser Erkenntnis gekommen bist, Iris.«

»Zufällig spreche ich ihre Sprache ganz gut, weißt du.«

»Das habe ich gehört, und nachdem sie sonst keiner von uns beherrscht, kann dir auch keiner das Gegenteil beweisen.« Er wandte sich an Miles. »Sie ist die unangefochtene Autorität in Sachen Stammesangelegenheiten. Laß dich auf dem Gebiet nie auf irgendwelche Diskussionen mit ihr ein, sonst springt sie dir an die Kehle.«

Alles lachte, mit Ausnahme von Iris. Wenn es um sie selbst ging, versiegte ihr Humor.

»Und Hunter ist die unangefochtene Autorität in Sachen Stammeskriege. Jeder hier hat sein eigenes afrikanisches Doktorat, nehme ich an. Zufällig liegt mir das Schicksal dieser Menschen am Herzen – ist dagegen vielleicht etwas einzuwenden? Oder bist du der Ansicht, die Nomadenstämme in Ostafrika hätten weniger Daseinsberechtigung als die Tutsi oder die Dinka?«

»Soweit ich weiß, bedroht keiner ihre Existenz …«

»Doch, das ist allerdings der Fall! Ihre Kultur ist kurz vor dem Aussterben. Diese Generation ist wahrscheinlich die letzte, die noch die Initiationsriten erleben wird. Das Schulsystem zerstört ihre Stammesidentität, sie werden ihr traditionelles Wissen vergessen, und dann …«

»Oh, *bitte*, sei so gut und erspar mir diesen Mist, Iris, ja?« fiel ihr Hunter höhnisch ins Wort. »Ich kann diese Klischees keine Minute mehr ertragen.«

»Wirklich? Dann sag mir doch mal, was so klischeehaft daran ist, wenn man versucht, seine Identität zu bewahren.«

»Ich werd's dir sagen, Schätzchen: Es ist an der Zeit, daß sie aufhören, Blut zu saufen und ihre Schwänze zu spleißen! Es ist an der Zeit, daß deine wunderschönen Samburu-Pfauen ihre Perlen und Speere ablegen und sich dem Rest der Welt anschließen, daß sie lernen einen Computer zu bedienen, wenn sie nicht definitiv übervorteilt werden wollen!«

Iris hob die Stimme: »Woher glaubst *du* zu wissen, was gut für sie ist?«

Hunter spürte, daß er sie in Verlegenheit gebracht hatte, und schien es zu genießen.

»Richtig, und woher glaubst *du* es zu wissen, wenn ich fragen darf?«

»Ich bin mit ihnen *aufgewachsen*, Hunter.«

»Ach ja? Na, da bist du nicht die einzige. Vielleicht ist es an der Zeit, daß du über sie *hinaus*wächst und anfängst, statt dessen den *Economist* zu lesen, falls du dir mal ein umfassenderes Bild von der Zukunft der dritten Welt zurechtlegen möchtest. Was vermutlich das allerletzte ist, was du willst. Es ist ja viel lustiger, sich mit Perlen zu behängen, mit schneidigen Kriegern herumzulaufen und mit ihrem wilden Aussehen Geld zu machen. Eines ist sicher: Sobald sie sich die Haare abschneiden und einen Job annehmen, bist *du* deinen Job los. Kein Wunder, daß du findest, daß sie bleiben sollen, wo sie sind.«

Iris wurde rot vor Zorn.

»Und wenn sie aufhören, sich zu Tausenden in Stammeskriegen abzuschlachten, bist *du* ebenfalls deinen Job los. Nenn mir *einen* Grund, warum es moralischer sein soll, über bewaffnete Buschguerillas zu schreiben.«

Hunter lächelte und zündete sich eine Rooster an. Sehr langsam blies er den Rauch in die Luft und sah ihm nach.

»Es fällt mir nicht im *Traum* ein, moralische Vergleiche anzustellen. Ich wünschte nur, du würdest aufhören, uns deine Geschichten von Stars aus dem Busch aufzudrängen.« Er drehte sich zu Miles um. »Das mußten wir uns nämlich jahrelang anhören.«

Nicole schaute grinsend zu mir herüber, sichtlich entzückt über das Wortgefecht. Endlich verwies jemand Iris auf ihren Platz.

»Hört auf, ihr beiden«, sagte Peter. »Laßt das Gezanke.«

»Mir soll's recht sein«, sagte Iris eisig und wandte sich an Hunter. »Worüber würdest du denn gern reden? Kriege? Viren? Staatsstreiche? Umweltkatastrophen? Korruption? Auf allen diesen Gebieten bist du doch bestens bewandert.«

»Könnten wir eine Pause haben?« fragte Nicole. »Würdet ihr jetzt aufhören, meine Party zu ruinieren, *bitte*?«

»Richtig. Nur noch eine letzte Frage, wenn du verzeihst.« Mit einem hämischen Lächeln hob Hunter sein Glas in Iris' Richtung. »Eines wollte ich dich schon immer mal fragen: *Fickst* du sie eigentlich, oder ...«

»Hör auf, ja?« sagte Iris, und nun grinste sie, als hätte er ihr endlich das Stichwort gegeben. »Meine Güte, Hunter, was ist denn heute los mit dir?«

Sie amüsierte sich jetzt, nachdem sich das Gespräch auf die sexuelle Ebene verlagert hatte, auf der sie sich zu Hause fühlte. Ihre kleine Rache.

Sie wandte sich an Miles und sagte mit einem strahlenden Lächen: »Ich habe nie Sex mit meinen Forschungsobjekten. Ich seh sie mir nur gern an.«

Hunter saß neben mir auf dem Sofa, als wir nach dem Essen Kaffee tranken.

»Du redest nicht viel, Esmé.«

»Na ja … nein … ja … vielleicht … es kommt drauf an.« Er verursachte mir Unbehagen und ließ mich auf der Hut sein. Ich befürchtete, er könnte jeden Moment beginnen, mich in Stücke zu reißen, und so saß ich still und sprungbereit in meiner Ecke. Eines war mir klar: Ich wollte auf keinen Fall sein nächstes Opfer werden. Doch überraschenderweise leuchteten seine Augen, und seine Stimme wurde weich.

»Die Gedichte deines Vaters sind wunderschön. Da war eines über Vögel … die grünen Federn der Vögel?«

»Die grünen …? O ja, ich glaube, ich weiß, welches du meinst.«

»Du hast nicht zufällig ein Foto von ihm?«

»Was?… Doch, natürlich. Würdest du's gern sehen?«

»Ja, gern. Wenn mir die Gedanken von jemandem gefallen, möchte ich immer wissen, wie er aussieht. Siehst du ihm ähnlich?«

Ich errötete wie ein dummer Teenager. Die Vorstellung, daß er Ferdinandos Gedichte gelesen hatte, ging mir sehr zu Herzen. Zum ersten Mal seit Monaten hatte jemand hier, auf dem Planeten Mars, mit meiner Vergangenheit eine Verbindung aufgenommen. Die Gedichte meines Vaters in Mogadishu. Ich konnte es immer noch nicht fassen. Und ausgerechnet Hunter Reed.

Er hatte mich gerührt.

»Ja, ich glaube schon, ein bißchen. Ich zeig dir mal das Foto, wenn du willst.«

Ich sagte nicht: Komm vorbei, ich erklärte nicht, wo ich wohnte. Sondern ich dachte: Laß das Universum sich um diese nebensächlichen Details kümmern. Ich ging einfach davon aus, daß er mich finden würde, wenn er mich wirklich sehen wollte. Denn inzwischen wußte ich, daß Hunter Reed mich sehen wollte – das Foto war nur ein Vorwand. Ich *wußte* es einfach. Manchmal weiß man etwas voneinander, noch ehe man sich leibhaftig begegnet ist. Man wittert den anderen, als machte sich die physische Anziehungskraft noch vor dem Körper selbst bemerkbar.

Im Rückblick denke ich, daß wir es beide schon damals am Telefon wußten, als alles schiefging. Was ich mir an dem Abend nicht eingestand, war mein eigener großer Wunsch, ihn wiederzusehen.

Adam kam am nächsten Tag aus Arusha zurück, braungebrannt, staubverkrustet und mit den Gerüchen des Busches. Ich war erleichtert, ihn zu sehen. Seine Kunden waren ein Alptraum gewesen, und er hatte es kaum erwarten können, bis die Safari vorbei war und er nach Hause durfte.

Wir saßen einander in der heißen Badewanne gegenüber, der Raum war voller Dampf, und die kondensierten Tropfen rannen uns über den Rücken.

»Es ist schrecklich, der Gefangene von Leuten zu sein, die man nicht ausstehen kann, bloß weil sie einen bezahlt haben, damit man ihnen zeigt, was man liebt.«

»Du sprichst über den Busch wie über eine Geliebte«, sagte ich.

»Na ja, es ist alles, was man hat, wenn man hier aufgewachsen ist. In gewisser Weise alles, was man anderen geben kann.«

Ja. Bäume, Vögel, Fährten, Felsen, Flüsse, Elefanten, Büffel, Gerüche, Laute in der Nacht, das waren Adams Besitztümer. Er hatte sie mir als Gaben dargebracht, als wir uns kennengelernt hatten, wie Hochzeitsgeschenke. Ich hatte sie dankbar angenommen, weil ich geglaubt hatte, seine Liebe zu Afrika werde mich lehren, wie ich mein Leben retten konnte.

Aber während unserer Trennung war etwas Neues geschehen: Im Zuge meiner privaten Erforschung hatte ich angefangen, ein anderes Gesicht Afrikas zu sehen, wo keine wilden Tiere, Landschaften oder Sonnenuntergänge, keine Spur von Schönheit oder Liebe zu erkennen waren. Dieses Gesicht war rauher, häßlicher. Dennoch fühlte ich mich von ihm angezogen – ohne zu wissen, weshalb.

Jetzt, als ich Adam wieder bei mir hatte, fühlte ich mich schuldig, weil ich Hunters zynische Ansichten bezüglich der Zukunft insgeheim guthieß. Doch seine Tirade gegen Iris erinnerte mich an das destruktive Spiel, mit dem ich mein Leben lang so vertraut gewesen war: War es nicht Ferdinandos liebster Zeitvertreib gewesen, jedermanns Hoffnungen zu zerschlagen?

Wir stiegen aus der Wanne. Adam ging in die Küche und kam mit einem Drink in unser Schlafzimmer zurück. Er fragte mich, was ich die ganze Zeit über gemacht hätte, und ich erzählte ihm von Nicoles Dinnerparty.

»Hunter? Ich hab' ihn ewig nicht gesehen. Wie geht's ihm?«

»Anscheinend recht gut«, sagte ich. »Bloß... ich weiß nicht... er war einfach schrecklich zu Iris. Ist er immer so aggressiv?«

Adam grinste. »O nein, er liebt es nur, ihr auf die Nerven zu gehen; das ist seine Art, sie zu necken.«

»Ich weiß nicht, ob das was mit Necken zu tun hat. Eher hat er sie vor allen Leuten zum Narren gehalten, als wäre sie irgendwie *schwachsinnig.*«

»Die beiden liegen sich ständig in den Haaren. Das ist eines dieser Symptome, unter denen ehemalige Liebespaare eben leiden, sie können nicht dagegen an.«

»Sie waren ein *Liebespaar*?« Ich wunderte mich über meine eigene Überraschung.

»O ja. Jahrelang. Das ist allerdings schon lange her.«

Auf einmal war ich gereizt.

»Meine Güte... Anscheinend hat hier schon jeder mit jedem ein Verhältnis gehabt.«

Adam zog mich an sich und küßte mich flüchtig auf die Lippen.

»Ja, daran führt kein Weg vorbei. Es ist ein weites Land mit sehr wenig Menschen. Man gewöhnt sich daran.«

»Ich finde es abscheulich. Das grenzt an Inzest.«

Er lachte. Ich versuchte, mich ihm zu entwinden, doch er ließ mich nicht los. Scherzhaft flüsterte er mir ins Ohr: »Wir sind hier immer sehr darum bemüht, unsere Wachstumsrate aufrechtzuerhalten und in dieser sehr unwirtlichen Umgebung unsere Spezies zu reproduzieren. Kannst du uns das zum Vorwurf machen?«

Wir fielen aufs Bett. Ich schloß die Augen und lächelte, als ich den langsamen Druck seines Knies zwischen meinen Schenkeln spürte. Es war gut, ihn wiederzuhaben.

Das ist die Wirkung Afrikas auf Frauen: Dieses Land stellt uns auf den Platz zurück, dem wir zu entrinnen versuchten. Dorthin, wo die Frauen Männer um sich haben müssen oder sich zwangsläufig völlig hilflos fühlen.

Nein, ich wollte keine alleinstehende Frau in Afrika sein, und ich war – zu meiner Überraschung – uneingeschränkt bereit, dies zuzugeben.

8

Was würde ich tun, um mir die Zeit zu vertreiben,
wenn ich nicht die Sprache zum Spielen hätte?

John Banville

Es könnte an der Drosselklappe liegen, vielleicht auch an den Kolben«, sagt Mr. Kilonzo mit dem Kopf unter der Motorhaube. »Falls es nicht die Verteilerkappe ist.«

»Die haben wir doch gerade erst ausgetauscht«, antworte ich, während ich an meinem Tee nippe.

Ich sage »wir«, weil Kilonzo und ich uns inzwischen wie ein Team von Chirurgen fühlen, die erfolglos versucht haben, im Zuge einer langen Reihe erfindungsreicher und höchst spekulativer Operationen einen unheilbar Kranken ins Leben zurückzuholen. Wir haben sämtliche denkbaren Organe im verbrauchten Körper meines Wagens ersetzt, doch leider fällt unser persönliches Versuchsobjekt immer wieder ins Koma zurück, und mittlerweile hat uns eine tiefe Enttäuschung erfaßt.

Es ist erst halb neun Uhr morgens, der Tag nach Nenas Dinnerparty, und auf dem Heimweg nach dem Frühstück hat mich der Wagen wieder einmal im Stich gelassen. Ich wollte nichts anderes, als zu Hause unter mein Federbett kriechen und im Dunklen meinen Kater ausschlafen, doch statt dessen mußte ich in meiner Partyaufmachung vom Vorabend einen Lastwagen anhalten und den Fahrer bitten, mich bis zu Kilonzos Werkstatt abzuschleppen.

»Wenn es die Kolben sind, dann stecken wir wirklich tief im Schlamassel, stimmt's?« fragte ich, während ich versuche, seine gedankenverlorene Miene zu deuten.

»Malen wir nicht jetzt schon den Teufel an die Wand«, sagt Kilonzo, wie stets um philosophische Gelassenheit bemüht, um seinen Kunden unnötige Depressionen zu ersparen. »Am Ende sind es nur die Kontakte.«

»Schön wär's, aber das bezweifle ich, offen gestanden.« Ich sitze auf einem Schemel unter der trüben Neonlampe im Zwielicht seiner Werkstatt. Wie immer hat mir Kilonzo eine Tasse von seinem starken Masalatee und eine Zigarette angeboten.

Im Grunde genieße ich es, hier in der Werkstatt zu sitzen, den Geruch von Wagenschmiere und Öl einzuatmen und zuzusehen, wie Kilonzo die zerfallenden Gedärme meines Wagens wieder zusammenflickt. Es erinnert mich an meine frühe Kindheit, als ich in unserem Haus in Neapel in der Küche saß und Silvia, unserer alten Haushälterin, beim Bügeln zusah. Sie war eine stämmige Frau, die nach Scheuerpulver roch. Ich weiß noch, wie ich den sauberen Duft in mich einsog, den ihr Körper und die frisch gebügelte Wäsche verströmten. Im Hintergrund lief immer ein Radio, genau wie in dieser Werkstatt. Und immer machte mir Silvia eine Tasse heiße Schokolade, während ich auf der Waschmaschine saß und zusah, wie sie steife Hemden faltete und übereinanderstapelte.

Es hat etwas Beruhigendes, wenn man beobachtet, wie sich Materie unter menschlichen Händen verwandelt, wie es jeden Tag in jeder Küche und jeder Werkstatt auf der ganzen Welt geschieht. Träger Materie Leben einzuflößen, Zerbrochenes zu kurieren ist die Aufgabe des Magiers oder des Heilers. Doch an diesem Morgen fühle ich mich selbst so zerknittert und heillos wie irgendein alter Fetzen, der Silvias Bügeleisen braucht, oder ein verrostetes Auspuffrohr, das Kilonzo schweißen muß.

Kilonzo ist ein stämmiger Kamba-Mann Anfang Fünfzig, der dicke Augengläser und makellose blaue Overalls trägt. Er ist ein ungewöhnlich wohlerzogener und humorvoller ehemaliger Polizist mit strengen moralischen Grundsätzen.

»Wissen Sie, Mr. Kilonzo«, sage ich, »Sie sind einer meiner besten Freunde geworden. Ich glaube nicht, daß ich mit irgend jemand anderem in dieser Stadt so oft zusammen bin wie mit Ihnen. Ihr Anblick, wenn Sie meinen Motor untersuchen, ist mir schrecklich vertraut geworden.«

Kilonzo lacht. »Vielleicht sabotieren Sie selber Ihren Wagen, damit Sie herkommen und in meiner Werkstatt sitzen können.«

»Mir liegt ungeheuer viel an Ihrer Gesellschaft, aber das könnte ich mir nicht leisten. Inzwischen ist es soweit, daß es mich weitaus weniger kosten würde, Sie zum Abendessen auszuführen.«

Glucksend taucht Kilonzo unter der Motorhaube hervor und hält etwas Winziges, Fettiges in den Fingern, das er sorgfältig im Neonlicht untersucht. Dann schreit er seinem Lehrjungen auf Kikuyu etwas zu, der ihm daraufhin einen Miniaturschraubenzieher bringt.

»Darf ich mal telefonieren?« frage ich. Ich möchte, daß Nicole mich abholt.

»Tut mir leid, das Telefon funktioniert heute nicht.«

»Na gut, dann laufe ich zur Telefonzelle.«

»Das Netz ist im ganzen Viertel zusammengebrochen. Seit gestern.«

Er versucht, den Wagen zu starten, während er seinem Lehrling, der das Batteriekabel hält, Befehle zuruft, doch es geschieht nichts. Statt dessen fällt auf einmal der Strom aus, und wir sitzen im Dunkeln.

»Was jetzt?« frage ich mit einem ersten Anflug von Ärger.

»Jetzt warten wir, bis es wieder Strom gibt«, sagt Kilonzo irgendwo in der Dunkelheit, und jemand zündet eine Kerosinlampe an.

»Wie lange wird das dauern?« Meine Depression weicht der Wut. Dieser wohlbekannten Wut, die mich jedesmal packt, wenn sich alles gegen mich verschworen hat. Schon wieder steckst du tief im afrikanischen Schlamm fest.

»Na, kommen Sie, Esmé, woher soll ich das denn wissen? Es kann eine Stunde, vier Stunden, den ganzen Tag dauern.« Im düsteren Licht der Lampe erkenne ich ihn undeutlich – er hat sich eine Zigarette angezündet und lächelt, wie immer. »Es wird halt rationiert.«

»Ich ertrage das keine Minute länger! Wie kann man dabei arbeiten? Das ruiniert einem doch das Geschäft!« Wahrscheinlich schreie ich. Kilonzo schenkt sich Tee ein und lächelt weiter über meine Ungeduld, die er inzwischen beim ersten Anzeichen erkennt. Er spürt sie jedesmal, wenn ich ihm meinen Wagen zur Reparatur bringe – mit derselben Nervosität, als würde ich ihn bitten, mein Leben zu reparieren und ein für allemal in Ordnung zu bringen.

»Wie kann man unter diesen Umständen ein Fax schicken, am Computer arbeiten? Ist Ihnen klar, daß die ganze Gegend einfach *lahmgelegt* wird? Das ist doch völlig absurd! Sagen Sie, wie kann man dabei irgendwas zustande bringen?«

»Das kann man natürlich nicht«, sagt er mit seinem höflichen afrikanischen Tonfall. »Aber es hilft nichts, wenn man sich darüber aufregt.«

»Ja, klar, mir fehlt wahrscheinlich die richtige Geisteshaltung dafür«, sage ich und ziehe wütend an meiner Zigarette.

»Ich werde Ihnen eine Geschichte über *Ihre* Geisteshaltung erzählen«, sagt Kilonzo grinsend. Ich sehe seine weißen Zähne in der Dunkelheit blitzen. »Als ich in der Nähe von Nakuru eine *shamba* hatte, da hatten wir einen Nachbarn, einen *mzungu* aus Deutschland, der sich ständig beschwerte, daß dies nicht funktionierte und das nicht funktionierte, und manchmal ging ich hinüber und reparierte seinen Lieferwagen oder seine Wasserpumpe, aber wissen Sie, damals war es noch schwieriger, Ersatzteile zu bekommen, und die Straße war wirklich übel, so daß es manchmal ewig dauerte, bis man irgendwas in Ordnung bringen konnte. Der *mzungu* war immer sehr schlecht gelaunt, schob die Schuld auf die anderen und beklagte sich ständig, daß seine Arbeiter mit den Sachen nicht sorgfältig umgingen und daß alles, was er ihnen neu gab, innerhalb von Tagen ruiniert sei. Eines Tages mußte also irgendwas gebaut werden, oder eine kleine Reparatur war fällig – jedenfalls kaufte er im Baumarkt von Nakuru einen roten Kübel. Einen roten Plastikkübel, okay? Er war sehr glücklich über seinen Kübel und gab ihn seinen Arbeitern, okay? Als er am Abend hinging, um nachzuschauen, wie weit sie während des Tages gekommen waren, stellte er fest, daß sie den neuen roten Eimer kaputtgemacht hatten.«

»Wie haben sie das denn geschafft? Einen Plastikeimer kaputtzumachen ist gar nicht so einfach ...«

»Genau darum geht es, verstehen Sie? Er kam zu mir, mit seinem

Kübel in der Hand. ›Erklären Sie mir, wie so was möglich ist!‹ sagte er immer wieder und erstickte fast an seiner Wut.« Kilonzo lacht und schlägt sich mit der Hand auf den Schenkel. »›Ich gehe! In einem Land wie diesem kann ich nicht leben!‹ Du meine Güte, Sie hätten ihn sehen sollen. Und er tat es. Noch am selben Tag packte er seine Sachen zusammen und verschwand auf Nimmerwiedersehen.«

Kilonzo lacht so heftig, daß er die Brille abnehmen und sich mit dem Handrücken die Tränen aus den Augen wischen muß; sein dicker Körper bebt.

»Ach nein …«, sage ich und falle in sein Gelächter ein. »Der Eimer war sein letzter Strohhalm!«

»Ja! Wegen eines Plastikkübels hat er alles aufgegeben. Seither sagen meine Frau und ich, wenn wir einen schwierigen Tag haben und die Sache nicht so läuft, wie sie sollte, wir haben einen ›Plastikkübeltag‹. Verstehen Sie?«

»Absolut. So geht's mir heute. Ein *totaler* Plastikkübeltag.«

Kilonzo gackert zustimmend.

»Gut! Und jetzt verstehen Sie, daß Sie nicht fortziehen müssen. Sie kaufen sich einfach einen neuen roten Plastikkübel! Das ist viel einfacher, als alles zusammenzupacken und ein neues Leben anzufangen, stimmt's?«

»Ja. Aber ich kann keinen roten Eimer brauchen – was soll ich denn statt dessen machen?« frage ich Kilonzo, hoffnungsvoll wie ein Schüler seinen Guru.

»Tja … Ich werde Ndegwa bitten, Sie zu den Lenana-Forest-Läden zu fahren, Sie gehen ein paar Stunden zum Friseur, lassen sich Ihre Haare neu machen und lesen irgendeine Frauenzeitschrift, damit Sie sich ein bißchen entspannen. Außerdem kaufen Sie sich was Feines zu essen. Bis Sie damit fertig sind, ist auch das Auto fertig, und Sie sind wieder eine glückliche Frau.«

Ich befolge seinen Rat und lasse mich von Ndegwa zu Heather's fahren, dem Kosmetiksalon von Karen. Im Feinkostgeschäft nebenan bestelle ich ein Sandwich und lasse mir von Sheila, einer unscheinbaren Blondine mit Cockney-Akzent, die Haare schneiden.

Ich verschlinge mein Tamara-Salat-und-Käse-Sandwich, während ich die alten Nummern von *Hello* durchblättere, aus denen ich erfahre, wie die Leute bei der Academy-Awards-Verleihung gekleidet waren, daß Jerry Hall und Mick sich noch immer nicht versöhnt haben und daß Pavarotti auf Diät ist. Sheila erzählt, sie sei eben erst aus England zurück, und dieser Haarschnitt sei der letzte Schrei. Ich schließe die Augen, lasse mich in die vertraute Welt weiblicher Tratschereien sinken, belebt vom Geruch nach Tönungsmitteln, Nagellack und Hochglanzmagazinen, die Welt, in der jede Frau sich wieder zu Hause fühlt, ganz gleich, wie fern ihre Heimat ist, und endlich bin ich so entspannt, wie Kilonzo mir vorausgesagt hat.

Als ich den Laden verlasse, wartet Ndegwa noch immer, um mich zur Werkstatt zurückzubringen. Bei allem, was man sagen kann – dies ist das einzige Land der Welt, wo dein Automechaniker bereit ist, dich zum Friseur zu fahren, um deine Nerven zu beruhigen. Es ist so absurd, daß ich wieder lächeln kann. Kilonzo hat wieder Strom, und mein Wagen ist startklar. Es waren letztlich doch nicht die Kolben, weshalb die Rechnung nicht so hoch ist, wie ich befürchtet habe. Was wie ein Plastikkübeltag begonnen hat, verwandelt sich in einen afrikanischen Erfolg.

»Ich hab's Ihnen ja gesagt: Malen Sie nie den Teufel an die Wand«, sagt Kilonzo und tätschelt die Motorhaube. »Sie sind immer viel zu dramatisch, Esmé!«

Ja, das stimmt, Mr. Kilonzo, denke ich, während ich aus der Werkstatt fahre, das wird wohl mein italienisches Erbteil sein.

Es nieselt noch immer, alles ist feucht und grau. Unterwegs bleibe ich stehen, um am Straßenrand Brennholz zu kaufen, und während die Jungs die Klötze in den Wagen laden, rieche ich feuchtes Holz, Rauch und nasse Erde, das beißende Aroma, das mich immer an mein Leben hier erinnern wird.

Dieses winterliche Wetter paßt im Grunde sehr gut zu meiner Stimmung, dieser Kälte und dem Wunsch, mich gehenzulassen. Jetzt kann ich endlich ein Feuer anzünden, mich aufs Bett legen und zur Decke starren, alle meine Siebensachen vor mir ausbreiten, all die denkwürdigen Szenen, die Gesprächsfetzen und Wendepunkte, alles, woran ich mich erinnere – wie ein Kind, das sämtliche Spielsachen aus der Kiste holt, um sich zu vergewissern, daß sie immer noch ihm gehören –, alles, was ohne ersichtliche Ordnung und ohne erkennbaren Grund geschehen ist und letztlich doch mein Leben hier geprägt hat. Ich bin jetzt das Ergebnis all dieser automatischen Handlungen, die damals, zu ihrem jeweiligen Zeitpunkt, in keine bestimmte Richtung zu führen schienen, mich in Wahrheit jedoch auf ein ziemlich gefährliches Gelände geführt haben, aus dem ich jetzt keinen Ausweg mehr erkenne.

Hunter sah ich lange nicht wieder. Nie kam er vorbei, um sich Ferdinandos Foto anzusehen. Zuerst war ich ein wenig enttäuscht – ich hatte nicht erwartet, einfach ignoriert zu werden –, doch ein paar Tage später hatte ich Hunter Reed völlig vergessen. Das dachte ich zumindest.

Wochen vergingen, und um Ostern hatte die Trockenheit plötzlich ein Ende. Kurz darauf brach Adam für den Rest der Saison sein Camp ab und kam nach Hause. Der erste Regen begann an einem Morgen, nachdem er sich mit fernem Donnergrollen angekündigt hatte, und nach den Monaten sengender, staubiger Hitze war es eine enorme Erleichterung zuzusehen, wie die Tropfen tanzten und von den ausgedörrten Blättern im Garten abprallten. Dank der Feuchtigkeit begann auf einmal alles wieder zu atmen und erwachte zum Leben. Nach diesem ersten Tag schüttete es fortwährend, wütend prasselte der Regen auf das *mabati*-Dach und durchnäßte uns jedesmal gnadenlos, wenn wir von der Veranda zum Wagen rannten. Ganz Langata hatte sich in einen riesigen Schlammpfuhl verwandelt.

Abends ließ der Regen nach, und in der nächtlichen Stille quakten unermüdlich die Ochsenfrösche. Sie waren überall: schwarzorange gefleckte Frösche, die in den Rohren lebten und aus dem Abfluß des Waschbeckens hervorlugten, wenn ich mir morgens die Zähne putzte.

Nicht einmal bei dieser Sintflut kam Adam zur Ruhe: Entweder repariere oder schweißte er etwas in der Werkstatt am hinteren Ende des Grundstücks, oder er rannte herum, um irgendwo im Gewerbegebiet ein Ersatzteil aufzutreiben, baute einen Zaun und gab neue Zelte in Auftrag. Mir wurde klar, daß dieser Mann süchtig nach körperlicher Aktivität war: Stillzusitzen ertrug er einfach nicht. Trotzdem gelang es uns, abends ein wenig Zeit miteinander zu verbringen, einen Videofilm zu sehen, vor dem Kamin zu plaudern oder in der Stadt essen zu gehen, wie normale Leute es tun. Unser Leben als Paar nahm allmählich Form an, und ich begann, mich daran zu gewöhnen.

Hin und wieder, wenn die Kabel wegen des Unwetters nicht von den Bäumen gefallen waren oder die Massai sie nicht abmontiert hatten, um Schmuck daraus zu basteln, rief ich Teo an. Wenn er mir den beginnenden Frühling an der Küste von Amalfi oder auf dem Land in der Toskana beschrieb, stellte ich mir gelben Ginster und dunkelblauen Lavendel vor und sehnte mich nach dem frischen Geruch von jungem Gras und wilden Rosen, nach dem sanften Aprillicht, in dem Pflanzen und Menschen aus dem Winterschlaf erwachen und sachte ihre Glieder recken. In meinem Teil der Erde strömte unterdessen unablässig der Regen, während abscheuliche Insekten aller Art rund um die Lampenschirme ihre beunruhigenden Balztänze vollführten. Manchmal bedeckten Tausende fliegender Ameisen binnen weniger Minuten eine gesamte Wand wie ein dicker, summender Teppich, und Wilson und ich mußten sie buchstäblich mit dem Besen von der Mauer fegen. Die Natur war aus der trockenen, schläfrigen Jahreszeit erwacht und paarte sich ausgiebig, mit wilder, grausamer Entschlossenheit, um weitere sechs Monate lebloser Hitze zu überstehen.

»Hier ist alles so extrem. Das Leben geht unmittelbar in den Tod über, und dazwischen ist nichts«, beklagte ich mich bei Adam.

»Was meinst du damit?«

»Ihr habt keine Zwischenzeiten, wie Frühling oder Herbst ...«

»Ich liebe es, wie du ›ihr‹ sagst, als wäre ich persönlich für das gesamte afrikanische Klima verantwortlich. Wir haben sehr wohl Jahreszeiten, Esmé, du bist nur nicht aufmerksam genug. Und wir haben auch schöne Jahreszeiten, genau wie in Europa: Der Himmel verändert sich, der Wind dreht sich, die Farben sind anders, und du kannst das Gras und die Blumen riechen. Ich zeig's dir, wenn wir mal an die Küste fahren.«

Zu Beginn des Sommers ließ der Regen allmählich nach, und alle Auslandseuropäer reisten nach Hause, um Ferien zu machen.

»Fahren wir zusammen nach Italien«, sagte ich eines Morgens zu Adam. »Ich möchte, daß du meinen Bruder kennenlernst.«

»Ich würde gern, wirklich«, sagte er, und in seinem Ton schwang eine Spur Schuldbewußtsein mit, »Aber ich kann's mir im Moment nicht leisten. Ich muß in die Staaten fliegen und die nächste Saison buchen. Wir machen es nächstes Jahr, versprochen.«

Es gab also ein nächstes Jahr. Eine Zukunft. Das gefiel mir.

Adam plante seinen jährlichen Werbezug durch die USA, um reiche Kunden für die Safarisaison im nächsten Jahr zu gewinnen, indem er vor möglichen Interessenten im örtlichen Rotary-Club, oder wie immer sich die jeweilige Institution nannte, eine Reihe von »Buschvorträgen« hielt. Sechs Wochen würde er unterwegs sein, mit Reiseagenten und Herausgebern von Zeitschriften essen gehen und mit Buchungen nach Hause kommen. Seine Diavorträge zeigten nicht nur, wie es in der Wildnis aussah und wie nahe sie den Tieren kommen würden, sondern führten auch die meisten Einrichtungen vor, die sein Camp zu bieten hatte. Normalerweise sind die Safarineulinge fürchterlich nervös, was die sanitären Einrichtungen im Busch betrifft, und fürchten, sie müßten sich hinter die Sträucher hocken, was sich am Ende häufig als ihr Haupteinwand gegen diese Art von Reise ins Unbekannte erweist. Deshalb legte Adam größten Wert darauf, ihnen genau vor Augen zu führen, was sie von seinem sehr teuren »Luxuszeltlager« zu erwarten hätten. Sie seufzten alle vor Erleichterung und applaudierten manchmal begeistert, wenn auf der Leinwand die Buschtoilette in all ihrem Glanz erstrahlte: mit Porzellanbecken, Holzsitz und so weiter.

In meinen Ohren klang das ganze Unterfangen nach einem absoluten Alptraum.

»Ich muß es machen«, sagte er achselzuckend. »Sonst geht das Unternehmen pleite. Alle anderen tun es, und glaub mir: Es funktioniert tatsächlich.«

In gewisser Weise war er wie ein Schauspieler auf Tournee, der dem Publikum einen Vorgeschmack von der Aufführung bietet, nur den Trailer des Films zeigt, der einen Überblick über die Handlung verschafft und das gute Aussehen der Hauptdarsteller in die Waagschale wirft. Auf den *Jenseits von Afrika*-Traum war jeder versessen, doch auf den Staub, das warme Bier und den Abort in freier Natur legte niemand Wert. Adam und seine wandernde Diashow dienten als Beweis, daß es tatsächlich möglich war, das eine ohne das andere zu bekommen. Da ich Adams Reserviertheit kannte, war mir klar, wie sehr ihm diese Werbekampagne zuwider sein mußte, und zugleich staunte ich, wie fraglos er bereit war, sie auf sich zu nehmen. Andererseits verdiente er natürlich sehr viel Geld damit.

»Ich kann das alles nicht mehr sehr lange machen«, sagte er. »Ich brauche nur das Geld, um mir ein Stück Land zu kaufen, und dann kann mir dieses Geschäft gestohlen bleiben. Ich will den Busch genießen, ohne ihn den Leuten mit Videokameras *erklären* zu müssen. Ich will einfach am Feuer sitzen und still sein.«

Der Grund, weshalb ich es mir erlauben konnte, ein Snob zu sein und mich von den gräßlichen reichen Paaren in voller Bananenrepublik-Safariausrüstung fernzuhalten, war vermutlich die Tatsache, daß ich selbst kein Geld verdienen mußte. Ich leistete mir eine luxuriöse Abhängigkeit von Adams Einkommen und der posthumen Anerkennung meines Vaters.

Bevor Adam in die Staaten aufbrach, plante er eine Safari nur für uns beide: eine Reise an die Küste, wo seine Familie in der Nähe von Mombasa ein Haus hatte. Seine Eltern verbrachten inzwischen den größten Teil des Jahres dort, obwohl sie im Norden des Landes immer noch eine kleine Farm besaßen, die Adams älterer Bruder Brian betrieb.

Ich hatte Adams Eltern noch nicht kennengelernt und war nervös. Zu ihnen zu fahren und eine Weile bei ihnen zu wohnen kam mir irgendwie sehr offiziell vor, doch immerhin lebten Adam und ich nun seit fast einem Jahr zusammen, und ich hatte ihre Stimmen am Telefon gehört, wann immer sie anriefen, um hallo zu sagen.

»Meine Eltern sind ganz locker, keine Angst«, sagte Adam, als wir auf der Mombasa Road in Richtung Süden fuhren. »Wir werden einfach schwimmen gehen und uns in die Sonne legen – das heißt ja nicht, daß wir gleich *heiraten*, weißt du.«

Ich zuckte zusammen. Der Klang des Wortes setzte sich in mir fest und hallte in meinem Kopf nach, während wir vom Hochland in die Ebene hinabfuhren und den Tsavo-Nationalpark durchquerten, lebensstrotzend und voller wilder blauer Blumen.

»Siehst du?« sagte Adam triumphierend. »Das ist der afrikanische Frühling. Riechst du ihn nicht?«

Heiraten. Bis zu dem Tag war ich nicht einmal auf den Gedanken gekommen. Doch jetzt, während ich Adam ansah, der neben mir am Steuer saß und seinen geliebten afrikanischen Frühling schnupperte, dachte ich zum ersten Mal, daß es tatsächlich denkbar war. Er hatte mich geheilt, hatte sich so gut um mich gekümmert. Nein, ich wollte nie wieder in meinen früheren Zustand zurückkehren, zurück zu den Ängsten und der Einsamkeit, die mich in Europa erwarteten, zu meiner Muttersprache und meiner Denkweise. Adam legte mir die Hand aufs Knie, ich strich leicht darüber und empfand dabei eine Woge der Zärtlichkeit. Wieder einmal fuhren wir mitten durch das Nichts, flogen durch leeren Raum und spürten die Weite, die uns umgab, und ich sagte mir: Ja, mit diesem Mann konnte ich wirklich leben, konnte ihn heiraten und seine Kinder bekommen – bei soviel Leere rings umher war die Vorstellung, eines Tages eine kleine Gruppe von Menschen zu sein, die sich nahe waren und sich beieinander sicher fühlten, ein tröstlicher Gedanke.

Das war es offensichtlich, was Afrika in mir bewirkte: Es rückte alles an seinen rechten Ort, dorthin, wo es wahrscheinlich immer hätte sein sollen und niemals gewesen war. An einen Ort, wo Liebe endlich notwendig war und Vertrauen eine Erleichterung, wo es sinnlos schien zu kämpfen, um eine Situation im Griff zu haben, weil von vornherein feststand, daß man nichts im Griff hatte. Einen Ort, wo die Aussicht darauf, Kinder zu bekommen und zu heiraten, nicht wie der vorgezeichnete Weg des Mittelstands klang.

Ein Ort, der Ferdinando wahrscheinlich in den Wahnsinn getrieben hätte.

Das Grundstück von Adams Eltern lag südlich von Mombasa, nahe der Grenze zu Tansania. Das Haus stand direkt auf den Korallenklippen oberhalb des Indischen Ozeans in einer überwältigend schönen kleinen Bucht, die aus irgendeinem geheimnisvollen Grund von der rasanten und umwälzenden Entwicklung der letzten fünfzehn Jahre unberührt geblieben war. Ihr Grund grenzte an eine *kaya*, einen heiligen Wald, in dem wilde Tiere und einheimische Pflanzen ungehemmt wachsen und gedeihen konnten. Es war ein verzauberter Ort, einer der letzten, der vom Massentourismus noch verschont geblieben war. Adams Mutter Julia war Landschaftsgärtnerin und hatte hinter dem Haus eine Baumschule für seltene Palmen und Pflanzen. Sie war hochgewachsen und schlank und hübsch auf diese schlichte englische Art, die mir in Kenia so vertraut geworden war: Sie hatte wohl etwas von jener besonderen Delikatheit der Filmstars aus den späten fünfziger Jahren. Frauen aus Julias Generation, die den größten Teil ihres Lebens auf der väterlichen Kaffeeplantage verbracht hatten, schienen über Doris Day oder Joan Fontaine nie hinausgewachsen zu sein – sie alle waren vierzig Jahre zuvor fröhlich aus der Mode gekommen, trugen immer noch pastellfarbene, bedruckte Baumwollkleider und Sonnenbrillen, die sie aussehen ließen wie eine verblaßte Farbaufnahme aus den Sechzigern. Glenn, ihr Mann, war groß und stämmig und hatte dieselbe starke körperliche Ausstrahlung wie Adam. Nach zu vielen Jahren in der Sonne war sein Gesicht auf sympathische Weise zerfurcht. Zur Begrüßung küßten sie mich mit einer Herzlichkeit, als hätten wir einander schon lange gekannt.

»Kommt mit, auf der Veranda gibt es Tee«, sagte Julia.

»Wie wär's mit was Anständigem, Mum?« sagte Adam. »Ich bin den ganzen Tag gefahren, noch dazu bei dieser Hitze.«

»Das ist eine viel bessere Idee!« sagte Glenn. »Esmé, komm, setz dich, du bist sicher fix und fertig. Es ist eine höllische Fahrt von Nairobi hierher, ich hab diese Straße immer gehaßt.«

Er legte mir den Arm um die Schultern und führte mich durch das Haus auf die Veranda hoch über dem Meer.

Das Haus war alt und bezaubernd: im Swahili-Stil und weißgetüncht, mit strohgedecktem Dach. Die Inneneinrichtung war sparsam und schlicht: breite Lamu-Betten, alte Hartholztische und -stühle, weiße Vorhänge, die sich im Wind bauschten. Die Bücherregale waren voller alter Ausgaben von Graham Greene und Daphne Du Maurier, alten Nummern des *National Geographic* und feucht riechenden, ledergebundenen Büchern. Im Wohnzimmer hingen einige beeindruckende Trophäen und zeugten von Glenns jüngeren Tagen.

»Der größte Impala, der je in Ostafrika erlegt wurde«, sagte er stolz und deutete auf einen riesigen Kopf. All diese toten Buschtiere am Meer wirkten höchst sonderbar.

»Aliiii!« rief Julia schrill. *»Tafadhali, lete drinks na barafu!«*

Ein junger Mann, barfuß und weiß gekleidet, erschien mit einem Tablett. Als er Adam erblickte, kreischte er aufgeregt, woraufhin die beiden einander auf die Schultern klopften und sich herzlich die Hände schüttelten. Kurz danach erschien der Rest des Personals, um ihn zu begrüßen. Sie lebten alle schon lange bei der Familie und kannten Adam seit seiner Kindheit. Ich schloß sie auf der Stelle ins Herz. Rajabu, der Koch, war ein phantastischer *mzee* mit weißem Bart und beinahe grünen Augen. Er sei eine Art Medizinmann, sagte Adam, und seine Kenntnisse einheimischer Heilkräuter seien phänomenal.

Seitdem ich aus dem Wagen gestiegen war, hatte ich mich euphorisch, wie berauscht gefühlt, was vermutlich damit zu tun hatte, daß ich endlich die große Höhe hinter mir hatte. Mein ganzer Körper dehnte sich, die Poren meiner Haut öffneten sich der warmen Feuchtigkeit in der Luft, alles ringsum roch süß und üppig, wie Roter Jasmin und faulige Mangos. Wie hatte ich es fertiggebracht, so lange fern vom Meer zu leben? Am Meer, schien mir, konnte nie etwas Grausames oder Verzweifeltes oder Gedankenloses geschehen.

Dies war der Süden, und wie jeder andere Süden auf der Welt war er weicher und freundlicher als der Norden, hatte eine uralte und raffiniertere Kultur. Als Adam mit mir nach Mombasa fuhr, fühlte ich mich vollkommen zu Hause: Es erinnerte mich so sehr an meinen eigenen italienischen Süden, es hatte eine neapolitanische Seele. Heiß und laut und heruntergekommen, und doch war hier alles voller Leben und kosmopolitisch, und jeder alte Mann, der im Schatten des Obstmarktes mit gekreuzten Beinen zwischen den Haufen seiner verschiedenen Gemüsesorten saß, hatte das Gesicht eines Sufi-Weisen oder eines Sultans. Man spürte sofort, daß dieser Ort eine Geschichte hatte, noch dazu eine schriftliche. Die Küstenbewohner waren von den Stämmen der mittleren Provinzen, den Kikuyu, Kamba oder Luo, völlig verschieden. Jahrhundertelang hatte sich ihr Blut mit arabischem, portugiesischem und indischem Blut gemischt, ihre Ahnen waren mit ihren Dhaus zwischen Sansibar und Oman, Lamu und Mombasa, Karachi und Pemba hin- und hergesegelt und hatten mit Elfenbein, Hartholz, Sklaven und Gewürzen gehandelt. Diese Männer, die abends im Schatten eines Baumes saßen und aus winzigen Tassen Kardamomtee schlürften, kleideten sich noch immer in Weiß und trugen bestickte muslimische Mützen. Noch immer begrüßte einen der *wazee* auf die allerschönste altmodische Weise, murmelte die lieblichsten Grußformeln, wenn man an ihm vorüberging.

»Shikamuu ...«

»Maharaba ...«

»Salam aleikum ...«

»Salama sana ...«

Jeden Morgen unternahmen Adam und ich lange Spaziergänge am Strand und sahen den Fischern zu, die innerhalb des Riffs ihre Netze auslegten und ringsum ins Wasser schlugen, um die Fische hineinzulocken. Ihre Silhouetten sprenkelten den Horizont, und aus allen Richtungen klang das ferne Klatschen. Immer begleiteten uns die Hunde und rannten Krabben und Vögeln nach, während wir bei Ebbe in den seichten Tümpeln saßen und stundenlang miteinander redeten. Mir wurde klar, wie wenig Adam und ich je miteinander zu *reden* gehabt hatten. Ich wußte so wenig über das Leben, das er vor mir geführt hatte. Im Lauf dieser Woche nahm seine Kindheit auf der Farm und an der Küste langsam Gestalt für mich an. Er zeigte mir all die geheimen Plätze, wo er als Kind gespielt hatte; und jeder Felsen, jeder Baum, jeder Tümpel war immer noch da, so wie er ihn zurückgelassen hatte. Er zeigte mir die Ruine der alten Moschee, tief verborgen im Dickicht der *kaya*, wo er sich einst versteckt und gespielt hatte, wenn nachmittags die niedrigen Strahlen der Sonne durch das Laub drangen und die Ruine zum Leuchten brachten wie eine Illustration aus einem Abenteuerroman. Er nahm mich mit zu dem »flachen Tümpel« unterhalb der Klippen, wo in der kalten Jahreszeit die Vögel nisteten und die Luft mit ihrem Zwitschern erfüllten. Dort konnte man sogar bei Ebbe schwimmen und schnorchelnd über die erstaunlichste Ansammlung vielfarbiger Seesterne hinweggleiten, die wie in einer Szene aus *Fantasia* auf dem weißen Sand lag. Wir schwammen nebeneinander, und ich liebte das Gefühl unserer Körper unter Wasser, den schimmernden Widerschein des Lichts auf der Haut, mein langes Haar, das wie Seetang schwebte und ihm über den Arm strich. Ich liebte den salzigen Geschmack auf seinem Mund, wenn wir uns küßten.

Vor Sonnenuntergang spazierten wir zur Landspitze, wo das Riff bis zur Küste reichte und die Brandung gegen die Klippen schlug. Es war immer windig, und die sprühende Gischt hüllte uns in Nebel, wenn wir am Rand der Klippe standen und auf die Bucht hinunterschauten. Es war wie im Paradies.

»Könnten wir nicht hier leben?« fragte ich. Es schien mir das Natürlichste und Leichteste der Welt.

»Genau hier möchte ich Land kaufen«, sagte Adam. »Dafür brauche ich noch ein oder zwei Jahre. Dann können wir unser eigenes Haus bauen, genau hier.«

Nie zuvor in meinem Leben hatte jemand so etwas Einfaches und Endgültiges gesagt. Nie hatte jemand gewagt, derartige Pläne zu schmieden. *Land kaufen, ein Haus bauen.* Solche Worte kannte ich nur aus diesen Filmen, in denen Henry Fonda einen Pionier spielt. Ich stand im Wind und hielt seine Hand, völlig unfähig, etwas zu sagen, mit leichtem Schuldgefühl, als hätte ich mir unrechtmäßig eine Rolle angeeignet, die mir nicht zustand, und gleich käme jemand und schickte mich von der Bühne.

Doch tief in meinem Inneren wußte eine andere Seite von mir, daß ich, selbst im Fall vertauschter Identitäten, inzwischen eine Reife erreicht hatte, die mir erlaubte, mich in diese andere Person zu *verwandeln*, und ich mir nicht länger Sorgen machen mußte: Niemand würde es je herausfinden. Mein altes Ich war schon längst begraben und lag weit hinter mir. Niemand würde je die Leiche finden. Alles wird gut. Ich lächelte und dachte: Ja, ich werde glücklich leben bis ans Ende meiner Tage.

Ich stelle mir gern vor, daß es diese Nacht war, in der ich schwanger wurde. Mein ganzer Körper war erfüllt von einer Welle der Dankbarkeit und des Vertrauens, ich gab mich vollkommen hin wie jemand, der bereit ist zu ertrinken, und ich weiß noch, daß ich dachte, während wir uns liebten: Ja, ja, ja, hier bin ich, hier komme ich, nie wieder werde ich Vorbehalte haben.

Ich erinnere mich, daß ich die Augen schloß, und ehe ich beim fernen Rauschen der Brandung einschlief, fühlte ich mich selbst wie eine Welle: Nach derart heftigem Aufruhr hatte ich mich am Korallenriff gebrochen und war bereit, mich in einen stillen Teich zu verwandeln.

In dieser Nacht, in Adams Arme geschmiegt, träumte ich, daß unsere Körper dicht nebeneinander durch grünes Wasser tauchten. Meine Gliedmaßen fühlten sich an, als wären sie flüssig, meine Haut war glatt und geschmeidig wie die eines Delphins. Als das Wasser in dunkleres Blau überging, drehte ich mich um und schaute zum Licht hinauf. Doch es war nun nicht länger notwendig, zur Oberfläche zurückzukehren: Ich konnte hören, wie ich unter Wasser ruhig atmete.

9

Well, that was the river,
this is the sea.

The Waterboys

Ferdinando hatte einmal ein Gedicht mit dem Titel »Sirena« geschrieben. Es handelte von einer Frau – *né carne né pesce* –, einem Geschöpf der Finsternis mit starrem, kaltem Blick. Eine Seejungfrau, die nach Algen roch und zuckte und sich wand wie ein Fisch. Die Sirene war ein Zwitterwesen aus warmem Fleisch und kaltem Blut, Tier und Mensch, Sex und Tod, und doch dazu verurteilt, weder das eine noch das andere zu sein – weder Fisch noch Fleisch, weder alt noch jung –, für immer verurteilt zu ihrem geschlechtslosen Fischschwanz, für immer unfruchtbar.

Aus irgendeinem merkwürdigen Grund hatte ich immer geglaubt, meine Mutter habe ihn zu diesem Gedicht angeregt, wahrscheinlich wegen ihres merkwürdig kalten Blicks, der langen roten Haare und der Blässe ihrer Haut. Es lag etwas Obszönes und Verzweifeltes in der Vorstellung einer Meerjungfrau, und ich empfand immer eine mit Grauen gemischte Faszination bei dem Gedanken, daß ihre Sexualität unter Fischschuppen gefangen war.

»Deine Mutter?«

Ich erinnere mich, daß Ferdinando von seinem Buch aufblickte und die Brille zur Nasenspitze schob, während er mich ansah. Es war ein Nachmittag im Spätsommer, ich muß etwa sechzehn gewesen sein, ein magerer Teenager, der ihm gegenüber auf der Brüstung der Terrasse saß. Ich haßte es, wie er stundenlang lesen konnte und seine Umwelt einfach nicht zur Kenntnis nahm.

Doch meine Frage amüsierte ihn, denn er ließ sein Buch sinken.

»Ja, wieso nicht? Das hätte ihr gefallen. Sie sah sich gern als gefährliche Frau.«

»Aber warum ist eine Sirene immer gefährlich?«

»Weil sie einen Mann nicht erfüllt, indem sie sein Kind zur Welt bringt, sondern ihn mit in die Tiefe reißt und nie wieder freigibt. Sie ist unfruchtbar, verstehst du, und die Liebe mit einer Sirene trägt keine Früchte, sie ist ein widernatürlicher Akt.«

»Aber Mutter hatte sogar zwei Kinder.«

»Richtig. Aber im Herzen war sie eine Sirene. Das ist eine Geisteshaltung.«

Er hielt inne, dann sah er mich an.

»Du bist auch eine Meerjungfrau.«

»Warum sagst du das?«

»Weil ich's in dir sehen kann.«

Ich runzelte die Stirn.

»Das gefällt mir aber nicht besonders.«

»Na, das siehst du falsch. Es ist als Kompliment gemeint. Zumindest aus *meiner* Sicht.«

»Ich find's grausig, es klingt so krankhaft.« Ich war auf einmal ärgerlich.

»Es ist überhaupt nicht krankhaft. Du bist einfach nur puritanisch.«

»Nein, es ist schrecklich.« Ich hob die Stimme: Nun wollte ich unbedingt, daß er seine Behauptung zurücknahm. »Es ist, als wäre man ausgestoßen, irgendeine Art Monster.«

Ferdinando seufzte. Ich wußte, wie sehr ich ihn langweilte, wenn ich mich so benahm. Er hatte es nie ausstehen können, wenn ich so sein wollte wie alle anderen. Deshalb rückte er einfach seine Brille zurecht und kehrte zu seinem Buch zurück.

Im Rückblick fand ich nichts besonders Puritanisches daran, daß ich von meinem Vater nicht mit Vernichtung, verrottenden Algen und dunklem, schlammigem Wasser in Verbindung gebracht werden wollte – von meiner Mutter ganz zu schweigen. Ich wollte mich nicht als Verurteilte fühlen. Dennoch konnte ich nicht anders, als dieses Gedicht als meinen ganz persönlichen Fluch aufzufassen: weder Fisch noch Fleisch, kaltblütig, unfruchtbar. Ein Tabu.

Was Ferdinando in Wahrheit meinte, denke ich jetzt, war wohl, daß er mich nicht als Mutter sehen konnte, sondern in mir dieselbe

Rastlosigkeit erkannte, dieselben Qualen, die ihn und die Frauen, die er geliebt hatte, verfolgten. Ohnehin hatte er Seelenruhe nie als erstrebenswertes Ziel betrachtet – die Jagd nach Glück und Erfüllung hielt er einfach nicht für realistisch, sondern für ein ziemlich uninteressantes und sinnloses Unterfangen, und empfand keine Sympathie mit jenen, die es versuchten.

Und auf einmal erwies sich, daß ich doch nicht den Körper einer Meerjungfrau hatte. Unbemerkt hatte ich meinen Fischschwanz abgeworfen und war schon eine ganze Weile auf trockenem Sand gelaufen, hatte das trübe Wasser hinter mir gelassen und frische Luft geatmet.

Normalerweise lege ich Wert darauf, vor engen Familienbanden einen sicheren Abstand zu wahren: Ich weiß nie, wie ich mich darin einfügen soll. Es fehlt mir einfach an Erfahrung: Nie habe ich mit meiner Mutter in der Küche Kekse gebacken oder war mit ihr einkaufen, nie unternahmen wir Picknickausflüge, nie hatten wir zum Geburtstag einen Kuchen mit Kerzen. Zu Weihnachten führte Ferdinando uns ins Restaurant, vorzugsweise ein chinesisches, denn er haßte sämtliche religiösen Traditionen mit Leidenschaft.

Doch Julia und Glenn hatten mich so offen und herzlich empfangen, daß ich angesichts ihrer Wärme die Waffen gestreckt hatte. Sie luden mich ein, sie auch allein zu besuchen, wann immer ich von Nairobi genug hätte und Adam mit Kunden unterwegs sei. Es war ihre Art, mir zu zeigen, daß ich jetzt zur Familie gehörte.

»Sie sind begeistert von dir«, sagte Adam stolz, als wir auf dem Rückweg nach Nairobi waren. »Vor allem mein Vater, er ist völlig hingerissen.«

»Tatsächlich? Glaubst du das wirklich?«

Er nickte.

»Als ich das Gepäck in den Wagen geladen habe, nahm er mich beiseite und sagte: ›Was immer du tust, laß sie nicht mehr aus deinem Leben verschwinden, Sohn.‹ Typisch für meinen Vater – er liebt diese Art patriarchalischer Verlautbarungen.«

Wir lachten. Doch mir war klar, daß die Anerkennung seiner Eltern sehr viel mehr bedeutete, als man erwartet hätte. Nach unserer Fahrt zur Küste war ich auf einmal nicht mehr darauf vorbereitet, wieder allein zu sein. Mehr denn je fürchtete ich mich vor der Zeit, die wir ohne einander verbringen mußten. Als Adam schon eine Woche später seine Reise in die USA hatte antreten müssen und ich vom Flughafen nach Hause fuhr, weinte ich wie ein verlassenes Kind. Es war lächerlich, doch ich ertrug es nicht mehr, allein zu sein.

Eines Morgens musterte ich meine Taille, befühlte meine Brüste und wußte plötzlich, daß in mir etwas vollkommen Neues vor sich ging, Gott weiß, wie lange schon. Es war an der Zeit, mich zu vergewissern. Ich saß auf dem Rand der Badewanne, hielt das Röhrchen des Schwangerschaftstests in der Hand und starrte verblüfft auf die hellblaue Farbe, mein Herz klopfte wild, und in den Achselhöhlen brach mir der Schweiß aus.

Ich war von Adam schwanger.

»Ich kann's nicht fassen«, sagte mein Bruder Teo auf der anderen Seite der Welt. »Bitte, hör auf zu weinen, das ist so fremd für mich. Bitte, Liebes, sei nicht so panisch.«

»Ich *bin* aber panisch, ich kann nichts dafür«, schluchzte ich auf meiner Seite der Welt und spürte, wie der Indische Ozean gnadenlos in den Kabeln dröhnte, die mein Telefon mit Teos verbanden. »Ich habe absolut keine Ahnung, was ich tun soll.«

»Du meinst, du weißt nicht, ob du es behalten willst?«

»Natürlich will ich's behalten! Ich weiß nur nicht, was mit mir passieren wird. Ich hätte nie auch nur im Traum daran gedacht, *Mutter* zu werden.«

»Ich auch nicht.« Ich spürte, daß er lächelte. »Aber hey, vielleicht ist es Zeit, daß du aufhörst, selber Kind zu sein. Du wirst nicht mehr die ganze Zeit über dich selber nachdenken. Klingt toll.«

»Bitte, das ist überhaupt nicht witzig. Du hast keine Ahnung, wie sich das anfühlt.«

»Nein, sicher nicht. Aber ich meine es ernst. Ich wünschte, ich hätte etwas, worüber ich nachdenken könnte, etwas anderes als immer nur ich, ich, ich. Wirklich, Esmé, ich beneide dich.«

»Es ist, als hätte über Nacht der Körper vom Gehirn Besitz ergriffen, und von jetzt an kümmert er sich um alles. Das ist wie ein Staatsstreich. Du kannst ihn nicht daran hindern, sich so zu verhalten. Total unheimlich, das kann ich dir sagen ...«

Ich legte eine Hand auf meinen Bauch. Nein, ich konnte meinen Körper zu nichts mehr überreden. Er war im Begriff, ein weiteres menschliches Wesen zu erzeugen, und taub gegen alle Ratschläge, die ich ihm anzubieten hatte. Ich fühlte mich keineswegs besser gerüstet, ein Kind aufzuziehen, als beispielsweise Teo. Doch eine Frau zu sein bedeutete, daß mein Körper eigenmächtig ausführen konnte, was ich mir lediglich in meiner Phantasie ausgemalt hatte, als ich auf den Klippen stand und Adams Hand hielt.

»Sei doch nicht immer so versessen darauf, alles unter Kontrolle zu haben, Esmeralda«, sagte Teo. Trotzdem wußte ich, daß ihm die Sache zu Herzen ging.

»Nichts wird mehr so sein wie früher! Nichts, gar nichts, ist dir das klar?«

»Ja. Genau darum geht es. Deswegen bekommen die Leute Kinder: um etwas zu verändern. Es ist wunderschön. Man ist nicht länger der Ehrenbürger.«

Je mehr er sagte, desto heftiger schluchzte ich. Dabei war ich nicht unglücklich – es war nur die Vorstellung einer unwiderruflichen Veränderung, die mich entsetzte.

»Mein ganzer Körper ist durcheinandergeraten: Ununterbrochen passiert alles mögliche in mir, meine Hormone sind in Wallung, mir ist heiß, kalt, übel, ich bin müde, hungrig, zu Tränen gerührt – es ist einfach *krank*«, sagte ich und zog gierig an meiner Zigarette.

»Geh zu einem Arzt. Er wird dir alles erklären. Und du rauchst immer noch, das höre ich.«

»Ja, wie wahnsinnig.«

»Hör lieber sofort damit auf und melde dich zu einem Atmungskurs an«, sagte er lachend.

Wenn Schwangerschaft Unumkehrbarkeit bedeutete, dann war es andererseits doch das, was ich mir gewünscht hatte, seitdem ich hierhergekommen war: Immer hatte ich mit den anderen verschmelzen, dazugehören, Wurzeln schlagen wollen. Jetzt würde ich in Afrika ein Kind bekommen und Afrika zu seiner – oder ihrer – Heimat machen. Weshalb also weinte ich? Weil ich mich auf meiner Reise in die Mutterschaft so unerwartet allein fühlte. Ich verließ nicht nur Teo – ich wußte, daß er nie erwachsen würde, das *brauchte* er nicht –, sondern ließ auch Ferdinando hinter mir, seine Dichtung, seine Sicht der Welt, mit anderen Worten: *meinen ureigenen Stamm*. Daß ich mein früheres Ich jetzt endlich und endgültig begraben hatte, jagte mir Angst ein und kam mir vollkommen verrückt vor. Merkwürdig, wie sehr wir alle uns immer nach Veränderung sehnen, und wenn sie dann endlich eintritt, überrumpelt sie uns wie ein Schlag ins Gesicht.

Meine Panik erwies sich jedoch als vorübergehend. Wie durch ein Wunder war sie verschwunden, kaum hörte ich Adams Stimme, der noch am selben Tag anrief.

Er war in Santa Fé. Millionen Meilen entfernt, wie mir schien.

»Soll ich zurückkommen?« Er klang ehrfürchtig wie ein kleiner Junge.

»Nein, sei nicht dumm, mir geht es blendend.«

»Ich … ich …« Er rang nach Worten. »Ich kann's nicht erwarten heimzukommen. Ich will dich im Arm halten.«

»Das wirst du.« Ich strahlte, stolz wie eine Glucke.

Endlich hatte ich etwas *zustande gebracht*. Und es würde *uns beiden* gehören, für immer und ewig. Sogar Adam war überwältigt.

Ich hatte Ferdinando Lügen gestraft: Ich würde kein verwünschtes Meeresungeheuer sein, das Männer in finstere Gewässer lockt, sondern war eine fruchtbare Frau, eine werdende Mutter unter der afrikanischen Sonne. Und daß es endlich soweit war, erschien mir wie eine Befreiung.

Ich saß in Doktor Singhs Wartezimmer und hielt eine Broschüre in der Hand: *Yoga-Kurse für Schwangere jeden Donnerstag im Lighthouse*

Center. Darunter das Bild einer schwangeren Frau im Lotussitz. Ich seufzte.

Ich sah mich um und musterte aufmerksam jede einzelne Frau, die mit mir im Raum saß, vertieft in alte Ausgaben der *Cosmopolitan.* Sie wirkten alle zuversichtlich und entspannt, die meisten waren bereits im fortgeschrittenen Stadium der Schwangerschaft, geblümte Kittel spannten sich über ihre dicken, runden Bäuche, ihre Beine waren leicht geschwollen, und alle waren weiß wie Schnee. Ich spürte den altbekannten Ärger: Warum war das ein ungeschriebenes Gesetz in Nairobi? Warum teilten sich sämtliche *mzungu*-Frauen denselben Friseur, Gynäkologen, Zahnarzt, dieselbe Aerobic-Lehrerin und dieselbe Masseurin? Warum drängten wir uns alle in diesen Wartezimmern aneinander wie eine Herde schwachsinniger Schafe und kämpften gemeinsam darum, daß keine afrikanische Hand je unsere heiligen weißen Leiber berührte? Wir taten nie etwas anderes, und es fiel uns nicht einmal auf.

Dr. Singhs Nummer hatte ich von Nena.

»Er ist sehr gut«, hatte sie gesagt. »Er ist Sikh. Ich war bei ihm, als ich mit Natasha schwanger war. Du wirst ihn mögen.«

Ich zögerte, wartete auf eine zusätzliche Beruhigung. Die prompt erfolgte: »Er hat in Oxford studiert. Er ist erst vor ein paar Jahren zurückgekommen.«

Oxford. Merkwürdig, welche besänftigende Wirkung der Klang dieses Namens ausübt, wenn es darum geht, sich fern der Heimat in die Hände eines Fremden zu begeben.

Da saß ich also, eingegliedert in die Herde junger, weißer werdender Mütter, und wartete darauf, wie alle übrigen zu einem riesigen Pudding anzuschwellen, um dieselben abscheulichen Kittel zu tragen und im Yogakurs am Donnerstagabend alle mit Namen zu kennen. Mir diese Frauen als meine künftigen Bekannten vorzustellen rief in mir einen Anfall von Beklemmung hervor.

»Sie sind bei bester Gesundheit«, versicherte mir mein neugewonnener Arzt. Dokor Singh war tatsächlich beeindruckend. Er legte jene Art von selbstbewußtem Charme an den Tag, die ihm innerhalb der New-Age-Gemeinde von Hollywood höchsten Ruhm eingetragen hätte. Er war Mitte Vierzig, ein Golf-Champion, wie mehrere Pokale auf dem Regal bezeugten, trug einen ordentlich gefalteten roten Turban zu einem blauen Blazer, eine Designerhornbrille, italienische Mokassins. Er kritzelte etwas auf ein Blatt Papier.

»Hier. Das ist die Adresse des Labors, in dem Sie bitte die Ultraschalluntersuchung machen lassen. Es ist in Lavington, in der Nähe der BP-Tankstelle. Es ist das beste Labor in ganz Nairobi, ich kann es nur empfehlen.«

»Sehr gut.«

»Nach acht Wochen müßten wir die Herztöne registrieren können. Also warten Sie noch zehn Tage ab und gehen irgendwann danach hin. Vorher werden wir nicht viel sehen.«

Dieses »wir« gefiel mir. Singh und ich waren sofort zum Team geworden, eine Zweiergemeinschaft mit einem gemeinsamen Ziel.

»Soll ich irgendwas Spezielles tun?«

»Was zum Beispiel?«

»Ich weiß nicht... zum Beispiel nicht Auto fahren, nicht rauchen?«

Singh lächelte. Er mußte inzwischen an paranoide *mzungu*-Mütter gewöhnt sein, die ihn mit allen möglichen Ängsten peinigten.

»Im wesentlichen können Sie alles tun, wonach Ihnen zumute ist. Mit Vorsicht und Maß, natürlich.« Er grinste. »Dann ist alles in Ordnung.«

Wie erstaunlich, daß dieser vollkommen fremde Mann – aus einem fernen Land, mit anderer Religion und anderer Sprache – bei dem intimsten, umwälzendsten Abenteuer meines Lebens unversehens mein Führer werden sollte.

Als ich sein Sprechzimmer verließ, wünschte ich jeder einzelnen Schwangeren im Warteraum den Tod: Singh sollte sich ausschließlich für meinen Fall zur Verfügung halten. Wenn *wir* ein Team waren und diese Aufgabe in *meinem* Leben von überragender Bedeutung war, wie konnte *er* dann all diesen nichtssagenden, sommersprossigen, übergewichtigen, unbedeutenden UN-Gattinnen genauso viel Zeit und Aufmerksamkeit widmen wie mir?

Es ist außerordentlich, wie die Schwangerschaft dich auf der Stelle verändert. Vor allem wirst du unglaublich eigennützig und gemein. Der Grund ist, denke ich, weil du dich auf einmal extrem verwundbar fühlst, eine leichte Beute für ärztliche Fahrlässigkeit, Malaria, Schlangen, verrückte *matatu*-Fahrer, gigantische Schlaglöcher. Bald wird dir klar, was für ein zerbrechliches Behältnis dein Körper ist, wie dünn und unbedeutend die Schicht, die dein schwimmendes, schlafendes Geschöpf von den draußen lauernden Gefahren trennt. Du merkst, daß du an jeder Ecke nach Schutz und Hilfe schreist, zugleich aber wild entschlossen bist, alles, was das Leben in dir bedrohen könnte, aufzuschlitzen und in Stücke zu reißen.

In den darauffolgenden Wochen, während ich auf Adams Rückkehr wartete, führte ich ein höchst sonderbares Leben. Ich war unter die Tyrannei meines neuen körperlichen Zustands geraten: Ich bewegte mich in Zeitlupe und fühlte mich, als wäre mein Schädel mit Baumwolle ausgestopft. Ich rollte mich auf dem Sofa unter einer Decke zusammen und starrte ohne irgendeinen Gedanken auf die Jacarandabäume vor dem Fenster, bis es dunkel wurde. Wilson schlich ins Zimmer, um die Vorhänge zuzuziehen und das Licht einzuschalten, und das rüttelte mich endlich aus meiner Trance auf.

Die Gegenwart anderer fand ich erschöpfend – außerdem fiel ich spätestens um halb zehn Uhr abends in narkoseähnlichen Schlaf –, so daß ich keine sehr erheiternde Gesellschaft war. Wenn ich morgens aufwachte, rannte ich als allererstes zum Spiegel und studierte das Profil meines Bauches. Ja, es war ein kleiner – unerheblich für das ungeschulte Auge –, aber perfekt gerundeter Bauch. Tagsüber beschäftigte ich mich mit einer Reihe nutzloser Beschäftigungen. Ich färbte sämtliche Moskitonetze, bezog die Lehnsessel neu, lackierte zwanghaft wieder und wieder meine Finger- und Fußnägel.

Häufiger als sonst rief ich Teo an.

»Hilfe!« sagte ich. »Ich bin schon wieder kurz davor, die Vorhänge auszuwechseln! Glaubst du, eine Schwangerschaft verändert die Persönlichkeit für immer?«

»Nein«, seufzte er, »du hältst nur einen vorübergehenden Winterschlaf. Es geht vorbei. Das hab ich irgendwo gelesen.«

Wir diskutierten über Namen. Wir planten meine Reise nach Italien, um das Baby überall vorzuführen. Wir trieben die Telefonrechnung in astronomische Höhen.

Unterdessen machte Afrika erneut Schlagzeilen.

In Ruanda floß Blut, und es schien, als würde der Strom nie wieder versiegen. Die Hutu waren entschlossen, die Tutsi auszurotten, und was anfangs wie einer der üblichen afrikanischen Stammeskriege ausgesehen hatte, war rasch zu einem grauenvollen Völkermord entartet. Die westlichen Länder gewöhnten sich an Fotos von hingemetzelten Kindern, zerstückelten Leichen auf den ersten Seiten der Tageszeitungen. Für sie muß es ausgesehen haben wie ein Alptraum in weiter Ferne, etwas, das nur in einer wilden, gottlosen, grausamen Gegend wie dem tiefsten und schwärzesten Afrika geschehen konnte. Gleichermaßen fremd und entfernt erschien dieser Krieg uns, dem Stamm der Weißen, der gleich um die Ecke lebte.

Ich hielt mich von den Zeitungen fern – ich konnte die Fotos nicht sehen, mir wurde übel davon. Mein Überlebensinstinkt hatte mich in eine Art dickköpfige, selbstsüchtige Hausfrau verwandelt, die ihren Einkaufswagen an den erschütternden Titelseiten am Zeitschriftenstand vorbeischiebt und statt dessen auf die Eiskrem zusteuert. Mit dem Tod kam ich nicht zurecht. Vor allem nicht mit dem Tod in Afrika.

Die »Jungs« waren alle im Einsatz. Immer wieder flogen sie nach Kigali und kamen in tranceähnlicher Verfassung zurück, die mit jedem Mal schlimmer wurde. Ich hatte Miles und Reuben ein paarmal gesehen: Von dem Auftrieb, den Mogadishu ihnen gegeben hatte, war keine Spur mehr übrig. Dieser Krieg war völlig anders als das, was sie kurz zuvor in Somalia erlebt hatten.

Als die UN-Truppen sich ein paar Monate zuvor aus Mogadishu zurückgezogen hatten, wußten die Reporter, daß die Geschichte damit zu Ende war, zumindest für die Presse. Sobald die Weißen fort waren, würde die Welt sich um Somalia keinen Deut mehr scheren. Als sie zum letzten Mal hinüberflogen und sich im legendären Sahafi-Hotel in der Innenstadt von Mogadishu trafen, empfanden sie es wie den Abschluß eines glanzvollen Jahres in der Schule. Von nun an würden ihre neuen Einsätze sie in alle Teile der Welt verschlagen. Etwas war zu Ende gegangen. Ihre Zeit der Unschuld, wie sie im Rückblick erkannten.

Deshalb geriet der harte Kern der Reporter beinahe in Begeisterung, als so kurz nach Somalia der Krieg in Ruanda ausbrach. Großartig, dachten sie, dann sind wir also wieder in Aktion, und noch dazu mit unseren alten Kollegen. Der Initiationsritus war noch nicht abgeschlossen.

Gleichzeitig waren sie nervös bei dem Gedanken daran, was ihnen diesmal bevorstand. Sie spürten wohl, daß dieser neue Einsatz mit Mogadishu nicht vergleichbar war – diesmal würde sie nur Tod und Verzweiflung erwarten.

»Davon erholen sie sich nie mehr«, sagte Nicole. »Was sie sehen, fotografieren müssen, wird ihnen ihr Leben lang nachhängen.«

Wir aßen auf der Terrasse des Norfolk-Hotels zu Mittag. Das Restaurant wimmelte von der üblichen Horde khakiumhüllter Familien auf dem Weg zum Masai Mara.

»Ich frage mich, wieviel sie davon noch ertragen können.«

Die Nacht zuvor hatte sie mit Bernard, Miles, Reuben und Hunter verbracht. Bernard hatte ihr ein paar Fotos gezeigt, die er gemacht hatte. »Zu schockierend – das kann man nicht veröffentlichen«, hatte die Antwort seiner Agentur gelautet. Morgens um fünf hatten sie sich alle auf den Rückweg nach Kigali gemacht, auf der Jagd nach weiterer Verzweiflung.

Nicole sah blaß und abgespannt aus, als hätte sie einen Mord miterlebt. Sie schüttelte den Kopf.

»Ich weiß nicht ... mir kommt das alles so falsch vor.«

»Was kommt dir falsch vor?« fragte ich.

»Daß wir hier sitzen und Salat essen.«

»Hm. Es gibt nicht viel, was wir sonst tun können. Oder?«

»Nein ... sicher nicht. Aber sie *stellen* sich wenigstens. Natürlich ist es ein Alptraum, aber so geht es zu in Afrika. Während das hier«, sie sah sich um, deutete auf die Touristen in ihren *I love Kenia*-T-Shirts, »ein verdammter *Witz* ist.«

Ich fühlte mich in die Defensive gedrängt.

»Es ginge dir nicht besser, wenn du sie nach Ruanda begleitest.«

»Nein. Es ist keine Frage von *besser.* Darum geht es nicht.« Sie sah müde aus.

»Ich weiß, es ist so entmutigend.« Ich seufzte, dann sah ich auf die Uhr. »Liebes, ich muß wirklich aufbrechen …«

Ich legte ein paar Shilling-Noten auf den Tisch.

»Ich habe in zehn Minuten meinen Termin. Der Ultraschall.«

»Ach ja, richtig. Der Ultraschall.« Sie hob den Kopf und sah mich an wie vom Grund eines Bassins.

Ich lag auf der Untersuchungsliege. Die Augen auf die Zimmerdecke geheftet. Der Laborant und seine Assistentin starrten auf den Monitor. Ihr Schweigen dauerte mir ein bißchen zu lange. Ich versuchte, den Kopf zu heben und einen Blick auf den Monitor zu werfen, aber ich sah nicht viel. Der Laborant hustete nervös. Er war sehr groß – ich weiß noch, daß ich dachte, er sei bestimmt ein Luo.

»Es ist nichts da, Madame.«

»Was meinen Sie mit *nichts*?«

»Keine Herztöne.«

Ich rührte mich nicht. Ich wartete ein paar Sekunden, doch er schwieg.

»Was heißt das, keine Herztöne?«

»Ich denke, das Baby ist tot, Madam.«

Ich stürmte in Singhs Sprechzimmer, ohne mich zuvor von seiner Sprechstundenhilfe ankündigen zu lassen. Der Ohnmacht nahe, mit verschwommenem Blick war ich vom Labor zu ihm gefahren, das Hemd verkehrt angezogen.

Ich riß die Tür auf wie eine Mörderin.

Er starrte mich erschrocken an.

Ich setzte mich ihm gegenüber, und ich erinnere mich deutlich, daß er rhythmisch mit einem Stift auf seinen Notizblock klopfte, während ich hervorstieß, was geschehen war. Das Geräusch machte mich derart verrückt, daß ich mich beherrschen mußte, um ihn nicht zu schlagen.

»Können Sie denn nichts tun?« fragte ich aggressiv.

»Nichts«, antwortete er höflich. »So etwas passiert, vor allem während der ersten drei Monate.«

Dann hob er das Ultraschallbild ins Licht seiner Schreibtischlampe und studierte es sorgfältig. Ich hielt den Atem an. Vielleicht war es doch ein Irrtum gewesen.

»Es tut mir sehr leid«, sagte Singh. Und legte das Bild zu den Akten.

»Ich hab nichts falsch gemacht. *Sie* haben gesagt, es ist in Ordnung, wenn ich fahre«, sagte ich anklagend.

Ja, das habe er gesagt. Natürlich hätte ich nichts falsch gemacht – derlei sei eben keine Seltenheit.

Das Telefon läutete. Er sprach rasch, in ruhigem Ton. »Die Ergebnisse sind ausgezeichnet«, sagte er, »würden Sie in zwei Wochen zu einer weiteren Untersuchung vorbeikommen?« Dann wandte er mir den Rücken zu. Ohne Mitgefühl, dachte ich.

Ich fühlte mich wie ein schwarzes Schaf, das aus seiner Herde ausgeschert war, um das er sich nicht länger zu kümmern brauchte.

Der Laborant, den er mir so warm empfohlen habe, sei unglaublich grob gewesen, beschwerte ich mich und unterdrückte meine Tränen. Völlig taktlos. *Das Baby ist tot,* habe er gesagt. In Europa würde sich niemand auf diese Weise ausdrücken, und…

»Ja«, sagte Singh, »Sie haben vollkommen recht. Das ist unzumutbar, und ich werde ihn gewiß zurechtweisen. Jetzt aber ist es notwendig, einen Termin mit der Klinik zu vereinbaren. Heute nachmittag. Wir müssen *das Ding* entfernen.« Das waren nicht seine Worte – er benutzte einen Fachausdruck, den ich vergessen habe. Aber es war ein *Ding* geworden. Kein Lebewesen mehr.

Versteinert fuhr ich nach Hause. Versteinert packte ich meine Zahnbürste und meinen Schlafanzug ein und sagte Wilson, ich würde auswärts übernachten. Versteinert lag ich in meinem Klinikbett, schluckte das Medikament, schlief ein. Als ich eine Stunde später erwachte, war alles erledigt. Es war schmerzlos gewesen. Es war vorbei.

Zu Hause funktionierte das Telefon nicht, und so konnte ich Adam nicht anrufen, um es ihm zu sagen. Aber es war mir lieber so – ich fühlte mich nicht in der Lage, mit ihm zu sprechen. Ich wollte nicht sagen müssen: Halt an, dreh um, nichts hat sich geändert, wir stehen wieder am Anfang. Die ganze Zukunft, die sich von jetzt bis ans Ende unseres Lebens erstreckt hatte, die Verheißung, eins zu werden, zu sein – ein Paar, eine Mutter und ein Vater – bis ans Ende unserer Tage, sie war auf nichts zusammengeschrumpft.

Wieder wußte ich nicht, was als nächstes geschehen würde, gehörte nirgendwohin und zu niemandem. Aber ich würde mich ohne weiteres wieder daran gewöhnen, kein Problem: So hatte ich mich mein Leben lang gefühlt.

Ich war auch nicht in der Stimmung, meinen Bruder anzurufen und zu sagen: Weißt du was? Ich hatte doch recht: Ich war nie dafür geschaffen. Nie durfte ich mein früheres Ich begraben und den Fischschwanz abwerfen. Was für ein dummer Irrglaube: Ich bin immer noch dort unten im trüben Wasser, kaltblütig, umhüllt von Seetang wie alle Frauen meines Schlages.

Teil 2

HUNTER

10

Er legte den Rettungsgürtel um mein Leben –
Ich hörte die Schnalle zuschnappen –
Und wandte sich ab, souverän,
Und meine Lebenszeit fiel in sich zusammen.

Emily Dickinson

Ich liege immer noch da und starre zur Decke. Alles ist ruhig und weiß. Klinisch.

Langsam nehme ich sämtliche Einzelteile der Geschichte aus der Kiste und breite sie nebeneinander aus, um vielleicht einen Sinn darin zu erkennen. In der Hoffnung, zumindest *eine* Antwort auf die vielen unbeantworteten Fragen zu finden, die wir einander unablässig gestellt haben. Ich, Adam, Hunter. Wir haben einander gequält, gnadenlos unseren Kummer auf den anderen abgewälzt, und waren doch nicht in der Lage, eine einzige Antwort zu finden, um wenigstens die blutende Wunde zu stillen. Wo hat der Fehler gelegen?

Aber machen wir wirklich Fehler, nehmen wir tatsächlich eine falsche Abzweigung, sagen das falsche Wort? Ist es denn möglich, den Augenblick zu identifizieren, in dem wir uns geirrt haben, so daß wir – theoretisch – zurückgehen und den Fehler wiedergutmachen könnten? Oder ist es vielmehr so, daß wir den Halt, die Orientierung verlieren? Vielleicht so, als schliefe man ein und ließe alles geschehen, während man mit geschlossenen Augen daliegt? Ja, in gewisser Weise ist es so, nicht wahr? Wir tun, als hätten wir nichts gesehen und nichts gehört. Wie Kinder, die reglos nachts im Bett liegen, die Augen zusammengekniffen, während die Eltern sich im Nebenzimmer anbrüllen. Was immer uns verletzt, wir wollen den Schmerz so lange wie möglich von uns fernhalten, bis das Gift uns derart krank gemacht hat, daß wir uns nicht länger verstellen können.

Wann begann dieses Gift langsam in mein Blut einzusickern? War es nach dem Kind? War es nach Iris? War es wegen Hunter, oder bin ich letztlich selbst daran schuld? Jetzt, an diesem Wintermorgen, in der Kahlheit des weißen Zimmers und der Leere, die ich in mir spüre, sehe ich endlich klar.

Ich selbst bin schuld, niemand anders.

Wilson klopft sacht an die Tür.

»Unataka kula nini kwa lunch, mama?«

»Nein danke, Wilson, kein Lunch. Vielleicht eine Tasse Kaffee.«

Er steht auf der Türschwelle, sieht mich an, zögert. Er weiß, daß etwas nicht stimmt. Ich versuche zu lächeln.

»Hakuna tabu, bwana. Ich bin nur ein bißchen müde.«

»Dann ruhen Sie sich aus, *mama.«*

Lautlos geht er zum Fenster und zieht die weißen Baumwollvorhänge zu, die das grelle Licht ein wenig dämpfen. Leichtfüßig wie ein Tänzer verläßt er den Raum.

Ja, ich bin selbst schuld, aber nicht ich allein.

Es ist kein freundlicher Ort, an dem wir leben.

Laß dich nicht von diesem weichen Licht oder Wilsons leisen Schritten zum Narren halten – es gibt hier kein warmes Nest, in dem du dich zusammenrollen und dich sicher fühlen könntest. Dieser Ort nimmt dich wohlwollend auf, und dann speit er dich in der Wüste wieder aus. Dann bist du auf dich selbst gestellt, ohne Zuflucht, ohne Schatten, und zugleich weißt du, daß es immer so sein sollte, seit Anbeginn der Zeit. So unwirtlich, so öde. Laß dich nicht von der Schönheit blenden.

Ich dachte nicht an das Kind. Ich wollte so rasch wie möglich vergessen.

Adam rief am selben Abend an, nachdem ich aus der Klinik gekommen war – er sei in Colorado, sagte er und klang aufgeregt: Man habe ihn eingeladen, eine weitere Woche zu bleiben, um an der Universität irgendeiner Stadt einen Vortrag zu halten, er habe schon eine Menge Buchungen und –

Ich sagte es ihm. Rasch, sachlich.

In seinem Schweigen spürte ich die Enttäuschung. Er sagte, es tue ihm leid und er liebe mich sehr. Ob er nach Hause kommen solle?

»Mach dir keine Sorgen, mir geht's schon wieder gut.«

»Bist du sicher?«

»Absolut. Es ist vorbei. Wir können nichts dagegen tun. Mir geht es gut. *Ehrlich.*«

Ich glaube, er war erleichtert zu hören, daß ich zurechtkam. Es wäre problematisch gewesen, hätte er seine Reise in diesem Moment abbrechen müssen. Er erklärte mir, wie außerordentlich wichtig der Vortrag für ihn sei, und nannte eine Reihe von Gründen, an die ich mich nicht erinnere.

»Natürlich«, sagte ich, »du brauchst nichts zu erklären. Und wie gesagt, selbst wenn du jetzt zurückkämst, könntest du nichts daran ändern.«

Er versuchte mich aufzuheitern und erzählte mir, er habe den Grand Canyon gesehen und dabei heftiges Heimweh verspürt. Noch einmal sagte er, wie sehr er mich liebe und vermisse. Ich erinnere mich nur daran, daß ich während dieses Ferngesprächs spürte, wie »Ferne« sich tatsächlich anfühlt.

Am nächsten Tag stand Iris vor meiner Tür. Sie hatte ihr Haar zu einem straffen Zopf geflochten, trug ein frisches weißes Hemd zu khakifarbenen Drillichhosen und wirkte makellos wie eine Wasserlilie.

»Ist alles in Ordnung, um Gottes willen? Nicole hat mir gerade erzählt, was passiert ist. Warum hast du nicht angerufen, ich hätte dich doch in die Klinik gebracht! Es war verrückt, ganz allein hinzufahren.«

Sie reichte mir einen Teller, der mit Folie abgedeckt war.

»Hier, das ist für dich.«

»Alles in Ordnung, wirklich. Ich wollte lieber allein sein. Es war nicht so schlimm. Was ist das?«

»Ein Kuchen. Ich habe ihn gerade gebacken. Vorsicht, er ist noch heiß. Mein Gott, ich kann's nicht fassen, daß du niemanden angerufen hast. Wofür sind Freunde denn da?«

»Ich weiß, aber... *Du* hast das gebacken? Toll. Daß du Kuchen backst, hätte ich nicht gedacht.«

»Wieso?« Sie blinzelte. »Ich bin ziemlich durchschnittlich. Eine schwedische Bauerntochter, weißt du.«

Wir saßen auf dem Teppich am Kaffeetisch im Wohnzimmer, tranken Tee und aßen ihren köstlichen Gewürzkuchen. Ihr Besuch hatte mich aufgemuntert, und ihre Anteilnahme rührte mich. Sie sprach leise und wenig, was mir angenehm war und meiner Stimmung entsprach.

Sie werde in ein paar Wochen nach England reisen, sagte sie, um mit dem Verleger über ihr Buch zu sprechen.

»Sie wollen es noch vor Weihnachten herausbringen.« Geistesabwesend streifte sie die Asche ihrer Zigarette in der leeren Teetasse ab. »Was nicht schlecht ist, weißt du, verkaufsmäßig, meine ich.«

Irgendwie klang sie weniger selbstbewußt als sonst.

»Wann kommst du zurück?«

»Ach, ich weiß noch nicht. Ich dache, ich könnte vielleicht, ich weiß nicht – dort für ein neues Projekt recherchieren. Ich glaube, auf dieser Seite des Ozeans habe ich alles getan, was ich konnte.«

»Du meinst, du wirst *endgültig* nach Europa zurückgehen?« fragte ich ungläubig. Aus ihrem Mund klang das wie ein sehr abwegiges Vorhaben.

»Wieso denn nicht? Wenn alles gutgeht. Wenn das Buch sich verkauft. Weißt du, alles in allem ist es ja nicht so viel, was man in Afrika tun kann. Wie viele weitere Themen für ein Buch werde ich hier noch auftreiben? Außerdem habe ich nie in Europa gelebt, ich würde also nicht *zurück*gehen, sondern zum ersten Mal hinziehen.«

»Das stimmt. Komisch, wieso mir das immer wieder entfällt.«

»Weißt du, Leute wie ich oder Adam, wir sind hier zur Schule gegangen, wir hatten nie ein anderes Leben als dieses. Er hat sein Auskommen und kann weitermachen, solange er Lust hat. Schön für ihn. Aber ich will mich nicht früher oder später in eine mitleiderregende Matriarchin verwandeln, die bis ans Ende ihrer Tage mit

Kriegern herumläuft. Ich denke, ich kann mit meinem Leben was Besseres anfangen. Meinst du nicht?«

Sie sah mich erwartungsvoll an. Ihre Offenheit hatte mich völlig überrumpelt.

»Doch, natürlich kannst du …« Aber ich war mir auf einmal nicht mehr so sicher. »Was denn, zum Beispiel?«

»Ich weiß nicht. Deswegen möchte ich hinfahren. Ich hab das Bedürfnis, Museen, Galerien, Filme zu sehen. Ich möchte einen Buchladen betreten und Fotobücher kaufen können, mir die Arbeit anderer ansehen. Vergleichen. Wie kann ich irgendeine originelle Arbeit machen, wenn ich mich nicht mit anderen vergleiche?«

»Vergleichen, ja. Das ist sehr wichtig.« Die betonte Überzeugtheit ihrer Worte gab mir das Gefühl, daß all diese Erkenntnisse nicht ihre eigenen waren.

»Du solltest vielleicht nach Italien gehen und eine Zeitlang dort leben«, schlug ich ihr vor. »Ja, Piero della Francesca, Giotto, Masaccio mußt du sehen. Und nach Venedig und Florenz fahren. Palermo, Neapel. O ja, in den Süden, das wird dir gefallen.«

Die Vorstellung, daß Iris, so begierig nach Wissen, wie sie war, zum ersten Mal Italien sehen würde, begeisterte mich. Auf einmal erschien mir das Ausmaß an Schönheit, an Erhabenheit, Grazie, Harmonie in der Kunst meiner Heimat unfaßbar. Allein der Gedanke daran machte mich schwindlig.

»Es gibt so unglaublich viel zu sehen, es wird dich völlig erschlagen!« Ich geriet ins Schwärmen. »Und danach wirst du nie mehr dieselbe sein, das verspreche ich dir: Danach wirst du dieses Land hier mit völlig neuen Augen sehen …«

Es würde ihr nicht anders ergehen als mir damals, erkannte ich – wie überwältigt ich gewesen war, als ich den Himmel und die Weite Nordkenias erlebt hatte. Es war, als wären sämtliche Vorhänge gleichzeitig gefallen und hätten mich wie vom Donner gerührt mitten auf der Bühne zurückgelassen.

»Es wird dich für immer verändern«, beteuerte ich. »Versprich mir, daß du hinfährst. Und du mußt unbedingt meinen Bruder besuchen. Er wird dir gefallen.«

»Ja, das tue ich. Ich werd's versuchen …« Aber sie war in Gedanken schon woanders. Sie sah sich im Zimmer um, und ihr Blick wurde unscharf.

»Ich hab mir gedacht, ob ich mir wohl ein paar Bücher von dir ausleihen könnte. Ich hätte wirklich Lust zu lesen.«

»Bücher? Ja, natürlich. Was für Bücher?«

»Ach, ich weiß nicht. Ich dachte an Gedichte, vielleicht? T.S. Eliot, Whitman, irgendwas … und einen Russen. Ich würde gern was Russisches lesen.«

»Einen Russen.«

»Ja.«

»Zum Beispiel … welchen?«

Sie zuckte die Achseln.

»Weiß nicht. Irgendeinen. Was immer du mir empfiehlst.«

Ich ging zum Bücherregal und zog eine alte Taschenbuchausgabe von *Schuld und Sühne* hervor.

»Also, wenn du dich auf die Russen einlassen willst, kannst du genausogut mit diesem hier anfangen.« Ich drückte ihr das Buch in die Hand. »Wie kommst du überhaupt auf die Idee?«

Iris überflog eifrig den Klappentext.

»Ach … Neulich abend habe ich mit Miles darüber gesprochen. Er sagte, sie würden mir bestimmt sehr gefallen …«

Sie steckte das Buch in die hintere Tasche ihrer Khakihose und klopfte mit einer burschikosen Geste darauf.

»Weißt du, die Jungs halten mich alle für zurückgeblieben, weil ich nichts gelesen habe.« Sie lächelte verschmitzt. »Was übrigens die absolute Wahrheit ist.«

»Welche Jungs?«

»Na, du weißt schon, die Pressefritzen von Nairobi. Laber, laber, laber, ständig quasseln sie vom *Herz der Finsternis*. Ich kann's nicht mehr hören.« Sie seufzte und schüttelte den Kopf. »Jedenfalls … Miles ist der einzige, der sich wenigstens die Mühe macht, mir was zu empfehlen. Dafür bin ich ihm dankbar. Es gibt mir das Gefühl, kein völlig hoffnungsloser Fall zu sein, wenn ich einmal aus meinem Busch herauskomme.«

Mir wurde klar, daß sie Miles wirklich ins Herz geschlossen hatte. Offensichtlich war er der Auslöser ihrer europäischen Mission gewesen. Jetzt, kurz vor ihrer Reise nach London, erschien sie mir so anders als bei unserer ersten Begegnung im Camp, und auf einmal sah ich, wie weltfremd sie in der glitzernden Londoner Literatenwelt wirken würde. Wie hinterwäldlerisch ihre Kleidung, wie unzeitgemäß ihre Gesprächsthemen sein würden. Wie leicht man sie tatsächlich für die schwedische Bauerntochter halten konnte, die zwar köstliche Kuchen buk, doch ansonsten unbedeutend war. Man hatte das Bedürfnis, ihr eine Menge Ratschläge zu geben.

Sie stand auf; sie müsse weiter, sagte sie.

»Vielen Dank, Esmé. Übrigens habe ich übermorgen Geburtstag, und Nena hat mir angeboten, in ihrem Haus eine Geburtstagsparty für mich zu organisieren. Meine Hütte ist dafür einfach zu winzig.«

»Toll.« Ich begleitete sie zur Tür. Dann fiel mir plötzlich etwas ein, und ich drehte mich noch einmal um. »Warte! Ich will dir jetzt gleich ein kleines Geburtstagsgeschenk geben.«

Später fragte ich mich oft, woher ich die Eingebung hatte, ihr das Buch sofort zu schenken, nicht erst an ihrem Geburtstag. Ich lief zum Bücherregal zurück, nahm ein Exemplar von Ferdinandos Buch auf englisch heraus und kritzelte etwas auf die erste Seite.

»Gedichte willst du lesen, hast du gesagt. Hier, die sind von meinem Vater.«

Ihre Miene erhellte sich, und sie blätterte darin.

»Danke, oh, das ist wirklich großartig!« Sie las meine Widmung. »Hey! *Vielen* herzlichen Dank.«

»Wenn du möchtest, kannst du dir ein paar von meinen Winterkleidern ausleihen, bevor du gehst«, sagte ich. »Ich hab soviel Zeug im Schrank.«

»Oh, das wäre ja phantastisch!« Sie drückte mich und küßte mich auf beide Wangen. »Wow, du bist wunderbar, vielen Dank!«

Ich beobachtete, wie sie in ihren Wagen sprang und mit quietschenden Reifen wendete. Sie fuhr wie ein Mann. Ich lächelte und winkte ihr nach.

Sie ist auch ein Zwitterwesen, dachte ich. Halb Knabe, halb Prinzessin. Halb Krieger, halb Kind.

Wieder einmal waren wir in unseren hübschen Partykleidern versammelt.

Es wurde allmählich spät, selbst nach kenianischen Maßstäben, und Nena begann sich zu ägern.

»Typisch Iris«, sagte sie mit einem Blick auf die Uhr. »Kommt zu spät zu ihrer eigenen Party.«

Dann hörten wir einen Wagen vor dem Haus. Ich sah Hunter hereinkommen und verspürte auf der Stelle einen Adrenalinstoß: Mein Herz hämmerte wild in meiner Brust, meine Knie wurden weich... Meine eigene Reaktion überraschte mich. Er nahm die Brille ab und strich sich mit der Hand das schwarze Haar aus der Stirn. Ich roch die kalte Luft an seinem Gesicht: Offensichtlich war er mit offenem Verdeck gefahren.

Er begrüßte Nena mit einem Kuß.

»Tut mir leid, daß ich zu spät komme.« Er hielt ihr eine Flasche Wein hin. »Soll ich die in den Kühlschrank stellen?«

»Ja, bitte. Du bist nicht zu spät, Iris' großer Auftritt steht noch aus.« Sie war tatsächlich verärgert – Iris hatte stets ein erstaunliches Talent, andere Frauen zu reizen, dachte ich.

Mir war es völlig gleichgültig, ob wir spät aßen oder nicht. Rasch stürzte ich meinen Wodka hinunter und verspürte ein angenehmes Prickeln. Hunter kam mit einem Glas in der Hand auf mich zu.

»*Dich* hab ich aber lange nicht mehr gesehen«, brachte ich in kokettem Ton hervor.

»Ich war unterwegs.«

Er wirkte bleich und abgespannt und lächelte gezwungen.

»Leider an ungenehmen Orten.« Er hob sein Glas und sah mir tief in die Augen.

»Auf deine offensichtlich fabelhafte Gesundheit.«

Ich lachte.

»Auf deine ebenso.«

Mitten im Lärm läutete das Telefon, und Nena nahm ab. Es

waren nicht der Klang ihrer Stimme oder ihre Worte, die unsere Aufmerksamkeit erregten, sondern die Art ihres Schweigens: Es brachte uns alle auf der Stelle zum Verstummen. Wir lauschten.

»… Was?…«

Ihr Blick wurde leer.

»… Wann?…«

Im Zimmer war es jetzt sehr still. Alle Augen waren auf sie gerichtet. Sie legte den Hörer auf, langsam, wie betäubt.

»Iris ist tot.«

Keiner sprach ein Wort. Keiner rührte sich. Wir warteten reglos, warteten, bis sie zu uns kam und sich auf das Sofa neben dem Kamin setzte. Sie starrte auf den Boden, die Hände krampfhaft zwischen den Knien gefaltet.

»Sie hatte einen Autounfall. Sie ist…« Ihre Lippen bebten.

Sie sah uns an, flehend, wie ein kleines Mädchen.

»Sie ist *tot.*«

Es stürzt herab wie ein Felsblock. Wenn dieses Wort fällt, braucht es nur einen Augenblick, um alles unter sich zu zerschmettern.

Wir standen da, eine erstarrte Versammlung von Partygästen – die Trinksprüche hingen noch in der Luft, im Ofen briet eine Lammkeule –, versteinert wie Eurydike an der Schwelle zum Hades. Das verhängnisvolle Wort war gesprochen worden. Und es würden nur Trauer, Tränen, Verzweiflung folgen.

Dann verwandelten wir uns in einen Haufen panischer Ameisen, rasend, völlig außer sich. Wir fingen an, verschiedene Nummern anzurufen, fuhren in die Stadt, rannten erst zum Krankenhaus, dann zur Leichenhalle. Peter, Hunter und Miles redeten, verhandelten, argumentierten, bestachen die kenianische Bürokratie, die sich nun der Leiche bemächtigt und sie in einen *Gegenstand* verwandelt hatte, ein Ding, das auf einmal Formulare, Bestätigungen, Unterschriften erforderte. Nicole, Nena und ich saßen dumpf in jedem Wartezimmer – im Krankenhaus, in der Leichenhalle, im Bestattungsinstitut. Wir überließen es den Männern, sich um alles zu kümmern – hörten mit halbem Ohr ihre angespannten Unterredungen mit Polizisten und Krankenhausmitarbeitern und rauchten stumm im Neonlicht, rotäugig, mit verschmiertem Make-up, ein schauriges Trio aus einem venezianischen Karneval.

Am nächsten Tag kamen Iris' Eltern von der Farm, um sich um die Formalitäten zu kümmern. Sie waren beide blond, kräftig, schlicht, mit sonnengegerbter Haut, und sprachen ein Englisch mit hartem schwedischem Akzent. Sie sagten wenig und schafften es nicht einmal, den Kopf zu heben, als wäre ihre Trauer zu tief in sie eingedrungen.

Ich konnte Adam nicht erreichen, ich hatte keine Telefonnummer von ihm, wußte nur noch, daß er in Colorado war. Ich rief das College in Boulder an. Als ich die Frau in der Telefonzentrale fragte, ob sie von einem Vortrag über ostafrikanische Safaris wisse, der demnächst stattfinden werde, lachte sie mich aus.

»Wir haben Hunderte von Vorträgen, Tausende von Leuten kommen jeden Tag hierher, Madam. Welches Institut wollen Sie?«

Ich legte auf.

»Wieder einmal sind wir zusammengekommen, um einen Tod zu betrauern, den Tod einer Freundin.« Hunter sah uns der Reihe nach an, die wir in der kleinen Kirche versammelt waren, und seine Stimme klang ruhig und klar in den kühlen Steinmauern. »Und das ist kein ungewöhnliches Ereignis. Wir, die wir in Afrika leben, haben gelernt, uns an den Tod zu gewöhnen. Immer wieder stirbt jemand, immer wieder verlieren wir Menschen, die wir lieben. Trotzdem sind wir jedesmal fassungslos, wenn der Tod von neuem zuschlägt, es erscheint uns undenkbar, daß es schon wieder geschehen ist. Und doch sind wohl eben dieser Tod, diese Dunkelheit und die lauernde Angst der Grund, weshalb sich die Menschen hier einander so nahe fühlen. Wegen dieser stets gegenwärtigen Möglichkeit, einander zu verlieren, sind unsere Bemühungen so intensiv und so eng.

Iris kam an ihrem Geburtstag ums Leben. Sie war erst siebenundzwanzig, doch sie hatte mehr Erfahrung als eine Menge älterer Männer in diesem Land. Sie verstand mit einem Gewehr umzugehen, sie hätte sich gegen einen angreifenden Büffel oder Banditen zu wehren gewußt. Statt dessen wurde sie an einer Verkehrsampel in Westlands von einem betrunkenen Kikuyu getötet, am hellichten Tag, ihre Einkaufstaschen noch auf dem Rücksitz. So daß wir alle daran erinnert werden, daß der Tod immer unangekündigt kommt, daß er immer grausam und gefräßig ist. Immer gedankenlos und absurd.«

Seine Stimme bebte ein wenig. Er hielt inne und sah zur Decke hinauf.

»Iris hatte von ihren Samburu-Freunden einen Namen erhalten. Sie nannten sie ›die Reiche‹. Ich machte mich deswegen über sie lustig. Tatsächlich habe ich mich manchmal zu sehr über sie lustig gemacht, das weiß ich. Aber jetzt erkenne ich, wie recht sie hatten.«

Er verstummte. Einen Augenblick herrschte Stille. Gedämpftes Schluchzen, Flüstern war zu hören. Dann begannen im rückwärtigen Teil der Kirche die Morans zu keuchen und zu zischen, und aus dem Keuchen wurde ein wogender Klagegesang. Wir drehten uns um. Von sehr weit her waren sie gekommen, um von ihrer Freundin Abschied zu nehmen. Manche Gesichter kannten wir von ihren Fotografien. Sie standen in einer Reihe aufrecht, die Speere in der Hand, ihr langes Haar mit Ocker gefärbt, in ihre hellroten *shukas* gehüllt, unerschrocken wie eine vergessene Legion des Römischen Reichs. Ihre Kehlen erzeugten einen Laut, der wie der Wind in den Bäumen klang, wie das Wasser eines Flusses, wie der Atem eines rennenden Tiers, und die Vibrationen ihres rhythmischen Atmens schwollen an wie brandende Orgeltöne in einer Kathedrale.

Eng nebeneinander, Schulter an Schulter, standen wir in der winzigen Kirche und hielten uns an den Händen, während die Morans sangen.

Und auf einmal war es tröstlich, daß wir einander so nahe waren – wir alle –, um wieder einen Toten in Afrika zu betrauern.

Irgendwann in dieser Nacht hörte ich vor dem Haus einen Wagen vorfahren. Es war spät, doch ich war noch wach. Ich weiß nicht, weshalb, doch kaum sah ich das Scheinwerferlicht in den Bäumen, wußte ich, daß er es war.

»Ich konnte nicht schlafen«, sagte er. »Ich hatte gehofft, daß du noch wach bist.«

»Komm rein. Nein, ich konnte auch nicht schlafen. Das kann heute nacht wohl niemand.«

»Ja, aber ich dachte, daß wir beide als einzige heute allein sind. Miles übernachtet bei Nicole.«

»Wie geht es ihm?«

»Er ist ein Wrack.«

»Es hat ihn furchtbar getroffen, nicht wahr? Setz dich, ich mach uns einen Tee.«

Er folgte mir in die Küche. Er sah sich nicht um, schien sich nicht dafür zu interessieren, wie ich lebte, sondern bewegte sich in diesem Haus, als wäre er zum hundertsten Mal hier. Er setzte sich auf den Holztisch und sah mir zu, während ich den Kessel füllte.

»Ich sag dir was. Tee ist prima, aber ich bin am Verhungern. Ich habe seit zwei Tagen nichts gegessen.«

»Oh. Okay.«

Ich öffnete den Kühlschrank und nahm Brot und Käse heraus, übriggebliebenes Chicken-Curry, Salat.

»Jetzt, nachdem du's sagst, merke ich, daß ich auch schon lange nichts mehr gegessen habe«, sagte ich mit jähem Heißhunger. »Vergessen wir den Tee und trinken Wein.«

Im Küchenschrank fand ich den Rest von Iris' Kuchen. Ich nahm ihn heraus. Er fühlte sich sehr merkwürdig in meinen Händen an, in Plastikfolie gewickelt. Immer noch frisch.

»Das hat sie für mich gebacken«, sagte ich zögernd. »Es ist ...«

Ich verstummte und sah ihn unschlüssig an.

Hunter starrte finster vor sich hin, dann nahm er mir den Kuchen aus der Hand.

»Ja. Essen wir ihn auf.«

Wir rückten zwei Stühle an den Tisch und setzten uns. Der Anblick des Essens hatte eine so unbezwingliche Gier in uns ausgelöst, daß wir uns nicht einmal die Mühe machten, das Huhn aufzuwärmen. Wir aßen und tranken in vollkommenem Schweigen. Wir sahen einander ständig an, während wir aßen, bis nichts mehr übrig war. Von den vergangenen achtundvierzig Stunden waren wir beide derart zerschlagen, daß wohl keiner von uns noch die Energie aufbrachte, angespannt oder nervös zu sein, weil wir miteinander allein waren, zum ersten Mal und so spät nachts. Der Wein hatte uns erwärmt und ein Gefühl friedlicher Erschöpfung ausgelöst. Wir gingen hinüber ins Wohnzimmer, und ich fachte das Feuer neu an.

»Meine Gute, das hat wirklich gutgetan«, sagte er, während er sich auf dem Sofa ausstreckte und sich eine Rooster anzündete. »Noch eine schlaflose Nacht in meiner kalten, leeren Wohnung hätte ich einfach nicht ertragen.«

Ich kauerte mich am anderen Ende des Sofas zusammen, in sicherem Abstand von seinem Körper.

»Ich bin froh, daß du gekommen bist. In einer Nacht wie heute wäre ich auch nicht gern allein gewesen.«

Eine Weile sagten wir nichts. Ich zündete meine Zigarette an und lauschte unserem Atem, der Rauch ausstieß.

Auf einmal wurde mir klar, wie lange ich mir irgendwo tief in meinem Inneren gewünscht hatte, so mit ihm zusammenzusein. Nur wir beide, auf meinem Sofa.

»Es war sehr ergreifend, was du in der Kirche gesagt hast. Über die Menschen, die hier *sterben.*«

Hunter rührte sich nicht.

»In Europa kommt man abends nach Hause und denkt nur daran, wie viele Nachrichten man wohl auf dem Anrufbeantworter finden wird. Hier kommt man abends nach Hause und fragt sich, ob alle Freunde noch am Leben sind.«

»Weißt du«, sagte Hunter, schnippte die Asche auf den Boden und richtete sich auf einem Ellenbogen auf. »Wenn man ihr gesagt hätte, daß sie so sterben würde – o Mann, sie wäre *entsetzt* gewesen.«

»Warum?«

»Zu sterben wie eine Hausfrau auf dem Heimweg vom Supermarkt? Äußerst unsexy.« Er ließ sich zurückfallen und starrte zur Decke. »Sie war so *eitel.*«

Ich hörte ihn seufzen.

»Hat dich das gestört?« fragte ich.

»Manchmal. Wahrscheinlich deshalb, weil ich manchmal wie viele andere hier das Gefühl hatte, daß ihr Leben eine perfekt geplante Zeitschriftenwerbung war. Du kaufst das Produkt, und im Preis inbegriffen sind Abenteuer, Sex, Schönheit, der alte Kolonialzauber. Und statt dessen – wahrscheinlich war es das, was ich in der Kirche sagen wollte – fährt dich ein beschissener Kikuyu mitten in der Stadt über den Haufen. Und was lernen wir daraus?«

»Was?«

»Das ist Afrika, meine Liebe. Alles andere ist Scheiße, Inneneinrichtung, Reklame. Denn Afrika ist ein besoffener Kikuyu in einem Nissan, verstehst du? Am Ende war es das, was sie erledigt hat. Das meine ich, wenn ich sage, dieses Land ist gefräßig. Es hat ihr keine Chance gelassen, den Abgang zu machen, den sie verdient hätte. Es kümmert sich einen Dreck drum, ob du klasse aussiehst an dem Tag, an dem du stirbst.«

»Ich glaube, sie hat sehr viel von dir gehalten.«

»Ich hab sie *geliebt«*, sagte er wütend, beinahe fauchend. »Sie hatte mehr Leben in sich als ein Kindergarten. Als ich zum ersten Mal hierher zurückkam, war ich wahnsinnig in sie verliebt.«

Ich errötete. Allein der Klang der Worte *wahnsinnig verliebt* in seinem Mund verursachte mir Unbehagen.

»Und was ist passiert?«

»Ich konnte ihr nicht folgen, und sie konnte mir nicht folgen. Wir lebten im selben Land, aber wir sahen verschiedene Dinge; so war das immer. Wegen meiner Arbeit mußte ich mit einer Menge Scheußlichkeiten zurechtkommen, und Iris – na, du weißt ja, wie sie ist – sie ist ...«

Wir bemerkten beide, daß er in der Gegenwart gesprochen hatte, doch wir gingen darüber hinweg.

»... immer so eifrig damit beschäftigt, die perfekte Werbekampagne für ihr Leben zu finden – den Mythos von der Schönen und dem aussterbenden Krieger –, und das hab ich ihr übelgenommen. Sie wollte nicht auf den Boden heruntergeholt werden. Für die Wahrheit hat sie sich nie interessiert, sobald die häßliche Seite der

Dinge damit gemeint war. Das hat sie gehaßt. Sie sagte, ich könnte sie nur leiden, wenn ich es schaffte, sie unglücklich zu machen.«

Er verstummte, blickte zur Decke, dann auf mich.

»Vielleicht hatte sie recht, wer weiß«, seufzte er. »Vielleicht hat es mir wirklich was gegeben, ihr den Spaß zu verderben. Trotzdem bin ich überzeugt, daß es eine *Wahrheit* gibt, und meistens ist sie sehr scheußlich, sehr ungerecht und außerordentlich grausam. Vor allem in diesem Teil der Welt. Und ich bin überzeugt, daß man sie nicht übersehen darf – andernfalls hätte ich nicht diesen Beruf.«

»Ich weiß«, sagte ich. »Es ist sicher sehr schwierig für dich, auf unsere netten kleinen Dinnerpartys zu kommen, nachdem du in Ruanda warst.«

Er zuckte die Achseln.

»Das ist es nicht. Nach Ruanda ist es schwierig, *überhaupt* irgendwohin zurückzukehren.«

Wir schwiegen lange. Dann begann er von neuem zu sprechen.

»Als ich zum ersten Mal einen Toten gesehen habe, war ich wirklich tief erschüttert. Schockiert. Es war in Somalia. Er war aufgebläht wie eine Kuh, der Gestank war unerträglich. Ich sagte: Aha, siehst du, das ist deine erste Leiche. Als wir nach Kigali kamen, spürten wir von Anfang an, daß das eine wirklich grauenhafte Sache werden würde, ganz anders als in Somalia, aber wir hatten noch keine Ahnung, daß wir Zeugen eines Völkermords werden sollten. Die ersten zwei Tage zählte ich die Leichen auf den Straßen. Dann hörte ich damit auf. Wir hörten alle auf. Wir waren nicht mal mehr fähig, darüber zu reden.«

Er sah mich ernst an, beinahe wie ein Kind, das etwas Schlimmes getan hat und dabei erwischt wurde.

»In dieser ersten Woche in Kigali wurden so viele Menschen umgebracht, daß wir überhaupt nicht begriffen, was vor sich ging. Die Leichenhalle war voll bis zum Dach, aus den geschlossenen Türen floß das Blut heraus. Man fuhr an irgendeinem Kontrollposten an einer Gruppe schluchzender Frauen vorbei und wußte, daß sie auf dem Rückweg nicht mehr da sein würden. Manchmal sah man sie zwar wieder, aber dann lagen sie tot auf dem Boden. Nachts stiegen wir auf das Dach des Hotels, stumm, voller Entsetzen, und horchten auf die Schreie der Menschen, die überall ringsum niedergemetzelt wurden.«

»Wie... ich meine, womit...«

»Womit sie's tun? Sie schlitzen sie mit Macheten auf oder prügeln sie mit diesen riesigen, hölzernen, nagelbestückten *rungus* zu Tode. Wenn sie in ein Haus eindringen und sich daranmachen, die ganze Familie auszurotten, versuchen die Leute anscheinend zu verhandeln und bieten ihnen Geld an, um statt dessen erschossen zu werden. Die Hutus sind völlig durchgeknallt. Sie laufen in Banden von zwanzig oder mehr herum, blutverschmiert und total berauscht von Gewalt und körperlicher Anstrengung. Weißt du, es ist ihr Job, *den ganzen Tag* zu morden, mit bloßen Händen Menschen totzuschlagen, die um ihr Leben kämpfen. Das ist eine irrsinnig anstrengende Arbeit. Du siehst zwar, daß sie wahnsinnig sind, aber gleichzeitig ist es unmöglich, nicht die Erregung zu spüren, die gewaltige Energie, die ihre Blutgier erzeugt.«

Mit leerem Blick starrte er mich an. Ich streckte die Hand nach seinem Feuerzeug aus, und er reichte es mir mechanisch, ohne meine Hand zu berühren. Wahrscheinlich nahm er mich inzwischen nicht mehr wahr.

»Das Erschreckende ist, wenn du erkennst, daß eine Schwelle überschritten wurde«, fuhr er fort, legte sein Kinn aufs Knie und schaute ins Feuer, und seine dunklen Haare verbargen jetzt seine Augen. »Diese Schwelle, die unser Leben bestimmt und uns jeden Tag sagt, wo unsere Grenzen sind. Diese Leute haben die Schwelle zertrümmert und laufen auf der anderen Seite Amok. Auf der anderen Seite gibt es keine Grenzen mehr, und sobald man sie erreicht hat, gibt es auch kein Zurück.«

Er strich sich die Haare hinters Ohr und sah mich an, beinahe überrascht, daß ich da war und zuhörte.

»Und es hat nichts damit zu tun, daß es Afrikaner sind. Es sind Menschen, die so was tun. Der Unterschied ist nur, glaube ich, daß der Lack, die Schicht zwischen rationalem Verhalten und Wahnsinn in Afrika viel dünner ist als anderswo und sich leichter abnutzt.«

Langsam wurde mir übel, das alles war mir zuviel, aber inzwischen war es unmöglich, ihn aufzuhalten. Er sprach nicht zu mir, sondern zu sich selbst, als vollführte er ein Ritual, als könnte er die Greuel bannen, wenn er eines nach dem anderen beim Namen nannte.

»Leichen sind Leichen. Was mich wirklich umbringt, sind verwundete Kinder. Manchmal gehst du über ein Leichenfeld – du glaubst jedenfalls, sie seien alle tot –, und auf einmal spürst du, wie kleine Hände deine Knöchel packen, oder du hörst Schreie in der Ferne. Aber du kannst die verletzten Kinder nicht im Auto mitnehmen, denn früher oder später hält dich die Miliz auf und zieht sie heraus und bringt sie vor deinen Augen um. Nachdem wir das erlebt hatten, ließen wir sie liegen.«

»O Gott, Hunter...« Ich verbarg mein Gesicht in den Händen.

»Es ist die Wahrheit. Das sage ich bestimmt nicht, um dich zu beeindrucken. Sondern weil es die Wahrheit ist.« Er stöhnte. »Als ich *ihren* Körper in der Leichenhalle gesehen habe...«

»Ja.« Ich nickte mit zugeschnürter Kehle.

»...Jesus, ich hatte diesen Körper *geliebt*, aber es war bloß eine blutige Leiche, wie alle anderen. Mein Verstand hat sich geweigert, sie als *ihren* Körper zu registrieren. Ich weiß nicht, was es ist, das da mit dem Gehirn passiert – es hat wohl seine eigenen Tricks, um zu überleben, um nach wie vor zu funktionieren. Das hat nichts mit Zynismus zu tun, es ist einfach der Selbsterhaltungstrieb.«

Er sah mir in die Augen, während ich erstarrt dasaß und spürte, wie meine Pupillen sich weiteten, als hätte ich halluzinogene Drogen geschluckt.

»Das Leben muß weitergehen. Nichts hält das Leben auf, gar nichts. Nicht einmal die Atombombe. Vor zwei Wochen kamen Reuben und ich in Ruanda zu dieser Kirche nahe einem Dorf. Menschen hatten darin Zuflucht gesucht, weil sie hofften, in einer Kirche würden sie verschont werden. Wir kamen sehr früh morgens hin, er mit laufender Kamera. Draußen lagen Hunderte, und das meine ich wörtlich: *Hunderte* von Leichen. Der Geruch war so schlimm, daß es einem den Atem nahm. Diesen Geruch wirst du nie wieder los, er bleibt dir für den Rest deines Lebens. Drinnen lagen verwesende Leichen, *hüfthoch* übereinandergestapelt, kannst du dir das vorstellen? Es müssen Tausende gewesen sein. Frauen, Kinder, alles. Bis über die Knöchel standen wir in Körperflüssigkeit, in verflüssigter... Materie. Die Hunde waren schon dagewesen und hatten ihren Job erledigt. Ich bin nie ein besonderer Hundefreund gewesen, aber seither...« Er warf seine Kippe in den Kamin. »Wie auch immer. Das Dorf war natürlich evakuiert worden, aber der katholische Pfarrer hatte einen kleinen Rosengarten hinter der Kirche, ja? Diese Blumen waren wunderbarerweise verschont geblieben, sie waren völlig unversehrt, als wäre ringsum nichts passiert. Ich stand vor den Rosen und sah sie eine Ewigkeit nur an. Es war das einzige, worauf ich mich konzentrieren konnte, um nicht den Verstand zu verlieren. Weißt du, es war ein sonniger Morgen, und die Bienen flogen geschäftig von einer Blüte zur anderen, wie jeden Morgen. In dieser kleinen Parallelwelt ging alles so weiter wie immer, völlig unberührt von allem. Reuben nahm alles mit seiner Betacam auf. Bei einem Beta-Mikro ist es so, daß es die merkwürdigsten Frequenzen aufnimmt, total willkürlich pickt es sich irgendwelche Geräusche heraus. Und so war der einzige Soundtrack zu dieser Szene – diesem größten, grauenvollsten Gemetzel, das ich je gesehen habe, das vielleicht die ganze Menschheit je gesehen hat – das Summen der Bienen und das Zwitschern der Vögel.«

Ich spürte die Wärme der Tränen, die mir übers Gesicht rannen.

»Wir fuhren weiter über das Land, durch die Dörfer, und schluchzten wie zwei Idioten, und überall, wohin wir kamen, empfing uns dieselbe unheimliche Stille. Nur die Vögel. Wir brauchten buchstäblich nur die Nase aus dem Fenster zu stecken, um zu wissen, daß wir noch mehr Leichen finden würden. Das Unglaubliche war, wie die Tiere die Häuser in Besitz genommen hatten. Überall, in jedem einzelnen Haus, waren die Kühe im Schlafzimmer, die Schweine in der Küche. Sie fraßen, was sie fanden. Die Eigentümer lagen in getrockneten Blutlachen auf dem Boden, und die Tiere streiften seelenruhig umher. Und alles war in dieses endlose Schweigen gehüllt.«

Er sah, daß ich weinte, und das, glaube ich, brachte ihn wieder zu sich.

»Ich weiß nicht, warum ich dir das alles erzähle. Tut mir leid, Esmé«, sagte er. »Ich wollte nicht…«

»Nein. Entschuldige dich nicht. *Mir* tut's leid.«

»Was?«

»Du. Alles.« Ich fing an zu schluchzen.

Er rückte näher und wischte mir mit den Fingerspitzen sanft die Tränen ab.

»Nicht weinen, bitte.«

»Warum nicht? Warum darf ich nicht weinen?« fragte ich, beinahe zornig. »Wann ist denn der richtige Zeitpunkt, um zu weinen?«

Es überkam mich wie ein Katarakt. Wie ein Wildwasser, das von einem Berg herabstürzt. Ich weinte um ihn, um Iris, um die Leichen in der Kirche, um mich selbst, mein Kind, meinen Vater, meine Mutter. Um alles, was zerstört, fortgerissen, verloren, um alles, was vergessen worden war.

»Ja«, sagte er. »Du hast recht. Wein nur, aber komm her.«

Er zog mich auf sich. Ich spürte seine Arme, eng um meine Schultern geschlungen, seine Fingerspitzen, die auf meinen Wangenknochen ruhten. So lagen wir lange Zeit, bis ich zu weinen aufhörte. Wir bewegten uns nicht, sondern lauschten unserem Atem, unserem Herzschlag, gewöhnten uns an den Geruch des anderen, unwillig, uns zu bewegen oder ein Wort zu sagen. Wir horchten. Wie man nach jeder Bewegung, jedem Knacken, jedem Murmeln in der Dunkelheit horcht. Wir hielten den Atem an und lauschten unseren Herzen, die schneller schlugen, als wenn man nachts Schritte näher kommen hört. Ich fürchtete mich vor dem, was ich wollte. Ich flehte darum, daß die Schritte vor meiner Tür stehenblieben und hereinkämen, und befürchtete, sie könnten sich wieder entfernen.

Endlich sagte er: »Laß mich hier bei dir schlafen.«

»Was?«

»Du hast mich gehört. Ich möchte wirklich nicht gehen.«

»Nein ...« Mein Herz hämmerte wild. »Ich meine, ja. Du kannst hierbleiben.«

Ich ließ die Worte im Raum hängen, ließ jede unausgesprochene Möglichkeit darin anklingen. Dann löste ich mich aus seiner Umarmung und sah ihm in die Augen.

»Du kannst hier auf dem Sofa schlafen.«

»Ja, das ist okay. Das Sofa ist *bestens*«, sagte er, und in seine Stimme schlich sich wieder dieser herablassende Ton.

Mir wurde klar, daß er die ganze Zeit über wahrscheinlich genau das im Sinn gehabt hatte. Er lächelte, wie um mich von meiner Verlegenheit zu befreien.

»Ich möchte jetzt einfach nicht von dir fortgehen und nach Hause fahren. Ich möchte in deiner Nähe schlafen.«

»Ja.« Ich nickte. »Aber warum?«

»Weil wir beide keinen Grund haben, uns zu trennen, nicht in einer Nacht wie dieser.«

Ich ließ mich wieder auf seine Brust sinken. Wir sprachen kein weiteres Wort. Ich spürte, wie nach und nach sein Herz langsamer schlug, die Spannung aus seinen Muskeln wich, bis er einschlief. Als ich die ersten Vögel draußen auf den Bäumen hörte, stand ich auf, breitete eine Decke über ihn und legte mich in mein Bett.

Ich konnte nicht schlafen. Ich warf mich hin und her und horchte ohne Hoffnung auf irgendeine Bewegung aus dem Wohnzimmer nebenan. Der Gedanke an seine körperliche Anwesenheit gleich hinter der Tür hatte mich über meine kühnsten Erwartungen hinaus aufgewühlt.

Nicht mit ihm zu schlafen machte mich wahnsinnig.

Die Erkenntnis, daß es das war, wonach mein Körper sich so schmerzlich sehnte, entsetzte mich. Ich wälzte mich im Bett herum und hoffte, dieses Gefühl würde nachlassen, damit ich endlich einschlafen konnte. Statt dessen sah ich den fahlen Himmel hinter den Bäumen, der das Zimmer mit weißlichem Licht füllte. Dann hörte ich in der Ferne die Hähne.

»Zum Teufel!« flüsterte ich und zog mir die Laken über den Kopf in dem verzweifelten Versuch, in der Dunkelheit Erlösung zu finden. Aber es gibt kein Entrinnen vor dem Tageslicht: Es kehrt immer wieder, jeden Tag zur selben Zeit, und beleuchtet alles, was du nicht sehen willst.

Ich hatte wohl nicht länger als eine halbe Stunde geschlafen, als das Telefon läutete. Ich nahm ab und hörte das Piepsen, das ein Ferngespräch ankündigt.

»Liebes, entschuldige, daß ich dich aufwecke«, sagte Adam, »aber ich wollte dich noch erwischen, ehe ich mich auf den Weg machen muß.«

Der Klang seiner Stimme schreckte mich auf. Ich saß aufrecht im Bett, schweißüberströmt, und das Herz schlug mir bis zum Hals.

»Hier ist es Abend, ich bin zu dieser abartigen Party eingeladen …«

»Adam!« rief ich. »Oh, *Adam* …«

»Was ist los?«

»Etwas Schreckliches ist passiert. Iris …«

»Was?«

»Sie hatte einen Autounfall.«

»Um Gottes willen! Ist sie schwer verletzt?«

»Nein. Nein … sie ist …«

Diesmal war ich es, die es aussprechen mußte.

»Sie ist tot.«

Es trat eine sehr lange Stille ein. Ich lauschte den Pfeiftönen, dem Rauschen in der Leitung.

»Wann ist es passiert?« Seine Stimme klang tonlos, mechanisch.

»Vor drei Tagen. Die Beerdigung war gestern. Ich konnte dich nicht erreichen …«

»Ich komme nach Hause. Sofort.«

»Ja, *bitte.*«

Ich hörte ein Klicken, und das Summen der internationalen Verbindung verstummte.

Im Wohnzimmer war, bis auf eine Kuhle in den Kissen, keine Spur von Hunter.

Ich betrat die Küche, sah die leere Teetasse auf dem Tisch. Wilson, der am Spülbecken stand, drehte sich lächelnd zu mir um.

»Guten Morgen, Wilson. *Habari?*« Ich versuchte, mich so normal wie möglich zu benehmen.

»*Mzuri, mama.*« Er bemerkte, daß ich durchs Fenster hinaus auf die Zufahrt spähte.

»*Bwana Hunter ametoka saa hii.*«

Sein Wagen war fort.

»*Amewacha barua kwa wewe.*« Wilson reichte mir einen Zettel.

Seine Handschrift war sehr klein, sehr klar.

Ich bin fort. Ich werde an dich denken. Weiter nichts. Souverän.

Ja, alles war wieder wie immer. Adam war auf dem Weg nach Hause, und Hunter war wieder einmal aus meiner Reichweite verschwunden.

Ich saß in der Küche und folgte mit den Augen Wilsons geschmeidigen Bewegungen, mit denen er heißes Wasser in die Teekanne goß und den Toast aus dem Ofen nahm.

Noch ein Frühstück für die Lebenden, dachte ich.

Aber den Zettel warf ich nicht weg. Ich wollte ihn später noch einmal lesen können.

Ich werde an dich denken – das war es, was ich noch sehr viele Male lesen wollte, in der vergeblichen Hoffnung, die wahre Bedeutung dieses Satzes zu enträtseln.

Wenn dir nur ein kleines Stück Papier geblieben ist, kannst du nicht anders, als nach einer verborgenen Überraschung zu suchen.

Ich rief Nicole an.

»Bist du wach?« Es war noch immer vor acht.

»*Wach?* Machst du Witze. Ich habe kein Auge zugetan«, sagte sie. »Ich habe zwei Schachteln Zigaretten geraucht und sechs Tassen Espresso getrunken.«

»Und Miles?«

»Bewußtlos. Schläft den Schlaf der Gerechten. Komm vorbei, rauchen wir weiter.«

Sie saß auf der Veranda, in einen verwaschenen Kimono gehüllt, mit Farbresten auf den Fingernägeln.

»Ach«, sagte sie, als sie mich sah. »Gott sei Dank bist du da.«

Sie sah gerädert aus, ihr dunkles Haar war zerzaust, ihre schlanken Arme weiß und sehnig und von einem Geflecht blauer Adern überzogen.

»Was ist los?«

»Eigentlich nichts. Ich hab nur eine endlose Nacht mit Miles hinter mir, und jetzt fühle ich mich ein bißchen zermürbt. Ich mußte ihn trösten, weil er Iris nicht genug Aufmerksamkeit geschenkt hat, weil er ihr bis zu ihrem Tod nie gesagt hat, wie großartig er sie fand. Dann«, seufzte sie, »hatten wir Sex. Leiderschaftlich.«

»Oh.«

»Stellvertretend natürlich.«

Anscheinend hatte jeder eine Liebesnacht hinter sich, dachte ich. So ist es immer, wenn jemand gestorben ist. Um den Verlust wettzumachen, das Prinzip Leben zu bestätigen. Es ist nur natürlich, ein grundlegender Instinkt.

»Aber weißt du, es hat mich doch ein bißchen aufgewühlt. Obwohl ich ganz genau wußte, warum es passierte. Und sie lacht sich jetzt wahrscheinlich ins Fäustchen«, sagte Nicole grinsend.

»Wer, Iris?«

»Darauf kannst du Gift nehmen. In der Nacht ihres Abschieds legen ihre Exliebhaber sämtliche Frauen in dieser Stadt stellvertretend aufs Kreuz.«

Ich sah sie verblüfft an. Hatte sie Hunters Wagen vor meinem Haus gesehen? In Langata war alles möglich.

»Hunter ist letzte Nacht vorbeigekommen«, gab ich zu, wie eine Verdächtige, die es für vernünftiger hält, den Bullen nichts zu verheimlichen.

»Aha! Hunter«, sagte sie wie Holmes zu Watson. »Und?«

»Nichts. Er hat auf dem Sofa geschlafen, er wollte nicht allein zu Hause sein. Wahrscheinlich hatte er das Bedürfnis nach Wärme.«

»Und *das* kann man ja niemandem verwehren, nicht?« sagte Nicole traurig. Sie wandte den Blick ab und starrte ins Leere. »Vor allem nicht in einer solchen Nacht.«

»Wir haben nicht… es ist nichts passiert«, fügte ich hastig hinzu.

»Sei froh«, sagte sie und seufzte beim Gedanken an ihre eigene Fehleinschätzung. »Es ist viel klüger, diese Grenze nie zu überschreiten. Den Originalzustand wiederherzustellen ist manchmal viel mühsamer, als man vorher glaubt.«

»Ja, da bin ich ganz deiner Meinung. Viel zu gefährlich«, sagte ich, ein wenig zu heftig.

Das rüttelte sie auf: Überrascht sah sie mich an. Ich hielt ihrem Blick stand, ohne auszuweichen. In dem Augenblick begriff sie, daß es um mich geschehen war.

11

Good walking leaves no tracks behind.

Geoffrey Oryema

Wie, liegst du etwa immer noch im Bett?«

Miles stürmt in mein Zimmer und reißt mich aus meinen Tagträumen.

»O Gott, Miles, hast du mich erschreckt. Was soll das heißen – *immer noch?* Ich bin seit sieben Uhr auf. Ich hab mich nur ein bißchen ausgeruht. Ich hatte einen kleinen Kater, aber jetzt geht's wieder.«

Seitdem ich von Kilonzos Werkstatt zurück bin, habe ich auf meinem Bett gelegen und, wie geplant, stundenlang zur Decke gestarrt. Mein Geist ist im Kreis gewandert und hat überraschende Details zutage gefördert, die ich für immer verloren geglaubt hatte.

Miles sitzt auf der Bettkante und fixiert mich. Ich bin über die Störung leicht verärgert.

»Was hast du denn mit deinen Haaren gemacht?«

»Ich hab sie schneiden lassen. Gefällt's dir?«

»Na ja …« Er wirkt unschlüssig.

»Macht nichts, jetzt ist es sowieso zu spät.« Ich mag es nicht, wenn jemand auf meinem Bett sitzt und mich anstarrt, als wäre ich krank oder Schlimmeres: Es bringt mich in eine ungleich schwächere Position. Also springe ich ungeduldig auf und steuere auf das Wohnzimmer zu.

»Ich hab nicht gesagt, daß es mir *nicht* gefällt.«

»Hör zu, meine Haare sind im Moment meine allerletzte Sorge.« Ich schüttle den Kopf. »Hast du Zigaretten?«

»Ja.« Bereitwillig zündet er mir eine an. »Wie wär's mit einer Tasse Kaffee?«

Ich spüre an der Spannung, die er verbreitet, daß er nicht – wie sonst – nur aufgekreuzt ist, um herumzusitzen und zu plaudern. Er will etwas Bestimmtes, und sobald er es bekommen hat, wird er gleich wieder verschwinden. Aus der Thermoskanne, die Wilson in der Küche hat stehenlassen, gieße ich zwei Becher voll. Miles folgt mir und plappert Belanglosigkeiten vor sich hin, um die Pausen zu füllen.

»Tolle Party gestern abend, nicht? War der amerikanische Drehbuchschreiber witzig?«

»Nicht direkt«, antworte ich mürrisch, während Wilson die kalte Milch aus dem Kühlschrank nimmt. »Danke, Wilson. Komm, Miles, setzen wir uns auf die Veranda.«

»Ach. Ich fand ihn eigentlich ganz cool«, sagt Miles, enttäuscht über meine schlechte Laune.

»Mag sein. *Ich* hab jedenfalls andere Vorstellungen von cool.«

»Na gut, wie du meinst.« Er schlürft seinen Kaffee, streckt die Beine unter dem niedrigen Tisch aus und versucht, entspannt zu wirken. »Diese amerikanische Fotografin, Linda. Sie hat mir sehr gefallen.«

»Wirklich?«

»Klasse Frau, finde ich.«

»Hm.«

Ich hoffe, er wird nicht die gesamte Gästeliste durchgehen.

»Ich hab ihre Arbeit gesehen. Nicht schlecht, muß ich sagen.«

Es erbittert mich, daß er ihre Arbeit überhaupt erwähnt. Ich denke an Iris und gerate stellvertretend in Wut. Warum müssen wir immer einen Ersatz suchen, warum vergessen wir so leicht?

»Als ich die Mädchen gestern abend heimgebracht habe … sie und … Claire«, er räuspert sich einfältig, als er ihren Namen ausspricht, »hat Linda uns ein paar ihrer neuesten Arbeiten gezeigt.«

»Tatsächlich? Schleppt sie ihre Mappe auch auf Reisen mit?«

»Ach, komm schon, Esmé«, sagt er vorwurfsvoll, »sie hatte bloß ein paar alte Nummern von verschiedenen Zeitschriften dabei, in denen ihre Arbeiten veröffentlicht wurden. Um den Leuten hier was zeigen zu können.«

»Wie praktisch.« Ich genieße es, ihm auf die Nerven zu gehen. »War's denn anregend?«

»Na ja, geht so«, räumt er ein. »Wir haben in ihrem Hotel noch was getrunken und ein paar Joints geraucht.«

»Klingt nach einer ziemlich kurzen Nacht.«

»Stimmt. Sie haben mich ausgequetscht, als hinge ihr Überleben davon ab. Diese Mädels sind totale Städterinnen, sie sind zum ersten Mal in Afrika, und jetzt flippen sie irgendwie aus.«

»Ich wette, sie haben jede Sekunde genossen.«

Er läßt sich durch meine mangelnde Begeisterung nicht entmutigen, sondern grinst mich an.

»Linda hat versucht, ihre angebliche Erfahrung rauszukehren, verstehst du? Als wüßte sie schon jede Menge über den Busch und das alles. Dann geht sie aufs Klo, erblickt eine Spinne, und sofort ist die Hölle lost.« Er kichert. »Sie ist *total* ausgerastet.«

»Und was ist mit Claire?« fragte ich beiläufig.

»Ich hab sie nach Hause gefahren. Wir haben im Auto noch ein bißchen geredet. Sie ist sehr intelligent, extrem belesen.«

»Ach ja?« frage ich und versuche, gelangweilt dreinzusehen.

Wilson erscheint mit einem kleinen Teller selbstgebackener Plätzchen. Er lächelt, während er ihn zwischen uns auf den Tisch stellt.

»Danke, Wilson«, sage ich. »Was für eine hervorragende Idee.«

Miles beginnt, die Kekse zu verschlingen.

»Jedenfalls werde ich heute abend mit ihnen zum Sonnenuntergang auf die Ngong-Hügel fahren. Ich wollte dich fragen, ob du mir eine Kühlbox für den Wein leihen kannst ...«

»Weißt du, Miles, ich wünschte, du würdest dir die Mühe machen, meine Angestellten zu begrüßen, wenn du in mein Haus kommst, dich zu bedanken, zu fragen, wie's ihnen geht. Sie sind keine *Gegenstände*, weißt du.«

»Was?« Er sieht mich verständnislos an.

»Jetzt zum Beispiel. Du hast Wilson zweimal gesehen und ihn nicht mal zur Kenntnis genommen, als wäre er eine Glasscheibe oder so was.«

»He, hör zu, tut mir leid. Du mußt dich nicht so aufregen ...«

»Da irrst du dich!« fahre ich ihn an. »Das muß ich sehr wohl. Irgend jemand *muß* sich aufregen. Wenigstens einmal.«

Gleich werde ich anfangen zu schreien – ich spüre schon, wie mein Gesicht warm wird.

»Ich kann's nicht *ertragen*, wie jeder hier ständig so unbeteiligt tut. Als wäre alles vollkommen gleichgültig, als spielte nie irgend etwas die geringste Rolle! Keiner schert sich einen Scheißdreck um irgendwas!«

Jetzt schreie ich tatsächlich. Ich sehe meine Hand nach dem Kaffeebecher greifen und beobachte, wie er – in perfekter Zeitlupe – über den Rasen fliegt und in Scherben zerbricht. Miles ist entsetzt.

»Um Gottes willen, was ist denn los mit dir?« Ich sehe Panik in seinem Blick.

»Mit *mir* ist überhaupt nichts los! Bist du vielleicht schon mal auf die Idee gekommen, daß mit *deinem* Verhalten was nicht stimmen könnte?«

»Ich ... ich habe nicht die leiseste Ahnung ...«

»Vergiß es. Geh in die Küche, bitte Wilson, dir die Kühlbox zu geben, nimm dir, was du brauchst, und zieh Leine, und zwar schnell.«

»Esmé, bitte, was ist denn? Hör zu, es tut mir leid wegen Wilson, ich hab's nicht so gemeint ... Aber *bitte*, sag mir, hab ich irgendwas getan, das ...«

»Nein, du hast nichts getan. Niemand hier macht je irgend etwas falsch. Ich bilde mir alles nur ein. Die ganze Zeit.«

Ich trete gegen einen Rohrstuhl, der krachend zu Boden fällt. Miles steht auf, in all seiner britischen Würde, erschüttert über meinen Auftritt à la Anna Magnani.

»Mach's gut, Miles. Genieß deinen Sonnenuntergang.«

Ich gehe zurück ins Haus und schließe die Schlafzimmertür hinter mir. Ich zähle bis fünfzehn, dann höre ich, wie der Motor angelassen wird und der Wagen davonfährt.

Adam kam besorgt, angespannt, durch Trauer und körperliche Erschöpfung hart geworden, aus Amerika zurück. Als ich zum Flughafen fuhr, um ihn abzuholen, nicht einmal achtundvierzig Stunden nach seinem Anruf, mußte ich daran denken, wie anders seine

Heimkehr war, als ich mir vorgestellt hatte, während ich – erst zehn Tage zuvor – durch Supermärkte gelaufen war und mir Babynahrung angesehen hatte. In der Zwischenzeit war ich in eine Wäscheschleuder geraten und hatte seit jenen glücklichen Tagen, als ich in Singhs Wartezimmer gesessen hatte, mindestens dreimal einen Persönlichkeitswandel durchlaufen. Ich hätte nicht sagen können, welche der drei Personen ich in diesem Augenblick war, doch mit Sicherheit war ich nicht dieselbe, von der Adam sich fünf Wochen zuvor verabschiedet hatte.

Auch er wirkte verändert, als ich ihn am Flughafen sah. Er war dünner geworden, seine Augen waren blutunterlaufen, die Haut weißer, als ich sie je gesehen hatte. Er erschien mir fern, noch nicht ganz wieder da.

»Ich habe von Boulder aus ihre Eltern angerufen«, sagte er, als wir im Wagen saßen. »Ich möchte ein paar Tage bei ihnen auf der Farm verbringen. Sie sagten, sie ist ... an einer schönen Stelle unter einem Baum begraben. Ich möchte einfach eine Weile dort sitzen.«

»Ja.«

»Wärst du bereit, morgen früh aufzubrechen?«

»Ja. Bist du denn sicher, daß du mich dabeihaben willst?«

»Ja, wieso nicht?«

»Vielleicht möchtest du ja allein dort sein. Und ich denke, für ihre Eltern wäre es auch einfacher, wenn nur du sie besuchst. Sie kennen dich seit deiner Kindheit, du bist für sie wie ein Familienmitglied.«

»Ja, aber ...«

»Ich glaube, du solltest allein hinfahren. Ich habe mich schon von ihr verabschiedet. Wirklich, das meine ich ernst.«

Er wußte, daß ich recht hatte.

In dieser Nacht, als wir nebeneinander im Bett lagen, spürte ich das Gewicht seiner Trauer, und ich wußte, daß sein Schmerz irgendwo tief in seinem Inneren saß, wo ich ihn nicht erreichen konnte. In der Dunkelheit hielt ich seine Hand.

»Scheiße«, sagte er. »Sie wird mir wirklich fehlen.«

Es fällt mir schwer, es zuzugeben, es ist so kleinlich – aber in dem

Augenblick konnte ich nur eines denken: daß jetzt kein Platz mehr in ihm war, um über den Verlust unseres Kindes zu trauern. Seit seiner Rückkehr hatte er kein Wort darüber verloren. Natürlich war mir klar, daß es für ihn, so weit fort von zu Hause, eine rein abstrakte Vorstellung gewesen war. Ein Telefongespräch.

Aber für mich – es war in mir gewesen, es hatte die Form meines Körper verändert. Nichts hätte realer sein können. Und so war ich auf einmal in einen Wettbewerb geraten und konkurrierte mit Iris' Tod um seine Aufmerksamkeit. Das war ein idiotischer Fehler – einen so falschen Kampf kann niemand gewinnen.

Heute sehe ich klarer: Es geschah alles gleichzeitig, es hätte keinen ungünstigeren Augenblick geben können, um Forderungen zu stellen. Aber auch ich hatte innerhalb der letzten zehn Tage etwas verloren, ein Kind und eine Freundin. Die brutale Seite Afrikas hatte mir mitten ins Gesicht geschlagen, und ich war tief verletzt.

Am nächsten Morgen stürmte ich in aller Frühe, barfuß und nur mit einem seiner Hemden bekleidet, in die Garage, wo Adam vor seinem Aufbruch nach Maralal mit einem Mechaniker den Wagen untersuchte.

»Kannst du bitte eine Minute ins Haus kommen? Ich möchte mit dir reden«, sagte ich barsch. Er sah mich überrascht an und folgte mir ins Schlafzimmer.

Als wir uns aufs Bett setzten, brach ich in Tränen aus.

»O Gott, Adam, ich hab die Nase voll! Ich will wieder zurück, ich hab das alles derart satt.«

»Zurück wohin?«

»Heim. Nach Italien, fort von hier.«

Ich hatte zu schluchzen begonnen.

»He!« Beunruhigt zog er mich an sich. »Esmé, was ist denn los? Bitte, sag's mir.«

»Du … du *machst* ständig irgendwas …«

»Was soll das heißen, *ich mache ständig irgendwas* … was denn?«

»Du fährst durch die Gegend, reparierst was, rennst hierhin und dorthin … Ich kann's nicht mehr ertragen.«

Er sah mich bestürzt an und hatte keine Ahnung, wovon ich sprach.

»Weißt du«, fuhr ich fort, »dort, wo ich herkomme, in meiner Familie, haben die Leute Worte benutzt, um ihre Gefühle auszudrücken. Und weißt du was? Es macht einen enormen Unterschied. Nach allem, was passiert ist, kannst du nichts anderes tun, als nachzuschauen, ob womöglich der Kühler leckt. Das ist barbarisch, es treibt mich in den Wahnsinn!«

»Tut mir leid.« Er ließ langsam die Luft aus seiner Brust entweichen, dann fuhr er mir mehrmals mit den Fingern durchs Haar und sah mir eindringlich in die Augen. »Es ist nur – auch mir geht das alles sehr nahe, und ich weiß nicht, wie ...«

»Du *sagst* nie irgendwas«, fiel ich ihm ins Wort.

»Stimmt. Darin bist du viel besser als ich.«

Er verstummte.

»Ich wollte dieses Kind auch, Esmé.«

Auf einmal schämte ich mich für meinen Wutausbruch. Rasch wischte ich mir die Tränen ab.

»Ja, das weiß ich.«

»Gut. Das wirst du nicht vergessen, ja?«

Ich nickte.

»Ich liebe dich«, sagte er.

Ich starrte ihn mit leerem Blick an.

»Ich liebe dich, Esmé«, wiederholte er langsam, als fürchtete er, ich verstünde kein Englisch mehr.

»Ich weiß.«

»Ich weiß nicht, wie ich es dir auf andere Weise zeigen kann. *Bitte*, reg dich nicht so schrecklich auf.«

Als Adam ein paar Tage später aus Maralal zurückkehrte, war ich ruhiger geworden, und er sah wieder aus wie er selbst.

»Begleitest du mich auf die nächste Safari? Ich möchte dich dabeihaben«, sagte er. »Du siehst aus, als hättest du es bitter nötig, hier rauszukommen.«

Er wollte vor dem Beginn der Saison einen neuen Standort für sein Camp finden. Er war mit vielen Buchungen zurückgekehrt, und das Geschäft ging sehr gut.

»Eine Menge Gäste vom letzten Mal haben noch einmal gebucht. Ich würde ihnen gern neue Ecken zeigen, wo noch nie jemand gewesen ist.«

»Noch nie irgend jemand?«

»Du würdest dich wundern, wie viele Teile dieses Landes noch nie von einem Menschen betreten wurden. Du wirst schon sehen, wir werden ein paar gottverlassene Pfade befahren.«

Wir bereiteten uns auf eine wüste Safari vor und packten eine elektrische Winde ein, einen vorzüglich bestückten Werkzeugkasten, Ersatzteile für den Wagen, Landkarten, Gewehre, Munition. Ich besorgte höchst extravaganten Proviant: Austernsauce, grünen Thai-Curry und eingelegtes Zitronengras für den Fall, daß uns nach pfannengerührten Gerichten zumute war, Schokoladensirup und sämtliche importierten Cracker, die ich auftreiben konnte.

Adam war von einer merkwürdigen Raserei ergriffen. Fünf Wochen in der »zivilisierten Welt« hatten ihn so rastlos gemacht wie ein Tier, das in einem engen Käfig gefangengehalten wird. Aber mehr noch spürte ich, daß er etwas loswerden mußte – Schmerz, Frustration, ich kann nicht sagen, was es war. Er brauchte einen Ringkampf, und nachdem kein Feind in der Nähe war, an dem er seine Wut hätte auslassen können, brach er zu einer Safari auf, fest entschlossen, jedes Hindernis zu besiegen, das sich ihm in den Weg stellte.

Die Natur nahm seine Herausforderung an und zeigte uns die Zähne.

Nach nur eintägiger Fahrt von Nairobi aus hatten wir ein Flachland erreicht, das sich schier endlos auszudehnen schien. Es war felsig, ausgedörrt und staubig. Kein Mensch war zu sehen, nicht einmal ein Kind, das seine Ziegen hütete. Es war, als beträten wir einen Feuerofen. Jede Piste, der wir folgten, verlor sich im Nichts, doch Adam wendete den Wagen nicht ein einziges Mal. Er fuhr einfach weiter, gnadenlos. Mit einer Schaufel mußten wir Teile der Straße, die vom Regen ausgewaschen worden war, buchstäblich neu aufschütten. Wir hievten den Wagen aus trockenen Flußbetten, lichteten das Dickicht mit der *panga*, wenn es unpassierbar wurde, schoben Steine und Äste unter die Reifen, um sie aus dem Sand freizubekommen. Tag für Tag schufteten wir wie Sklaven, nur um ein paar Meilen unberührtes Gelände zu gewinnen. Und je tiefer wir in den Busch eindrangen, desto unwegsamer wurde er: dichtes Dornengestrüpp, undurchdringlich und erstickend. Der Fluß, auf den ich mich so gefreut hatte, erwies sich als Schlammpfuhl, der von Krokodilen und Moskitos wimmelte.

»Ein unglaubliches Land, nicht?« sagte Adam immer wieder nachts unter den Sternen, wenn die Dunkelheit uns endlich eine Pause gönnte.

»Noch nie hat ein Mensch seinen Fuß hierhergesetzt«, fügte er stolz hinzu. »Ist das nicht wunderschön?«

Nein, unter *Schönheit* verstand ich etwas anderes. Auf mich wirkte dieses Land grausam, unheimlich, feindselig. Zwischen all diesen Dornen und Stacheln waren weder Frieden noch Glück. Meine Haut war zerschnitten und aufgerissen, Fliegen umschwirrten die offenen Beulen, ich war schmutzig und erschöpft. Das Fleisch, das wir mitgenommen hatten, war in der Hitze verdorben, und schließlich fütterten wir die Krokodile mit Filetsteak.

Eines Abends nach Einbruch der Dunkelheit, als wir Reisig sammelten, traten wir beinahe auf eine riesige Schlange, die in der Nähe unseres Zelts langsam durchs Gras kroch. Erschrocken über das Licht der Taschenlampe, lag sie verdattert auf dem Boden. Sie war enorm groß.

»Rühr dich nicht von der Stelle«, sagte Adam und ließ mich stehen, wo ich war. Starr vor Schrecken hielt ich den Lichtstrahl auf die Schlange. Er kam mit der Schrotflinte zurück.

»Was für ein scheußliches Ungeheuer«, sagte er und erschoß sie.

Es war eine Puffotter. Die größte, die er je gesehen habe, sagte er kopfschüttelnd. Ich hatte in meinem ganzen Leben nichts dergleichen erblickt. Die Puffotter war mindestens eineinhalb Meter lang, dick wie eine Boa constrictor und wog mehr als zehn Kilo. Voll von tödlichem Gift. Wir hieben ihr mit der *panga* den Kopf ab und warfen ihn ins Feuer. Es zischte, und ein beißender Geruch stieg auf. Adam packte die kopflose Schlange, die noch immer in Krämpfen zuckte, und trug sie davon in den Busch.

»Wo gehst du hin?« fragte ich kraftlos.

»Ich will sie so weit wie möglich fortbringen.«

»Warum – meinst du, die Hyänen kommen und fressen sie?«

»Möglich, sie fressen ja alles. Aber ich will einfach nicht in der Nähe dieses *Dings* schlafen.«

Es war das erste Mal, daß ich bei Adam zwar nicht Angst, aber doch Abscheu vor etwas wahrnahm.

Nachts hielten mich die Paviane mit ihrem gespenstischen menschlichen Geschrei wach.

»Es sind nur Paviane«, sagte Adam in der Dunkelheit des Zelts. »Die hast du schon eine Million Mal gehört.«

»Nein. Diese hier klingen wie schreiende Kinder, sie sind schrecklich.«

Ich wußte, daß der Busch uns diesmal nicht wohlgesinnt war, ich konnte es *spüren*. Doch Adam hätte so etwas nie zugegeben. Er war entschlossen, sein Heil in der Vollkommenheit der Natur zu suchen, und nicht bereit zuzulassen, daß die Natur ihm den Rücken zukehrte.

Ich beobachtete ihn, während er sich im schlammigen Flußwasser wusch. Er sah so stark und schön aus, wie er dort nackt im weichen Abendlicht stand. Er lächelte und streckte die Hand aus.

»Komm«, sagte er, »das ist wunderschön.«

Doch das Wasser war zu trübe, die Uferböschung zu glitschig, um mir Erleichterung zu verschaffen. Auf einmal fiel mir wieder ein, was Hunter über sich und Iris gesagt hatte, und ich konnte nicht umhin zuzugeben, daß auch Adam und ich begonnen hatten, unsere Umwelt mit unterschiedlichen Augen zu betrachten. Die Erkenntnis, daß dies der Beginn einer Entfremdung zwischen uns sein könnte, verstörte mich zutiefst.

Endlich ließen wir den Fluß hinter uns und fuhren weiter, hügelaufwärts in ein grüneres Gebiet. Es wurde kühler, und die Palmen wichen Farnen und hohen Gräsern. Wir begegneten Herden von

Impalas, Kongonis, Elenantilopen, die über den Hügelkamm rannten und sich über das Gras verstreuten. Nach den Schikanen im Dickicht unter uns war schon allein die Frische der Luft eine große Erleichterung. Doch mehr als alles andere betörte mich der Blick auf das offene Land und den Himmel.

Wir brauchten einen ganzen Tag, um den Grat der Hügelkette zu erreichen. Unerträglich langsam quälten wir uns im niedrigsten Gang in die Höhe, und die Reifen des Toyota hatten alle Mühe, auf den Felsen Halt zu finden. Ruckend, holpernd, stockend kamen wir voran. Die Nacht brach herein, und wir fuhren immer noch. Wir hörten auf zu reden, beide eingehüllt in unser Schweigen und unsere Müdigkeit.

Wir fuhren in die Nacht hinein, allein in der endlosen Weite ringsum, wie ein Raumschiff, das eine Galaxie durchquert. Wir wurden uns bewußt, wie weit unsere Scheinwerfer die Dunkelheit durchdrangen und aus Hunderten von Meilen Entfernung sichtbar waren. Nun hatten wir beinahe den Kamm erreicht, und weit unter uns in der Ebene erkannten wir das schwache Glimmen eines Lagerfeuers – das einzige Anzeichen menschlichen Lebens in dem unendlichen Land, das sich zu Füßen der Hügel erstreckte.

Es war vermutlich ein Lager von Massai-Morans, wo sie eine Ziege geschlachtet hatten – *olpul*, wie sie die Zeremonie nannten. Sie hatten ihr Blut getrunken und waren inzwischen wohl damit beschäftigt, gemächlich das ganze Tier zu verzehren. Dies war ein Gesetz des Kriegerdaseins: nur unter Morans zu schlafen und zu essen, fernab der Blicke von Frauen und Kindern. Als hätten sie den Status von Halbgöttern erlangt und dürften sich deshalb nicht mehr bei derart profanen Tätigkeiten wie der Nahrungsaufnahme und der Ruhe beobachten lassen. Ich dachte an Lenjo und seine Geschichten und vermißte seine Selbstsicherheit, sein freundliches Lächeln. Auf einmal sehnte ich mich danach, mit diesen Morans unten in der Ebene am Feuer zu sitzen, umgeben von ihrem rauchigen Geruch, und mich von ihrer Sprache in den Schlaf wiegen zu lassen, diesen heiseren Klängen, die rasch und sparsam sind, auf- und niederspringen wie ein Massai beim Tanz. Ich bezweifelte nicht, daß diese Morans in derselben Minute auf die fernen Strahlen unserer Scheinwerfer starrten, die in den Himmel ragten. Wahrscheinlich wußten sie, daß irgendwelche verrückten *wazungu* unterwegs waren. Niemand sonst hätte bei Nacht diese Richtung eingeschlagen.

Doch Adam liebte es, sich von anderen Menschen so fern wie möglich zu halten, egal um welchen Preis.

Als wir in der Stille der Nacht endlich den Kamm erreichten und die Spuren unserer Reifen sich wie Wunden ins frische Gras gruben, hatten wir beide das Gefühl, die Unversehrheit dieser abgelegenen Hügel verletzt zu haben.

Taumelnd im scharfen Wind, stellten wir das Zelt auf und fielen unmittelbar darauf ins Bett, zu müde, um auch nur einen Bissen zu essen.

Als ich im Morgengrauen erwachte, war es bitterkalt, und mein Bettzeug war feucht. Undeutlich sah ich Adam draußen neben dem Feuer sitzen, einen Becher mit heißem Tee in der Hand. Ich wartete, bis die Sonne durch die Wolken brach, ehe ich mich in die Kälte hinauswagte.

Der Anblick war überwältigend. Als der Morgennebel sich langsam hob und verwehte, sahen wir den Kilimandscharo als vollkommene Silhouette vor dem Himmel und konnten sogar die Schneefelder an seiner Spitze ausmachen. Unter uns rollten die runden Hügel dahin, weich und voll wie Frauenbrüste, gingen ineinander über und senkten sich gemächlich hinab in die weite Ebene, die sich wie ein grünes Meer ausbreitete. Es war, als säßen wir auf dem Gipfel der Welt.

»*Die grünen Hügel Afrikas.* Das ist es!« sagte ich. »Daher hat Hemmingway seinen Titel, stimmt's?«

»Aber den Blick von hier oben hatte er mit Sicherheit nicht«, antwortete Adam. »Diese Aussicht hat vor uns noch nie jemand genossen, das kann ich dir garantieren.«

Er hielt seine Augen auf die Ebene geheftet, während er bedächtig an seinem Tee nippte, in sich versunken und jubilierend wie ein Junge, wenn er etwas bewiesen hat, das nur für ihn eine Rolle spielt.

Doch er irrte sich. Jemand war schon hier oben gewesen, und zwar nicht lange vor uns. Jemand, der sich für die Aussicht weniger interessiert hatte.

Am Morgen unternahmen wir einen Streifzug. Adam hatte seine Flinte mitgenommen, denn es wimmelte hier von Büffeln, und die Löwen, die in dieser Höhe lebten, waren als besonders angriffslustig bekannt. Also bewegten wir uns stumm und wachsam vorwärts. Auf einmal änderte sich die Windrichtung, und wir witterten einen Geruch, der uns wie ein Schlag ins Gesicht traf.

»Was ist das? Eine Löwenbeute, was meinst du?« fragte ich.

Langsam gingen wir auf eine Baumgruppe im Gras zu. Der Gestank wurde zunehmend unerträglich, ich mußte mir das Hemd vor die Nase halten. Als wir uns den Bäumen näherten, hörten wir ein Summen wie von einer Million arbeitsamer Bienen und Fliegen.

»Scheiße«, sagte Adam und drückte sich ein Taschentuch vor den Mund. »Ich glaube, ich weiß, was das ist.«

Aus dem Dickicht ragte eine riesenhafte Gestalt auf, hoch wie ein Berg, etwas Schwarzes, das zuckte und pochte, als wäre immer noch Leben in ihm.

Dann wurde mir klar, daß das Zucken von einer dicken Schicht aus Maden, Würmern, Fliegen, Millionen schwärmender Insekten stammte, die auf dem halbzersetzten Fleisch des Kadavers wimmelten. Es war ein Elefant. Die Wilderer hatten ihm die Stoßzähne abgeschnitten und sich dann aus dem Staub gemacht.

Der Kadaver sah aus wie ein schauriges Totem, wie eine Szene aus dem schlimmsten Alptraum aus *Herr der Fliegen*. Etwas, das Menschen nicht zu Gesicht bekommen sollten.

Mein Blut stockte, und eine irrationale Furcht packte mich – als wären wir auf ein schreckliches Omen gestoßen. Ich konnte nicht anders, als davonzulaufen, mit geballten Fäusten, ohne auch nur ein Wort zu Adam zu sagen. Ich rannte zum Lager zurück, rannte, ohne einen Gedanken an die Büffel oder Löwen zu verschwenden, die sich im Gras verbargen.

Als ich das Lager erreicht hatte, wärmte ich einen Eimer Wasser auf dem Feuer, dann zog ich mich nackt aus, ließ mit einem Zinnbecher Wasser über meinen Körper laufen und wusch mich gründlich. Es war noch ziemlich früh am Morgen, die Luft war kühl und frisch, und über den grünen Hügeln lag ein warmes goldenes Leuchten. Eine Impala-Familie stand auf der anderen Seite des Tals und beobachtete reglos meine Reinigungszeremonie. Aber ich konnte an nichts anderes denken als an diesen zuckenden, verfaulten Kadaver.

Mit einem Becher starkem Instant-Kaffee saß ich vor dem Feuer, um meine Haare zu trocknen. Vor der Hügelspitze sah ich Adam auftauchen: Er ging langsam, mit leicht vorgeneigten Schultern.

»Lauf nicht einfach so davon«, sagte er und legte das Gewehr über die Armlehnen eines Stuhls. »Es macht mich nervös, wenn ich hier oben deine Spur verliere, okay?«

Er sah tatsächlich besorgt aus.

»Die Wilderer können noch nicht weit sein«, sagte er, während er mit dem Fernglas Ausschau hielt. »Sie haben ihn mit Maschinengewehren erschossen.«

»Großartig«, sagte ich. »Du meinst, wir sind womöglich allein mit einer Horde wahnsinniger Wilderer, die mit AK47ern bewaffnet sind?«

Er gab keine Antwort.

»Du meinst, wir könnten *überfallen* werden?«

Wieder keine Antwort.

»Wir müssen hinunter und es den KWS-Leuten melden«, sagte er nach einer Weile.

»Gehen wir.« Ich sprang instinktiv auf.

»Warte. Wir können noch eine Nacht hier verbringen und morgen früh fahren ...«

»Nein«, unterbrach ich ihn. »Ich will keine Minute länger so nah bei diesem *Ding* verbringen. Ich will weg. *Jetzt.*«

Er seufzte.

Mir war es recht, die Schuld an unserer Niederlage auf mich zu nehmen.

Wir brachen das Lager ab und fuhren hinunter in die Ebene, zum nächsten Parkgatter, wo wir den Rangern vom Kenya Wildlife Service beschrieben, wie sie den Elefanten fänden.

Vor dem Tor saßen wir im Wagen und schlürften heiße Fanta. Adam hatte auf dem Armaturenbrett eine seiner alten Landkarten ausgebreitet und war in die mysteriösen Symbole vertieft. Aus einer der Wellblechhütten, die für das KWS-Personal aufgestellt worden waren, kam ein nacktes Kind. Ich hörte es verzweifelt weinen, während es unter der gleißenden Mittagssonne dahinstolperte.

»Fahren wir nach Hause«, sagte ich. »Ich möchte in meinem Bett schlafen.«

Adam sah mich bestürzt an.

»Nach *Nairobi* willst du?«

Mir war klar, daß ich ihn enttäuschte, aber es war mir gleichgültig. Ich hatte sämtliche körperlichen und geistigen Kräfte aufgebraucht.

»Ja, wir könnten um sechs dort sein. Wir könnten ein heißes Bad nehmen und in dem französischen Restaurant am Rennplatz ein Pfeffersteak essen und Rotwein trinken. Bitte. Es klingt so verlockend, sag ja.«

Er seufzte und schaute aus dem Fenster. Das Kind weinte immer noch, sein magerer kleiner Körper war von rotem Staub bedeckt. Er faltete die Karte zusammen und steckte sie ins Handschuhfach. Dann wendete er den Wagen, ein wenig zu rasch, und fuhr Richtung Norden.

»Na gut. Wenn es das ist, was du willst.«

Ich war erleichtert: Wieder zu Hause, schien es plausibel und natürlich, alles, was uns seit seiner Rückkehr belastet hatte, einfach auszusperren. Dieses verstörte Vorgefühl eines Verhängnisses, diesen unerklärlichen Schmerz. Was immer dieses Gefühl bedeutete – innerhalb der vier Wände unseres Hauses wäre es sehr viel leichter zu verbergen als unter diesem gleißenden Licht.

Wenn ich jetzt zurückblicke, kann ich den Zeitpunkt genau benennen und erkennen, daß dies der Moment war, in dem wir begannen, uns zurückzuziehen und einander zu belügen. Seit damals zogen wir es vor, unsere Augen fest zu verschließen, obwohl das Gift schon begonnen hat, in uns einzusickern – sehr langsam, Tropfen für Tropfen –, während wir so taten, als seien wir friedlich eingeschlafen.

12

In Schönheit mag ich wandeln,
Auf dem Pfad, der mit Pollen gezeichnet ist,
Grashüpfer neben den Füßen
Und Tau ringsum.
Mit Schönheit mag ich wandeln,
Mit Schönheit vor mir,
Schönheit hinter mir,
Schönheit über mir
Mag ich wandeln.

Anonym, aus dem Navajo

Esmé? Hunter hier«, sprach eine Stimme ins Telefon. Es war noch vor acht, das Läuten hatte mich geweckt. Ein Vermittler hatte nach meinem Namen gefragt und mich gebeten zu warten, während aus dem Hörer eine nervenzermürbende Klangberieselung drang.

»Hunter?« Mein Herz setzte für einen Moment aus.

Seit jener Nacht in meinem Haus – beinahe zwei Monate zuvor – hatte ich nichts mehr von ihm gehört, er war vollkommen unauffindbar. Wieder in Ruanda, Somalia, Zaire. Überall dort, woher die schlechten Nachrichten kamen.

»Ja, Hunter Reed«, sagte er förmlich, als wären wir wieder nur flüchtige Bekannte. »Hör zu, ich bin jetzt in Kinshasa und heute abend in Nairobi.«

»Ja…«, sagte ich folgsam.

»Ich rufe an, weil ich fragen wollte, ob du mir morgen behilflich sein kannst. Hast du Zeit?«

»Morgen?« Ich versuchte, mißtrauisch zu klingen. »Hm… ja, ich denke schon. Worum geht es?«

»Ich muß eine Story über diesen italienischen Missionspriester machen, der in den Slums lebt. Angeblich spricht er nicht besonders gut Englisch, deshalb dachte ich, du könntest vielleicht, du weißt schon… mir dabei helfen.«

»Dolmetschen? Ja, natürlich. Kein Problem.«

»Sehr gut.«

Es trat eine Pause ein. Er war offensichtlich nicht in redseliger Stimmung, und ich versuchte hastig, das Gespräch zum Abschluß zu bringen.

»Also gut, wie sollen wir… ich meine, wie hast du's geplant?«

»Komm morgen zu mir. Weißt du, wo ich wohne?«

»Nein.«

»Colobus Lane. Die zweite Auffahrt links. Auf dem Namensschild steht Wilkinson, das bin ich. Ich hab's nie ausgewechselt. Ist dir acht Uhr zu früh?« Er hörte sich jetzt wirklich sehr professionell an. Soviel zur Sache, und für Geplänkel ist keine Zeit.

»Überhaupt nicht. Wilkinson. Also, bis morgen früh um acht.« Ich bemühte mich um einen ebenso effizienten Ton.

»Gut. Bis morgen.«

»Ciao«, sagte ich und bereute es auf der Stelle.

»Ein *Job* von Hunter Reed?« Adam, der sich fertig machte, um in sein Büro in der Stadt zu fahren, war beim Rasieren. Überrascht drehte er sich um. »Was für ein Job?«

»Ach, bloß Dolmetschen. Er muß diesen italienischen Missionar interviewen, der kein Englisch spricht.«

»Soll das heißen, er *bezahlt* dich dafür?«

»Bezahlen? Hm… nein… ich glaube nicht, jedenfalls hat er nichts davon gesagt.«

»Na dann…« Er wandte sich wieder seinem Spiegelbild zu und hob das Kinn. »Für mich hört sich das eher nach einem Gefallen an.«

»Ja, da hast du wahrscheinlich recht.«

Ich zögerte; dann sagte ich, um meine Begeisterung zu rechtfertigen: »Aber das ist bestimmt sehr interessant, meinst du nicht?«

Ich sah zu, wie er Wasser über die Klinge laufen ließ.

Ich liebe es, Männer beim Rasieren zu beobachten. Diese stets gleichbleibende Abfolge von Handgriffen mit Klinge und Seifenschaum, die sie alle vollführen, diese Art, den Kopf zu neigen und zur Seite zu schauen, sich Wasser ins Gesicht zu spritzen und befriedigt zu seufzen – das hat etwas sehr Anziehendes. Und wie frisch und gut sie danach riechen.

»Ich glaube, es ist *wirklich* interessant, diesen Mann kennenzulernen«, beharrte ich, unzufrieden mit seiner mangelnden Reaktion. »Er lebt in den Slums. Das ist doch sehr außergewöhnlich, nicht?«

»Ja, sicher«, sagte Adam unbeeindruckt und trocknete sich mit einem Handtuch das Gesicht ab. »Diese Missionare sind manchmal ziemlich erstaunliche Burschen.«

Energisch ging er an mir vorbei ins Schlafzimmer und öffnete den Schrank, um ein sauberes Hemd herauszunehmen.

»Könntest du heute ins Gewerbegebiet fahren und die Lacke abholen, die ich fürs Auto und für den Lieferwagen brauche? Wilson hat die Liste.«

»Ja, kein Problem«, sagte ich einfältig.

Um die Wahrheit zu sagen – das eigentlich Interessante an der Geschichte war die Aussicht, einen ganzen Tag in Gesellschaft von Hunter Reed zu verbringen.

Alleinstehende Männer leben wie Wölfe.

Ihre Wohnungen sind Höhlen, die sie nur nachts aufsuchen, um sich in ein ewig ungemachtes Bett fallen zu lassen und das Bewußtsein zu verlieren. Tagsüber haben sie in diesen Zimmern nichts verloren: Im Kühlschrank gibt es nie etwas zu essen, nicht einmal frische Milch für eine Tasse Kaffee, es gibt kein bequemes Sofa, kein sanftes Licht, gedämpft durch Lampenschirme, kein Brennholz für den Kamin.

Das Bad ist kahl: ein winziges Stück Seife, das auf dem Rand des Waschbeckens vergilbt, eine alte Zahnbürste mit gespreizten Borsten, eine halbleere Flasche Shampoo. Was braucht ein Mann mehr, um sich zu waschen?

Manchmal geht ihnen die öde Leere der Wohnung auf die Nerven. Man weiß nicht, wie, auf welchen geheimen Wegen, Tatsache ist jedoch, daß ihre Einrichtung sich auch anders arrangieren ließe, so daß ein Mindestmaß an Behaglichkeit geboten wäre. Sie wissen wohl, wie es aussehen sollte – sie erleben es ja immer wieder in den

Häusern anderer Leute. Der Geruch eines Kaminfeuers, der Braten, der im Ofen brutzelt, die leise Musik im Hintergrund, die Kinder, die noch herumtoben, ehe sie ins Bett geschickt werden. Man spürt das ganze Haus atmen und Wärme verströmen.

Manchmal denken sie, man müßte nichts anderes tun, als den Kühlschrank zu füllen, eine Glühbirne zu ersetzen, die Laken zu wechseln. Und tatsächlich unternehmen sie hin und wieder einen Versuch, durch solche kleinen Handgriffe dieselbe Wärme herzustellen, die sie anderswo erlebt haben und nach der sie sich insgeheim sehnen, doch das gewünschte Ergebnis stellt sich nicht ein: Das Haus bleibt immer kalt, reglos fast, als hätte es kein Eigenleben. Kein Gegenstand fügt sich zum anderen, um dieselbe Art stiller Harmonie zu erzeugen, sondern der Lampenschirm wehrt sich gegen das Kissen, das Buch gegen das Regal, der Teppich gegen den Boden. Nicht einmal die Milch verbindet sich mit dem Kaffee. Jedes Molekül dieser unterschiedlichen Materialien versteift sich hartnäckig und lehnt es ab, sich mit anderen zu vereinigen. Nichts paßt je zusammen oder vermittelt auch nur entfernt die Ahnung eines inneren Rhythmus, eines Funkens von Leben.

Es ist nur eine Frage von Tagen, bis sich die Schmutzwäsche in Gesellschaft schlammverkrusteter Stiefel, leerer Gläser und überquellender Aschenbecher wieder in einem Haufen auf dem Boden türmt und das Haus so kalt und ungemütlich ist wie eh und je. Alles wird entweder in die Ecke geschleudert oder zerknittert, als hätte nichts, wirklich nichts ein wenig Sorgfalt verdient.

So sah Hunters Behausung aus, als ich sie zum ersten Mal sah. Die kahle Höhle eines Wolfes.

Um Punkt acht Uhr war ich zur Stelle und machte mir im Geist Notizen wie ein eifriger Detektiv auf der Suche nach möglichen weiteren Hinweisen.

Die Kahlheit stieß mich nicht ab, im Gegenteil: Sie war mir vertraut. Ich erkannte dasselbe Mißtrauen, das Ferdinando gegenüber dem verführerischen Reiz von Behaglichkeit empfunden hatte, und dieselbe Erregung angesichts der unbekannten Verlockungen draußen auf der Straße.

Doch was ich nun als ein Muster in Hunter Reeds Verhalten zu erkennen begann – und was ich nicht nur irritierend fand, sondern ihm allmählich übelnahm –, war, daß er jedesmal unweigerlich alles vergessen zu haben schien, was bisher zwischen uns geschehen war. Immer wenn ich ihn wiedersah, benahm er sich, als träfen wir uns zum ersten Mal, als hätte er nicht die geringste Erinnerung an unsere früheren Begegnungen.

Natürlich erwartete ich keine Liebeserklärung, doch wir hatten vor nicht allzu langer Zeit etliche Stunden miteinander verbracht, die mir unglaublich emotionsgeladen erschienen waren. Er hatte mir ein paar qualvolle, herzzerreißende Geschichten aufgebürdet, und ich hatte in seinen Armen geschluchzt, er war auf meinem Sofa eingeschlafen und hatte mich dabei an seine Brust gedrückt, und zum Abschied hatte er mir eine Nachricht hinterlassen, die ich für ziemlich persönlich hielt. Das alles war, zumindest nach meinem Empfinden, recht intim gewesen.

Doch als er mir jetzt entgegenkam und mir eine Tasse lauwarmen Nescafé anbot, verriet seine Reaktion erstaunlicherweise nicht die leiseste Erinnerung daran.

»Bereit zum Aufbruch?« fragte er mit derselben Zuneigung wie etwa ein Kameramann seinen neuen Assistenten.

»Ja«, sagte ich und stellte den Kaffee, den ich eben aus seiner Hand entgegengenommen hatte, sofort wieder ab.

Er musterte meine Aufmachung – ein weiches geblümtes Kleid, das ich unter vielen Mühen vor dem Spiegel ausgesucht hatte, während Adam noch schlief. Ich hatte mein Bestes getan, um sexy auszusehen, ohne daß man mir meine Bemühungen anmerkte.

»Ich hätte dir vorher sagen sollen, daß du was anziehst, das weniger…«

»Weniger was?« fragte ich abwehrend.

»Na ja, was weniger *Elegantes*.«

»Oh, das ist doch nichts.« Ich strich über den Saum meines sehr teuren belgischen Designerkleids. »Das ist nur ein Fetzen, wirklich.«

»Wir gehen zur größten Mülldeponie der Stadt. Ich meine, es ist *absolut* widerlich.«

»Ach – ich dachte, wir gehen in die Slums«, sagte ich, als wäre ein Slum etwas Feudales.

»Sie liegen gleich daneben. Direkt neben der Mülldeponie«, erklärte er mit einem Anflug von Ungeduld. »Wir werden beide danach ziemlich übel riechen, glaub mir.«

Ich gab meine Fügsamkeit auf: »Gut, dann leih mir halt eine Jeans und ein Hemd«, sagte ich, in resoluterem Ton. Ich war es leid, mich in seiner Gegenwart ständig so lahm zu verhalten.

»Und bitte auch einen Gürtel«, fügte ich energisch hinzu, während ich mir eine Zigarette anzündete und mit den Füßen scharrte.

Fünfzehn Minuten später saß ich neben ihm im Wagen und sah aus wie ein Klempner in überdimensionaler Montur. Aber ich genoß das Gefühl, in Kleider gehüllt zu sein, die ihm gehörten: Es kam mir intim und lasterhaft vor.

»Was hast du denn in der letzten Zeit getan?« fragte ich beiläufig, wie jemand, der höflich genug ist, sich um Konversation zu bemühen.

»Ach, das wird dich nicht interessieren.«

»Doch, das interessiert mich sehr wohl.«

»Ich war vor allem in Ruanda. Um weitere Leichen verrotten und weitere Reporter den Verstand verlieren zu sehen. Deswegen hat sich die Zeitung bereit erklärt, mich für ein paar Tage nach Nairobi zurückkommen und diese Story machen zu lassen, die vergleichsweise optimistisch ist. Hin und wieder müssen sie uns eine Pause gönnen, sonst funktionieren wir nicht mehr. Nein, lassen wir das. Lieber würde ich hören, was du getan hast.«

Ich spürte, daß er diesmal wirklich nicht darüber reden wollte und einen emotionalen Sicherheitsabstand zu mir einhielt. Das enttäuschte mich – es war, als hätte ich an Boden verloren. Aber ich versuchte, ihn aus seiner Reserve zu locken, indem ich ihm von der Safari mit Adam erzählte, von den ausgewaschenen, längst wieder überwucherten Pisten, die wir uns mit eigenen Händen durchs Dickicht hatten bahnen müssen – aus dem sehnlichen Wunsch heraus, seine Aufmerksamkeit zu erregen und mein Leben interessant und abenteuerlich erscheinen zu lassen.

»Wir kampierten in einer Gegend, in die seit ewigen Zeiten kein Mensch mehr einen Fuß gesetzt hatte, es war unvorstellbar. Vom Gipfel aus konnte man ein Lagerfeuer in hundert Kilometern Entfernung sehen. Und dieses Feuer, so weit weg es auch ist, verändert alles: Man weiß auf einmal, daß man nicht allein ist.«

»Wirklich erstaunlich«, sagte er und schüttelte lächelnd den Kopf.

»Ja, das ist es.« Ich war begierig darauf, ihm von dem toten Elefanten zu erzählen, der ihn sicher beeindrucken würde.

»Ich meine, es ist schon erstaunlich, wie die meisten Leute, die hier leben, das heißt, die *Weißen*«, betonte er, »wie sie nichts anderes im Sinn haben, als sich den Anblick anderer Menschen zu ersparen.«

»Was meinst du damit?«

»Ich meine, wenn wir auf einen Knopf drücken und damit alle Menschen, die uns die schöne Aussicht verderben, in Staub verwandeln könnten, dann würden wir es tun, ohne mit der Wimper zu zucken. Das ist doch der ganze Zweck einer Safari, nicht? Keiner Menschenseele zu begegnen.«

»Ja, mag sein«, räumte ich vorsichtig ein. »Es ist wohl mit ein Grund, wieso man solche Strapazen auf sich nimmt. Um Gegenden zu finden, die wirklich völlig abgelegen sind und ...«

»In die sich nicht mal ein Massai-Hirte verirrt, Gott bewahre. Ich wette, du kannst es nicht *ausstehen*, wenn die Massai mit ihren Rindern vor eurem Camp aufkreuzen. Die das Land abweiden und den Busch zerstören. Richtig?«

Er bezog sich auf Adam, das hörte ich an seiner Stimme.

»Was ein phantastisches Paradox ist, wenn du's recht bedenkst, denn zufällig leben wir in einem der am rasantesten wachsenden Länder der Welt. Kenia hat eine der höchsten Geburtenraten, und was dieses Land *tatsächlich* auszeichnet, ist nicht seine Wildnis, sondern seine Überbevölkerung.«

»Ja, aber ...«

»Aber jeder«, unterbrach er mich, »absolut *jeder* beschreibt und rühmt Ostafrika als das unberührte Paradies, als Garten Eden. Jede

Buchhandlung in der ersten Welt quillt über von hübschen Bildbänden über Kenia, von Geschichten über Mensch und Wildnis und ähnlichem Mist. Wahrscheinlich macht sich niemand je die Mühe, einmal einen Blick auf die Zahlen zu werfen oder sich ein Elendsviertel wie die Slums von Nairobi anzuschauen.«

Ich hatte weder die Zahlen gelesen, noch war ich je in den Slums gewesen und folglich mit meinem Latein am Ende, wie üblich. Wie immer war es Hunter Reed auch diesmal wieder gelungen, mich mit dem Rücken zur Wand zu drängen: machtlos und ohne ein Argument, mit dem ich mich hätte wehren können.

»Wahrscheinlich hast du recht«, räumte ich ein, um eine Atempause zu gewinnen. »Auf der anderen Seite ist das der Grund, weshalb sich Kenia im Westen so gut verkauft.«

»Oh, ganz bestimmt. Aber was ich nicht verstehe, das sind die Leute, die hier *leben*. Niemand, absolut *niemand* hier schert sich einen Dreck um die Afrikaner, das sag ich dir.« Er schüttelte den Kopf und klopfte seine Taschen nach seinen Zigaretten ab. Er zündete sich eine an und fuhr mit seiner Belehrung fort.

»Abgesehen von billigen Grundstücken und billigen Arbeitskräften, mit denen sich Geld machen läßt, sind die Landschaft und die wilden Tiere der einzige Grund, wieso Weiße sich hier niedergelassen haben. Und noch heute ist das einzige, was ihnen am Herzen liegt, die Erhaltung der Wildnis und der Fauna. Du hast sie ja gehört: Bei jeder Dinnerparty, die in dieser Stadt veranstaltet wird, beschwert sich jemand, daß die Jagdgründe der Väter aus der guten alten Zeit sich inzwischen in endlose *shambas* verwandelt haben, und wenn irgend jemand wagt, eine Kartoffel zu pflanzen, damit die Familie was zu essen hat, laufen sie Amok. Aber wovon sollen sie denn alle *satt* werden, in Gottes Namen?«

Ich wünschte, ich hätte unsere Safari in die Wildnis und das Lagerfeuer in der Ferne niemals erwähnt. Ich wünschte, ich wäre nie auf die Idee gekommen, dieses idiotische Kleid anzuziehen, und hätte statt dessen ein maßgebliches Werk über Bevölkerungswachstum im Gegensatz zu wildlebenden Tieren in Ostafrika gelesen.

»Ich weiß es nicht«, war alles, was ich resigniert sagen konnte.

Ich fühlte mich bereits erschöpft, noch ehe wir überhaupt begonnen hatten. Ich lehnte mich im Sitz zurück und sah ihn an; er starrte stur auf die Straße. Sein Profil erinnerte mich an die Köpfe auf römischen Münzen. Ein junger Konsul. Ich wandte den Blick ab. Warum mußte Hunter Reed immer ein *derart* harter Brocken sein?

Pater Marco, der italienische Missionspriester, erwartete uns vor der Kirche in Kariobangi, gleich hinter dem Stadtrand. Er war ein gutaussehender Mann Anfang Fünfzig, klein und muskulös, mit dem energischen Gang vieler italienischer Gebirgsbewohner. Tiefliegende, intensiv blaue Augen in einem knochigen Gesicht, runde Augengläser, ein wallender grauer Bart und langes Haar. Er trug ein verwaschenes altes T-Shirt und eine Chino-Hose und dazu einen kleinen Rucksack, der ihn merkwürdig schuljungenhaft aussehen ließ.

»Marco«, sagte er, streckte die Hand aus und musterte mich durch seine Brillengläser mit dem schüchternen Blick eines Mannes, der den Umgang mit Frauen nicht gewöhnt ist. Dennoch hatte er nichts von einem Priester an sich, sondern wirkte eher wie ein alternder Hippie. Seine Fingernägel waren schmutzig wie seine Füße, und er roch auch ein wenig.

Er sprach Englisch mit starkem Akzent, doch durchaus fließend, so daß ich als Dolmetscherin eigentlich überflüssig war. Marco hatte die letzten fünfundzwanzig Jahre in Ostafrika gelebt und sprach perfekt Kiswahili. »Das ist die einzige Sprache, die man braucht, um den Leuten hier nahe zu sein«, sagte er mit einem Achselzucken. »Und natürlich um in ihrer eigenen Sprache die Messe zu lesen.«

Das Elendsviertel Korokocho begann gleich hinter der Kirche von Kariobangi und erstreckte sich bis zur Müllhalde, einem Gebirge toxischer Abfälle, aus denen giftige Rauchschwaden aufstiegen. Marco sagte, es sei von der Kirche aus zwar nicht weit, doch wir sollten lieber fahren, als zu Fuß zu gehen. Als er in den Wagen stieg, fügte er mit einem scheuen Lächeln hinzu: »Ihr solltet die Türen verriegeln. Man kann nie wissen.«

»Warum?« fragte ich.

»Nach Korokocho kommen nicht viele Autos. Nicht viele Weiße«, sagte er, als entschuldigte er sich, daß er das mögliche Risiko überhaupt erwähnte. Meine Füße wurden kalt, während wir langsam auf der Hauptstraße in den Slum eindrangen. Ich spürte jedes Starren, jeden Blick, der meine weiße Haut zur Kenntnis nahm. Wir fuhren schweigend dahin und mußten mit den Menschen, die uns den Weg versperrten, um unser Durchfahrtsrecht verhandeln. Die Gesichter, die unseren Wagen musterten, waren völlig anders als in der Innenstadt von Nairobi. Die Mienen hier sagten: Was habt ihr in dieser Gegend zu suchen? Wieviel Geld ist in eurer Brieftasche? Je weiter wir vordrangen, desto fragwürdiger erschienen mir meine vermeintlichen Kenntnisse der Stadt. Diese Gegend wirkte vollkommen anders als alles, was ich bisher erlebt hatte, feindselig und unkontrollierbar.

Als wir vor einem Schlagloch abbremsten, hämmerte jemand auf die Motorhaube, und wie auf Kommando umringte uns eine Menschenmenge. Hände, die sich an die Fensterscheiben drückten, hämisch feixende Gesichter, Schläge von allen Seiten. Hunter und ich rührten uns nicht – ich war wie gelähmt und naß von kaltem Schweiß. Marco blieb gelassen, als sei das nichts Besonderes, bis jemand aus der Menge ihn erkannte und winkte. Wir wurden wieder freigelassen. Ich hielt den Atem an, bis wir bei Marcos Behausung angelangt waren und endlich aus dem Auto stiegen. Meine Knie zitterten.

Marco wohnte in einer Hütte, die wie alle anderen Baracken des Viertels aus Wellblech und Sperrholz gebaut war. Es gab weder Strom noch fließendes Wasser, überall verliefen offene Kloaken. In der Luft hing der beißende Geruch der ewigen Rauchschwaden, die von den Müllbergen herüberzogen. Kinder in schmutzigen Lumpen, ausgemergelte Frauen in zerfetzten Kleidern strömten aus allen Richtungen herbei, um die *wazungu* zu begutachten, die den Pater besuchten. Alles wirkte schal, als hätte jemand über die bunten Farben Afrikas eine graue Lasur gelegt. In der Hütte gab es nur ein kleines Feldbett, Küchengeräte – ein paar Töpfe und Pfannen – hingen an Nägeln an der Wand, auf dem Boden und dem Tisch türmten sich Bücher. Hinter der Tür hingen Marcos wenige Kleider. Das war vermutlich sein gesamter Besitz. Für Hunter zog er einen Klappstuhl hervor; er selbst setzte sich auf einen niedrigen Schemel, und ich nahm auf der Bettkante Platz.

Hunter kramte seine Zigaretten hervor und bot ihm eine an.

»Nein danke«, sagte Marco und legte eine Hand auf die Brust. »Ich mußte aufhören, als ich hierher gezogen bin. Die Rauchschwaden … wir sind hier alle lungenkrank.«

Er hatte einen schrecklichen Husten. Genauso wie die Kinder, die sich hereingedrängt hatten und jetzt kichernd im Halbdunkel standen. Und wie die Frauen draußen. Die gesamte Bevölkerung von Korokocho hustete sich gegenseitig die abscheulichsten Keime ins Gesicht, die aus dem schwelenden Müll zu ihnen herüberwehten.

Seit fünf Jahren lebte Marco in dieser Baracke, seitdem er beschlossen hatte, die Mission in der ländlichen Gegend nahe dem Mount Meru zu verlassen und das Leben der wirklich Armen zu teilen.

»Wißt ihr«, sagte er höflich mit seinem starken italienischen Akzent, »das hier ist die Zukunft, so wird Afrika in ein paar Jahren leider aussehen. Kein Dorfleben, kein Medizinmann und keine grasenden Rinder. Das enorme Problem, dem wir gegenüberstehen, ist die Verstädterung. Die vielen Menschen, die in die Großstadt kommen und auf Arbeit und Reichtum hoffen. Aber hier gibt es keine Arbeit, und es gibt kein Geld. Und ins Dorf können sie nicht zurück. Also enden sie schließlich hier, weil sie sonst nirgendwohin können. Und sie verlieren ihre Identität, die Verbindungen zu ihrem Stamm. Sie werden Lumpensammler, Müllverwerter. Gott wird hier dringender gebraucht als in den Dörfern. Je hoffnungsloser ein Ort ist, desto nötiger ist Gott, richtig?«

Ich nickte. Er lächelte strahlend.

»Die Männer werden kriminell, die Frauen Prostituierte. Die meisten haben Aids. Und das ist das Leben, das allen bevorsteht.« Er deutete auf die Müllhalde jenseits des Tals. »Wenn sie überhaupt kein Geld haben, verlegen sie sich auf den Abfall und suchen dort nach Nahrung, in Konkurrenz mit den Geiern und Ratten. Das ist wirklich die allerniedrigste Stufe. Andernfalls sammeln sie Blech und Papier zur Wiederverwertung, und ich helfe ihnen beim Verkauf. Wie ihr wißt, haben wir eine kleine Kooperative.«

Hunter machte sich Notizen. Er wollte mehr über die Kooperative wissen, wieviel Umsatz sie erzielte, wie viele Menschen davon leben konnten. Die Zahlen waren immer noch sehr gering.

»Aber es wird besser«, sagte Marco. »Die Leute begreifen allmählich, was es heißt, mit vereinten Kräften zu arbeiten, für die Gemeinschaft. Seht ihr, die Menschen hier sind alle traumatisiert – wie ich sagte: Sie haben ihr Identitätsgefühl verloren. Diese Kinder«, er deutete auf die zerlumpten Knirpse, die sich um uns scharten, »hatten nie eine Familie. Wenn soviel Schaden angerichtet, so tiefe Wunden geschlagen wurden, wie soll man da Prinzipien durchsetzen – und ich meine nicht nur religiöse, sondern grundlegende moralische Prinzipien?«

Wir blieben stumm. Es gab keine Antwort auf eine so einfache Frage.

Marco stand auf.

»Kommt mit, ihr müßt sehen, wo wir arbeiten, damit ihr versteht, wovon ich rede.«

Wir folgten ihm ins Freie und durch die schmutzigen Gassen hinunter ins Tal. Die Schwelbrände auf dem Müllberg füllten die Luft mit beißendem Rauch, treibende Ascheflocken brannten mir in den Augen. Der klebrige Gestank nach Tod und Verwesung tränkte meine Kleider und drang mir in die Kehle, in die Lunge. Bis zu den Knöcheln im Unrat wateten wir den steilen Abhang zur Müllhalde hinunter. Dicht über uns flogen die Marabus mit schwerfälligen Flügeln und versammelten sich in Gruppen auf den Abfallhügeln.

In der Ferne sahen wir Männer wie Gestalten aus Dantes Inferno: Gebückt unter dem Gewicht riesiger Säcke, kämpften sie gegen den Rauch an. Es waren die Müllsammler.

Wir blieben stehen. Einer der Männer bewegte sich langsam auf uns zu. Er erkannte Marco, sie wechselten ein paar Worte. Als er unter seiner schweren Last den Kopf hob, sahen wir seine Augen: Darin lag der starre, wahnsinnige Blick eines Menschen, der jenseits aller mit dem Verstand faßbaren Erfahrungen ist und für den es kein Zurück mehr gibt.

»Wenn man den ganzen Tag in Schmutz und Abfall verbringt, ist es sehr schwer, sich seine Würde zu bewahren«, sagte Marco, als der Mann davongegangen war, tief gebeugt unter seiner Last. »Im Moment sind diese Menschen die wahren Ausgestoßenen, die Geringsten der Geringen. Aber sie können es schaffen, die Leiter langsam wieder hinaufzuklettern. Die Müllverwertung kann ein Weg sein, um einigermaßen Geld zu verdienen. Blechteile zu sammeln ist zwar eine Dreckarbeit, aber immerhin ein Anfang.«

Langsam gingen wir zu seiner Hütte zurück. Hunter fragte, wie lange Marco noch in Korokocho bleiben wolle.

»Solange ich durchhalte. Meiner Lunge geht es schlecht. Und solange man mich bleiben läßt. Die Regierung ist von meiner Arbeit nicht sehr begeistert. Sie schickt Spitzel in die Kirche, wenn ich die Messe lese. Es heißt, ich sei ein Aufwiegler und hätte einen Ghettoaufstand im Sinn.«

»Und, stimmt das?« fragte Hunter im Scherz.

»Natürlich nicht. Ich versuche bloß, den Menschen hier die grundlegenden politischen Prinzipien zu erklären. Wie zum Beispiel, daß die Regierung uns die Hütten, in denen wir leben, übereignen muß. Verstehst du, wir besetzen staatliches Land, und die Regierung droht uns immer wieder mit der Räumung. Aber sogar in den brasilianischen Favelas oder in Soweto gehören den Leuten die Hütten, in denen sie leben. Nairobi ist der einzige Ort der Welt, an dem ...«

»Aha, aber dann wiegelst du sehr wohl das Ghetto auf!« fiel ihm Hunter lachend ins Wort. »Die Regierung hat verdammt recht, wenn sie dich loswerden will!«

Marco lächelte belustigt.

»Sprichst du gut Kiswahili?«

»Ganz gut, ja«, sagte Hunter. »Warum?«

»Dann komm am Sonntag zur Messe und hör dir meine Predigt an. Wir diskutieren über das Räumungsproblem.«

»Für mich hört sich das mehr nach der Tagung eines Parteikomitees an als nach einer religiösen Versammlung.«

»Stimmt. Nur, daß ich im Namen der Partei Gottes auftrete«, sagte Marco grinsend.

Wir verabschiedeten uns voneinander, versprachen wiederzukommen. Hunter sagte, er werde ihm ein Exemplar seines Artikels schicken. Marco hielt meine Hand einen Augenblick fest und lächelte.

»Torna presto e comportati bene. Ci vuole coraggio, sai, per capire.«

»Lo so. Grazie, davvero.«

Wir stiegen wieder in den Wagen und machten uns schweigend auf den Weg, musterten beklommen den Ausdruck jedes schwarzen Gesichts, das sich herabbeugte und durchs Fenster spähte, und hielten den Atem an, bis wir bei der Kirche und dem Kreisverkehr angelangt waren, und auf einmal waren wir wieder in den vertrauten Straßen von Nairobi, fuhren vor einer Tankstelle vor, wo der schwarze Tankwart mit höflichem Lächeln die Hand nach dem Schlüssel ausstreckte. Zurück in der Welt von *memsahib* und *bwana.*

»Was hat er gesagt?« fragte Hunter.

»Daß ich mich anständig benehmen soll. Und daß es Mut braucht, um das alles zu begreifen.«

Hunter schwieg einen Augenblick. Dann schüttelte er den Kopf.

»Afrika ist der Ort auf Erden, an dem man sich wirklich wünscht, an Gott zu glauben. Wahrscheinlich ist das die einzige Möglichkeit, um soviel Verzweiflung ertragen zu können.« Mit einem matten Lächeln drehte er sich zu mir. »Aber leider ist es den Mitgliedern der westlichen Presse nicht erlaubt, den Zorn Gottes zu fürchten. Es würde unsere Fähigkeit zu lügen untergraben.«

Ich roch meine Kleider, meine Haare. Der süßliche Gestank der Verwesung hatte sich an mich geheftet und verursachte mir Übelkeit.

»Fahren wir zu dir nach Hause und gehen duschen«, sagte ich. »Ich möchte so schnell wie möglich diesen Gestank loswerden.«

»Das geht nicht so einfach, ich hab dich gewarnt. Ich hab mich inzwischen daran gewöhnt. Ganz Ruanda riecht so, nur zehnmal stärker.«

Die verwesenden Opfer des Hutu-Wahnsinns, der verwesende Elefantenkadaver, der verwesende Berg aus Abfall und Verzweiflung. Derselbe Todesgeruch, dasselbe Fliegengesumme.

»Warum hast du mich mitgenommen?« hörte ich mich angriffslustig fragen. »Er spricht hervorragend Englisch, du hattest meine Hilfe nicht nötig.«

Auf einmal war ich wütend. Warum mußte er mich in diese Hoffnungslosigkeit hineinziehen? Artikel zu schreiben war sein Beruf, er wurde dafür bezahlt. Aber für mich, was war es für mich anderes als ein Schlag ins Gesicht? Und warum ausgerechnet ich?

»Weil ich dich wiedersehen wollte«, antwortete er, den Blick auf die Verkehrsampel gerichtet, völlig unbeteiligt, beinahe unangenehm berührt von meiner Gereiztheit. Als wäre dies die einleuchtende, die einzige Antwort.

»Na, du hättest mich statt dessen ja zum Mittagessen ausführen können«, sagte ich und versuchte, unbeeindruckt zu klingen. Versuchte, bei der Sache zu bleiben, während mir schon wieder das Herz stockte. »Ich meine… du hättest sagen können…«

»Ich wollte nichts *sagen*«, fiel er mir ins Wort, immer noch ohne einen Blick auf mich. »Ich wollte dich einfach *sehen*. Und ich wollte dir Korokocho zeigen. Ich fand, du solltest es kennenlernen.«

»Warum?«

»Was soll das heißen, *warum*? Weil du jetzt hier lebst. Wie Marco dir gesagt hat: Es braucht Mut, um diese Zustände *nicht* zu ignorieren. Vielleicht glaube ich, daß du den nötigen Mut aufbringen kannst.«

»Klingt eher so, als wolltest du all dieses Leid mit jemandem teilen.«

»Ja. Mag sein.«

Er zuckte die Achseln, als sei er im Begriff, die Geduld mit mir zu verlieren. Er strich sich die Haare aus dem Gesicht. Sie waren so dicht und glänzend, daß ich sie am liebsten berührt hätte.

»Ich weiß nicht, *warum* ich es getan habe, und es spielt auch gar keine Rolle.« Dann schaute er auf die Uhr. »Hör zu, ich muß jetzt wirklich was essen, wie steht's mit dir?«

»Ich … ich …«

»Ich brauch was zu essen, sonst kann ich nicht denken«, sagte er mürrisch, den Blick starr auf die Straße geheftet. Dann drehte er sich zu mir, und in seinem Gesicht stand ein besorgter Ausdruck. Seine Augen waren dunkelgrau.

»Jesus. Du bist *viel* schöner, als ich dich in Erinnerung hatte.«

Hunter sagte, das Mittagessen sei in den Spesen inbegriffen, und wir fanden beide, daß wir eine Kleinigkeit brauchten. Wir setzten uns einander gegenüber an einen Tisch auf dem perfekt gepflegten Rasen des Safari-Park-Hotels, im Hintergrund das besänftigende Plätschern des Wasserfalls, der über die Felsen des japanischen Steingartens herabrieselte, und rings um uns die tröstliche Gegenwart der Kellner in gestärkten Livreen, der Touristen in ihrer kindisch-protzigen Aufmachung, die einander beim Verzehr ihrer Hamburger fotografierten. Keiner von uns machte eine Bemerkung über den grellen Gegensatz, nur fünf Meilen von Korokocho entfernt; er war viel zu augenfällig. Wir bestellten verschwenderisch. Der Kellner hielt sich in sicherem Abstand zu uns, während er die Bestellung aufnahm. Ich beobachtete, wie er einem Kollegen etwas zuflüsterte, dann sahen sie beide zu uns herüber.

»Ich wette, er hat unseren Gestank kommentiert«, sagte ich.

Hunter gab keine Antwort. Ich fürchtete, er könnte schon wieder die Stimmung gewechselt haben und das Thema, das er während der Fahrt angeschnitten hatte, wieder fallenlassen. Während ich nichts anderes hören wollte. Hatte er wirklich an mich gedacht, wie er damals in seiner Nachricht geschrieben hatte? Oder redete er einfach aufs Geratewohl und ließ solche verblüffenden Bemerkungen vom Stapel, um mich zu überrumpeln? Verfolgte er einen Plan, hatte er einen Grund, sich so zu benehmen? Was sollte sein launenhaftes Verhalten bedeuten? Spielte er Katz und Maus mit mir, oder war er einfach nur schüchtern?

Er sah sich mit geistesabwesendem Blick um und schenkte mir keine Aufmerksamkeit. Ich mußte auf ein uraltes Klischee zurückgreifen. »Woran denkst du?«

Ich hatte das Bedürfnis, ihn aufzurütteln, aus der Distanz zu locken, in die er zurückgewichen war.

»An das, was du vorhin im Wagen gesagt hast«, antwortete er. »Daß ich mein Leid mit jemandem teilen will. Es ist merkwürdig, aber das ist wahrscheinlich eine sehr treffende Charakterisierung. Ich glaube, ich habe mich in meiner Sichtweise diesem Land gegenüber immer sehr allein gefühlt.«

»Warum denn?«

»Weil ich immer in einer völlig anderen Situation als alle übrigen war, ich passe eigentlich nie irgendwo dazu. Nie gab es jemanden, der in derselben Lage gewesen wäre wie ich, und im Rückblick denke ich, daß ich das immer sehr ungerecht fand. Vor allem, als ich jünger war.«

»Inwiefern war deine Situation anders?«

»Das ist eine lange Geschichte.«

»Erzähl.«

Ich war begierig darauf, mehr über ihn zu erfahren. Warum blieb er mir immer ein so unverständliches Rätsel?

Er zündete sich eine Zigarette an, lehnte sich zurück und begann mit seiner Geschichte, im selben geduldigen Tonfall, in dem er vielleicht mit einem Kind gesprochen hätte, seine grauen Augen unverwandt auf mich gerichtet.

»Als wir nach Südafrika zogen, war ich ungefähr zehn, und kurz darauf trennten sich meine Eltern. Meine Mutter hatte sich in einen anderen Mann verliebt. Damals, in den sechziger Jahren, war allein das schon schlimm genug, aber meine Mutter trieb es noch schlimmer, denn der Mann, in den sie sich verliebte, war ein Schwarzer. Und als wäre *das* noch nicht genug, war er nicht nur schwarz, sondern ein militanter Aktivist bei Black Consciousness, der Partei von Steve Biko, die alle Weißen ausnahmslos als ihre Feinde betrachtete. Meine Mutter hat also das Falscheste getan, was eine Frau damals und an dem Ort tun konnte.«

»Und wie hast du die Sache aufgenommen?«

Meine überraschte Miene mußte ich vortäuschen. Er sollte nicht merken, daß ich davon schon seit längerem wußte.

»Meine Brüder und ich erfuhren das erst viel später. Zur Zeit ihrer Trennung waren wir noch nicht imstande, zwei und zwei zusammenzuzählen. Wir wußten, daß sie viel mit Afrikanern zu tun hatte, aber das gehörte zu ihrem Job – sie arbeitete für BBC-Radio, sie waren beide Jornalisten und immer extrem liberal gewesen. Aber damals war es einem schwarzen Mann in Südafrika natürlich streng verboten, mit einer weißen Frau ins Bett zu gehen – wäre es bekannt geworden, hätte man sie beide ins Gefängnis gesteckt; sie mußten die Sache also äußerst geheim halten. Auch vor uns. Das Verrückte war, daß sie es auch vor seinen Leuten geheimhalten mußten. Daß ein Schwarzer etwas mit einer Weißen zu tun hatte, ging absolut gegen Bikos Überzeugung. Für ihn und seine Gefolgschaft waren alle Weißen gleich schlimm, egal, wie liberal sie sich gaben. Viele liberale Weiße nannten Bikos Partei schwarze Rassisten. Als sie sich ineinander verliebten, wurden sie also beide zu sozialen Außenseitern.«

»Aber was hast du empfunden, als du's erfahren hast?« beharrte ich.

»In gewisser Weise hatte ich es immer gewußt. Es war eines dieser Themen, die nie zur Sprache kamen. Simon – das war der Mann, in den sie sich verliebt hatte – wurde schließlich eines Tages verhaftet. Meine Mutter gab auf, sie dachte, sie würde ihn nicht lebend wiedersehen. Also erzählte sie's mir. Wahrscheinlich brauchte sie eine Art moralische Unterstützung und hielt mich für alt genug.«

»Warst du's?«

Hunter blieb eine Weile stumm und nachdenklich. Dann nickte er.

»Ja, ich denke schon. Es machte mich traurig, sie so zu erleben. Abgelehnt von ihrem eigenen Volk, abgelehnt von seinem Volk – geblieben war ihr nur ein halbwüchsiger Junge, mit dem sie reden konnte. Aber es war nicht einfach. Ich weiß noch, daß die Geheimpolizei mit einem Durchsuchungsbefehl zu uns nach Hause kam und die Unterlagen meiner Mutter durchwühlte. Inzwischen wußten meine jüngeren Brüder und ich genau, was vorging, und hatten ständig Angst, sie würde ebenfalls verhaftet werden. Wir haßten die Geheimpolizei. Wir wußten, daß sie auch hinter uns her war. Von einem Tag auf den anderen hatte sich unser Leben verändert. Unsere weißen Nachbarn sahen verächtlich auf uns herab, dann begannen die anonymen Anrufe mitten in der Nacht, dann kamen Drohbriefe. In gewisser Weise nahm ich es unserer Mutter übel, daß sie unser aller Leben in Gefahr brachte. Wenn man ein Kind ist, will man doch immer wie alle anderen sein, dasselbe Leben führen wie die Klassenkameraden. Man wollte nicht das Kind dieser verrückten, verliebten Frau sein, die an die Revolution glaubte, vor allem nicht, wenn man in Johannesburg lebte. Wo immer wir hinkamen, stießen wir auf diesen unglaublichen Haß. Die Weißen haßten die Schwarzen und haßten meine Mutter; die Schwarzen haßten meine Mutter, und sie haßten Simon. Wir alle litten – und das im Namen der *Liebe*. Es war wirklich ein Hohn. So bin ich mit einer Mischung aus Schuldgefühlen und Feindseligkeit, aus Liebe und Angst aufgewachsen. Es war alles ineinander verwoben und sehr schwierig, das eine vom anderen zu trennen.«

»Was ist mit deinem Vater? Wo war er, als das alles passierte?«

»Mein Vater ist schließlich nach England zurückgekehrt und hat wieder geheiratet. Er hat meine Mutter immer sehr respektiert und hatte immer eine hohe Meinung von ihr. Weißt du, als sie nach Afrika gingen, waren sie jung und idealistisch – mein Vater vor allem, er schwärmte für den Widerstand der Schwarzen, für die Ideale der Freiheit und Gerechtigkeit …«

Er lächelte spöttisch und nahm einen Schluck von seinem Bier.

»Er sah sich gern als den liberalen weißen Demokraten, der den Afrikanern in wahrer Liebe zugetan ist. Das gab ihm das Gefühl, ein Held zu sein.«

»Und deine Mutter? Hat sie auch …«

Er unterbrach mich, als hätte er meine Anwesenheit vergessen, als wäre ihm die logische Abfolge seiner Erzählung wichtiger geworden als der Umstand, daß er eine Zuhörerin hatte.

»Aber was tatsächlich passierte, war, daß meine Mutter ihm weit voraus war: Bei ihr war die Liebe *körperlich.* Sie *vögelte* mit einem Afrikaner.«

Er dehnte das Wort in die Länge, wie um die Abartigkeit dieses Akts hervorzuheben. Als hätte er das Bedürfnis, es obszön klingen zu lassen, unangenehm anzuhören. Ich saß da, erstarrt unter seiner Eindringlichkeit, während der Keller diskret unseren Avocado-Shrimps-Salat vor uns hinstellte. Hunter fuhr fort, ohne das Essen wahrzunehmen.

»Es war kein Anliegen mehr, dem man sich verpflichtet, es war eine Person geworden, verstehst du? Das ist sehr viel konkreter – auf einmal hat man es mit einer äußerst *realen* Tatsache zu tun. Sie hatte eine Grenze überschritten, hinter der mein Vater sie nicht mehr erreichte. Ich denke, er wußte, daß er sie nicht zurückgewinnen konnte. Also ging er, besiegt. Wahrscheinlich war ihm klar, daß meine Mutter über eine Kraft verfügte, die er nie aufgebracht hätte. Die Kraft, sich wirklich zu engagieren, nicht nur eine Rolle zu spielen, die einem zu Hause Lob und Anerkennung einbrachte.«

»Und auch die Konsequenzen zu tragen«, fügte ich leise hinzu, um ihn wissen zu lassen, daß ich begriff, worauf er hinauswollte, daß er mich nicht schockiert hatte.

»Und ob! Ich meine, ich habe sie dafür immer bewundert. Sie ging hin und tat, was sie für richtig hielt, niemand hätte sie davon abhalten können. Weder die Apartheid noch ihre eigenen Kinder. Sie war wie besessen.«

Ich war mir sicher, daß er großmütig klingen wollte. Prinzipiell bewunderte er sie, ja. Als ihr Kind hatte er gewiß kein leichtes Leben gehabt.

»Und was wurde aus ihr und Simon?«

»Simon kam schließlich aus dem Gefängnis frei, aber es war klar, daß sie ihn nicht mehr in Ruhe lassen würden. Wie alle seine Kameraden würde er unzählige Male eingesperrt und gefoltert werden. Das war das Schicksal aller militanten Schwarzen. Außerdem war Biko umgebracht worden. Meine Mutter überredete ihn schließlich, mit ihr nach England zu gehen. Sie schaffte es, ihn aus

Südafrika herauszubringen. Ich denke, er hat sich immer gefragt, ob es das Richtige war. Seine Heimat, seine Brüder zu verlassen, um für immer im Exil zu leben. Wegen dieser weißen Frau.«

Ich blieb stumm – es gab wenig, was ich hätte sagen können. Klar war mir nur eines: Je mehr Hunter mir von sich preisgab, desto mehr wuchs meine Angst vor ihm. Er schien aus einer Welt zu kommen, in der alles stets ins Extreme gesteigert wurde.

Ich versuchte zu essen, doch der Bissen blieb mir im Hals stecken. Hunter sah mich an, als wäre ich eine Fremde, die ein Gespräch im Zug mithört. Er sprach nicht zu mir, sondern zu einem imaginären Freund.

»Jetzt sind sie ein Paar im mittleren Alter und leben draußen auf dem Land. Hin und wieder fliegen sie nach Johannesburg, und wenn sie dort sind, trinken sie Tee mit Mandela und ähnliches. Sie werden als Berühmtheiten behandelt.« Er lachte. »Romeo und Julia, die dreißig Jahre später aus dem Schlaf erwachen. Sie machen jetzt eine sehr gute Presse für Südafrika.«

Mit einer gewissen Trauer lächelte er vor sich hin. Dann schaute er auf seinen Teller und fand, es sei Zeit für seinen Avocadosalat.

»Würden sie denn jetzt zurückgehen?« fragte ich.

»Nein. Wozu? In England führen sie ein perfekt organisiertes Leben. Johannesburg wäre ihnen viel zu gefährlich. Wenn du sie sehen könntest, wie sie am Samstag vormittag ihren Einkaufswagen durch den örtlichen Supermarkt schieben, würdest du nie vermuten, daß es dieselben Leute sind. Merkwürdig, was das Alter mit einem anstellt, es verwässert alles.«

»Wahrscheinlich ist man es irgendwann leid, immer nur zu kämpfen. Und sie haben ja wirklich ihren Teil geleistet.«

»Ja, ich glaube, sie sind müde. Man kann in der Politik die Seite wechseln, man kann den Ehemann oder die Ehefrau wechseln, auch das Land und die Religion, aber die Rasse kann man nicht wechseln. Klassenkampf, Buddhismus, Sozialismus, Katholizismus – um *dieses* Problem zu lösen, haben sie noch nichts erfunden, oder? Man kann nichts anderes tun, als sich so weit wie möglich von seiner Ursache zu entfernen.«

Er hob den Kopf und sah mich mit einer merkwürdig geistesabwesenden Miene an, als sei er eben erst aufgewacht.

»Hast du keinen Hunger?« fragte er freundlich mit einem Blick auf meinen Teller.

In diesem Moment sah er wunderschön aus, mit seinen langen schwarzen Haaren, die ihm in die Augen fielen. Seine Quecksilberaugen.

Und ich verliebte mich in ihn. Eins, zwei, drei. Einfach so.

»Nein… ja… ich hab dir zugehört und das Essen vergessen.«

»Soll ich still sein, damit du essen kannst?«

Ich hörte die Zärtlichkeit in seiner Stimme. Ja, er konnte auch zärtlich und warm sein, nicht nur radikal und furchteinflößend. Und als ich diese liebevolle Seite an ihm wahrnahm, sehnte ich mich verzweifelt danach, mehr davon zu bekommen, sie ihm zu entlocken, und betete darum, nicht davon ausgeschlossen zu sein. Ich wollte die Gewißheit haben, daß man tief in seinem Inneren auf Wärme und Zärtlichkeit stoßen würde. Um jeden Preis mußte ich wissen, daß sie vorhanden war, nachdem ich jetzt aus mir herausgegangen war und diese erschreckende Kreuzung erreicht hatte, an der sich die Winde begegnen, nachdem ich mir endlich eingestanden hatte, daß ich verrückt nach ihm war und wußte, daß es kein Zurück mehr gab.

»Nein. Bitte sprich mit mir. Ich bin mehr an dir interessiert als am Essen. Ich könnte es nicht *ertragen*, wenn du still wärst«, sagte ich impulsiv, und die Eindringlichkeit meines Tonfalls erschreckte ihn.

Er schob seinen Teller von sich.

»Ich bin eigentlich auch nicht mehr hungrig.«

Eine Pause trat ein. Dann fragte er: »Sollen wir gehen?«

»Ja. Gehen wir.«

Wir gingen ohne ein weiteres Wort. Stumm fuhren wir zu ihm nach Hause, als hätte sich eine plötzliche Stille auf uns herabgesenkt wie Schnee, um den Boden zu kühlen und zuzudecken, um unsere Spannung zu dämpfen und unsere Gedanken zu verschleiern.

Ich nahm es nicht auf die leichte Schulter. Zu dem Zeitpunkt war mir bereits klar, daß damit etwas begann, das sich nur sehr schwer wieder rückgängig machen ließ. Aber ich konnte nicht anders: Auch ich war besessen.

Wir betraten sein Haus und stellten uns nacheinander lange unter die Dusche. Ich schrubbte und bürstete mich unter dem heißen Wasser, doch der Geruch haftete noch immer an meinem Haar und an meiner Haut wie ein klebriger Film, der sich nicht ablösen ließ. Aber das kümmerte mich wenig. Was mir viel mehr Sorgen machte, war der Anblick meines nackten Körpers unter der Dusche, denn ich wußte, daß er ihn bald, vielleicht in wenigen Sekunden, ansehen und berühren würde.

Aus meinen Haaren tropfte das Wasser auf mein weiches Kleid, als ich im Wohnzimmer erschien. Er saß an seinem Schreibtisch, sein Haar war naß und ebenholzschwarz. Es war vollkommen still.

Ich setzte mich ihm gegenüber an den Tisch. Eine Minute oder länger sahen wir einander an. Dann hob er die Hand und berührte mit einer Fingerspitze leicht meinen Wangenknochen. Langsam glitten seine Finger über mein Gesicht.

»Was wirst du jetzt tun?« fragte er.

»Was soll ich tun?«

»Du *weißt*, was ich von dir will.«

Ich rührte mich nicht. Ich schloß die Augen und spürte, wie er von mir abrückte. Er würde mich nicht dazu drängen, offensichtlich wollte er, daß ich ganz genau wußte, worauf ich mich einließ. Ich ertrug es nicht, wie er seine Hand von mir zurückzog.

»Warum bist du immer so?« fragte ich, beinahe wieder wütend.

»Wie denn?«

»Immer verschließt du dich, weichst zurück wie eine Schnecke in ihr Haus. In der einen Minute bist du mir so nahe, daß ich's nicht fassen kann, und in der nächsten hast du nichts anderes im Sinn, als mich so schnell wie möglich wieder loszuwerden.«

»Das einzige, was ich wirklich im Sinn habe, ist, mit dir zu schlafen«, sagte er rasch, sachlich.

Ich hielt es kaum aus, ihn diese Worte aussprechen zu hören. Er schien nie Angst zu haben vor dem, was er sagte. Im Unterschied zu mir, die von all dem Warten und Hinausschieben völlig erschöpft war. Es war Zeit, meinen Widerstand aufzugeben.

»Dann tu's.«

Es bringt mich um, an diesen Nachmittag zurückzudenken.

Heute kommt es mir vor, als könnte ich unmöglich noch dieselbe Person sein.

Jetzt, nachdem mir gar nichts mehr davon geblieben ist, nachdem ich nichts habe, was ich zurückfordern könnte, erscheint es mir unglaublich, daß Hunter mir einst – vor nicht allzu langer Zeit – soviel Liebe und Leidenschaft entgegenbrachte.

Ich erinnere mich, wie gierig nacheinander wir bei diesem ersten Mal waren. Und als wir uns umarmten und berührten, als wir uns küßten und unsere Körper spürten, fragte ich mich, wie wir es geschafft hatten, so lange zu warten – wie waren wir denn imstande gewesen, zu schlafen und zu essen, mit anderen völlig normal zu reden und zu lachen und die Begierde dabei zu unterdrücken? Was ich aber sofort erkannte, war, daß dieses Verlangen sich nicht mehr ignorieren ließ.

Ich küßte ihn wieder und wieder. Wie fremd er war, wie unvertraut jetzt, da sein Gesicht mir so nahe war. Sein schmaler Körper hatte mich überrascht: Er sprach die Sprache kleiner Unvollkommenheiten, hatte die Einzigartigkeit von Mängeln. Die Neuheit überwältigte mich.

Und doch war keine Schranke mehr zwischen uns, nachdem wir uns geliebt hatten: Sie war für immer eingestürzt, und ich konnte ihn endlich ohne Angst berühren. Auf seine Augen, seine Nase, seine Lippen, seinen Hals legte ich meine Finger wie eine Blinde, ich mußte mich an ihn erinnern, ihn mir verständlich, bekannt machen. Ihn so rasch wie möglich meinen Händen einprägen. Allein der Gedanke, ihn verlassen zu müssen, tat mir weh.

Wir liebten uns, verzweifelt, intensiv, und wir sahen einander unentwegt an. Keine Sekunde ließen wir uns aus den Augen. Ein so unbeirrter Blick. Aber wir sagten kein Wort. Wir blieben stumm, sprachen nie die gefährlichen Worte aus, die Liebende in der Dunkelheit flüstern. Worte, die Bindungen schaffen und alles vernichten, was zuvor existiert hat, Worte, die dich hochheben und in die Wellen schleudern, in denen du jeden Moment ertrinken kannst.

Als Adam und ich uns zum ersten Mal geliebt hatten, hatte ich gemeint, endlich angekommen zu sein, wo ich sein wollte – ich war *heimgekommen*, heim in seine Arme. Als Hunter mich berührte, fühlte ich mich für immer abgeschnitten von dem Hafen, in dem ich mich zu Hause geglaubt hatte. Er hatte mich herausgerissen aus allem, was bisher existiert hatte, sogar aus dem simplen Begriff der Zeit. Das war mir auf der Stelle klar: Von nun an gab es nur noch Warten, Wehmut in seiner Abwesenheit, endlose Tage voller Sehnsucht.

Ich war aus meiner sicheren Welt herausgefallen, vertrieben von dem Terrain, auf dem ich mich eben erst so geschickt zu bewegen gelernt hatte. Welch einen idiotischen Schritt hatte ich da getan. Was für ein Wahnsinn.

»Du bist so schön«, flüsterte er lächelnd, und seine Hand strich über meine Hüfte, erkundete mich, nahm mich langsam in Besitz. Ihm waren solche Ängste fremd. Er war erfüllt, befriedigt.

Ich blieb stumm, berauscht von seiner körperlichen Gegenwart, unfähig, ein Wort zu sagen. Ich beobachtete, wie seine Muskeln sich entspannten, bis er neben mir einschlief, und war empört, daß er so mühelos in eine andere Welt davongleiten konnte, so weit fort von mir, während ich in diese neue, unbekannte Finsternis gestürzt war. Ich war eifersüchtig auf seine Fähigkeit, zu träumen, zu atmen wie ein Kind, auch wütend – ja, es machte mich wütend, ihn in Schlaf sinken und so weit forttreiben zu sehen.

Wir werden nie zusammensein. Jäh kam mir dieser Satz in den Sinn, als ich seinen Schlaf beobachtete. Dies einzugestehen tat mir weh – nie würden wir wirklich zusammengehören, nicht einmal dann, wenn wir einander ganz nahe waren, nicht einmal während der Liebe.

Aber was mich reizte und verlockte, war vielleicht die Erkenntnis dieser schmerzhaften Wahrheit. Man mußte lernen, ohne Illusion zu leben. Niemand wird je mit einem anderen eins werden.

Es gab kein Heimkommen. Es gab keine Wurzeln, keinen Baum, an dem man sich festhalten konnte.

Man mußte lernen zu lieben, ohne sich im Boden sicher verankert zu fühlen, mußte akzeptieren, in die Finsternis geschickt zu werden, dorthin, wo niemand wußte, wie es aussah, an diese gefährliche Kreuzung, an der die Winde sich begegnen.

13

When lovely woman stoops to folly – *schon*
Geht sie in ihrem Zimmer hin und her,
Legt eine Platte auf das Grammophon,
Und fühlt, ob die Frisur in Ordnung wär'.

T. S. Eliot

Die Schatten werden lang unter den Bäumen, es muß spät geworden sein.

Ich habe offensichtlich geschlafen: Ich weiß, daß ich wieder geträumt habe. Mein Schlaf ist so voller Raserei, daß ich aufwachen muß, um meinem Geist eine Pause zu verschaffen.

Ich wandere in dem leeren Haus umher, rieche meinen eigenen klebrigen Schlafgeruch, und unter meinen bloßen Füßen knarren leise die Holzdielen.

Wilson hält anscheinend ebenfalls ein Nickerchen, im »Dienstbotenquartier«. Ein abscheulicher Ausdruck, nicht wahr? Wie grotesk das klingt, wie sehr nach: *»Dr. Livingstone, I presume?«*

Es ist schließlich Wochenende, und absolut nichts ist zu erwarten. Mir ist tatsächlich nach *Sunday Bloody Sunday* zumute. Derselbe Selbstmordtrieb. Aber hier kannst du nicht einmal in die Zeitung schauen und dir einen guten Film aussuchen. Oder dir gutes Gras beschaffen, dich zudröhnen und durch sämtliche Kanäle zappen. Oder eine Ausstellung im Nationalmuseum besuchen, eislaufen, eine Pizza essen gehen. Oder einfach nur durch die Straßen der Stadt wandern, dich unter weitere potentielle Sonntagsselbstmörder mischen oder deine Angst in der U-Bahn verheimlichen.

Hier, in einem Land, wo die Leute »Dienstbotenquartiere« auf ihrem Grundstück haben, ist die Entfremdung eines Individuums kein Thema. Hier ist man Teil einer Familie, einer Einheit, irgendeiner Art von sozialem Vorbild. Jeder hier ist ein Pionier, und Pioniere haben keine Zeit für existentielle Grübeleien. Wie ich die verbissen optimistische Einstellung der ostafrikanischen Weißen verabscheue, ihren idiotischen Pragmatismus, ihre absolute Unfähigkeit zum Selbsthaß! Wie sehr wünschte ich, ich könnte Ferdinando anrufen und mit ihm plaudern. Hätte er nicht gern gehört, wie angewidert und unglücklich ich mich an diesem Wochenende unterhalb des Äquators fühlte? Bestimmt hätte er über mein kleines Haus in der Prärie gelacht, über meinen blinden Glauben an die Heilkräfte der Natur, meine Schwärmerei für alles Ursprüngliche. Unglaublich naiv hätte er mich gefunden. So *mädchenhaft.*

Statt dessen steige ich in meinen Wagen und fahre zu Nicole, der einzigen Person, der ich meinen Anblick zumuten kann. Eine alleinstehende Frau in Afrika. Eine vom selben Schlag.

Sie ist auf der Veranda, damit beschäftigt, ihre Pinsel zu reinigen, und trägt nichts als einen ramponierten indonesischen Sarong, den sie um ihre schmale Taille gewickelt hat, und ein sehr kurzes, blaßgrünes Trikot. Auf dem Tisch stehen Tee und Kuchen, und ich denke, um wieviel angenehmer Nicoles Nachmittag ist als mein eigener.

Ich beneide sie um ihre Fähigkeit, soviel Zeit mit sich allein zu verbringen. Das kann man wohl nur, wenn man eine Leidenschaft hat wie sie. Ein Ziel, sollte ich sagen, ein Anliegen, dank dessen sie immer in der Lage ist, Befriedigung zu finden und sich zu verwirklichen, ohne fremde Hilfe zu brauchen. Das hatte ich nie: Meine Leidenschaften sind von der Art, daß sie, wenn überhaupt, meine Einsamkeit und mein Gefühl völliger Nutzlosigkeit nur verstärken.

Das riesige, unvollendete Porträt eines Mädchens steht auf der Staffelei. Es sieht merkwürdig hyperrealistisch aus, als wäre es nach einem Foto gemalt.

»Wer ist das?« frage ich.

»Findest du's scheußlich?«

»Nein, nicht *scheußlich.* Aber es ist mir nicht gerade das liebste.«

Sie seufzt und beißt sich auf die Unterlippe, während sie das Bild betrachtet.

»Ich finde es so abscheulich, daß ich es kaum ansehen kann.

Weißt du, ich habe den Auftrag bekommen, die gesamte De-Vere-Dynastie zu malen. Diese superreiche Familie, die auf einer Ranch bei Nanyuki lebt. Das ist eine der Töchter.« Sie verzieht das Gesicht. *»Edwina.«*

»Ja, ich hab von ihnen gehört.«

»Die Mutter ist stinkreich, das kannst du dir nicht vorstellen. Geld wie Heu. Amerikanerin. In den Sechzigern hat sie De Vere geheiratet, als William Holden hier war und es sehr hollywoodmäßig war, in Kenia zu leben ...«

»Wie viele Porträts haben sie denn bestellt?«

»Bis jetzt fünf. Mutter, Vater und drei Töchter.«

Sie läßt sich auf einen Stuhl fallen und zündet sich eine Zigarette an.

»Edwina, Imogen und *Venetia.* Das allerletzte, oder?« Sie seufzt und schüttelt den Kopf. »Aber sie zahlen mir ein Heidengeld dafür.«

»Na toll. Wo ist dann das Problem?«

»Sie wollen schön sein. Königlich. Sie wollen genauso gemalt werden, wie sie gern aussehen würden. Wie diese phantastischen blonden Prinzessinnen. Ich hab jeden Tag die Mutter am Telefon, die mir per Ferngespräch Anweisungen gibt. Wäre sie in der Nähe, würde sie wahrscheinlich täglich auf meiner Veranda sitzen, um persönlich die Farben zu mischen. Sie hält mich für die *Visagistin* der Familie. Es ist unglaublich.«

Sie imitiert ein langgezogenes Näseln: *»Meine Liebe, seien Sie bitte vorsichtig mit Venetias Nase, um die Nüstern herum neigt sie ein wenig zur Aufgedunsenheit, schauen Sie doch mal, was Sie da machen können.* Wirklich, sie spricht von ihren eigenen Töchtern wie ein Tierarzt von *Pferden.* Möchtest du Tee?«

»Nein danke, ich möchte nichts.«

Ich betrachte noch einmal das Porträt. Es ist langweilig, leer. Völlig nichtssagend. Ganz anders als Nicoles sonstige Bilder.

Aus einem Stapel, der an der Wand lehnt, zieht sie eine kleine quadratische Leinwand hervor. Es ist das Bild eines mageren Mädchens, das mit gekreuzten Beinen auf einem türkischen Teppich sitzt. Es trägt ein ärmelloses Kleid mit schwarzen und orangefarbenen Streifen, der Hintergrund besteht aus einem hellen Apfelgrün. Das zurückgebundene Haar gibt den langen Hals frei. Auf dem Teppich steht ein kleiner Teller, in dem eine Zigarette verqualmt. Der dünne bläuliche Rauch ist das einzig bewegte Element in der Starre des Bildes. Das Mädchen sieht krank aus, geheimnisvoll, beinahe erschreckend.

»Das ist Imogen«, sagt Nicole. »Jedenfalls habe ich sie so gemalt.«

»O ja. *Das* ist wirklich schön!«

»Die Mutter fand es *widerwärtig* und hat es auf der Stelle zurückgeschickt. Sie hatte einen Anfall, als sie es zu Gesicht bekam«, kichert Nicole. »Wegen der armen Imogen hätte ich beinahe den Job verloren.«

»Ich finde, sie sieht aus wie eine dieser dürren Prostituierten in Wien – eher wie ein Modell von Egon Schiele als eine Erbin aus Nanyuki.«

»Absolut. Aber genau das ist es eben! Imogen ist *total* im Eimer. Sie ist auf Heroin, hat einen äußerst dekadenten indischen Freund, aber mir hat sie gesagt, sie steht eigentlich auf Mädchen. Sie ist schön, viel interessanter als die anderen beiden, aber *selbstmörderisch*, das kann ich dir sagen.«

Nicole sieht das Bild an und lächelt.

»Es ist gut, nicht? Ich mag es jedenfalls sehr. Sieh dir diese dünnen Arme an. Junkie-Arme, so weiß, so schwach, so geschändet.«

Sie stellt es auf ihren Arbeitstisch und lehnt es gegen die Wand, so daß wir es beide besser sehen können.

»Die Mutter will jetzt ein neues Bild von ihr, in Reithosen und Denimbluse, im Hintergrund Akazien – ist das zu fassen? Sie bestimmt jetzt sogar die *Garderobe*. Manche Leute haben wirklich eine phantastische Arroganz: Sie sind überzeugt, daß die Wirklichkeit nach ihrem Willen immer wieder übermalt werden kann, bloß weil sie reich genug sind, um es sich leisten zu können.«

Wir schweigen. Die Sonne ist hinter den Hügeln verschwunden, sehr bald wird es Nacht sein. Ich höre, wie jemand im Haus Brennholz im Kamin aufschichtet.

»Komm«, sagt Nicole. »Gehen wir hinein und trinken was.«

Ihr Haus ist klein und gemütlich und riecht nach Möbelwachs und Weihrauch. Sie geht zu ihrem Getränkewagen und mischt zwei Wodka-Tonic.

»Weißt du, Esmé«, sagt sie mit dem Rücken zu mir, »kurz nach Iris' Tod habe ich beschlossen, Portrats von Weißen zu malen, die hier leben. Aber meine Idee dabei war...«, sie reicht mir ein Glas und kauert sich mit leisem Erschauern auf dem Sofa zusammen, »... meine Idee war, nur Menschen zu malen, die verletzt sind. Weiße, die geschlagen oder verwundet wurden. Den Leuten hier passiert ja ständig was, sie schneiden sich, werden geschlagen oder aufgeschlitzt, fahren ihren Wagen zu Schrott, werden von Motorrädern überfahren, von Banditen abgestochen oder von wilden Tieren zertrampelt. Mein Gedanke dabei war, daß Weiße in Afrika ständig körperlich verletzt werden. Klingt das plausibel für dich?«

»Ja, natürlich, vollkommen. Verwundete Weiße.«

»Was diese Idiotin nicht kapiert, wenn sie anruft und mich anbrüllt, ich soll ihre Töchter schöner machen, ist, daß die einzig mögliche, die einzig reale Schönheit in Afrika die Schönheit der Zerstörung ist. Jede andere Schönheit ist hier falsch, kleinbürgerlich, abgedroschen. Eine Lüge der Weißen.«

Schweigend sitzen wir da und beobachten das Feuer.

»Du solltest nach Europa zurückgehen, Nicole«, sage ich nach einer Weile.

Sie erstarrt. Ich weiß, wie ungern sie das hört.

»Du verschwendest hier nur dein Talent.«

»Ich bin nicht gut genug für Europa.«

»Doch, das bist du sehr wohl.«

»Na gut, selbst wenn ich's wäre, gibt es drüben viel zu viele gute Maler. Ich müßte mich in eine endlose Schlange stellen.« Ungeduldig schwenkt sie die Eiswürfel im Glas. »Ich bin zu verwöhnt.«

»Mag sein, aber was hat es für einen Sinn, so zu arbeiten? Von der Schönheit der Zerstörung will hier niemand was hören. Sie erwarten Porträts, die sie sich über den Kaminsims hängen können, und wollen so tun, als lebten sie in einem Schloß. Früher oder später wirst du zur Hofmalerin der kenianischen Rancher.«

Nicole lacht.

»Hofmalerin der kenianischen Rancher, meine Güte! Das klingt wirklich endgültig und total hoffnungslos.«

Ich bereue meine Worte sofort und wünschte, ich könnte sie zurücknehmen. Wer bin ich, ihr vorzuschreiben, was sie zu tun hat? Habe ich etwa in irgendeiner Weise mehr Mut bewiesen, eine bedeutende Arbeit geleistet, *irgend etwas* zustande gebracht oder zu etwas beigetragen, seitdem ich hier bin? Nicht im geringsten. Nicole hingegen war immer selbständig, hat sich ihren Lebensunterhalt verdient und nie die Hilfe eines Mannes in Anspruch genommen. Sie ist viel tapferer als ich.

»Was hast du mit Miles angestellt?« Nicole vollführt einen raschen Themenwechsel und nimmt mir mein angriffslustiges Verhalten offensichtlich nicht übel. Darin ist sie hervorragend. »Er kam vorhin vorbei und sagte, du hättest mit Kaffeetassen und Stühlen nach ihm geworfen.«

»Hab ich. Ich hoffe, du hast ihm diese Kühlbox nicht gegeben.«

»Doch, schon. Hätte ich das nicht tun sollen?«

»Er wollte Claire und diese amerikanische Fotografin zu einem Dämmerschoppen auf die Ngongs verschleppen. Er war total wild drauf, seine Safari-Talente vorzuführen und auf einem Bergesgipfel eisgekühlte Getränke zu servieren.«

Nicole hebt eine Braue. Miles bringt es anscheinend immer noch fertig, ihr an die Nieren zu gehen.

»Also wirklich… Mistkerl. Er hat nicht gesagt, wofür er sie braucht.«

Eine Sekunde lang starrt sie in ihr Glas, dann schüttelt sie den Kopf und lacht bitter.

»Sonnenuntergang auf den Ngongs! *Diese* Masche kenne ich doch. Sag mir nicht, er will jetzt Linda verführen.«

»O ja. Er würde auch Claire verführen, aber das geht nicht.«

»Was soll das denn? Happy Valley? Weißer Übermut? Kann vielleicht irgendwer in diesem Land *einmal* auf Instantsex verzichten? Wirklich…« Sie kichert. »Ich hätte ihm noch viel mehr Stühle nachwerfen sollen, *plus* die Teekanne.«

Das Telefon läutet, und sie springt auf. Ich stöbere in ihrer CD-Sammlung und lege einen alten Van-Morrison-Song auf, der mich an Hunter erinnert, nur um mich zu vergewissern, wie unerträglich es ist, ihn wieder zu hören. Nostalgie überschwemmt mich. Gott sei Dank kommt Nicole zurück und dreht sofort die Lautstärke zurück. Sie wirkt enthusiastisch.

»Das war Kevin.«

»Kevin wer?«

»Kevin Steinberg.«

Ich schaue sie verständnislos an. Sie versucht es noch einmal, leicht ungeduldig.

»Der Drehbuchautor, den du gestern abend bei Nena kennengelernt hast, ja?«

»Ach Gott, ja. Unerträglich.«

»Sei nicht so kleinlich, Esmé.« Nicole lächelt hinterhältig. »Ich fand ihn eigentlich recht nett.«

»Wirklich?«

Es erstaunt mich immer wieder, wie die Leute in dieser Stadt in ständig neuen Kombinationen auftreten, wie ein Stoß Karten, die gemischt werden.

»Ja, ich finde ihn sexy, und ich *liebe* seinen Esprit. Ich bin regelrecht verrückt danach«, fügt sie hinzu.

Kevin Steinberg taucht als Herzkönig wieder auf.

»Wie auch immer«, sagt Nicole mit einem Achselzucken. »Er lädt uns heute zum Essen ein.«

»Was soll das heißen, *uns*?«

»Ich hab' ihm gesagt, daß du hier bist, und er sagte: Klasse, ich würde sie sehr gern sehen, sie ist so interessant, so gescheit. Er hat offensichtlich nicht gemerkt, daß du ihn unerträglich findest, also sei so gut und versuch, charmant zu sein. Leider hat er gesagt, er will afrikanisch essen.«

»Afrikanisch? Wo denn bloß?«

»Das weiß Gott. Es kann einen schon verrückt machen, wie sie alle herkommen und auf Einheimisches versessen sind. Es ist dasselbe, wie wenn man in New York ist und die Leute anfleht, einen nach Harlem zu führen. In einem afrikanischen Restaurant gibt es außer Pommes frites und Ziegeneintopf absolut nichts Eßbares. Aber gegenüber einem Amerikaner möchte man ja nicht afrikanerfeindlich klingen, nicht? Sonst glaubt er am Ende noch, wir gehören zu diesen üblen erzkonservativen Kolonialisten.«

»Was machen wir also? Müssen wir ihn in irgendein *nyama-choma*-Lokal in der Dagoretti Road führen?«

»Am besten ja, dann brauchen wir ihm nicht zu widersprechen. Wahrscheinlich ißt er sowie kein Fleisch und kommt von selber auf die Idee, uns mit seiner Platinkarte irgendwo anders einzuladen.«

»Hoffentlich. Ich würde gern thailändisch essen.«

»Ausgezeichnete Idee! Aber ich sollte mich wohl langsam anziehen.« Nicole eilt ins Bad und läßt Wasser in die Wanne laufen.

Wie sehr ich mir wünsche, ich könnte mich wieder so leicht fühlen, so interessiert an neuen Menschen. Wie sehr ich es vermisse, mich mit dem Gefühl unbestimmter Erwartung für einen Abend schön zu machen, die Schranktür aufzureißen und überzeugt zu sein, daß der gesamte Erfolg des Abends von dem Kleid abhängt, das ich trage. Momentan kann ich mir nicht vorstellen, so etwas noch einmal zu erleben. Mir überhaupt je wieder Gedanken darüber zu machen, welches Kleid ich trage.

Drei Songs später ist Nicole wieder da, perfekt gestriegelt und geschminkt, in dem ärmellosen orange-schwarz-gestreiften Kleid von Imogens Porträt, das sie ihr offensichtlich für die Sitzung geliehen hat. Tatsächlich ist es so typisch für Nicole – ein Flohmarktfetzen, den andere nie im Leben kaufen würden, doch an ihr sieht dieses Kleid absolut perfekt aus.

»Aber ich warne dich: Kevin führt uns aus, weil er ein bißchen recherchieren will«, sagt sie, während sie vor dem Spiegel ihr Haar aufsteckt.

»Ich frag mich, ob er überhaupt je aufhört zu recherchieren.«

»Er ist gerade auf Iris' Bücher gestoßen, und jetzt ist er schrecklich aufgeregt. Er hat eigentlich nur deshalb angerufen, weil er wissen wollte, ob ich sie zufällig gekannt habe. Er meint, sie gäbe eine phantastische Geschichte für Hollywood ab.«

»Mein Gott, Nicole, das sollten wir wirklich nicht tun.«

»Reg dich ab, ja? Hör dir erst mal an, was er überhaupt vorhat. Und wenn er es wirklich tun will, soll er ruhig – ihre Bücher und ihre Fotos liegen in allen Läden aus, und wir können ihn bestimmt nicht davon abhalten.«

»Ich hab wirklich keine Lust, über Iris als Hollywood-Drehbuch zu diskutieren, und ich kann's nicht glauben, daß du …«

»Esmé, du bist noch bigotter und moralistischer geworden, als es Hunter Reed je gewesen ist. Jetzt mach mal halblang, mal dir die Lippen an und sei still, okay?«

Ich gehorche ohne Widerrede. Ich weiß nicht mehr, was ich denken soll. Ich komme mir vor, als hätte ich vollends den Faden verloren.

Während ich Nicoles dunkelsten Lippenstift auftrage, höre ich ihre Stimme hinter mir, und ich spüre, wie ihre Augen tanzen.

»Iris als Hollywood-Drehbuch. *Ihr ganzes Leben* hat sie daran gearbeitet, es war ein perfekt einstudierter Film. Jetzt kommt endlich dieser erfolgreiche Autor daher, erblickt zufällig ihre Bücher im Laden des Hotels, liest eines und träumt davon, aus ihr die Karen Blixen des Jahres zweitausend zu machen, *und du willst nicht dabei helfen*? Wahrscheinlich verflucht sie dich gerade vom Himmel herab, meine Liebe!«

14

I wanted everything for a little while.
Why shouldn't I?
I wanted to know what it was like.

Everything but the Girl

Ja, hier versucht jeder, in die Geschichte einzugehen.

Vielleicht deshalb, weil wir so weitab vom Geschehen sind und die einzige Entschädigung darin besteht, zu Hause in der ersten Welt unser Leben als Denkmal zu verkaufen, um unserer Zeit hier einen Sinn zu geben.

Auch wenn die Wildnis als solche nirgendwo auf der Welt mehr existiert – außer vielleicht in der Arktis –, hängt unser Ruhm von der Annahme ab, *dies* sei der letzte Außenposten der Wildnis und wir die letzte Schar romantischer Helden. Die meisten von uns haben auf dieser Hypothese ihre Karriere aufgebaut, und jetzt leben ganze Familien davon.

Ja, es stimmt, daß die Geparden im Masai Mara ihre Jagdgewohnheiten geändert haben: Sie lauern jetzt ihrer Beute in der größten Hitze des Tages auf, weil sie dann in Ruhe jagen können, ohne von einer Paparazzi-Horde verfolgt zu werden: Über Mittag kehren die Touristen in ihre Lodges zurück. Im Tsavo und im Amboseli haben die Reifen der Geländewagen so tiefe Furchen in den Boden gegraben, daß riesige Gebiete geschlossen werden mußten, um ausheilen zu können. Ganze Rinderherden der Massai und Samburu gingen ein, weil das einzige in der Trockenzeit zuverlässige Wasserloch jetzt dazu dient, in den Parks, in denen sie nicht mehr weiden dürfen, die Swimmingpools der Safarihotels zu füllen. Um zu überleben, sind viele Morans gezwungen, gar bis in die Küstengebiete abzuwandern, um einen Job zu finden; dort arbeiten sie dann als Wachleute in den billigen Hotels für Pauschalreisende: Irgendwann enden sie als Begleiter älterer Damen aus Frankfurt oder Mailand und lernen, Designerjeans und verspiegelte Sonnenbrillen zu tragen.

Ich stellte fest, daß eine Menge Leute in Nairobi Hunter mit Argwohn begegneten, weil er das zwanghafte Bedürfnis hatte, die kostbare Illusion unseres Lebens im Paradies zu zerschlagen, und sich dieser Aufgabe mit sichtlichem Vergnügen widmete. Stets hatte er Fakten und Zahlen parat, so daß es immer Schwerarbeit war, ihm zu widersprechen, es sei denn natürlich, man war vom Fach. Er war zum Unheilspropheten geworden, und nicht jeder war gewillt, sich seine Zukunftsaussichten von ihm verderben zu lassen.

»Wieso geht er denn nicht nach Südafrika zurück?« fragte Peter, der Elefantenmann, einmal. »Er mit seinem leidenschaftlichen Engagement für die Menschheit im Stil von *Krieg und Frieden* – er ist ein rein politisches Wesen. Für ihn sind Meeresschildkröten und Nashörner einfach nicht der Mühe wert.«

Inzwischen wurde mir jedesmal, wenn sein Name fiel, das Herz schwer.

Er hatte mich nach unserem gemeinsamen Tag nicht mehr angerufen. Anfangs war ich erleichtert gewesen, denn was geschehen war, hatte mich zu sehr entsetzt. Als ich an dem Tag nach Hause kam, empfing mich Adam lächelnd und fröhlich und war zu einem Drink am Kaminfeuer aufgelegt. Ich hingegen schoß an ihm vorbei und murmelte etwas von der Verkommenheit und Hoffnungslosigkeit der Slums, um meine Geistesabwesenheit und mangelnde Konzentration zu rechtfertigen. Vor allem anderen hätte ich dringend ein Bad nötig, sagte ich. Ich wollte allein sein, um über das Geschehene nachzudenken und meine Fassung wiederzufinden. Eine ganze Stunde lang lag ich in der Badewanne und betete darum, daß sich mit dem heißen Dampf auch diese jähe Umnachtung auflöste.

Das war nicht der Fall.

Bald fand ich Hunters Schweigen bedrückend. Wie ich geahnt hatte, hörte ich auf, ein eigenes Leben zu führen, und verlegte mich aufs Warten. Ich dachte mir die absonderlichsten Ausreden aus, um so oft wie möglich zu Hause zu bleiben – in der vergeblichen Hoffnung auf einen Anruf. Zwanghaft kontrollierte ich den Briefkasten, und wenn ich von irgendwoher zurückkam, bestürmte ich Wilson mit der Frage, ob in meiner Abwesenheit jemand eine Nachricht hinterlassen habe. Ständig versuchte ich zu erraten, wo er wohl sein mochte, was er tat, als trüge ich eine Paralleluhr am Handgelenk. Ich wußte, daß er noch in der Stadt war, denn über Miles oder Nicole hielt ich mich über seine Pläne auf dem laufenden, doch ich wußte auch, daß er nicht mehr lange bleiben konnte: Bald würde Ruanda ihn von neuem verschlucken.

Was sein Schweigen bedeutete, sagte ich mir, war entweder, daß es an mir lag, den nächsten Schritt zu tun, oder daß ich einfach wieder aus seinen Gedanken verschwunden war. Welche der beiden Hypothesen mir den größeren Schrecken einjagte, konnte ich nicht entscheiden.

Eines Vormittags sah ich seinen Wagen vor Horseman's Restaurant. Bei der Vorstellung, daß der *dort drinnen* war, gleich hinter dem Tor und den Farnen, brach mir der kalte Schweiß aus, und das Blut stieg mir in den Kopf, wie bei einem Ex-Junkie, der seinen einstigen Dealer erspäht.

Ich muß ihn jetzt sehen, ich will nur mit ihm reden, nichts weiter, sagte ich mir.

Ich ging den Pfad entlang, vorbei an üppigen Pflanzen und dem kleinen Teich, und trat unter das Strohdach des offenen Restaurants. Es war noch früh, und die meisten Tische waren leer. Mein Mut verließ mich, als ich Hunter einer Frau gegenübersitzen sah, die mir den Rücken zukehrte. Er war wie immer vom Gespräch völlig in Anspruch genommen und gestikulierte lebhaft. Wer die Frau war, erkannte ich nicht, aber ehe ich auf dem Absatz kehrtmachen und davonlaufen konnte, hatte er mich gesehen und rief mich zu sich.

Es stellte sich heraus, daß seine Tischgenossin eine fünfzigjährige deutsche Reporterin war, eine alte Bekannte. Beide bestanden darauf, daß ich mich zu ihnen setzte. Die Frau erschien mir freundlich und angenehm.

»Ulla«, erklärte er, »schreibt eine Story über den Goldenberg-Skandal.«

»Tatsächlich?« Ich versuchte, Interesse zu heucheln; in Wahrheit hatte ich nicht die leiseste Ahnung, was der Goldenberg-Skandal war. Hunter hingegen – überflüssig zu erwähnen, – hatte sämtliche Details im Kopf. Mit erstarrtem Lächeln lehnte ich mich zurück und tat, als folgte ich ihrem Gespräch.

Ich hatte keinen eigenen Willen mehr, keine Wünsche bis auf das Verlangen, ihm in die Quere zu kommen und über den Tisch seine Bewegungen abzufanden, nur um mir eine Gelegenheit zu erschleichen, sein Knie zu berühren, seine Hand zu streifen, sein Haar zu riechen, während wir einander Zigaretten, Feuerzeuge, Speisekarten reichten. Ich konnte mich nur darauf konzentrieren, den Pegel der sexuellen Spannung zwischen uns aufrechtzuerhalten, indem ich sie ständig durch meine Körpersprache anfachte. Wann immer eine geistreiche Bemerkung von Ulla kam oder er irgend etwas sagte, das, wie ich annahm, Bestätigung heischte, nickte ich wie eine Schwachsinnige.

Am Ende der Mahlzeit war ich wütend auf mich selbst. Ich hatte nicht gewußt, daß auch diese Seite in mir steckte: Die Erkenntnis meiner eigenen Passivität – einer nahezu willenlosen Unterwerfung – erschreckte mich. Nein, nie hätte ich gedacht, daß ich so werden könnte, so nackt und bloßgestellt, so blind und taub gegen meine Umgebung, als zählte sonst nichts mehr, nichts und niemand. Ich konnte nichts anderes empfinden, ja, ich *bestand* aus nichts anderem mehr als dieser pulsierenden sexuellen Energie – zu fleischlich, zu roh –, die in einer Weise von mir Besitz ergriffen hatte, daß ich den Drang verspürte, das Weite zu suchen – im wahrsten Sinn des Wortes. Ich mußte aufstehen, die Holztreppe hinaufgehen, die zur Toilette führte, und mich im Spiegel ansehen.

»Du bist *erbärmlich*. Hör auf damit«, schärfte ich meinem Spiegelbild ein.

Als ich wieder hinunterging, war ich entschlossen, die Beherrschung wiederzufinden. Hunter hingegen hatte die ganze Zeit durchaus gelassen gewirkt, durch meinen Anblick nicht im geringsten aus der Fassung gebracht. Warum focht ich jedesmal, wenn ich in seiner Nähe war, ganz allein diese titanischen Kämpfe aus?

Die Sache war zu verfahren, und ich benahm mich wie die letzte Neurotikerin. *Das muß auf der Stelle aufhören*, befahl ich mir. Was mich an der Situation am meisten erboste, war seine eiserne Konzentration auf den Fall Goldenberg, als wäre ihm nichts auf der Welt wichtiger, als für Ullas Artikel seine Theorie zu untermauern, wer am korruptesten sei und wer auf wessen Kosten das meiste Geld eingesteckt habe.

Allmählich fand ich seine Selbstgerechtigkeit widerwärtig. Er sagte immer wieder dasselbe, mit derselben leidenschaftlichen Inbrust, zu jedem, der ihm begegnete. Erst kurz zuvor hatte er mit derselben Eindringlichkeit auf mich eingeredet, hatte mir von seiner Kindheit, seinen Eltern erzählt und mir das Gefühl vermittelt, er habe mich als seine Zuhörerin auserkoren, weil an mir etwas *Besonderes* war. Aber nun saß er wieder in derselben Pose da, wild gestikulierend, starrte Ulla an und redete, als hätte es in seinem ganzen Leben kein anderes Thema gegeben als den Goldenberg-Skandal. Auf einmal stellte ich fest, daß ich alles an ihm verabscheute, seine zwanghaft abgebissenen Fingernägel, die Art, wie er seine Zigarette aus dem Mundwinkel hängen ließ, sogar die Farbe seines Hemds. Mein erster Eindruck von ihm war doch richtig gewesen: Er hatte diesen selbstgefälligen Narzißmus an sich, mit dem man eigentlich nichts zu tun haben wollte.

Ich sah auf die Uhr.

»Hunter ... ich glaube, ich sollte mich auf den Weg machen ...«

»Nein, warte«, sagte er sofort und packte mein Handgelenk mit eisernem Griff. »Wir gehen zusammen, in einer Minute, laß mich nur Ulla diese Kontakte aufschreiben.«

Auf einen Zettel kritzelte er die Telefonnummern von Leuten, die weitere Ansichten und Fakten über den Goldenberg-Skandal verbreiten würden, und unter dem Tisch keilte er währenddessen meinen Knöchel fest zwischen seinen Füßen ein.

Mein gesamter Haß löste sich auf wie Nebel in der Sonne. Ich lehnte mich zurück und sah mit dämlichem Grinsen zu, wie er Ulla seinen Notizzettel reichte.

Er wollte mich. Er war nicht bereit, mich gehen zu lassen.

Und auf der Stelle war ich wieder die glücklichste Frau von ganz Karen.

Später, in seinem Haus, nachdem wir uns geliebt hatten, sagte er: »Ich habe dich vermißt, ich hab ständig von dir geträumt.«

»Ich habe dich auch vermißt.«

»Ich hatte gehofft, du würdest herkommen. Ich habe auf dich gewartet.«

»Wirklich?«

»Natürlich.«

»Ich hatte Angst herzukommen.«

»Angst wovor?«

»Oh. Na ja...« Ich starrte ihn an. »Weißt du...«

Mehr sagten wir nicht. Es gab sehr wenig, was wir beide darauf noch hätten sagen können. Keiner von uns wollte ins Detail gehen und die Schäbigkeit unserer Lage zur Sprache bringen. Keiner von uns wollte sich den Konsequenzen stellen, die die Situation verlangte. Dabei war es an mir, etwas zu tun, ich war diejenige, die mit einem anderen Mann zusammenlebte, ich war diejenige, die lügen und betrügen mußte. Und es war an mir zu sagen, was ich vorhatte.

Aber ich wollte nichts sagen, noch nicht. Ich war noch nicht bereit zuzugeben, daß es falsch war, was wir taten, daß wir auf der Stelle damit aufhören mußten, und ebensowenig konnte ich zugeben, daß es das war, was ich am meisten auf der Welt wollte und worauf ich keinen einzigen Tag mehr verzichten konnte.

Statt dessen drehte ich mich zu ihm und küßte ihn langsam. Ich spürte die Wärme seines Körpers, ich steckte meine Finger in sein Hemd und streichelte seinen schmalen Brustkorb. Ich belog mich selbst, indem ich mir einredete, wenn ich ihn nur noch einmal lieben könnte, würde ich erfüllt und befriedigt nach Hause gehen.

Mir war klar, daß ich die Grenze überschritten hatte und in den verbotenen Bereich eingedrungen war, aber der Junkie in mir sagte: Du kommst davon los, wann immer du willst. Gönn dir jetzt noch einen Schuß, dann wirst du nicht mehr daran denken. Dann geht's dir gut, und von einem einzigen weiteren Mal wirst du nicht süchtig.

Der Junkie in mir ist ein hinterhältiger Lügner. Als ich wieder in meinem Wagen saß, wußte ich bereits, daß ich rettungslos vergiftet war. Und doch stellte ich mir vor, ich könnte die Abhängigkeit überstehen, solange ich so tat, als sei sie rein körperlich. Als könnte ich dafür sorgen, daß nicht unversehens Liebe daraus wurde.

Und so, ausgestattet mit all diesen maßgeschneiderten Lügen, speziell auf die Erfordernisse meiner Situation zugeschnitten, bildete ich mir ein, ich hätte die Lage wieder im Griff. Ich fuhr nach Hause, stolz und voller Hochgefühl, als hätte ich einen wirklich phantastischen Trick gelernt.

15

Was hätte ihr gefrommt, so wie sie ist?
Wo findet Troja sie zum zweiten Brand?

W. B. Yeats

Kassandra lag schlafend im Tempel.

Apollo erschien und bot ihr die Gabe der Weissagung gegen das Versprechen, bei ihm zu liegen. Sie nahm sein Geschenk an, doch sie brach ihr Wort. Apollo bat sie, ihm wenigstens einen Kuß zu gewähren, und als sie ihm den Wunsch erfüllte, spuckte er ihr zur Strafe in den Mund, damit niemand ihren Weissagungen Glauben schenkte und alle sich stets von ihr abwandten. Die Gesellschaft einer Unheilsprophetin behagt niemandem.

Ich hatte mit Kassandra immer Mitgefühl. Vor allem seit Hunter mir in den Mund gespuckt hat.

In der Hoffnung, in ihren geheimen Windungen wenigstens ein ausgleichendes Moment aufzuspüren, erzähle ich mir die Geschichte immer wieder von vorn – wie eine Goldwäscherin, die unermüdlich Flußsand siebt und sich wünscht, im Staub zumindest ein paar Körnchen Gold zu finden.

Aber bisher ist mir lediglich gelungen, den Weg nachzuzeichnen, der uns an den Punkt geführt hat, von dem an das Paradies schneller verfällt als unser dekadenter Geist.

Wir, die wir dachten, Afrika werde uns zu besseren Menschen machen, gesünder und im Einklang mit unseren natürlichen Begabungen, haben in Wahrheit offenbar zunehmend unsere niedrigsten Triebe ausgelebt. Allerdings bin ich überzeugt, daß wir, die wir hier leben, am Ende nur deshalb noch skrupelloser, narzißtischer und betrügerischer dastehen als andere, weil unsere Umgebung uns weniger Ablenkungen und Zerstreuungen bietet. Tarnungen stehen uns kaum zur Verfügung. Und so erweist sich, daß Afrika letztlich nichts anderes ist als ein höherer Beobachtungsposten, von dem aus es möglich ist, einen umfassenderen Blick auf die menschliche Natur zu werfen.

Ich wußte genau, was geschehen war – ich hatte ja soviel Zeit, um nachzudenken, zu grübeln. Die Analyse der Ursachen meiner verzweifelten Leidenschaft für Hunter und meiner gleichzeitigen Unfähigkeit, mich von Adam zu trennen, war mir der liebste Zeitvertreib geworden.

Ja, jeder Name birgt sein Schicksal, und erst jetzt erkenne ich, daß Hunter, der Jäger, mir von Anfang an aufgelauert hat, als hätte er Ferdinandos Erbe in mir gewittert. Von Anfang an wußte er, daß ich eine Ausbrecherin war, eine Abtrünnige, die vor der Kälte intellektueller Kontrolle in der Üppigkeit eines rein sinnlichen Lebens Zuflucht suchte. Er hatte mich in der Menge aufgespürt und mir befohlen: Hör auf, dich zu verkleiden, ich weiß, woher du kommst, *du bist keine von ihnen.* Als er das sagte, erkannte auch ich in ihm die vertrauten Eigenschaften meines eigenen Stammes. Und ich folgte ihm.

Ironischerweise war es zwischen Adam und mir genau umgekehrt verlaufen.

Es war die Distanz zu ihm, die mir Vertrauen eingeflößt hatte. Ich wußte, daß Adam, selbst wenn ich mich nackt vor ihm zeigte, nicht wirklich in der Lage wäre, mich zu erkennen. Im übrigen war ein derart tiefes Verständnis gar nicht notwendig, denn das Wesen der Anziehungskraft zwischen uns beruhte auf einem völlig anderen Prinzip: Sie entsprang dem Instinkt, ihre Chemie war von animalischer Qualität. Aber in der logischen Konsequenz dieser Voraussetzung hatte ich versagt: Es war mir nicht gelungen, eine Alpha-Frau zu sein und sein Kind zur Welt zu bringen.

Als mir dann Hunter begegnete, fühlte ich mich erkannt und war sofort geschmeichelt – er wollte mich wegen meines Geistes, meiner Seele, aus welchem Grund auch immer, und war an der Mutter in mir nicht im geringsten interessiert –, doch mir war auch klar, daß er mich bis in die kleinsten Einzelheiten entschlüsseln würde, wenn ich mich vor ihm entblößte. Und das jagte mir Angst ein.

Deshalb mußte ich möglichst schnell lernen zu lügen: Ich belog nicht nur Adam, sondern auch mich selbst, wenn ich mir einredete, wir wollten nichts als schnellen Sex und hätten gewiß bald genug davon.

Sooft ich konnte, schlich ich mich davon, um mich mit Hunter zu treffen; Adam hingegen verließ allmorgendlich um acht Uhr das Haus, nach Rasierschaum duftend, nachdem er wieder eine Liste zu erledigender Reparaturen und nötiger Vorräte, die für das Camp zu besorgen waren, zusammengestellt hatte.

Was tun Liebende in der Stille nach der Liebe?
Sie sagen: *Ich liebe dieses Stück von dir.*

Welches?

Deinen Nacken.

Und ich liebe das hier.

Warum?

Weil es so weich ist, so verletzlich.

Was noch?

Deine Schultern. Ich werde nie vergessen, wie ich zum ersten Mal deine nackten Schultern gesehen habe.

Was ist mit ihnen?

Hunter streicht über den gerundeten Muskel, dann über die Kehlung der Achselhöhle. Ich spüre seinen kühlen Finger, der die Linie meines Schlüsselbeins nachzeichnet.

Ich verstehe nicht, was er meint, aber es ist mir gleichgültig. Er küßt meine Knochen, lachend, und ich wünsche mir, daß er nie damit aufhört.

»Das hier möchte ich mitnehmen«, sagt er und wölbt seine Handfläche um meine Schulter.

»Was für ein langweiliger Körperteil, um ihn auf Reisen mitzunehmen.«

»Du hast keine Phantasie. Die Anatomie drückt viel mehr aus, als du denkst. Warte, ich zeig's dir.«

Wenn ich in der Dämmerung nach Hause fahre, halte ich dein Bild in meinem Kopf fest: deine Augen – eine so merkwürdige

Schattierung von Grau –, wenn du mich während der Liebe ansiehst. Nie hätte ich gedacht, daß es möglich ist, sich ein einzelnes Bild so lange und so unveränderlich einzuprägen. Den Klang deiner Stimme, wenn du flüsterst: »Du. Du.«

Du wagst nicht einmal, meinen Namen auszusprechen.

Das ist es, was ich nach Hause mitnehme, beinahe jeden Tag.

In den ersten paar Wochen kam ich mir fast mutig vor, weil ich es fertigbrachte, Adam zu belügen. Kälte zu empfinden fiel mir leichter, als mich zu schämen. Aber es hielt nicht vor.

Morgens war es am schwierigsten. Dann war mir Hunter am lebhaftesten präsent, in Bruchstücken, verknäult in meine Träume. Es war, als tauchte ich aus tiefem Wasser auf, eingehüllt in seinen Geruch, die Spuren seiner Berührungen, die wie Seetang noch an meiner nassen Haut hafteten. Mich daraus zu befreien war mühsam, und in diesen Momenten fühlte ich mich unter Adams Blick besonders verwundbar.

»Warum kommst du nicht für die Saison ins Camp?« fragte er mich eines Morgens beim Frühstück aus heiterem Himmel.

»Was? Für die *ganze* Saison?« Seine Frage hatte mich vollkommen überrumpelt. Diese Möglichkeit hatte er bisher nie erwähnt.

Ich spürte, wie mir das Blut in die Wangen stieg. Seine Augen musterten mich prüfend.

»Ja. Du könntest mir helfen, das Camp zu managen.«

»Das kann ich nicht… Dazu bin ich nicht imstande, wirklich. In Buchhaltung und solchen Sachen bin ich völlig unfähig.«

»Ach komm, Esmé, du müßtest ja nur abends beim Essen die Gastgeberin spielen, ein bißchen Konversation mit den Kunden machen. Das könntest du sehr wohl. Um die Buchführung und alles andere brauchst du dich überhaupt nicht zu kümmern.«

In seinem Tonfall lag eine Beharrlichkeit, die mich beunruhigte.

»Meinst du? Da bin ich mir nicht sicher«, sagte ich lahm.

Er schenkte sich Kaffee nach und rührte und rührte in der Tasse, allzu lange. Ich spürte, wie mir die Anspannung das Rückgrat emporkroch.

»Es ist ein richtiger Job. Ich meine, die Firma würde dich dafür bezahlen«, sagte er, ohne den Blick von seiner Tasse zu heben.

»Na, hör mal, es geht doch nicht darum, ob ich bezahlt werde oder nicht. Sondern …«

»Sonst sind wir zu lange voneinander getrennt«, gestand er schließlich ein. Und dabei sah er mich eindringlich an, mit einem vollkommen offenen, unverstellten Blick, der viel mehr ausdrückte, als er zuzugeben bereit war.

Ich zögerte. Fing an, meine Fingernägel zu untersuchen, tat, als erwöge ich sein Angebot. Worum Adam mich in Wahrheit bat, war, die Stadt zu verlassen und aufzugeben, was immer mich von ihm fernhielt.

»Es ist jetzt so schön dort, so grün und voller Tiere …«

Ich wußte sehr wohl, daß es schön wäre. Aber an Schönheit war ich nicht länger interessiert. Ich hatte ein anderes Reich betreten, in dem diese Schönheit mich um den Verstand gebracht hätte.

»Ich weiß nicht«, sagte ich. »Kann ich darüber nachdenken? Damit gehe ich doch eine Verpflichtung ein, nicht?«

Er sah mich an, und auf einmal hatte ich das Gefühl, daß er alles wußte. Er muß es wissen, dachte ich, wie könnte er es *nicht* merken?

»Ja, das stimmt«, sagte er. »Es ist eine Verpflichtung.«

Ostafrika ist für eine heimliche Liebesaffäre wahrscheinlich der ungeeignetste Ort der Welt. Keine abgelegenen Restaurants, keine Kinos, keine romantischen Hotels oder gemütlichen Cafés, wo niemand dich und deinen Liebhaber kennt.

Deshalb unternahmen Hunter und ich nicht einmal den Versuch, uns zu verstecken, sondern taten einfach so, als seien wir wirklich gute Freunde geworden. Auf diese Weise konnten wir häufig miteinander zu Mittag essen oder einfach beisammensitzen, ohne besonderen Verdacht zu erregen, wenn uns jemand sah. Tatsächlich war niemand überrascht, daß wir einander so nahegekommen waren.

»Ihr zwei«, sagte Nena einmal. »Ihr seid beide so *vergeistigt*.«

»Was soll das denn heißen?« fragte ich, schon durch die Tatsache alarmiert, daß sie uns als Gespann sah.

»Na ja, Hunter hat sich immer beklagt, daß es hier niemanden gibt, mit dem er wirklich reden kann. Wahrscheinlich genießt er deine Gesellschaft, eure Gespräche, den ständigen Meinungsaustausch – so ist es doch, oder? Ihr beide seid imstande, euch stundenlang über *Ideen* zu unterhalten. Das ist hierzulande eine Seltenheit.«

»Na, hör mal, du hast doch auch immer eine Meinung zu allem möglichen. Du liest viel.«

»In letzter Zeit nur noch die Etiketten auf Kosmetika.« Sie zuckte die Achseln. »Alles andere kommt mir viel zu anstrengend vor.«

Es war erstaunlich, daß niemand das Naheliegende sah.

Wie augenfällig es war, daß wir füreinander geschaffen waren. Wie unmöglich es uns gewesen wäre, *kein* Liebespaar zu werden. Aber damals war es auch mir nicht klar. Wie jeder andere Junkie stritt auch ich die Wahrheit ab.

Hunter war inzwischen jedesmal fassungsloser, wenn er aus Ruanda zurückkehrte, und mit der Zeit fürchtete ich, er werde zusammenbrechen. Es war, als habe etwas in ihm nachgegeben und sei jetzt irreparabel verbogen.

An diesen Nachmittagen begann er immer zu reden, nachdem wir uns geliebt hatten, und in seiner charakteristischen Art sprach er mehr zu sich selbst, ohne meine Gegenwart wirklich wahrzunehmen. Er lag seitlich auf dem Bett, den Kopf auf den Arm gestützt, während ich mich langsam anzog und zum Aufbruch bereit machte.

»Während man dort ist und dieses Grauen miterlebt, bildet man sich ein, sobald man veröffentlicht, was man gesehen hat, müßte die ganze Welt zum Stillstand kommen, jeder müßte alles stehen- und liegenlassen, ins nächste Flugzeug springen und mithelfen, dem Gemetzel ein Ende zu machen.«

Er wandte den Blick von mir ab, als wollte er nicht sehen, wie ich mich zum Gehen wandte.

»Aber die Welt schert sich einen Dreck darum. Keiner ist auch nur bereit, von einem Völkermord zu sprechen.«

Er stand auf und durchquerte rasch den Raum, völlig nackt. Er wickelte sich einen *kikoy* um die Taille, setzte sich mit dem Rücken zu mir an seinen Schreibtisch und begann, einen Joint zu drehen.

»Es ist so verflucht aussichtslos. Die Leute benutzen meine Artikel, um ihr Porzellan darin einzuwickeln, und achtzig Prozent der Leser der Auslandsnachrichten können immer noch nicht die beiden Parteien auseinanderhalten.« Er imitierte einen amerikanischen Akzent: »Wer sind noch mal die Bösen, die Hutus oder die Tutsis? Diese afrikanischen Namen verwechselt man doch ständig!«

Ich setzte mich auf die Bettkante, auf einmal unsäglich traurig.

»Du mußt den Eindruck haben, als wäre ich unendlich weit fort von allem.«

Ich sah, wie er die Gummierung des Zigarettenpapiers befeuchtete.

»Das bist du wirklich. Aber nicht so, wie du denkst«, sagte er, ohne sich nach mir umzusehen.

Eine Weile blieb es still.

»Weißt du«, sagte er, und seine Stimme wurde weich. »Es stimmt ja gar nicht. Wenn wir dort sind, denken wir nie an die Leser.«

Er zündete den Joint an, und in einer dichten Rauchwolke drehte er sich zu mir um.

»Wir fliegen immer wieder hin, richtig? Miles, Reuben, Bernard. Ich. Wir sehen das alles. Aber es ist nicht die Aufregung oder die Gefahr, die uns hintreibt.«

»Was denn dann?«

»Ich weiß es nicht. Ist das nicht komisch?« Mit einem unbestimmten Lächeln schüttelte er den Kopf. »Es ist, als ob... wer weiß – als hätten wir alle dieses *Geheimnis*.«

»Das verstehe ich nicht.«

Er nahm einen tiefen Zug und reichte mir den Joint. Dann wandte er den Blick ab.

»Im Grunde, denke ich, suchen wir diese Orte auf, weil wir einsam sind.«

»Einsam?«

»Ja. Ich glaube, darin besteht das Geheimnis: Wir gehen hin, weil wir die Kriege anderer Leute miterleben, am Leid anderer Anteil nehmen wollen. Auf diese Weise können wir unseren eigenen Schmerz vergessen.«

Wir rauchten schweigend. Ich wollte etwas sagen, aber ich brachte kein Wort heraus. Ich saß einfach da und fühlte mich hilflos. Und schuldig wegen meiner Hilflosigkeit.

Dann sah ich auf die Uhr und stellte fest, daß es spät geworden war. Ich stand auf. Ging zu ihm, und wir starrten einander an, immer noch ohne ein Wort. Ich weiß noch, daß ich dachte: Mich auch, ich bin deine Einsamkeit, und mich willst du auch vergessen.

Aber ich brachte es nicht über die Lippen.

Er berührte leicht mein Hemd. Und öffnete langsam die Knöpfe, einen nach dem anderen, während er mich weiterhin unverwandt ansah.

»Hunter… ich muß wirklich gehen«, flüsterte ich flehentlich.

Mein Hemd glitt zu Boden.

»Nein.« Er strich mit den Fingerspitzen über meine nackten Schultern. »Ich brauche es wirklich. Jetzt.«

Ich wußte, wie sehr er mir übelnahm, daß ich immer einer Uhr zu gehorchen hatte.

Aber nicht weniger übel nahm ich ihm, wie er von einer Minute zur anderen einfach verschwand. Ohne je zu sagen, er werde mich vermissen. Ohne zu sagen, wann er zurückkommen werde. Vielleicht wünschten wir beide insgeheim, den anderen loszuwerden, damit wir diese Wut nicht mehr verspüren müßten.

»Warum haben meine Mitmenschen immer Wichtigeres zu tun, als zu grübeln und sich vor Sehnsucht zu verzehren?« fragte ich Nicole.

Wir saßen im French Café in einem nagelneuen Einkaufszentrum in Westlands und tranken Cappuccino. Ein Hausfrauenparadies: der beste Metzger von Nairobi, die deutsche Bäckerei und ein Naturkostladen, alles unter einem Dach.

»Du mußt endlich was tun, du Närrin«, sagte sie. »Etwas Sinnvolles. Eine Affäre zu haben ist nicht das, was ich eine sinnvolle Beschäftigung nennen würde.«

»Ich weiß. Und abgesehen davon verschlingt sie meine gesamte Energie.«

Ich hatte ihr alles über mich und Hunter erzählt, und sie hatte mich gebeten, vorsichtig zu sein. Sie wolle nicht, sagte sie, daß irgend jemand zu sehr verletzt würde.

»Dann sollte ich Adams Angebot wohl annehmen und bei ihm im Camp mitarbeiten, oder?« sagte ich düster. »Ich kann so wirklich nicht weitermachen, es ist zu verrückt.«

»Ob das Camp eine so gute Idee ist, weiß ich eigentlich nicht«, sagte Nicole zögernd. »Kannst du dir vorstellen, für das Wohl der Gäste und alles andere zu sorgen?«

»Nein. Ich würde es nur tun, weil ich mich wegen vieler Dinge schuldig fühle«, sagte ich seufzend. »In Wahrheit würde ich lieber irgendwas ganz Eigenes machen, das mit meinen Männergeschichten nichts zu tun hat.«

»Das meine ich auch. Es wäre viel vernünftiger.«

Nicole blies in ihren heißen Kaffee, in ihre eigenen Gedanken versunken. Manchmal fürchtete ich, ihr mit meinem Unsinn irgendwann auf die Nerven zu gehen. Aber so war sie nicht.

»Es gibt doch hier in der Stadt dieses Postproduktionsstudio, Right Track heißt es«, sagte sie nach einer Weile. »Sie machen dort Nachrichten für KTN, ein bißchen Werbung und vermieten an alle möglichen Freiberufler. Ich weiß, daß sie jemanden suchen, der sich um die Organisation kümmert. Du solltest hingehen und mit ihnen reden. Ich denke, du würdest nicht mal schlecht verdienen. Jason Winters, dieser Filmemacher, der von London hierhergezogen ist – er arbeitet manchmal bei ihnen. Er ist zur Abwechslung mal ein richtig verdorbener Großstadtjunge.«

»Hört sich vielversprechend an«, sagte ich und versuchte, begeistert zu klingen.

Doch dieses Gespräch hatte nur dazu beigetragen, mich wieder in Depressionen zu stürzen. Ich knabberte an einem Stück Croissant, legte es beiseite. Ich konnte nicht mehr essen.

Lange saß ich stumm da. Nicole war es, die das Schweigen brach.

»Was hast du vor?« fragte sie. »Du kannst nicht mehr lang so weitermachen, oder?«

»Ich muß damit aufhören. Es ist zu abscheulich, Adam anlügen zu müssen.«

»Und warum sagst du ihm nicht die Wahrheit? Ihr seid nicht verheiratet, ihr habt keine Kinder. Ich meine, niemand wird dich …«

»Nein«, unterbrach ich sie, ein wenig zu heftig. »Das verstehst du nicht. Ich *liebe* Adam. Zwischen Hunter und mir ist nur diese … diese …«, ich rang nach einem Wort, »… wahnsinnige Anziehung. Ich könnte nie mit ihm zusammenleben.«

»Wieso nicht?«

»Weil er mir weh tun wird«, sagte ich, ohne nachzudenken. Und noch während ich es sagte, hätte ich die Worte gern zurückgenommen.

»Was soll das heißen, er wird dir *weh tun*?« Nicole schüttelte den Kopf. »Du lieber Gott, manchmal bist du wirklich verdreht!«

»Nein, es ist nur … Ach, ich weiß nicht, wie ich's dir erklären soll.«

Ich seufzte und schaute durch die Glastür des Uchumi-Supermarkts auf die Menschenschlange an der Kasse.

»Hunter … jagt mir irgendwie Angst ein. Er macht etwas mit mir, ich weiß nicht, was es ist, ich glaube, dasselbe hat er mit Iris getan. Er gibt mir das Gefühl, als müßte ich ertrinken. Als könnten wir nie miteinander glücklich sein.«

Nicole hob eine Braue.

»Ich glaube, du bist ihm gegenüber unfair.«

»Warum?«

»Er kann dir nur weh tun, wenn er dich nicht *haben* kann. Und du tust ihm dasselbe an.«

»Großartig«, sagte ich gereizt. »Das heißt, wir haben von Anfang an Fehler gemacht. Und das werden wir nie mehr in Ordnung bringen. Dafür ist es jetzt zu spät.«

Ich kannte Jason Winters nicht, er war erst zwei Monate zuvor aus einer plötzlichen Laune heraus nach Kenia gezogen. Er war ein echter Londoner, ein Insider aus der Szene von Notting Hill Gate, der erst kürzlich seinen Überlebenskampf als Regisseur in der englischen Videoclipbranche aufgegeben hatte, um der spektakulärste Filmregisseur zu werden, den Kenia je gesehen hatte. Er hatte einen langen, hellroten Pferdeschwanz, kleidete sich ausschließlich in Agnes-B-Leinenhemden und -jacketts und trug schrille Anzüge von Jean Paul Gaultier zu roten oder smaragdgrünen Cowboystiefeln. Sämtliche Werbeagenturen in Nairobi rissen sich um ihn.

Am nächsten Tag traf Nicole eine Verabredung zum Mittagessen bei Leone, einem kleinen Italiener in der Stadt, um uns miteinander bekanntzumachen. Sie fand, er sei der Richtige, um mir zu dem Job zu verhelfen. Jason stieg aus einem silbernen amerikanischen Straßenkreuzer Baujahr 1960 mit Schwanzflossen und einem komplizierten Aufgebot an Rücklichtern, und er trug eine Sonnenbrille und eine schwarze Baskenmütze.

»Entschuldigt die Verspätung, Mädels, aber ich bin erst um sechs ins Bett gekommen«, rechtfertigte er sich. »Die ganze Nacht im Schneideraum.«

Mit einem verschmitzten Grinsen wandte er sich an Nicole.

»Gott sei Dank hat unser Freund Bonifaz in Lagos gut eingekauft.«

Der gemeinsame Kokshändler: Daher kannten sich die beiden wohl, vermutete ich.

Jason bestellte sofort den teuersten Weißwein auf der Karte, mäkelte so lange herum, bis er eine Flasche bekam, die ihm kalt genug schien, und bis die Vorspeise kam, hatte er uns völlig betrunken gemacht.

»Du kriegst diesen Job, kein Problem, Esmé«, sagte er und spießte eine sonnengetrocknete Tomate auf seine Gabel. »Allenfalls bist du überqualifiziert.«

»Um ehrlich zu sein, ich hatte noch nie in meinem Leben etwas mit Filmen zu tun.«

»Darum geht's nicht.« Er gestikulierte mit der Gabel, schwenkte die Tomate durch die Luft und bespritzte meine Bluse mit Öl. »Du hast Stil, und das braucht man in der Branche *immer.*«

Dank seiner Fürsprache bekam ich schließlich die Stelle bei Right Track ungeachtet der Tatsache, daß ich keine Ahnung hatte, was Postproduktion überhaupt bedeutete.

»Wen kümmert's«, sagte Jason. »Du bist keine Technikerin. Sie bezahlen dich, damit du ihnen den Betrieb organisierst, ihre Kunden betreust und ein prickelndes Hollywood-Flair verbreitest.«

Right Track Productions war in Wirklichkeit nur ein winziges Studio im zehnten Stock eines Glasgebäudes in der Innenstadt. Zwei Räume, Neonlicht und Linoleumboden: Ein *Casablanca*-Poster war das einzige Zugeständnis an Hollywood. Das Kernstück des Unternehmens war eine brandneue Avid-Maschine, die in Kenia allermodernste Ausrüstung bedeutete und eine Menge Kunden anzog: Korrespondenten ausländischer TV-Nachrichtenredaktionen, lokale Werbeagenturen und so weiter. Gelegentlich platzte ein Journalist herein und schnitt in aller Hast einen Film aus Ruanda oder Sudan, manchmal kam ein *mzungu*-Regisseur wie Jason, der gerade einen Werbespot für ein Deodorant oder für Aspirin gedreht hatte. Ich saß am Empfang hinter einem Schreibtisch, nahm Reservierungen entgegen, plauderte mit den Kunden, sorgte für die Einhaltung des Zeitplans und hatte rasch gelernt, wie der Betrieb funktionierte.

Es war wirklich absurd. In Kenia zu leben und den ganzen Tag in einem dunklen Raum die nervenzermürbenden Werbesprüche für Frühstücksflocken oder die hypnotische Stimme des Präsidenten bei seiner Ansprache zur Eröffnung einer Düngemittelfabrik zu hören – grotesk.

Begeistert war ich allerdings, wenn Jason sich für einen seiner dummen Werbefilme die Avid reservierte. Dann gab es Soleier und Bloody Marys, die wir uns aus der Norfolk-Bar kommen ließen. Jasons köstlicher europäischer Charme entschädigte mich für die unspektakuläre Routine meines Jobs, aber mehr als alles andere bot er mir eine Abwechslung von meinem extrem polarisierten Leben. Er hatte keine Ahnung, wie es im Busch oder in Ruanda zuging, und interessierte sich auch nicht sonderlich dafür, und so war seine

Gesellschaft herzerfrischend. Er schmeckte nach London, Filmfestivals, Kunstgalerien, wirklich guten Restaurants, neuen Büchern und Klatsch aus Europa. Wann immer ich eine Weile mit ihm zusammen war, erschien mir Nairobi sofort als ein sehr unkomplizierter Ort zum Leben.

Adam schickte sich an, mit den ersten Kunden der Saison zum Camp aufzubrechen. Meine Entscheidung, hierzubleiben und mich in einem Bürogebäude meiner neuen Karriere zu widmen, statt ihn in die Freiheit des Buschs zu begleiten, hatte ihn befremdet.

»Die Leute zahlen Tausende von Dollars, um eine Safari zu erleben und der Sorte von Jobs zu entkommen, wie du gerade einen angenommen hast«, sagte er kopfschüttelnd.

»Genau. Ich möchte nicht, daß mein Leben ein einziger teurer Urlaub ist.«

»Das Camp ist kein Urlaub. Es ist doch dein *Zuhause*«, sagt er; dann wandte er den Blick ab und schaute aus dem Fenster.

Ein Zuhause? War das Camp auch mein Zuhause? Der Gedanke kam mir merkwürdig vor. Ich hatte es nie aus diesem Blickwinkel betrachtet, doch vage war mir bewußt, daß es ein Fehler war, mich immer so fern von ihm zu fühlen und nie vollständig akzeptieren zu können, was er mir anzubieten hatte.

»Adam.«

Er drehte sich zu mir um. In seinem Blick erkannte ich jetzt eine Distanziertheit.

»Bitte versteh mich nicht falsch«, sagte ich. »Ich möchte wirklich etwas tun, was meine eigene Sache ist. Was es ist, spielt keine Rolle: Ich möchte nur stolz auf mich sein können, weil ich hier etwas aus eigener Kraft getan habe.«

Während ich das sagte, wurde mir klar, wie sehr es stimmte. Mein absurder Job in der Stadt hatte mich nicht nur von dem Gefühl der Abhängigkeit befreit, sondern mir auch einen Raum geschaffen – so klein und unbedeutend er auch war –, wo ich noch etwas anderes tun konnte, als mich passiv meinen Gefühlen hinzugeben.

»Ich weiß«, sagte Adam mit gezwungenem Lächeln. »Es ist nur, daß du mir fehlen wirst – das ist halt mein Egoismus.«

»Aber ich werde dich so oft wie möglich besuchen«, sagte ich. »Du wirst mir auch fehlen, weißt du.«

Wir küßten uns, wie um den neu geschlossenen Pakt zu besiegeln. Aber ich rückte ein wenig zu rasch von ihm ab, und ich glaube, er bemerkte meine leichte Ungeduld, die Sache hinter mich zu bringen, so daß ich mein Leben weiterführen und mich diesen neuen Vereinbarungen zuwenden konnte, ohne je wieder darüber diskutieren zu müssen.

Wahrscheinlich war dies der Moment, in dem Adam spürte, daß er mich verloren hatte. Er wußte noch nicht, an wen oder woran, doch er war sich bewußt, daß ich mich von ihm zurückgezogen hatte. Er hatte nicht die Absicht, das Thema zu vertiefen – das war nicht seine Art, und das wußte ich nur zu gut. Seine Unfähigkeit, sich mit Worten auszudrücken, war auf einmal zum Vorteil für mich geworden.

Tatsächlich besuchte ich ihn jedes Wochenende, wie eine pflichtbewußte Ehefrau. Jeden Freitagnachmittag kletterte ich in eine kleine sechssitzige Maschine und flog zum Camp hinaus. Alle Piloten waren Freunde von Adam, so daß ich nur einzusteigen brauchte wie in einen Bus und umsonst den Fünfundvierzig-Minuten-Flug zur Landepiste bekam, wo Adam oder einer seiner Fahrer auf mich wartete.

Ich hatte also alles wunderbar arrangiert. Bis es Freitag wurde, war ich immer bereit, Adam zu sehen. Die Zeit, die wir gemeinsam verbrachten, war stets perfekt: Ich schenkte ihm meine gesamte Aufmerksamkeit, war ständig in vorzüglicher Laune, und mein Schuldgefühl war so groß, daß unser Liebesleben, wie sich herausstellte, durch meinen Betrug einen erheblichen Aufschwung erfuhr. Doch die Sache war die, daß ich ihn wirklich liebte.

Ich liebte ihn sogar mehr als früher, weil er meinen Verlust hingenommen hatte, ohne Forderungen irgendeiner Art zu stellen. Jetzt weiß ich, daß er nicht einfach nur passiv nachgab. Er wartete: Er wußte, daß er mich letztlich nur zurückgewinnen konnte, wenn er stark und geduldig war. Und jetzt, im nachhinein, ist mir völlig klar, wie sehr ich mir wünschte, daß er es schaffte. Nachdem ich meinen Weg zu ihm zurück nicht mehr aus eigener Kraft finden konnte, mußte er derjenige sein, der den Bann brach. Tatsächlich waren wir die ganze Zeit hindurch stumme Komplizen.

Wir taten beide, als sei alles wie immer. Wir redeten uns ein, wenn wir kein Wort darüber verlören, würde die Störung einfach so wieder verschwinden, wie sie aufgetreten war.

Auch in psychologischer und finanzieller Hinsicht zahlte sich unsere Verdrängung aus.

Beim Abschied sagten die Gäste im Camp unweigerlich, wie sehr sie uns um unsere Lebensweise beneideten. In ihren Augen verkörperten Adam und ich die vollkommene Filmbesetzung, ein wunderbar romantisches, abenteuerlustiges und gutaussehendes Paar. Und sie stellten für uns das perfekte Publikum dar: immer gern bereit, die Eintrittskarte zu bezahlen, und nach der Vorstellung unweigerlich entzückt. Und immer baten sie um eine Fortsetzung.

Niemand will eine so schöne Geschichte enden sehen.

16

Berühre mich, berühre mit der Fläche deiner Hand meinen Leib,
Indes ich vorübergehe,
Fürchte dich nicht vor meiner Liebe.

Walt Whitman

Daran erinnere ich mich: an einen schönen Tag im September, ein sonntägliches Mittagessen auf der Farm der Dawsons am Naivasha-See. Die Kinder tollen über den Rasen, die Erwachsenen sitzen um den langen Tisch, der mit Hibiskusblüten geschmückt ist, und betrinken sich langsam.

Nena hat sich eine Blüte ins Haar gesteckt und sieht aus wie eine spanische Tänzerin.

Ich begegne Hunters Blick, der über den Tisch zu mir herüberschaut. Ich trage ein ärmelloses Kleid, und Adams Hand liegt für ein paar Sekunden auf meiner Schulter, während er nach dem Kaffee eine Zigarette raucht. Die nackte Schulter, die Hunter, wie er einmal sagte, mitnehmen wollte. Die Schulter, die er so gern küßt. *Sein* Teil meines Körpers.

Als ich Hunters Blick auf mir spüre, muß ich auf der Stelle aufstehen und mich vom Tisch entfernen. Mit soviel unnötiger Energie springe ich auf, daß mein Stuhl umfällt.

»Oh, Entschuldigung. Entschuldigung.«

Adam stellt den Stuhl wieder auf und sieht mich an.

»Alles in Ordnung?« fragt er, verwundert über meine ruckartigen Gesten.

»Ja. Ich brauche nur ein bißchen Bewegung.«

Das sind die Augenblicke, in denen uns – immer gegen unseren Willen – diese abscheuliche Pantomime aufgezwungen wird. Das sind die Augenblicke, in denen mir klar wird, wie unmöglich es ist, das alles nicht widerwärtig zu finden.

Vor dem Essen hatte Heather Dawson Nicole und mich auf einen Spaziergang über die Farm mitgenommen und uns die seltenen Vogelarten gezeigt, uns auf den Dung der Gazellen, die hier lebenden Giraffen aufmerksam gemacht. So ist das in Afrika: Die Leute zeigen dir nicht ihre Inneneinrichtung, du mußt nicht vor Bewunderung jauchzen, wenn die Gastgeberin die Tür zu einem Raum öffnet und erwartet, daß du sie zu ihrer harmonischen Farbkombination beglückwünschst. Hier zeigen dir die Gastgeber ihre Tiere.

Meine Giraffen, *meine* Büffel. Und wir *haben* sogar einen Leoparden. Letzte Nacht war er hier, kam direkt bis zu unserer Tür. Komm hierher, siehst du diese Spuren?

O Gott, ist das nicht wunderbar?

Als wir vom Spaziergang zurückkehrten, sah ich Hunter mit den anderen am Tisch sitzen. Niemand hatte ihn erwartet.

»Hunter, was für eine großartige Überraschung!« Heather Dawson fiel ihm um den Hals. »Dieser schöne Mann läßt sich hier überhaupt nicht mehr blicken. Dabei war er vor ein paar Jahren so oft bei uns. Du und Iris, weißt du noch?«

Jeder erinnert sich an Hunter und Iris. In diesem Land gibt es eine Geschichte von ihnen als Paar.

Die Geschichte von Hunter und Esmé hingegen – schon zwei Monate alt – bleibt hermetisch abgeriegelt in einem Schlafzimmer. Niemand wird sich an uns beide gemeinsam erinnern, niemand wird uns je zusammen erlebt haben.

Dieses gemeinsame Geheimnis war mir auf einmal unerträglich: Daß wir unsere Geschichte vor aller Welt verbergen mußten, daß sie zu einem unterirdischen Dasein verurteilt war und nie ans Licht kommen durfte, schien mir völlig verkehrt, und ich hatte das jähe Bedürfnis, laut hinauszuschreien: *Wir sind ein Liebespaar, wir sind verrückt nacheinander, ich mache ihn sehr glücklich.*

Statt dessen küßte ich ihn züchtig auf die Wange.

»Hallo, Hunter, schön, dich zu sehen.«

Beim Mittagessen betrank sich Hunter absichtlich und wurde unangenehm. Mit Peter, dem Elefantenmann, brach er einen erbitterten Streit vom Zaun, der sich um die Aufhebung des Jagdverbots drehte. Adam saß sphinxähnlich am Tischende und behielt Hunter fest im Blick. Er ließ keinen Zweifel daran, daß er keinen Wert darauf legte, in das Gespräch hineingezogen zu werden. Er spürte, daß Hunters Wut gegen ihn gerichtet war.

»Die Rancher haben sowieso immer den Wildbestand reduziert, also kann man es genausogut Jagd nennen und einen Touristen abdrücken lassen. An einem Zebra sind derzeit ungefähr viertausend Shilling zu verdienen, wenn sie das Fleisch und das Fell verkaufen. Sechs- bis siebenmal soviel verdienen sie, wenn sie dasselbe Tier von einem Touristen abschießen lassen.«

»Du hast doch keine Ahnung – das wäre der Anfang vom Ende«, sagte Peter irritiert.

»Die afrikanischen Grundbesitzer könnten auf diese Weise aus dem Wild endlich mal Geld herausholen. Dann hätten sie sogar einen Grund, sich um die Tiere zu kümmern. Alles andere ist doch Heuchelei.«

Er wandte sich mir zu. Höhnisch.

»Sag du was. Laß uns hören, was eine Frau dazu meint.«

Ich zuckte die Achseln, peinlich berührt.

»Ich habe eigentlich keine Meinung. Das heißt, die Problematik ist mir wohl kar, aber …«, ich seufzte, wie um ihn zu bitten, seine Wut nicht gegen mich zu richten, »… ich glaube nicht, daß ich genug darüber weiß.«

»Schon gut. Du mußt ja nicht zu *allem* eine Meinung haben«, sagte er barsch. »Man muß sich nicht für jedes einzelne Thema verantwortlich fühlen.«

»Gut. Denn das kann ich nicht.« Auch mein Ton war schärfer geworden.

»Richtig.« Er nahm einen kräftigen Schluck aus seinem Glas und starrte an mir vorbei. »Das würde ich auch gar nicht von dir erwarten.«

Später am Nachmittag lag ich in der Sonne und sah den Kindern zu, die mit Pfeil und Bogen spielten. Hunters körperliche Gegenwart ständig in meiner Nähe zu spüren hatte mich erschöpft – es war, als hätte ich einen inneren Radar, der fortwährend seinen Abstand zu mir registrierte. Ich lag in der Wiese und flüchtete mich in das verborgene Leben der Insekten, drückte den Kopf ins Gras und lauschte ihrem eifrigen Summen.

Peters Stimme schreckte mich auf.

»Schau her, Toby, so, versuch mal, das geradezuhalten, ja, genau!«

Er zeigte dem kleinen Toby, wie man einen Bogen herstellt. Vertieft in ihr Experiment, kauerten sie im Gras, die Köpfe nahe beieinander. Ich sah den beiden eine Weile zu. Sie sahen einander so ähnlich, dieselben Farben, derselbe Ernst – wie zwei Kinder unterschiedlicher Größe.

»Genau so geht das, Tobbs! Hervorragend!«

Toby lief davon, um den anderen Kindern sein neues Spielzeug zu zeigen. Peter fing meinen Blick auf, kam herüber und setzte sich neben mich ins Gras.

»Geht's dir gut hier, so ganz allein?« fragte er.

»Ja, ich hab einfach die Sonne genossen.«

Er sah mich fest an.

»Sicher?«

»Natürlich, warum?« fragte ich abwehrend.

»Weiß nicht. Vorhin am Tisch hast du ein bißchen traurig gewirkt.«

»Oh... Nein... Ich war nur...« Eine jähe Röte schoß mir ins Gesicht. »Ich bin heute nur ein bißchen wortkarg, nehme ich an.«

Seine Aufmerksamkeit verursachte mir Unbehagen, und die Paranoia packte mich. Konnte es sein, daß Nena ihm gegenüber einen Verdacht geäußert hatte, daß zwischen Hunter und mir etwas lief? So etwas entgeht den Frauen normalerweise nicht.

»Ja, das ist mir schon aufgefallen, daß du manchmal recht wortkarg bist«, sagte er leise, in freundlichem Ton.

Heather kam auf uns zugelaufen.

»Kommt, ich mache ein Gruppenfoto, alle stellen sich auf der Veranda auf. Dieses Licht dürfen wir nicht verpassen!«

Gehorsam standen wir im Spätnachmittagslicht wie Komparsen

auf der Bühne, während Heather hin- und herging und uns in verschiedenen Positionen aufstellte.

»Hier, Peter, du nimmst Natasha auf den Schoß, so. Adam, komm hier rüber, du setzt dich hin, ja, perfekt. Esmé, ein bißchen weiter nach vorn, ich seh dich kaum. Meine Güte, bist du aber mager, meine Liebe! Nicht lächeln, keiner, ich will euch so ernst wie auf einem viktorianischen Porträt.«

Hunters Schulter berührte die meine. Dann, als die Kamera klickte, spürte ich seine Finger, die tief unten hart gegen meine Wirbelsäule drückten. Es fühlte sich zornig an, diese Finger auf meinem Rücken.

»Gut. Jetzt ist unsere Falschheit dokumentiert«, hörte ich ihn flüstern, als wir uns wieder verteilten. Und er klang verbittert.

Am nächsten Tag stürmte ich in sein Haus. »Warum haßt du mich so?« fuhr ich ihn an.

»Wovon redest du?« Er saß am Schreibtisch, seine Finger flogen über die Tasten seines Laptops. Er schaute kaum auf.

»Du warst so feindselig. Das macht mich wahnsinnig.«

»Ich wäre nie gekommen, wenn ich gewußt hätte, daß du auch dort bist. Mit Adam.«

»Das läßt sich wohl schwer vermeiden, oder? Die Stadt ist nicht besonders groß, da begegnet man sich zwangsläufig ziemlich oft.«

»Trotzdem geht's mir auf die Nerven.«

»Du hast von Anfang an gewußt, daß so etwas passieren würde.«

»Deswegen nervt es mich um so mehr.«

»Kannst du nicht mal eine Sekunde zu schreiben aufhören?«

»Eigentlich nicht. Ich habe eine Menge zu tun.«

»*Bitte.*«

Er schrieb weiter.

»Na gut, dann geh ich wieder«, sagte ich.

»Esmé.«

»Ja?«

»Geh nicht. Komm her. Setz dich.«

»Warum bist du so?«

»Weil ich hier lebe, das ist meine Heimat. Und du machst es mir unmöglich, irgendwohin zu gehen, ohne daß ich das Gefühl habe, fehl am Platz zu sein.«

»Ich glaube, du hast angefangen, böse auf mich zu sein.«

»Das stimmt. Manchmal bin ich's.«

Daß er das zugab, machte mich rasend. Als wäre es allein meine Schuld, als hätte ich sein Leben ruiniert.

»Dann hören wir auf, uns zu treffen«, sagte ich. »Das führt sowieso zu nichts.«

»Ja. Vollkommen richtig.«

Ein langes Schweigen trat ein.

Ich frage mich, warum wir uns ständig quälen mußten. Immer unternahmen wir alles, damit unsere Geschichte uns vollkommen unmöglich erschien. Offensichtlich genossen wir das Gefühl, in einer ausweglosen Situation gefangen zu sein – als wären wir Häftlinge, die erfahren haben, daß die Wärter zusammen mit den Zellenschlüsseln ertrunken sind. Wahrscheinlich taten wir es deshalb, weil man aufhört, rational zu sein, sobald man an diesem Punkt angelangt ist, und nur noch versuchen kann, am Leben zu bleiben, egal um welchen Preis. In gewisser Weise ist es die totale Befreiung, denn von diesem Punkt an gelten keine Regeln mehr.

»Komm her«, sagte er.

Wenn man sämtliche rationalen Fluchtmöglichkeiten ausgeschöpft hat, ist der Körper der letzte Ausweg.

Ich schloß die Augen, als ich mein Kleid zu Boden gleiten spürte. Seine Hände, die über meine Wirbelsäule strichen. Seinen Mund.

Erst wenn wir zu reden aufhörten, kamen wir uns wieder nahe. Durch die stumme Sprache des Sex fanden wir den Weg zueinander.

Es war die Sprache, auf die wir unweigerlich zurückgriffen, wenn die andere Sprache uns im Stich ließ.

Welchen Sinn hat es, sich zu erinnern? Wenn du etwas für immer verloren hast, macht dich die Erinnerung daran nur noch einsamer.

Ich hatte mir geschworen, es nicht zu tun, und doch war ich seit Claires Ankunft in Nairobi – erst gestern morgen! – unfähig, der Versuchung zu widerstehen, jeden einzelnen Teil der Geschichte aus der Kiste zu nehmen und noch einmal zu betrachten.

Jetzt weiß ich, warum ich sie abholen wollte.

Ich mußte mich von ihrer Realität überzeugen. Ich wollte ihre Haut und ihr Haar riechen, sehen, wie ihr Mund, ihre Beine, ihre Brüste aussehen. Damit mich ihre leibhaftige Gegenwart schließlich wie ein Schlag träfe und ich gezwungen wäre, alles für immer zu begraben.

Damit ich endlich diese kleine Beerdigung veranstalten kann.

Einstweilen halte ich mich ziemlich gut: Nicole, Kevin Steinberg und ich haben in einem Thai-Restaurant in Westlands köstlich zu Abend gegessen, und ich denke, es ist mir gelungen, meine Angst erfolgreich zu verbergen. Danach waren wir auf ein paar Tequilas in der Bar des Mayfair-Casinos und haben zugesehen, wie reiche Asiaten bei Black Jack und Roulette ein Vermögen verloren, und jetzt sitzen wir in der Bar des Mud Club und trinken weiter. An diesem Abend ist der Laden voller kenianischer Cowboys und junger Sikhs auf Extasy, betrunkener Mädchen von der Hillcrest School und haschrauchender Rastafaris, die alle zu Techno-Musik tanzen.

Während des Essens gelangte Kevin immer mehr zu der Überzeugung, daß Iris ein phantastischer Stoff für Hollywood sei.

»Wir brauchen eine moderne Heldin. Die historischen Schinken sind teuer, und was will man nach *Jenseits von Afrika* denn noch machen? Vergiß es. Genauso sinnlos ist es, nach *Vom Winde verweht* noch einen zweiten großen Film über den Süden drehen zu wollen. *Das* wird man nie überbieten.«

Nicole und ich nicken verständnisvoll.

»Ja, das ist doch die Ironie, nicht?« sagt Nicole. »Daß die Weißen in diesem Land einen weiteren Film brauchen, um sich wieder *real* zu fühlen.«

Kevin lacht und sieht Nicole an. Er ist verrückt nach ihr, keine

Frage. Für ihn ist sie offensichtlich ganz anders als alle Frauen, die er je getroffen hat. Und völlig unvorstellbar ist ihm, daß eine Frau wie sie diese Art von Leben führt, ganz allein mitten in der Wildnis, in einem Land, das allenfalls als Schauplatz für einen Film taugt. Sie schüchtert ihn ein: Für den Bruchteil einer Sekunde erkenne ich Ehrfurcht in seinem Blick, als er sie ansieht. Doch er hat sein übliches Selbstbewußtsein rasch wiedergefunden.

»Bloß kann sie unmöglich bei einem Autounfall mitten in der Stadt sterben. Wir brauchen einen Schluß, der irgendwie epischer ist. Noch einen?«

Wir nicken, und er winkt dem Barmann nach weiteren Tequilas. Ich sehe jetzt, weshalb Nicole ihn attraktiv findet. Dünne Linien rund um die Augen, graumeliertes Haar, ein gestählter Körper, dazu geistreich und voller Selbstvertrauen. Doch es ist auch eine Sanftheit in ihm, von der ich gestern abend bei Nena nichts bemerkt habe, so sehr war ich damit beschäftigt, alle zu hassen und mich selbst zu bemitleiden.

»Vergeßt die Zitrone nicht«, warnt Kevin.

Wir lecken das Salz auf und beißen in die Zitronenscheibe, ehe wir mit zurückgelegtem Kopf unsere Gläser leeren.

Und auf einmal denke ich: *Wie unglaublich* – wie lebendig die Welt dort draußen in Wahrheit ist, wie viele Menschen, Geschäfte, Gedanken, Gespräche sie zu bieten hat. Mein Gehirn ist magersüchtig geworden und zu einem dürren, uninteressanten Ding eingeschrumpft. Wäre es nicht traumhaft, in einem dunken Kino zu sitzen und mich langsam von den Geschichten und Bildern eines anderen erfüllen zu lassen, bis ich satt und randvoll mit Tränen und Gefühlen bin, die – endlich einmal! – nichts mit *mir* zu tun haben? Wäre es nicht himmlisch, sich von den Erkenntnissen anderer anregen zu lassen, statt vom *Körper* eines Menschen besessen zu sein? Die Brutalität meines so ausschließlich sinnesorientierten Lebens hat mich verhärtet wie ausgedörrte Erde.

»Sieh mal, wer da ist«, sagt Nicole, an die Bar gelehnt. Miles tanzt mit Linda und Claire. Wir winken ihnen lässig zu.

Wieder eine neue Kartenkombination: Miles und die Mädchen.

Sie haben nur vierundzwanzig Stunden gebraucht, um dieses dumme Trio zu bilden. Immer schließen wir Bündnisse irgendeiner Art – es kann ja sein, daß sie uns irgendwann nützlich sind. Wir und der Hollywood-Autor, er und die blonden Puppen. Kleinliche Manöver in einer sehr kleinen Stadt.

»Siehst du«, sage ich zu Kevin und deute auf eine Reihe von Gestalten, die an der Wand lehnen oder in der Dunkelheit tanzen, »das ist Jason, der Regisseur, für den ich manchmal arbeite, die Frau in Rot ist meine Friseuse, die mir heute morgen die Haare geschnitten hat, das afrikanische Mädchen mit den Zöpfen hat mir letzte Woche die Beine gewachst, und der Mann mit dem roten Turban, der mit dem grünen Mädchen spricht, das ist Doktor Singh, mein Gynäkologe. Gemeinsam könnten diese vier ein Quiz gewinnen, das meine Körperoberfläche zum Thema hat.«

»Ihr erlebt nicht viel Neues in dieser Stadt, wie?« fragt er.

»Nein. Wir stecken in dieser tödlichen Nähe fest. Vermischen unaufhörlich unsere Säfte. Und dieses Mädchen in Schwarz, das mit Miles tanzt, das ist Claire, du hast sie gestern abend bei Nena kennengelernt, sie schläft jetzt mit dem Mann, in den ich bis zum Wahnsinn verliebt bin.«

Inzwischen bin ich so betrunken, daß ich das Gefühl habe, alles sagen oder tun zu können. Wahrscheinlich wirke ich wild und furchteinflößend. Doch Kevin Steinberg lächelt mich an. Leicht ungläubig.

»Schön, diese Worte zu hören.«

»Welche?«

»*Bis zum Wahnsinn verliebt.*«

»Wieso?«

»Das sagt doch heute kaum noch jemand.«

»*Wahnsinnig.* Ich schwöre bei Gott. So verrückt nach ihm, daß es absurd ist.«

»Weiß er es?«

»Nicht wirklich. Jetzt ist es sowieso zu spät, ich hab's total verpfuscht.«

Kevin reicht mir einen weiteren Tequila und eine Prise Salz. Er schüttelt den Kopf und schaut zu Nicole hinüber, die in einer dunklen Ecke mit Miles redet.

»Ihr Mädchen habt Glück. Auf einer Party in London oder New York würdet ihr nicht so reden. Wahrscheinlich wärt ihr nach nichts und niemandem verrückt. Irgendwie beneide ich euch.«

Ich schaue in Nicoles Richtung, Kevin ebenfalls. Wir beobachten sie, während sie lebhaft gestikulierend auf Miles einredet. Es ist ein intensives Gespräch, das die beiden führen, und es sieht ziemlich endgültig aus.

»Bring sie nach Hause«, sage ich zu Kevin. »Sitz hier nicht lange rum. Sag ihr einfach, daß du verrückt nach ihr bist.«

Kevin grinst.

»Das würde ich wirklich gern tun.«

»Dann tu's. Sie ist die Allerbeste.« Ich leere mein Glas. »Tu's einfach, okay?«

Er sieht mich herausfordernd an und rutscht tastsächlich von seinem Barhocker, mit der belustigten Miene eines Kindes, das eine Aufgabe in einem Spiel zu erfüllen hat. Er schlängelt sich geschickt durch die Menge, überquert die Tanzfläche mit raschen Schritten und landet elegant neben Nicole. Lächelnd, seiner selbst vollkommen sicher. Miles schaut zu diesem gutaussehenden älteren Mann hinauf, leicht entnervt über die Störung. Ich beobachte, wie Kevin sanft Nicoles Ellenbogen ergreift und ihr etwas ins Ohr flüstert, ich sehe die Überraschung in ihrem Gesicht und das Lächeln. Sie sind fort. Es hat nur dreißig Sekunden gedauert. Das ist eine der vielen Möglichkeiten, sein Leben zu ändern.

Wenn man will.

Miles kommt langsam zu mir herüber. Lächelnd setzt er sich auf den Barhocker neben mir.

»Ich fürchte, du hast deine Mitfahrgelegenheit verpaßt.«

»Ich find schon eine andere.«

»Soll *ich* dich nach Hause bringen?«

»Nein.«

»Warum nicht?«

»Du hast schon das Auto voll mit Groupies.«

»Esmé, hör zu, ich weiß, was du denkst.«

»Was denke ich denn?«

»Daß ich gefühllos und eitel bin und zwanghaft nach jedem neuen Mädchen lechze, nur um mein Ego zu befriedigen.«

»Komisch, daß du das sagst. Genau das denke ich tatsächlich.«

Miles schüttelt den Kopf und grinst. Ich weiß, daß ich ihn amüsiere, wenn ich so ungehobelt bin.

Ich fange einen Blick von Claire auf, die von der anderen Seite der Tanzfläche zu mir und Miles herüberschaut. Wir starren einander an, vollkommen reglos. Ich weiß, daß sie es weiß. Und was das Schlimmste ist: Ich weiß, daß sie mich nicht fürchtet.

Miles folgt meinem Blick. Er seufzt.

»Hör zu, ich will nicht aufdringlich sein, aber ich glaube, ich weiß, warum du so durcheinander bist.«

Ich erstarre.

»Das ist dann wohl das bestgehütete Geheimnis in der Stadt«, sage ich bitter.

»Sei doch nicht immer so stolz.« Er drückt meinen Arm. »Ich bin dein Freund. Mir liegt wirklich viel an dir, okay?«

»Okay. Dann spendier mir noch einen.«

Bereitwillig eilt er zur Kasse. Ich lasse Claire nicht aus den Augen, während sie zur Tanzfläche zurückgeht, sehe zu, wie sie ins Scheinwerferlicht tritt wie eine Diva auf die Bühne. Ihr Auftritt gilt mir.

Sie hat kein Gefühl für den Rhythmus, sie ist zu steif, um aus sich herauszugehen. Wie merkwürdig, daß ich Hunter an eine so uninteressante Frau verliere. Und doch sie hat etwas, das mir immer gefehlt hat – diese blinde Entschlossenheit, die ihr befiehlt, sich ans Floß zu klammern und nie loszulassen. Sie hat die Lektion gelernt: Mach kein Theater, wenn du den Liebesbrief einer anderen in der Schublade findest, stell keine Fragen, zweifle nie. Je weniger du strampelst, desto geringer ist die Gefahr zu ertrinken. Halt dich einfach fest.

Ich habe diese Lektion nicht gelernt. Ich bin vor langer Zeit ertrunken, die Lungen voller Wasser.

17

And I sing this
for the heart with no companion,
for the soul without a king,
for the prima ballerina who cannot dance to anything.

Leonard Cohen

Dann kam Goma. Die Strafe der Götter. Hunter war vom ersten Tag an dortgewesen und noch nicht zurückgekehrt.

Die Wahrheit ist, daß mir das Schicksal dieser Menschen herzlich egal war. Ich wollte nur, daß das Kapitel Ruanda endlich vorbei und vergessen wäre, um weit fort von all den schlechten Nachrichten ein paar Tage mit Hunter verbringen zu können. Ich träumte davon, mit ihm auf die Insel Lamu zu entfliehen und in einem schönen Zimmer mit Blick auf den Indischen Ozean aufzuwachen, bei Sonnenuntergang die Segel der Dhaus am Horizont auftauchen zu sehen, Liebe zu machen, ohne über Krieg und Tod reden zu müssen. Ich träumte davon, unbekümmert und egoistisch zu sein wie alle Liebenden.

Statt dessen hatte die Vereidigung einer neuen Regierung in Kigali innerhalb von nur sechsunddreißig Stunden eine Million Hutu-Flüchtlinge nach Zaire, nach Goma, getrieben. Nach dem Völkermord hatte nun auch der Exodus der Mörder biblische Ausmaße angenommen, als könnte nichts in Ruanda je weniger als apokalyptisch sein. Den Menschenmassen, die über die ohnehin mitgenommene ehemalige französische Kolonie hereinbrachen, fehlte es an allem. Die Vegetation verschwand über Nacht, weil eine Million Menschen Feuerholz brauchte. Es gab kein Wasser, keine Nahrung, keine Latrinen, kein Trinkwasser, keine Unterkünfte. Die Choleraepidemie brach beinahe unmittelbar nach ihrer Ankunft aus. Nach einer Woche starben täglich sechshundert Menschen, nach zwei Wochen waren es dreitausend.

Hunter hatte recht: Bei der Titelgeschichte von *Newsweek* müssen die Leser geglaubt haben, es sei tatsächlich ihre Schuld, wenn sie ständig die afrikanischen Namen durcheinanderbrachten. Waren nicht die Hutus die Bösen? Was, um alles in der Welt, ging dort vor sich? Wie konnten die Mörder über Nacht zu Opfern werden?

Die Presse war entzückt: Es war eine so unerwartete Wendung wie ein Kevin Steinbergscher Geniestreich bei einer Redaktionssitzung in Hollywood. Mit Begeisterung stürzten sich Zeitungs- und Fernsehreporter mitten hinein in dieses neuerliche Gemetzel. Und als der schlafende Vulkan jäh erwachte und Lava ausspie und der Himmel sich orangerot färbte, dachten sie: Großartig, und was kommt jetzt? Die Sintflut? Bessere Schlagzeilen hatte niemand voraussehen können.

Ich für meinen Teil verabscheute es, ihre Berichte zu lesen, und setzte die Geschichte nach wie vor mit meinem persönlichen Kalender gleich – stets wog ich ab, mit welcher Wahrscheinlichkeit Hunter früher zurückkäme, falls die Hutus aufhörten, so schnell zu sterben, so daß wir zumindest noch einen Nachmittag miteinander hätten.

Doch dann war er plötzlich fort, aus meinem Leben verschwunden.

Als ich eines Abends – ich denke, es war im November – von der Arbeit nach Hause kam, fand ich ihn auf dem Sofa sitzen, ein Bier in der Hand. Er hatte auf mich gewartet, unruhig. Auf dem Boden stand sein Gepäck, und er wirkte völlig erschlagen, als sei er von sehr weit her gekommen.

»Hunter. Seit wann bist du hier?«

»Seit einer Stunde. Ich bin direkt vom Flughafen gekommen. Ich hab sehr wenig Zeit.«

»Mußt du denn noch einmal hin?« Ich spürte, daß etwas nicht stimmte.

»Nein, ich gebe auf.«

»Was gibst du auf?«

»Afrika. Meinen Job.« Er kicherte fast. »*Dich*.«

Mit zitternden Knien und feuchten Handflächen saß ich ihm gegenüber.

»Was soll das heißen? Wann, was? Was ist los?«

»Ich bin zurückgetreten. Goma kann ich einfach nicht mehr verkraften, ich mußte raus. Sie schicken mich jetzt nach Afghanistan, am Dienstag.«

»Nach *Afghanistan*?«

»Ja. Sie haben sich gedacht, daß ich damit schon klarkommen werde.« Er sah mich mit einem merkwürdigen Lächeln an, wie ein Kind, das bei einem bösen Streich erwischt wird. »Ich fliege morgen nach London und dann weiter nach Kabul.«

»Aber *warum*?« Meine Kehle war zugeschnürt. Er durfte nicht gehen. Bitte nicht. Nicht so.

»Weil ich kein weiteres Wort über die Hutu-Flüchtlinge schreiben werde. Was im Augenblick dort geschieht, dieser verfluchte Medienwahnsinn, das ist Katastrophenvoyeurismus der übelsten Sorte, nichts anderes. Damit will ich nichts zu tun haben. Die Menschen, die jetzt in allen Zeitungen auf der Titelseite stehen, sind dieselben, die einen Völkermord begangen haben, sie sind nicht ›diese armen Opfer‹.«

»Ja, aber … was tust du, sollen sie alle einfach so sterben?«

»Hör zu, du warst nicht dort. Du hast sie nicht bei der Arbeit gesehen. Ich schon. Jetzt, wo das Gemetzel vorbei ist, scheint es kein Thema mehr zu sein. Für mich und für ein paar andere, die vor drei Monaten in Kigali waren, ist es sehr wohl noch ein Thema. Ich *hasse* diese Menschen. Ich will *nicht*, daß sie gerettet werden, ich will *nicht* der Welt erzählen, wie dringend sie ernährt werden müssen. An dem Punkt höre ich auf, Journalist zu sein, okay? Ich hab's satt, ich hab's endgültig satt – was ich miterlebt habe, hat mir mein Mitleid ausgetrieben. Ich bin *am Ende*.«

»Das weiß ich.«

Ich nahm seine Hand und hielt sie fest. Ein paar Minuten saßen wir so da, schweigend.

»Das ist Wahnsinn. In diesem Hotel geht es zu wie auf einer Nonstop-Party: Jeden Abend kommen neue Reporter aus der ganzen Welt, sie kennen sich alle und sind entzückt, sich in Goma wiederzusehen. Im Speisesaal hörst du nur Gläserklingen und Korkenknallen. Und ich kann dir versichern, daß man *keinen einzigen* von ihnen je in Ruanda gesehen hat. Vor drei Monaten haben sie wahrscheinlich über die Filmfestspiele in Cannes berichtet. Und deswegen sind sie jetzt alle im siebten Himmel und brezeln die Story auf, weil Goma so einfach ist – du riskierst nicht dein Leben und brauchst nur aus dem Hotel zu gehen, um pulitzerwürdige Filme zu drehen.«

»Ja, aber ist das nicht immer so? Warum bist du so empört – du weißt doch genau, wie die Presse arbeitet…«

»Weil sie mit ihren Kameras und Satelliten die Fakten auf eine Weise verdrehen, daß ich damit nichts zu tun haben will. Verstehst du, wir hatten keine Bilder von den Mördern in Kigali, als sie Menschen zu Tode prügelten, wir hatten keine Kameras laufen, als sie Tausende in den Kirchen abgeschlachtet haben. Wir haben den Völkermord nicht gefilmt, und deswegen ist er sozusagen nie *real* geworden. Dinge, die wirklich passiert sind, glauben die Leute nur dann, wenn ihnen die Bilder davon vor ihrem Abendessen im Fernsehen präsentiert werden. Die eigentliche Tragödie in Ruanda sind jetzt die sterbenden Hutus, nur weil sie diese unfaßbare Aufmerksamkeit der Medien bekommen. Auf einmal sind alle äußerst *betroffen* von dieser humanitären Notlage, Hilfsorganisationen strömen herbei, und jeder macht eine Million Dollar pro Minute, während der Völkermord langsam aus dem Bewußtsein verschwindet. Schon jetzt hat sich Nebel darübergelegt.« Er schüttelte den Kopf. »Dabei mache ich nicht mit. Nicht nach allem, was wir gesehen haben. Deswegen gehe ich.«

Ich wußte nicht, was ich sagen sollte, ich wußte nicht, was ich empfand. Ich spürte nur eine Welle von Panik, die mich zu überschwemmen drohte und gegen die ich mit aller Macht ankämpfte, um nicht die Beherrschung zu verlieren. Ich konnte nicht glauben, daß er einfach so verschwinden würde.

»Wann kommst du zurück?«

»*Zurück*? Du verstehst mich nicht, Esmé. Für die Zeitung ist das eine Art Staatskrise. Es paßt ihnen nicht, wenn sich jemand aus einer Story ausklinkt, und ich glaube nicht, daß sie mich in der nächsten Zeit wieder nach Afrika schicken. Ich löse ihren Korrespondenten in Kabul nur bis Ende Dezember ab, dann werden wir weitersehen.« Er zuckte die Achseln und schaute aus dem Fenster. »Ich kann mir vorstellen, daß sie mich vielleicht eine Zeitlang in London postieren. Falls ich den Job behalte.«

Er sah auf die Uhr, ungeduldig und nervös.

»Hör zu, ich muß was essen, und dann muß ich baden. Ich hab nur noch sehr wenig Zeit und eine Million Dinge zu erledigen.«

Er war bereits weit fort, in Gedanken bei der Logistik der Beschaffung von Flugtickets und des Kofferpackens.

»Ich lasse dir ein Bad einlaufen und schaue nach, ob irgendwas zu essen im Haus ist.«

Wir wurden sehr schweigsam und mimten eine Häuslichkeit, die wir nie erlebt hatten. Ich saß auf dem Bett und hörte durch die Tür zwischen Bad und Schlafzimmer das Wasser plätschern. Ich wagte nicht hineinzugehen. Ihn in der dampfenden Wanne liegen zu sehen, wie ich Adam oft gesehen hatte, hätte mich verstört. Nein, so intim und ungezwungen hatten wir miteinander nie sein dürfen, und es wäre mir vorgekommen wie ein Sakrileg, wenn ich diese Vertraulichkeit jetzt zugelassen hätte. Ich saß auf dem Bett und wartete.

Zumindest wurde mir klar, was mir an Hunter immer Angst eingejagt hatte: Im Namen eines Prinzips konnte er auf mich verzichten. Nichts und niemand würde ihn jetzt noch zurückhalten. Er war bereit zum Aufbruch, wieder der einsame Wolf. Afrika bedeutete ihm viel. Sein Leben war geprägt davon wie das Leben seiner Mutter, und lieber verließ er das Land, als daß er es verraten hätte.

Das hatte ich nicht. Ich war ein schwaches, selbstsüchtiges und selbstbesessenes Wesen, das eine unsägliche afrikanische Tragödie seinen kleinmütigen Bedürfnissen untergeordnet hatte. Seine Stärke, seine Unnachgiebigkeit fehlten mir, und aus ebendiesem Grund glaubte ich nicht, daß jemand wie er mich je lieben, mir vertrauen oder mich brauchen konnte.

Er kam ins Schlafzimmer, ein Handtuch um die Hüften gewickelt, und setzte sich neben mich aufs Bett, gleichgültig gegen die Tropfen, die aus seinen nassen Haaren auf die Laken rannen. Die Nähe seines Körpers in meinem Zuhause empfand ich als bedrohlich – ich wollte, daß er sich so rasch wie möglich anzog.

»Komm mit«, sagte er.

Ich sah ihn ungläubig an.

»Wohin?«

»Nach Kabul, nach London. Irgendwohin.«

»Bist du *verrückt*?«

»Du *mußt* nicht in Afrika leben.«

»Hunter, das ist unmöglich.«

»Warum unmöglich? Du kannst es ganz leicht möglich machen, wenn du willst.«

»Wer sagt dir, daß ich einfach fortgehen könnte?«

»Ich weiß nicht. Mein Ego in erster Linie.« Er lächelte. Aber ich sah, wie verletzlich er sich fühlte. »Und außerdem denke ich, daß Afrika für dich nur eine Flucht ist. Du bist nicht wie alle anderen hier, Esmé.«

»Wie bin ich denn?«

»Es wird dir nie genug sein. Dafür bist du zu kompliziert.«

»Was willst du damit sagen?«

»Adam wird dir nie genug sein.«

Ich erstarrte. Es gefiel mir nicht, daß er innerhalb meines Schlafzimmers Adams Namen aussprach. Er gefiel mir nicht, daß er halb nackt auf meinem Bett saß und meinem Leben ein Etikett anheftete.

»Was soll das heißen, *genug*?« Auf einmal war ich wütend – wütend auf ihn, weil er mich verließ, wütend auf mich, weil ich es soweit hatte kommen lassen, ohne die Folgen zu bedenken. »Du kannst Menschen nicht einfach *messen*, wie es dir paßt. Und was weißt du überhaupt über meine Beziehung zu Adam?«

Ich dachte, er würde das Thema daraufhin fallenlassen. Aber jetzt, wo alles auf dem Spiel stand, hatte er anscheinend keine Angst zu verlieren.

»Ich denke, er gibt dir das Gefühl, in Sicherheit zu sein und geliebt zu werden. Aber ich glaube nicht, daß *du* ihn liebst.«

Mit einem Satz sprang ich auf und wich vor ihm zurück. Es machte mich wahnsinnig, daß er in dieser Weise über mich und Adam urteilte, auf unserem Bett sitzend, als wäre er gekommen, um es offiziell in Besitz zu nehmen.

Seine plötzliche Entschlossenheit machte mir angst. Alles, was wir bis jetzt in stillschweigendem Einverständnis ignoriert und verheimlicht hatten, all die Worte, die nie ausgesprochen worden waren, holte er jetzt eines nach dem anderen ans Licht und nannte alles beim Namen. Das war ein gefährliches Spiel. Hat man die Dinge erst einmal benannt, lassen sie sich nicht mehr in Pandoras Büchse stecken.

Wie verzweifelte, blinde Schläge flogen Worte aus meinem Mund.

»Na und?« fragte ich bitter. »Glaubst du etwa, ich liebe *dich*?«

Er stand auf und zog langsam sein Hemd an. Er sah erschöpft aus.

»Du bist sehr akrobatisch, Esmé. Diese vielen Pirouetten und Purzelbäume, die du vollführst, die Fragen, die du zurückwirfst wie ein Jongleur, bloß um dich niemals festlegen zu müssen. Du solltest Engländerin sein, das würde viel besser zu dir passen.« Er sah mich niedergeschlagen an. »Diese Frage kann *ich* dir nicht beantworten. Das mußt du schon selber tun.«

In dreißig Sekunden hätte ich mein Leben umkehren können. Ich hätte sagen können, ja, ich liebe dich, in den ersten drei Sekunden habe ich mich in dich verliebt, und obwohl es mir angst macht, dir so blindlings zu folgen, wo immer du hingehst, werde ich mitkommen, weil ich es sonst mein Leben lang bereuen würde. Ja, ich komme, Hunter Reed, so einfach ist es.

Aber das sagte ich natürlich nicht.

Sprachlos stand ich an der Tür und sah zu, wie er sich anzog, war gelähmt vor Angst, ihn zu verlieren, hypnotisiert wie jemand, der sich über das Geländer des Empire State Building beugt, magisch angezogen von der Tiefe. Wenn er jetzt nur endlich verschwände –

es wäre, als würde mir ein Bein amputiert. Die ganze Sache wäre vorbei und erledigt. Endlich allein, wäre es vielleicht einfacher, mit dem Schmerz fertig zu werden.

18

Das ist meine Schwärze. Ich allein
bin die Autorität, und ich weiß nicht mehr
als das, was ich habe, und mag es irgendwo sein.
Landkarten besitze ich nicht.

U. A. Fanthorpe

Kurz nach fünf Uhr am nächsten Tag flog ich vom Wilson-Flughafen ab. Ich saß neben Peter auf dem Copilotensitz seiner Cessna. Peter war wieder einmal mit einer Elefantenzählung beschäftigt, und in den vergangenen drei Wochen war er es gewesen, der mich zu Adams Camp mitnahm. Wir sprachen nicht viel während dieser kurzen Flüge, doch sie hatten eine Form von Vertrautheit zwischen uns geschaffen, die wir zuvor nicht gekannt hatten. Nur wir beide in dem kleinen Flugzeug, das war eine angenehme Erfahrung. Immer wieder berührte er mich leicht am Ellenbogen, deutete auf ein wildes Tier unter uns und glitt in Schräglage sanft über die Ebene wie eine Tänzerin. Meist spielte er Opern, während er im Tiefflug über die hohen Gräser schwebte und über davonstiebenden Zebra- und Gnuherden seine Pirouetten drehte, und wann immer wir Verdi hörten, konnte ich nicht widerstehen, in armseligem Crescendo mitzusingen. Ihm ist es zu verdanken, daß aus unserem Flug jedesmal ein anregender Übergang wurde.

Aber an diesem Nachmittag war ich nicht einfach nur schweigsam, ich war verstummt, in mich gekehrt, zerschlagen. *Tot.* Peter spürte wohl, daß in meinem Schweigen diesmal ein hohler Beiklang mitschwang, und versuchte nicht einmal, meine Aufmerksamkeit zu erregen, als wir ins goldene Licht eintauchten.

Als wir vom Boden abhoben, hielt ich den Blick auf den Schatten unseres kleinen Flugzeugs geheftet, bis es keine Reflexionsfläche mehr gab und seine Silhouette in den Wolken verschwunden war.

Ein so befreiendes Gefühl, sich emporzuheben und loslassen zu können, schwerelos, nicht einmal mehr durch einen Schatten mit dem Boden verbunden. Ich atmete tief aus, als müßte ich selbst noch das Gewicht der Luft in meiner Lunge abwerfen.

Es tat ungeheuer gut – ich brauchte das Gefühl, mich vom Boden zu heben, die Wolken zu durchdringen und alles von oben zu sehen. Der Blick aus der Höhe war dringend notwendig, um zu lernen, das alles wieder lieben zu können.

Ja, es war gut, daß Hunter so abrupt hatte gehen müssen. Daß wir gnadenlos in die Brutalität dieses unerwarteten Abschieds gestürzt worden waren. Es war uns gelungen, einander zu zeigen, wie häßlich unser Verhältnis werden konnte – unser letzter Streit erleichterte uns den Schmerz der Trennung.

Am Abend zuvor hatte er mich vom Kenyatta-Flughafen aus angerufen, kurz bevor er in die Mitternachtsmaschine der British Airways gestiegen war.

»Nachdem ich bezweifle, daß ich dich je wiedersehe, wollte ich dir noch sagen, was ich aus unserem letzten kleinen Rendezvous gelernt habe, Esmé.«

Er hatte getrunken, seine Stimme war schrill, bedrohlich. Er war wild und gefährlich wie jeder, der nichts mehr zu verlieren hat.

»Nicht, Hunter. Du mußt es nicht noch komplizierter machen, als es ohnehin schon ist.«

»Wieso kompliziert? Du hast die Sache brillant gelöst. Herzlichen Glückwunsch.«

»Bitte, oh, bitte ...«

»Hör dir an, was ich gelernt habe«, deklamierte er. »Manche Männer können keine Ehemänner sein. Sie werden immer nur Liebhaber sein.«

»...«

»Bist du noch da?«

»Ja.«

»Es ist phänomenal, hörst du. Was für ein romantisches, leidenschaftliches Wesen du zu sein glaubst...« Ich hörte sein bitteres, heiseres Lachen. »Die Poetentochter!«

»Hunter, würdest du mir bitte zuhören …«

»Nachdem du in Wahrheit aber den Charakter eines Versicherungsagenten hast, würde ich sagen, du leidest unter Größenwahn. Bei deiner Art, immer sämtliche Risiken, Kosten, Konsequenzen abzuwägen, wärst du hervorragend geeignet, den Leuten Versicherungen anzudrehen. Darin hast du eine Begabung, der keiner widerstehen könnte.«

»Du bist betrunken.«

»Ja. Aber durch den Wodkaschleier sehe ich alles sehr klar.«

Er hustete und räusperte sich.

»Hör zu. Im Ernst jetzt. Für dich wird alles wunderbar ausgehen. Adam ist dein Freund. Wahrscheinlich wird er dein Ehemann. Dann könnt ihr gemeinsam vor dem Fernseher sitzen und Fischfrikadellen essen. Während ich, Esmé«, er legte eine nachdrückliche Pause ein, »ich werde vielleicht nie dein Freund sein, aber zumindest bin ich dein Liebhaber gewesen.« Seine Stimme verschwamm zu einem Genuschel: »Was-immer-das-heißen-mag.«

»Schon gut«, fuhr ich ihn an. »Was heißt es denn deiner Ansicht nach?«

»Weiß ich noch nicht. Daß wir sowieso nur fürs Ficken gut sind, bis uns am Ende der Teufel holt? Was weiß ich. Ich muß jetzt gehen.«

»Warte! Du kannst mich nicht einfach so abwürgen!«

»Natürlich kann ich. Ich *muß*. Mein Flug wird aufgerufen.«

Ich hatte verloren.

»Das ist so verdammt unfair! Mich anzurufen, bloß um mir Gemeinheiten zu sagen, kurz bevor du ins Flugzeug steigst, so daß ich nicht mal …«

»Ich fürchte, ich bin zu betrunken, um mich mit den Konsequenzen dieses Anrufs zu befassen, meine Liebe.«

»Hunter, warte!«

»Ciao, bella.«

Er legte auf.

Hunters Unwiderruflichkeit erwies sich letztlich als Erleichterung: Zumindest gab sie mir die Chance, ihn zu hassen.

Eine großartige Arroganz, einfach zu verschwinden und mich entblößt, gedemütigt durch seinen Sarkasmus zurückzulassen. Diesen Haß auf ihn brauchte ich dringend, damit ich beginnen konnte, ihn aus meinem Leben zu verbannen.

Unter meinen Augen zog sich das Land hin, üppig in seinen roten Farben, endlos. Als wir das Rift-Tal überflogen sehnte ich mich danach, wieder wie früher mit Adam zusammenzusein. Ich hatte genug von der Verzweiflung und Hoffnungslosigkeit, mit der Hunter mich infiziert hatte. Die Liebe zu ihm war nichts anderes gewesen als Unsicherheit, Wehmut, Angst, ihn zu verlieren. Alle meine Gefühle ihm gegenüber hatten sich immer nur darum gedreht, was wir *nicht* haben konnten.

Auf einmal erschien mir alles strahlend klar. Liebe hatte sehr wenig mit Angst und seelischer Sabotage zu tun – Liebe bedeutete Vertrauen.

Ich sehnte mich zurück zu Adam und zur Schönheit Afrikas – ich mußte wieder daran glauben. Letztendlich liegt nicht nur in der Verzweiflung eine Wahrheit, sondern auch in der Schönheit. Und das konnte ich jetzt vielleicht endlich lernen.

Im Camp empfing mich wieder einmal eine Welt, die sich um Männer und Autos drehte; das hatte ich beinahe vergessen. Als ich ankam, lag Adam unter einem seiner Wagen, umgeben von ölverschmierten Schraubenschlüsseln und Werkzeugen, die säuberlich auf einem Stück grüner Leinwand ausgebreitet waren. Rings um ihn stand die übliche Runde von Jungs in Overalls, seine Turkana- und Samburu-Mitarbeiter, die schon seit Jahren bei ihm waren und mit denen er in den unverständlichsten Worten sprach und geheimnisvolle Witze nur für Automechaniker riß. Ich sah nur seine Beine und einen Teil seines nackten Rückens, verkrustet mit Wagenschmiere und Staub, unter dem Wagen hervorragen. Sein Körper wirkte gesund und in Höchstform, seine Haut weich und leicht gebräunt – selbst wenn er schmutzig und verschwitzt war, roch er immer noch wie eine Schneeflocke.

Er spähte unter der Karosserie hervor. Ein flüchtiger Blick seiner grünen Augen, dann stemmte er sich in die Höhe und wischte sich mit seinem öligen Handrücken über die Stirn. Ich spürte seine warme, klebrige Haut durch mein Hemd, seine Lippen auf meinem Mund.

»Hi. Du bist aber früh da.«

»Peter hat mich mitgenommen.«

»Ich bin fast fertig. Geh einstweilen einen Tee trinken, ich bin gleich bei dir.« Er lächelte belustigt. »Wir hatten letzte Nacht Besuch von einer riesigen Löwin, mitten im Camp. Brüllend. Es war großartig. Die Leute sind *durchgedreht*. Der Frau mußte ich ein paar Valium geben.«

Es war, als sähe ich ihn wieder zum allerersten Mal, wie an jenem Abend vor langer Zeit – ich in der Rolle der Einsamen-verrückten-Wellenreiterin und er als der Schöne Fremde.

Ich sah mir seine Kleider an, die er im Zelt verstreut hatte. Seine fadenscheinige Khakihose, die schon in Stücke zerfiel, seine geflickten alten Hemden, seine abgetragenen Stiefel. Jedes einzelne Kleidungsstück hatte die Form seines Körpers angenommen und sagte etwas über ihn aus, seinen guten Geruch, seine Männlichkeit. Ich studierte seine Handschrift auf einem Notizblock, nahm das Buch in die Hand, das auf dem Nachttisch lag, warf einen Blick auf seine Musik: die Chopin-Sonaten hatte er gehört. Ich betrachtete seine Zahnbürste, seine Rasiercreme, die Überreste etlicher Joints im Aschenbecher.

Ich nahm all die winzigen Details in mich auf, die etwas über sein Leben aussagten, sein Leben in diesem Zelt, ohne mich. In den letzten Monaten hatte ich ihn nur so sporadisch besucht, hatten wir buchstäblich nur Bruchstücke unserer Zeit miteinander verbracht, so daß ich jetzt das Gefühl hatte, viel zuwenig über seinen Tagesablauf zu wissen. Und auf einmal erschien es mir wie eine schreckliche Verschwendung, daß wir so lange voneinander getrennt gewesen waren – vor allem, daß ich aufgehört hatte, ihm mit der Aufmerksamkeit zu begegnen, die ich ihm früher entgegengebracht hatte und die eine so große Bereicherung meines Lebens gewesen war. Es kam mir vor, als hätte ich einen wertvollen Teil meiner selbst in einem Lagerraum zurückgelassen und sei jetzt gekommen, um das frühere Glück zurückzufordern.

Er kam, als das Licht zu schwinden begann. Er zog sich rasch nackt aus und stellte sich unter die Dusche im rückwärtigen Teil des Zelts, während er weiter von der Löwin und seinen Kunden erzählte.

Ich hörte nicht wirklich zu, sondern beobachtete seine Bewegungen, sah zu, wie er Kopf und Körper kräftig schrubbte. Seine starken Hände waren viel brauner und härter als seine schmalen weißen Flanken, diese weichhäutigeren, geheimen Seiten seines Körpers, die ich einst so gut gekannt hatte, Millimeter für Millimeter, die ich einst in der Dunkelheit zärtlich geküßt hatte.

Die Innenseite seiner Handgelenke. Sein Nacken. Seine Handflächen.

Ich verehrte jeden Zentimeter seiner Haut und seiner Muskeln, jede Krümmung, jeden Knochen und jede Sehne, die ich kannte, wie man den Weg nach Hause kennt und selbst in pechschwarzer Finsternis findet, Schritt für Schritt.

Adams Körper, der eine so unvergeßliche Ouvertüre gewesen war, dieser singende Körper, war in letzter Zeit verstummt und hatte seine Arien und heimlichen Melodien eingebüßt. War ich die Närrin gewesen, die nach und nach die Lautstärke abgedreht hatte? Offensichtlich ja. Ich sehnte mich verzweifelt danach, die Musik wieder zu hören.

Er streckte den Arm aus, und ich reichte ihm ein Handtuch, das er sich zum die Taille wickelte. Rasch schritt er an mir vorbei, ich trat auf ihn zu, um ihn zu küssen und das frische Wasser auf seinen Lippen zu schmecken, doch er schob mich sanft zur Seite, um nach einem sauberen Hemd zu suchen.

»Die Kunden werden dir diesmal gefallen, sie sind alle aus New York, ziemlich lässige Leute. Der Mann ist Kunsthändler, Großauktionator, so was von der Art. Wenn du, sagen wir, einen Rembrandt oder einen Velasquez hast, schlägt er ihn für dich los. Es ist eine erstaunliche Welt, wie aus dem Handbuch für Spione. Die Frau ist um einiges jünger als er, sehr gutaussehend, und ich glaube, sie hat was mit dem Verlagswesen zu tun. Und sie haben zwei unglaublich clevere Jungs Anfang Zwanzig. Ach, ich wünschte, es wären alle so wie sie, dann würde alles mehr Spaß machen.«

Ich schaute aus dem Zelt. Das Camp wirkte sehr still.

»Wo sind sie denn jetzt?«

»Oh, ich habe sie mit Morag auf Safari geschickt, sie müssen jeden Moment zurückkommen.«

»Wer ist *Morag*?«

Adam sah mich zögernd an, dann antwortete er mit einer unbestimmten Handbewegung: »Morag ist aus Tansania und wurde angeheuert, um den Zebrabestand auf der Copeland-Ranch zu reduzieren.«

»Ach so? Ich hab nie von ihm gehört.«

»Ja, sie ist erst seit zwei Monaten hier. Und jeden Tag auf der Jagd.«

»*Sie*?«

»Ja, Morag ist der schottische Name für Mary. Sie ist eine Jägerin, um genau zu sein. Eine ziemliche Kanone, Tatsache.«

Ich beobachtete ihn, wie er sich mit den Fingern durchs Haar fuhr und sich den alten Ledergürtel um die Hüften schlang. Ich war alarmiert.

»Und wie kommt es, daß Morag mit deinen Kunden Safaris unternimmt?«

»Sie kommt ziemlich oft ins Camp, wenn sie ihre tägliche Zebraquote erledigt hat, und die Kunden finden sie klasse – sie sind begeistert, wenn ein Mädchen wie sie mit ihnen herumfährt.«

»Heißt das, sie arbeitet für dich?«

»Nein. Sie macht es freiwillig, weil's ihr Spaß macht. Weißt du, sie sitzt den ganzen Tag in ihrem Pick-up voller Blut und Fliegen und stinkender, toter Tiere, die sie abgeschossen hat. Das ist nicht besonders witzig, kann ich dir sagen. Hier kann sie ausspannen, was trinken, gute Musik hören und ein paar interessante Gespräche führen. Abends fährt sie mit ihnen durch die Gegend, und anscheinend haben sie's sehr nett miteinander. So daß ich Zeit habe, Dinge zu erledigen, die liegengeblieben sind.«

»Das ist gut.«

Es klang wie ein ausgezeichnetes Arrangement. Dennoch machten mir diese Morag und ihre jägerischen Talente Sorgen.

»Es ist eine irrwitzige Arbeit, jeden Tag bis zum Sonnenuntergang zehn Zebras abzuschießen, das kann ich dir versichern«, sagte Adam, der versuchte, mich für sie einzunehmen, und das Gegenteil bewirkte.

»Kann ich mir vorstellen, ja.«

Die winzige Pause, die darauf folgte, zog sich ein wenig zu lange hin. Dann hörten wir glücklicherweise den Wagen vom Hügel herabkommen. Kichernde weibliche Stimmen und männliches Gelächter, Bremsen auf dem holprigen Boden und das Solo-Saxophon aus *Take a Walk on the Wild Side*, das aus der Stereoanlage dröhnte.

»Ich dachte, du willst nicht, daß deine Kunden im Busch so laut Musik hören«

»Hab ich das gesagt?« Adam grinste frech und nahm meine Hand. »Dann muß ich aber in einer miserablen Laune gewesen sein, als ich dieses Gesetz erlassen habe. Komm mit einen trinken, du Stadtmädchen.«

Morag war tatsächlich eine ziemliche Kanone. Vor allen Dingen beunruhigend gutaussehend. Wie die Doppelgängerin eines Helmut-Newton-Modells, mit blonden Botticelli-Locken und Alabasterhaut, die langen weißen Reithosen mit Zebrablut getränkt, schwere schwarze Stiefel. Keine Augen im herkömmlichen Sinn, sondern dieser spiegelglatte Hockneysche Tümpelblick. Die Augen einer ertrunkenen Ophelia. Oder eines toten Fisches, wenn man die Sache aus weniger romantischem Blickwinkel sah.

Zur Begrüßung reichte sie mir die Spitzen ihrer dünnen Finger und sah mich leer an. Dieses Mädchen war an schwesterlichen Verhältnissen nicht interessiert, und in ihrem Fall war ich es, offen gestanden, ebensowenig. Morag, die Jägerin, war vermutlich der letzte Mensch auf der Welt, den ich an diesem Abend zwischen mir und Adam im Camp haben wollte. Wäre es nach mir gegangen, hätte ich sie in ihren blutverschmierten Hintern getreten, als Betrügerin beschimpft und dann die Copelands angefunkt, damit sie kamen und sie ein für allemal mitnahmen, so bedrohlich wirkte sie von Anfang an auf mich. Die Kunden waren sichtlich verrückt nach ihr, hatten drei Tage in ihrer Gesellschaft verbracht und konnten sich keine phantastischere Frau vorstellen als diese moderne Version einer griechischen Göttin, die mit Bogen und Pfeilen aus Gold in den Wäldern Antilopen jagte. Fleischgewordene Mythologie zum Anfassen. Man mußte sie hören, diese Intellektuellenfamilie von der New Yorker Upper West Side – Morag hat dies gesagt, und Morag hat jenes gesagt, blablabla.

Adam hatte recht, sie machten einen interessanten und intelligenten Eindruck, trugen keine idiotischen Kleider und hatten einen ausgelassenen Humor. Ich hätte sie gern ebenfalls beeindruckt, doch als sie mich fragten, womit ich mich beschäftigte, und ich antwortete, ich arbeitete in einem Postproduktionsstudio in Nairobi, sahen sie mich mit derselben Verlegenheit, demselben Mitgefühl an, als hätte ich ihnen eröffnet, daß ich unter einer schleichenden und letztlich tödlichen Krankheit litt.

Morag entschwand, um irgendwo in der Personalunterkunft zu duschen, und erschien in höchst kleidsames Schwarz gehüllt wieder. Aus ihrer Brusttasche ragte eine dicke Zigarre, die in mir die Lust weckte, vor Wut zu brüllen und ihr ins Gesicht zu schlagen.

Warum konnte man sich in diesem Land niemals entspannt zurücklehnen? Warum lief ständig ein verrückter Film ohne Ende ab, in dem ununterbrochen neue Gestalten auftauchten, immer dann, wenn du denkst, du seist am absoluten Höhepunkt angelangt, und nur noch auf das große Finale wartest? Wenn sich deine beiden Helden endlich wiedervereint leidenschaftlich vor dem afrikanischen Sonnenuntergang küssen, dazu eine grandiose, erhebende Musik ertönt, die dir die Tränen übers Gesicht rinnen läßt, während der Nachspann abläuft?

Aber nein.

Wie auf Kommando taucht diese verflucht langbeinige Artemis

auf, die ihr Leben lang Büffel abgeknallt hat, und man hat gute Lust, das Kino zu verlassen.

Adam war eifrig beschäftigt, die perfekte Atmosphäre zu schaffen, mixte jedermann absolut gefährliche Drinks, suchte Musik aus, zündete Kerzen an. Seit langem hatte ich ihn in Gegenwart seiner Kunden nicht mehr so energiegeladen erlebt. Und vor allem noch nie – seit dem Tag, an dem wir uns kennengelernt hatten – so sehr auf eine Frau konzentriert.

Beim Essen saß ich neben Brian, dem Kunsthändler, und gegenüber seiner weitaus jüngeren Frau Anjelica. Morag saß zwischen Brian und Adam, bei den zwei cleveren Jungs, die sie sichtlich anbeteten.

Brian klärte mich darüber auf, wie außergewöhnlich er Morag fand.

»Sie ist unglaublich, zumal wenn man bedenkt, wie chauvinistisch die Welt der Jäger ist. Offenbar ist es ziemlich schwierig für sie, seriöse und professionelle Kunden zu finden.«

»Na, das wundert mich nicht. Welcher Typ hat schon Lust, Tausende von Dollars am Tag zu zahlen, um einen Büffel zu schießen, und sich dann von einem fünfundzwanzigjährigen Engelsgesicht sagen zu lassen, wann der richtige Zeitpunkt zum Abdrücken ist? Das ist doch erniedrigend«, sagte ich. »Auf einer Jagd wünscht man sich wohl eher einen wettergegerbten zähen Burschen als Guru, einen, der aussieht wie Clint Eastwood und bei dem man sich auch genauso cool vorkommt, meinen Sie nicht?«

Anjelica nickte, während Brian versuchte, Morags Ansichten über ihre Diskriminierung in einer reinen Männerwelt zu verstehen.

»Mir würde es überhaupt nichts ausmachen, mit einer Frau auf die Jagd zu gehen. Das fände ich keineswegs erniedrigend.«

»Ja, Liebster«, sagte Anjelica grinsend. »Aber du bist Vegetarier und wüßtest nicht mal, wie man einen Vogel umbringt – als Kunde kommst du folglich kaum in Frage.«

Morag tat, als hörte sie nicht zu; eifrig diskutierte sie mit Adam über Munition, und dann forderte sie ihn auf, sie in der nächsten

Woche, nach der Abreise der Gäste, bei der Zebrajagd auf der Ranch zu begleiten. Er sagte, er werde bestimmt mitkommen, sei sogar begeistert über die Aussicht auf eine Jagd.

»Sie ist doch total lächerlich«, sagte ich zu Adam, als Morag ziemlich spätnachts endlich zur Ranch der Copelands zurückgefahren war, ihr Gewehr ordentlich hinter dem Sitz aufgebockt. Die Intellektuellenfamilie war schon viel früher zu Bett gegangen, und ich hatte mir das allerödeste Gespräch über Schußtechniken und Kugeln und die Vorzüge von Teilmantel- gegenüber Vollmantelgeschossen, von Remington- gegenüber Holland-Gewehren anhören müssen.

»Warum denn? Sie nimmt ihre Sache völlig ernst, sie ist mit echter Leidenschaft dabei.«

»Besessen ist sie!«

»Ja, das stimmt. Aber ich mag diese Art von Besessenheit bei einem Mädchen, das ist attraktiv, finde ich.«

Die Mordlust packte mich. Ich mußte buchstäblich reglos dasitzen und tief durchatmen, um mich zu beruhigen. Ich hatte das Gefühl, alles auf einmal und mit atemberaubender Geschwindigkeit zu verlieren, wie an einem alptraumhaften schwarzen Freitag an der Wall Street, wenn auf dem Bildschirm alle deine Aktien in den Keller fallen und du absolut nichts anderes tun kannst, als zuzusehen, wie dein Vermögen dahinschwindet.

Ja, Liebe hat mit Vertrauen zu tun. Nicht mit Angst. Nicht mit seelischer Sabotage. Liebe hat damit zu tun, was zwei Menschen miteinander *tun*, nicht damit, was sie *nicht* tun können.

Wie lange war es her, seit Adam geglaubt hatte, mir vertrauen zu können, wie lange war es her, seit er sich ohne mich einsam gefühlt hatte, und wie lange hatten wir nichts mehr miteinander unternommen? Warum erwartete ich von ihm, daß er mich unverändert liebte wie am ersten Tag? Was war so unfair daran, wenn Adam endlich einen Kumpel im Busch fand, mit dem er seinen geliebten Chopin hören und Männergespräche führen konnte, zumal wenn der »Kumpel« die Rundungen eines Models hatte?

Morag mußte ihm von einer Göttin geschickt worden sein, die mich abgrundtief haßte.

In der Ferne hörten wie die Löwin knurren.

»Das mußt du dir vorstellen – mitten im Camp war sie letzte Nacht, gegen drei. Hat natürlich jeden aufgeweckt, und eine Zeitlang war hier die Hölle los. Phantastisch. Schade, daß du nicht da warst.«

»Findest du?«

»Was?«

»Hast du's wirklich schade gefunden, daß ich nicht da war?«

»Ja.« Er starrte mich an. »Ich finde es *immer* schade, wenn du nicht da bist.«

Ich erwiderte seinen Blick; eine Zeitlang sah ich ihn nur an. Keiner von uns sprach ein Wort, doch aus meinen Augen begannen diese idiotischen Tränen zu rinnen. Er wischte sie mit dem Handrücken ab.

»Nicht«, sagte er. »Es gibt keinen Grund zu weinen. Es ist alles in Ordnung.«

»Da bin ich mir gar nicht mehr sicher.«

»Komm schon, Esmé. Du *weißt* es. Du warst diejenige, die fortgegangen ist. Ich war immer am selben Ort.« Er deutete auf die Dunkelheit ringsum. »Genau hier.«

Der melancholische Ausdruck seiner Augen, während er das sagte, machte mir angst. Jetzt war es unmöglich, die Wehmut, die Einsamkeit, zu der ich ihn gezwungen hatte, nicht zu sehen, und ich fürchtete die Narben, die meine Achtlosigkeit womöglich hinterlassen hatte.

Ich begann sein Hemd aufzuknöpfen.

»Ich möchte mit dir schlafen.«

Er nahm mich bei der Hand, und wir traten ins Zelt. In dem warmen gelben Licht der Kerosinlampe zogen wir uns gegenseitig langsam aus. In der Art, wie seine Hände mich jetzt berührten, wie er mich unter sich festhielt, spürte ich Grobheit. Wir liebten uns mit einer Heftigkeit, als wollten wir es beide möglichst rasch hinter uns bringen, uns vergewissern, daß wir einander immer noch besaßen wie eh und je und nichts sich im Lauf der Zeit geändert hatte. Wir legten keinen Wert auf Genuß, kümmerten uns nicht darum, zu verweilen, abzuwarten, einander anzulächeln, das Ende hinauszuschieben. Wir wollten es erledigt und bestätigt haben.

Schweigend lagen wir danach in der Dunkelheit. Mit einem Finger strich ich über seine Rippen, küßte die Innenseite seines Unterarms. Nein, nach Hunter würde nichts mehr so sein, wie es gewesen war. Es war verrückt, sich einzubilden, Adam und ich könnten diese Affäre schadlos überstehen. Wir waren nicht mehr diesselben Menschen, und jetzt wußten wir es beide. Das mußte nicht zwangsläufig das Ende bedeuten, doch so zu tun, als sei nichts zu Bruch gegangen, war eine sinnlose Heuchelei. Und die Aufgabe, zu retten, was sich noch retten ließ, fiel allein mir zu.

»Adam?«

»Ja?«

»Vielleicht könnte ich halbtags arbeiten, mich nur noch um ein paar Kunden kümmern, wie Jason zum Beispiel. Dann könnte ich viel öfter hier sein. Wärst du froh darüber?«

»Ja. Natürlich. Aber das sollst du nur tun, weil du's selber willst, nicht aus Pflichtgefühl.«

»Ich weiß. Ich will es selber. Ich möchte hier bei dir sein. Ich hab es so satt, ständig von dir getrennt zu sein. Fort von *hier.*«

Die Löwin knurrte erneut. Sie hatte sich genähert.

»Vielleicht kommt sie wieder«, sagte Adam. Er drehte sich zu mir, und in der Dunkelheit funkelten seine Augen vor kindlicher Freude.

»Hoffentlich.«

Wir schliefen ein, und vor dem Morgengrauen weckte uns ihr heiseres Knurren. Adam stand auf und beobachtete sie durch das Netz am Eingang. Diese gewaltige schwarze Gestalt, dieser wilde, berauschende Geruch. Ich konnte kaum glauben, wie nah sie unserem Zelt war. Wir standen beide hinter dem Netz, reglos, bis der Himmel grau wurde und wir sie deutlich erkennen konnten. Sie lag unter einem Baum, hielt witternd die Nase in die Brise, ihr Schwanz zuckte hin und her. Dann stand sie auf und verschwand gemächlich im Dickicht. Ich fühlte mich gesegnet, wieder aufgenommen. Sanft zog ich Adam ins Bett zurück, und eine Zeitlang lagen wir einfach nebeneinander, ohne zu sprechen, spürten nur die Wärme unserer Körper und ließen all diese Gedanken umherschießen wie Schwalben und sich im Licht des frühen Morgens zerstreuen.

Ich kündigte meinen Job im Büro und arbeitete auf freiberuflicher Basis bei Jason Winters und seinen Werbefilmen mit. Er zahlte wenig, doch er verhätschelte mich und hielt mich bei bester Laune. Viele Stunden saßen wir vor der Avid-Maschine, dann gingen wir gemeinsam in den Mud Club und tanzten bis zur Besinnungslosigkeit.

Den Rest der Zeit verbrachte ich bei Adam im Camp, sorgte für die abendliche Unterhaltung der Kunden und wurde sogar ganz gut darin, kletterte mit Lenjo den Steilabbruch hinauf und lernte endlich und ein für allemal die Namen der Pflanzen und Vögel. Die Weihnachtsfeiertage gingen vorüber, und wir hatten immer noch Buchungen bis Ostern. Adam meinte, er habe noch nie eine so gute Saison erlebt.

Mein Instinkt sagte mir, daß es an der Zeit war, das Terrain wieder abzustecken, in Besitz zu nehmen, ehe ich endgültig den Boden verlor. Deshalb konzentrierte ich mich darauf, Morag im Zaum zu halten und mich von ihr nicht über das erträgliche Maß hinaus behelligen zu lassen. Ihre Zebrajagd war beendet, doch offensichtlich hatten die Copelands sie gern in ihrer Nähe, und so war sie auf der Ranch geblieben. Ich wußte, daß sie das Camp sehr viel häufiger besuchte, während ich in Nairobi war, und tobte innerlich vor Wut, doch offensichtlich ließ sie sich durch mich nicht im geringsten einschüchtern.

Insgeheim war ich überzeugt, daß sie und Adam ein Verhältnis miteinander hatten. Weshalb sonst weigerte sie sich abzureisen? Aber ich brachte es nicht über mich, ihn zu fragen: Ich hatte selbst noch viel zuviel vor ihm zu verheimlichen.

»Warum geht sie nicht nach Tansania zurück, wo es wenigstens legal ist zu jagen? Sie beharrt darauf, in einem Land zu bleiben, in dem Jäger verpönt sind und die Jagd ein Tabu, aber sie hört nicht auf, darüber zu jammern. Ist das logisch?« fragte ich Adam.

»Ich glaube, sie hätte gern einen Job bei mir «, sagte er, als machte er mir ein Geständnis. »Deswegen hängt sie hier fest. Sie ist total pleite.«

Ihre miserable Finanzlage weckte in mir keinerlei Mitgefühl.

»Hör mal, es gibt Millionen von Safariunternehmen, die sie mit Freuden einstellen würden. Hinter *dir* ist sie her, das ist es.«

Er lachte, als wäre meine Vermutung vollkommen abwegig.

»Ach was, Esmé, was hast du denn? Du bist doch nicht etwa *eifersüchtig*?«

Er war wieder einmal in eine manuelle Tätigkeit vertieft und wandte sich – unschuldig – seinem Funkgerät zu, um irgendein winziges Teil abzuschrauben. Ich musterte ihn scharf, und auf einmal bemerkte ich seine Verlegenheit. Ja, sie hatten miteinander geschlafen, das spürte ich.

»Das bin ich nicht. Ich finde sie bloß unglaublich irritierend. Und sie ist so *dumm*«, fügte ich hinzu, nur um ihn zu ärgern.

In Wahrheit empfand ich sehr wohl einen Stich der Eifersucht. Es schmerzte, aber gleichzeitig war ich erleichtert: Wenn Adam mit Morag etwas gehabt hatte, war die Ausgewogenheit zwischen uns wiederhergestellt. Nicht nur fühlte ich mich weniger schuldig, sondern ich hatte auch einen Grund, ihn zurückgewinnen zu wollen.

Diesen Grund hatte ich nötig, ich brauchte die Disziplin. Denn seit dem Tag, an dem Hunter Afrika verlassen hatte, hielt ich mich an ein äußerst strenges Programm.

Ich zwang mich, nie an ihn zu denken. Kein einziges Mal.

Nicht an seine Stimme, nicht an seine Augen, nicht an seinen Geruch. Nie öffnete ich die Schuhschachtel, in der ich seine wenigen Briefe aufbewahrte, nie wagte ich, einen Blick auf seine winzige Handschrift oder auf sein Foto zu werfen – das einzige, das mir gefiel, weil er darauf lächelte: ein leicht verschwommenes Schwarzweißbild.

Es waren strenge Regeln. Es war notwendig zu vergessen.

Ich hatte unvermutet eine innere Löschtaste gefunden. Aber ich mußte äußerst vorsichtig damit umgehen und durfte mir keinen Leichtsinn erlauben, denn andernfalls konnte alles mit einem Schlag wieder über mich hereinbrechen. Eine einzige, riesige, überwältigende Welle der Sehnsucht nach Hunter hätte mich auf der Stelle mit sich gerissen. Und *derart* selbstmörderisch zu sein konnte ich mir nicht leisten.

Aber einfach war es nicht.

Wenn man in Afrika lebt, scheint es aus irgendeinem Grund unmöglich, einander aus den Augen zu verlieren, auch wenn man gar nicht wissen will, wo der andere steckt.

In Wahrheit, stellt man sich vor, müßte das Gegenteil der Fall sein: Sobald jemand das Land verläßt, sollte er – oder sie – in die Anonymität zurücksinken. Nein, nicht nur innerhalb dieses weiten und wilden Landes ist es praktisch unmöglich, aus dem Blick zu verschwinden – immer entdeckt jemand deinen Wagen, sogar in der Chalbi-Wüste, irgendein Safarileiter, der aus purer Lust am Spurenlesen deine exakte Position meldet –, sondern noch unwahrscheinlicher ist es, nachdem man physisch das Land verlassen hat. Rund um die Welt existiert ein hervorragendes Netzwerk, das unweigerlich dafür sorgt, daß jede winzige Information über die Bewohner Kenias täglich weitergeleitet wird.

Nie erkundigte ich mich nach ihm, doch hin und wieder traf ich Reuben oder Miles, die mir beiläufig berichteten: »Hunter macht hervorragende Arbeit in Kabul, sie wollen, daß er noch länger bleibt. Er sagt, es gefällt ihm sehr.«

»Habt ihr von ihm gehört?« fragte ich, innerlich bebend.

»Neulich kam ein Fax. Klingt ziemlich furchtbar, was da abläuft.«

»Bestimmt«, sagte ich dann, wandte mich ab und redete mit jemand anderem, um das Schwächegefühl zu überwinden, das mich bei der Erwähnung seines Namens immer wieder überkam.

Kabul klang fern und unwirklich genug, um sicher zu sein. Doch unweigerlich warf mir eines Tages einer von ihnen wieder eine neue Information an den Kopf: »Hunter ist für ein paar Wochen in London. Sie schicken ihn jetzt nach Moskau.«

»Nach *Moskau*!« Ich tat, als fände ich das amüsant. »Meinst du, es wird ihm dort gefallen?«

Und wieder spürte ich plötzlich seine Nähe, seine Stimme innerhalb meiner Reichweite, und mir blieb das Herz stehen.

Rein technisch gesehen, könnte man binnen acht Stunden dortsein und ihn in zwei Minuten aufgestöbert haben. Der bloße Gedanke versetzte mich in Hochstimmung und gleichzeitig in Todesangst.

Der Junkie in mir meldete sich wieder. Zwar hatte er einen totalen Entzug hinter sich, aber man weiß ja, wie es ist: Man könnte sofort wieder von vorn anfangen – und wäre auf der Stelle wieder dort, wo man aufgehört hat. Mit all den Schuldgefühlen, der Leidenschaft, der Ekstase und der Verlogenheit, mitten im Chaos, mitten in der Hölle.

Während man inzwischen doch ein folgsamer Patient geworden ist, der unter starken Betäubungsmitteln steht, drei Mahlzeiten täglich und abends Schlaftabletten erhält und nicht mehr über die Stränge schlägt.

Ja, die Schuldgefühle und die Niedertracht sind dahin, aber das Leben ebenso.

19

Es läßt sich nicht ändern: Also küssen wir uns und gehen auseinander.
Nein, ich habe gegeben: Mehr bekommst du nicht von mir:
Und ich bin froh, ja, von Herzen froh,
daß ich mich damit so vollständig befreie.

Michael Drayton

Jason hatte ein prachtvolles altes Haus in Karen gemietet.

»Nur aus Jux«, sagte er, als er mir stolz das Eßzimmer mit dunkler Eichentäfelung vorführte, den imposanten Kamin im Wohnzimmer, die großzügige, ums Haus verlaufende Veranda, gestützt auf alte steinerne Säulen, die von Kletterpflanzen überwuchert waren.

»Das muß aber ein teurer Jux sein«, sagte ich, nachdem ich vier Schlafzimmer, drei Bäder und neben Wohn- und Speisezimmer einen riesigen Salon gezählt hatte.

»Was soll's. Nächste Woche machen wir *Omo*, und nächsten Monat fangen wir mit *Tampax* an und wahrscheinlich mit *Smirnoff*.«

Jason und ich waren ein gutes Team geworden. Bei den Dreharbeiten war ich inzwischen seine Assistentin, und nun half ich manchmal bei der Requisite aus und brachte den einen oder anderen Gegenstand von zu Hause mit. Meine Teekanne war in einem Werbespot für Frühstücksflocken verewigt worden, und der lederne Armsessel aus dem Schlafzimmer bildete das Glanzstück einer besonders stimmungsvollen Brandy-Werbung.

Er zuckte die Achseln, als er mich in die weitläufige Küche führte: »Außerdem kommt im Juni meine Freundin. Wenn sie genügend beeindruckt ist, wird sie vielleicht bleiben.«

»Du hast eine Freundin in London?« Ich weiß nicht, weshalb, aber ich hatte ihn stets für einen überzeugten Single gehalten, der sich auf eigene Faust amüsierte.

»Daisy. Sie ist Kostümbildnerin. Sie fehlt mir schon irgendwie, weißt du.«

»Wieso ist sie denn nicht gleich mitgekommen?«

»Unmöglich. Sie hat *tonnenweise* Arbeit in London«, sagte er, wie um sich zu entschuldigen, weil Daisy nicht hier war und strickend am Kamin saß. »Mich hält sie für verrückt, weil ich hierhergezogen bin. Karrieremäßig gesehen.«

Wir saßen am Kamin im Wohnzimmer, und Jason legte die Videokassette mit *Jenseits von Afrika* ein.

»Ach bitte«, sagte ich. »Nicht das. Schauen wir uns doch was anderes an.«

»Ich wollte mir nur ein paar Anregungen für Ausstattungen und Kostüme holen, für den Fall, daß wir den *Smirnoff*-Job bekommen.«

»Na gut.« Ich setzte mich neben ihn, Stift und Notizblock in der Hand.

Ich versuchte, den Film mit rein professionellem Blick zu sehen, doch als Meryl dann an Finch Huttons Grab in den Ngong-Hügeln stand, das Gedicht vorlas und mit starrem, leblosem Blick flüsterte: »*Er hat nicht mir gehört*«, und durch das Gras davonging, hatten Jason und ich, die verlassenen Seelen, eine halbe Rolle Klopapier naß geweint.

»Was soll man davon halten, wenn man das Gefühl hat, daß das eigene Leben zum Abklatsch eines Schmalzfilms geworden ist«, sagte ich, während ich meine Augen trocknete und mich zum Aufbruch anschickte.

»Weiß ich auch nicht«, antwortete Jason, schüttelte sein flammendrotes Haar und schneuzte sich. »Aber was immer es bedeutet – gut klingt es nicht.«

Der März kam, wieder stand uns eine Regenzeit bevor. Jeden Morgen wachten wir bei fernem Donnergrollen auf und witterten den Nebel in der Luft. Wieder einmal brach Adam sein Camp ab, lud seine gesamte Ausrüstung auf den Lastwagen und kehrte nach Nairobi zurück.

Am Tag des ersten Wolkenbruchs saß ich auf der Veranda, hielt eine heiße Teetasse umklammert und starrte auf die Schlammtümpel im Garten; diesmal, dachte ich, wird mit Sicherheit mein Gehirn erweichen. Der Gedanke an die Wassermassen, die mir in den nächsten Monaten auf den Kopf fallen würden, war mir unerträglich. Seit fast zwei Jahren war ich nicht mehr zu Hause gewesen, es war verrückt – ich mußte dringend fort.

Ich rief Teo an.

»Komm her, meine Liebste«, sagte er. »Du bist der einzige Mensch, mit dem ich den Rest meines Lebens verbringen möchte.«

Oh, mein wunderbarer, verzauberter, kindlicher Bruder.

»Sag das noch mal«, bat ich lachend. »Unvorstellbar, wie ich's fertiggebracht habe, mich so lange von dir fernzuhalten.«

»Komm einfach her. Aber ich warne dich, Italien ist furchtbar. Du darfst keine Zeitungen lesen und nicht fernsehen, *nie.* Sonst läufst du auf der Stelle davon. Du mußt mir versprechen, daß du nur tust, was ich dir sage.«

»Ach, hab ich dich vermißt«, bekannte ich und realisierte auf einmal, wie irrsinnig und grausam es war, daß wir einander so lange nicht gesehen hatten.

Es fing an zu regnen. Dächer leckten, Wagen blieben im Schlamm stecken, Telefonleitungen brachen zusammen, der Strom fiel aus, ein Plastikkübeltag folgte auf den anderen, aber es war mir egal. Ich hatte mein Flugticket und träumte nur noch von einem frischen europäischen Frühling, weitab von Dunkelheit, Schnecken und Fröschen.

Ich hatte Adam nicht gebeten, mitzukommen und meinen Bruder kennenzulernen, wie wir es im Vorjahr geplant hatten. Ich hatte jetzt das Bedürfnis, allein zu reisen. Ohne Zeugen.

Er brachte mich zum Flughafen. Ich nahm einen Anflug von Beklommenheit an ihm wahr, als er mich beim Einchecken beobachtete: Er konnte sich nur sehr vage vorstellen, wie es in Italien aussah, geschweige denn, wie Teo, meine sonstigen Freunde, mein Leben dort waren. Als er mich mit den Leuten der Alitalia auf italienisch plaudern hörte, muß ihn meine plötzliche Fremdheit erschreckt haben.

»Bleib nicht zu lange weg«, sagte Adam, als wir uns zum Abschied küßten.

Erst jetzt, an der Paßkontrolle, wurde mir klar, seit wie langer Zeit ich zerbrochen war. Wie sehr ich mich sehnte fortzukommen, wie dringend ich der Heilung bedurfte.

»Komm bald wieder zurück, ja?« flüsterte er.

Es war eigenartig, aber bei diesen Worten kam mir auf einmal der Gedanke, daß ich ohne weiteres verschwinden, mich aus diesem Leben davonstehlen und nie mehr zurückkehren könnte.

Die Maschine war voller Gruppenreisender, die nur darauf aus waren, am Montag im Büro ihre tiefe Bräune vorzuführen, und Afrika für nichts anderes zu danken hatten.

Es war die übelste Meute, die man sich als Begleitung bei der Abreise von einem geliebten Ort vorstellen kann. Nichts stimmte an ihnen: weder ihre Art zu reden noch ihre Kleider, noch die Gefühle, die sie bewegten. Es war wie eine Reise in Gesellschaft von Verbrechern.

Wenn das Flugzeug abhebt und Kurs nach Europa nimmt, hat man nicht einfach das Gefühl, einen Kontinent zu verlassen: Man läßt eine Gemütsverfassung hinter sich. Was immer einen am Ende der Reise erwartet, wird auf jeden Fall auf einer anderen Ebene stattfinden.

Die italienischen Touristen empfanden keine Sekunde lang Melancholie nach dem, was sie zurückließen. Das war der Vorteil einer Reise mit Verbrechern: Ihre Stumpfheit ist eine Einstimmung auf den Mangel an Gefühlen, der einem bevorsteht.

Doch am anderen Ende des Tunnels erwartete mich – Gott sei Dank – Teo in einem zerknitterten weißen Hemd: Er sah aus wie ein Erzengel, der eben erst aufgeweckt wurde. Mit schläfrigem Blick lehnte er an einem Geländer in der Ankunftshalle zwischen den Wartenden und sah sehr anders aus als alle übrigen. Er hielt einen langen Glyzinienstengel in der Hand, den er offenbar unterwegs über einer Gartenmauer abgeschnitten hatte – an seinem Hemd klebte noch ein kleines Blatt, das ich automatisch abzupfte, als wir uns umarmten. Ich nahm wieder seinen vertrauten Geruch wahr: Was war das? Feuchtes Holz, Farne, Regen?

»Du hast dich verändert«, sagte er lächelnd, als wir in seinen alten Käfer stiegen.

»Inwiefern?«

»Du bist dünner geworden. Aber es ist eher so, als hättest du deine äußere Schicht verloren. Wie reduziert auf das Wesentliche.«

»Und wie sieht das aus?«

»Unheimlich. Du sieht wild aus, als wärst du wahnsinnig geworden oder so. Aber das ist schön.«

Ich lachte und drückte seinen Arm, froh, ihn wiederzuhaben, ihn und unsere Geheimsprache. Auch er hatte sich verändert – aber vielleicht hatte ich auch nur vergessen, wie sehr er mich an Ferdinando erinnerte. Und auf einmal traf mich die Erkenntnis wie ein Schlag: daß ich heimkam und ihn nicht sehen, sein heiseres Raucherlachen nicht hören würde.

Zwischen marmornen Palazzi, Brunnen und Tritonen, Kuppeln und Tauben fuhren wir über den Fluß und vorbei an dem geschäftigen Blumenmarkt, über barocke Plätze und entlang den Straßencafés in die römische Innenstadt zu seiner kleinen Wohnung nahe der Via Giulia. Und ich sah hübsche Mädchen auf dem Fahrrad, die Blumen gekauft hatten, und aufreizende Jungen auf Motorrollern, die Lebensmittel lieferten, ältere Paare mit Hund und Nonnen vom Kloster Santa Brigida, die eilig den Platz überquerten, fußballspielende Kinder im Innenhof eines efeubewachsenen alten Gebäudes, Zimmerleute und Karabinieri, Diebe und Bettler; ich roch Zitronenblüten und Moos, den Duft von frisch gebackenem Brot und das modrige Flußwasser, und alles erschien mir wunderbar zivilisiert und anmutig. Es war unvorstellbar, daß dies alles immer weiterbestanden hatte, während ich unter der gleißenden afrikanischen Sonne gelebt hatte, die Gassen und Springbrunnen und hübschen Mädchen, die Nonnen und die Diebe – alle diese parallelen Leben waren eine unfaßbare Vorstellung, wie Science-fiction.

War hier noch ein Platz für mich, für meine animalische Verrücktheit, würde mein Körper sich wieder diesen vollendet gemeißelten Winkeln und verworrenen Labyrinthen anpassen? Es sah prachtvoll aus – aber auch überfüllt.

Und es erschien mir *beengt*.

In den ersten Wochen kam ich mir vor wie ein Tier im Käfig. Alles erschien mir so zerstückelt: die Art, wie Gespräche verliefen, abgehackt, immer wieder unterbrochen, immer hektisch, fortwährend läuteten Telefone, überlappten sich Geräusche, alles und alle kreuzten sich und prallten ständig aufeinander.

Ich wanderte durch die Straßen, betrat Geschäfte. Es gab soviel von allem, daß ich nicht wußte, wo ich anfangen sollte. Ich verbrachte Stunden damit, einfach nur verschiedene Schattierungen von Lippenstiften anzustarren oder in Hunderten von CDs und Büchern zu stöbern: Jeder Titel klang verlockender als der vorherige, und ich konnte mich nicht entscheiden, was ich brauchte. Ich brauchte alles, denn ich war mit völlig leeren Händen gekommen, doch das Angebot war eher verwirrend als verführerisch, und so gab ich jedesmal auf und verließ den Laden, ohne etwas zu kaufen.

Ich probierte Massen von Blusen, Kleidern, Schuhen an, und immer erschien mir mein Spiegelbild fremd. Ja, ich hatte mich verändert: Im hellen Licht des Umkleideraums sah ich endlich, was alle Spiegel in Afrika mir vorenthalten hatten: wie ausgebleicht meine Haare waren und wie dunkel meine Haut, wie viele winzige Fältchen sich rund um meine Augen ausbreiteten. Ich war zu lange in der Sonne gewesen.

Die teuren, gutgeschnittenen Blusen paßten nicht zu meinem neuen Ich. In ihrer Neuheit und Eleganz stachen sie zu sehr ab, und ich mußte sie den Verkäuferinnen immer wieder zurückgeben.

Doch mit Teo zusammenzusein war himmlisch: als würde mir eine magische Substanz verabreicht. Tag für Tag flößte mir seine Gegenwart ein Gefühl der Zugehörigkeit ein, nicht zu einem Ort, sondern zu einer Daseinsweise. Es war, als hätte ich durch ihn Ferdinando wiedergefunden.

Jeden Morgen weckte er mich mit einer Tasse Tee und setzte sich auf die Bettkante.

»Steh auf, Esmeralda«, sagte er scherzhaft. »Gehen wir uns Schönheiten ansehen.«

Wir spazierten durch die Stadt, betraten kleine Kirchen, und er zeigte mir Kunstwerke, von denen ich noch nie gehört hatte.

»Hast du nie die Ekstase der heiligen Theresa gesehen? Du machst Witze, oder? Los, beeil dich, das Licht ist nicht mehr lange so perfekt wie jetzt.«

Er ging mit mir in ein Museum, um mir nur ein einziges Gemälde zu zeigen: eine Judith mit dem Haupt des Holofernes, aus der Schule der Caravaggisten, das Gesicht seitlich beleuchtet, erfüllt von diesem unverwechselbaren Licht.

»Den Rest können wir uns schenken, das ist alles langweiliges Zeug.« Und aus dem wunderbaren Halbschatten der Galleria Corsini traten wir wieder hinaus in die Sonne.

»Das ist die Therapie«, sagte er. »Du darfst nur Schönheit anschauen, das heißt, was von ihr noch übrig ist, und den Rest mußt du ignorieren.«

Ein paarmal rief ich Adam an. Ich versuchte, ihm zu schildern, was ich tat, versuchte ihm Rom zu beschreiben, doch mir war klar, daß ich meine eigentlichen Gefühle nicht mitteilen konnte. Es war, als ginge ich selbstverständlich davon aus, daß er nicht verstehen würde, wovon ich sprach.

»Was tut sich in Nairobi?« fragte ich dann.

»Seit fünfundzwanzig Jahren hat es nicht mehr so viel geregnet. Eine Sintflut. Im Norden sind sämtliche Felder überschwemmt, alle Brücken stehen unter Wasser. Man kommt nicht mal mehr nach Nanyuki. Ungeheuerlich.«

Die Felder, der Fluß, die Brücken. Wir unterhielten uns wie zwei Farmer.

»Was sonst?« fragte ich.

»Du fehlst mir.«

»Du mir auch.«

Ich war nicht sicher, ob das stimmte, aber es zu sagen tat mir wohl.

Nach etwa einer Woche fuhren Teo und ich zur Küste von Amalfi. Wir waren in kindischer, nostalgischer Laune: Im Wagen hörten wir alte James-Bond-Musik, ohrenbetäubend laut, und schmetterten *Goldfinger*, während wir die gewundene Straße entlangrasten, die direkt neben dem Felsabbruch über dem Meer verlief. Wir hatten das alte Haus gemietet, in dem Ferdinando in unserer Kindheit die Sommer mit uns verbracht hatte.

Wir saßen auf der zweihundertjährigen, in den Felsen gehauenen Terrasse und schauten aufs Meer hinaus. Alle Erinnerungen kehrten zurück, die Düfte und Farben unserer Kindheit. Der Geruch nach Feuchtigkeit, der aus den dicken Mauern aufstieg, aus den Gewölbedecken über den schattigen Räumen, dem zerbröckelnden Stuck, den gesprungenen blauen Kacheln. Der Jasminduft, der nachts in Schwaden hereinwehte. Der wilde Fenchel, der aus den Rissen im Boden der Terrasse sproß.

»Hier ist ja alles *Settecento napoletano*«, sagte ich zu Teo, als wir nach Sonnenuntergang auf der Terrasse saßen.

Meine plötzliche Erkenntnis schien ihn zu belustigen.

»Na ja, sicher«, sagte er lächelnd.

»Ich meine, ich bin damit aufgewachsen und hab's nie zur Kenntnis genommen – das ist doch merkwürdig.«

Ich blickte hinunter auf die Kuppel der Kirche. Sie war mit Kacheln gedeckt, und als Kind hatte ich dabei immer an die grünen Schuppen einer Schlange denken müssen.

Jetzt war ich zurückgekehrt, mit dem gierigen Blick der Ausgewanderten, und alles, was ich sah, zerriß mir vor Rührung das Herz.

»Ich fühle mich so abgebrochen von allem«, flüsterte ich.

Teo rückte näher, traurig über meine Worte.

»Warum denn?«

»Ich weiß nicht. Vielleicht ist das so, wenn du das Gefühl hast, wieder an einem Ort zu sein, wo du hingehörst, der aber nicht länger der deine ist. Je mehr du wiederentdeckst, desto mehr erkennst du, daß du ihn verloren hast.«

Er gab keine Antwort. Eine Weile saßen wir stumm im weichen Licht der Dämmerung, die in Italien, anders als in Afrika, noch lange nachklingt, wenn die Sonne längst verschwunden ist.

»Vielleicht tut es den Menschen nicht gut, an mehr als einem Ort zu leben«, sagte Teo. »Ich glaube, wir sind für die Seßhaftigkeit geschaffen.«

»Ja. Man sollte wahrscheinlich nie mehr als nur ein Zuhause haben.« Ich zögerte, dann lächelte ich matt. »Und sicher nie mehr als eine Liebe.«

Zurück in Rom, aßen wir häufig in der alten Trattoria, wo wir nichts bezahlen durften, und tranken mit Ferdinandos alten Freunden. Wenn sie mich nach Afrika fragten, wußte ich nie, was ich sagen sollte. Kein einziges Bild fiel mir ein, das ich hätte schildern können. Es war, als sei Afrika aus meiner Sprache verschwunden, unübersetzbar geworden und viel zu privat, um Fremden mitteilbar zu sein.

Mit Teo jedoch sprach ich über Afrika: Ich wußte, daß er mich verstehen würde.

»Es ist in deinem Gesicht«, sagte er, »dieser endlose Raum. Er hat dich total durcheinandergebracht.«

»Aber was ist es denn?« Und ich schaute in den Spiegel, doch ich sah nur meine Augen, denselben starren, wilden Blick wie Judith, die den Kopf des Holofernes an den Haaren hält.

»Ferdinando hätte sich gefreut, dich so zu sehen.«

»Ich weiß nicht, ob er verstehen würde, warum ich zurückwill. Er würde mich für melodramatisch oder sonst irgendwie bescheuert halten.« Ich imitierte seinen sarkastischen, näselnden Ton: »›Führ dich nicht auf, als wärst du in einem russischen Roman!‹ würde er sagen.«

»Nein, bestimmt nicht. Schließlich tust du nur dasselbe, was er immer getan hat, glaube ich.«

»Und das wäre?«

»Überlebensgroß zu sein. Dir ist das auf rein geographischem Weg gelungen. Er hatte andere Möglichkeiten. Ich meine, er war doch die *Verkörperung* eines russischen Romans, in Gottes Namen! Er hat nur so getan, als wäre er zynisch.«

Eine Weile blieb ich stumm. »Und wie schaffst du's hier, über lebensgroß zu sein?« fragte ich dann.

»Oh, gar nicht.« Er seufzte. »Ich verliebe mich nur.«

Teo hatte einen Geliebten, einen dunkelhäutigen zierlichen Tänzer namens Pascal. Er war Franzose, der ursprünglich aus Algier stammte. Im Jahr zuvor, nach meiner Abreise, hatten sie sich bei einem Musikfestival kennengelernt.

Pascal begleitete uns an manchen Abenden, und dann war er so still, daß man seine Anwesenheit beinahe vergaß. Doch obwohl die beiden in meiner Gegenwart kaum miteinander sprachen, war mir klar, daß ihr Verhältnis nicht nur sexuell war, sondern daß eine tiefe, unausgesprochene Bindung zwischen ihnen bestand, die auf Zärtlichkeit und Liebe gründete. Es war etwas ganz Einfaches, und es mitzuerleben war sehr schön. Ich beneidete sie um das, was sie hatten.

»Ich wünschte, ich könnte auch so sein«, sagte ich eines Abends zu Teo, nachdem Pascal gegangen war. Im gelben Licht des Lampenschirms lagen wir auf dem Sofa, die Beine ausgestreckt, und versuchten beide ein Buch zu lesen.

»Wie denn?«

»Wie du und er. Ich wünschte, ich könnte jemanden lieben, ohne mit einem Büchsenöffner in seinen Kopf einzudringen und jedesmal, wenn ich drin bin, eine Inventarliste zu erstellen.«

»Was für eine schreckliche Vorstellung.«

»Richtig. Aber weißt du, genau das wollte ich mit Adam erreichen. Ich dachte, ich könnte einmal verliebt sein, ohne daß mein Kopf beteiligt ist. Es war eine enorme Erleichterung. Nur die körperliche Seite zu erleben.«

»Das ist bloß ein Klischee – es ist nie eine ausschließlich körperliche Sache. Es ist immer komplizierter, für jeden. Auch für Pascal und mich.«

»Na gut. Vielleicht wollte ich sagen: An euch sehe ich, daß Liebe auch *einfach* sein kann. Und ich würde gern …«

»Aber was *einfach* war, hat dich doch nie interessiert, Esmé«, fiel er mir ins Wort. »Warum versuchst du immer, jemand anderes zu sein? Hör doch auf damit. Und dann«, er richtete sich auf und schob sanft mit den Zehen mein Buch zur Seite, »geh hin und *tu* was gegen dein unglückliches Liebesleben, statt dich nur darüber zu beschweren. Was bist du für eine Langweilerin geworden!«

Am Ende des Tages war die Enge besonders spürbar: Jede Nacht kehrte ich in meinen Träumen nach Afrika zurück. Die Weite, die Stille, der Himmel, die kühle Morgenluft. Im Schlaf drang dieses Gefühl, unersättlich lebendig zu sein, wieder in mein Herz, füllte meine Lunge bis zum Rand und pumpte Blut durch meine Adern. Und jeden Morgen war ich minutenlang wie betäubt und fragte mich, weshalb ich nicht dort war, weshalb ich nicht in dem weichen weißen Licht erwachte, gefiltert durch das Moskitonetz rund um mein Bett.

Doch im Verlauf der Wochen verloren diese Träume ihre Eindringlichkeit, wie eine Erinnerung, die langsam verblaßt, und es stimmte mich traurig, allein, ohne sie, in der Stadt zurückzubleiben, als verlöre ich zusammen mit den Träumen auch den Glanz.

Dann rüttelte Teo mich eines Nachts sanft an der Schulter und weckte mich auf.

»Telefon. Für dich.«

»Wer ist es? Wie spät ist es?«

»Spät. Gegen zwei.«

»Ach Gott. Wer ...«

»Hunter Reed.«

Mein Herz blieb stehen. Mit einem Satz sprang ich aus dem Bett wie eine Wildkatze und packte den Hörer.

»Hunter?«

»Hab ich dich aufgeweckt?«

»Ja ... nein, spielt keine Rolle. Wo ...«

»Hör zu, morgen bin ich auf dem Weg nach Rom, und ich dachte, ich könnte bei dir vorbeischauen, wenn's dir recht ist.«

» ... «

»Esmé?«

»Ja.«

»Ist es dir recht?«

»Ja.«

»Sicher?«

»Hunter.«

»Ja.«

»Ich kann nicht glauben, daß du's bist.«

»Glaub es lieber. Gib mir die Adresse.«

»Nein. Ich hole dich vom Flughafen ab.«

»Nein, gib mir die Adresse.«

»Es ist unmöglich zu buchstabieren, du wirst dich verlaufen, laß mich dich doch abholen …« Eine jähe Panik ergriff mich. Was, wenn er das Haus nicht fand?

»Nein.« Bereits leicht entnervt. »Buchstabier mir einfach den Namen, ich finde schon hin.«

»Wann ungefähr wirst du ankommen? Wo bist du überhaupt.«

»Moskau.«

»Moskau?«

»Warum gibst du mir nicht einfach die Adresse und hörst auf, alle diese Fragen zu stellen?«

Ich gehorchte und buchstabierte dreimal *Via degli Orti d'Alibert.*

»Hunter.«

»Ja.«

»Ich kann's nicht erwarten, dich zu sehen.«

»Das ist gut.«

Ein Pfeifen, und er war fort.

Ich heulte, schrie, sprang auf und ab, rauchte eine Schachtel Zigaretten, lachte hysterisch, bis Teo mir eine Schlaftablette gab.

»Du bist *total* wahnsinnig.«

»Nein, du verstehst mich nicht! Ich dachte, ich würde ihn im Leben nicht mehr wiedersehen.« Mit einer Kraft, die mich selbst verblüffte, packte ich seinen Arm. »Ich dachte, er haßt mich, er will mich nie mehr sehen, und jetzt geben mir die Götter doch noch eine Chance. Es ist wie ein Lottogewinn, eine Chance von eins zu einer Million.«

»Na, dann setz es diesmal nicht in den Sand«, sagt Teo, während er sich aus meinem Griff befreite.

Den ganzen nächsten Tag verbrachte ich am Telefon, rief jede obskure Fluglinie an, die möglicherweise von Moskau nach Rom flog, und versuchte, Hunter auf einer Passagierliste ausfindig zu machen. Ich war zu nichts anderem in der Lage, als abwechselnd auf das Telefon und die Tür zu starren und auf ein Läuten zu warten. Immer wieder übte ich Sätze ein, sagte sie laut auf, musterte mich währenddessen im Spiegel, probierte verschiedene Kleider an, seufzte, rauchte, lachte und brachte meinen Bruder um den Verstand, bis er genug von mir hatte.

»Ich laß dich jetzt allein. Du hast die gesamte Wohnung für dich.« Und fort war er.

Als Hunter achtzehn Stunden später endlich durch die Tür kam – und ich vor Panik halb durchgedreht war und zu dem Zeitpunkt bereits fest überzeugt, daß sein Flugzeug abgestürzt oder von Terroristen entführt worden war –, erschrak ich regelrecht über seinen leibhaftigen Anblick. Es war, als sähe ich ihn zum allerersten Mal: sein dunkles Haar kurz geschnitten, wodurch seine Augen heller wirkten, seine langen, mageren Beine in der alten Khakihose, die ihm lose auf den Hüften hing, seine vollen, weichen Lippen, seine abgetragenen Militärstiefel. Er ließ sein Gepäck auf den Boden fallen und nahm mich kurz in die Arme. Wir hatten jetzt eine körperliche Scheu voreinander. Neue Regeln waren aufgestellt, neue Grenzen abgesteckt worden. Wir wußten nicht mehr, in welchem Verhältnis wir zueinander stehen durften.

»Möchtest du was trinken?« fragte ich. Vielleicht würde Alkohol uns entspannen, dachte ich.

»Ja, bitte.« Ich merkte, wie er mich anstarrte. »Ich hatte vergessen, wie du aussiehst, Esmé.«

»Oh.« Ich lächelte. »Das ist schrecklich.«

Wir wechselten einen langen Blick, und unsere Augen leuchteten.

Ich fürchtete, er werde mich an die letzten bitteren Worte erinnern, mit denen wir uns getrennt hatten. Aber – wie typisch für ihn – er schien alles vergessen zu haben. Und wahrscheinlich wußte er wirklich nichts mehr, wenn man bedenkt, wie betrunken er damals gewesen sein mußte.

Wir setzten uns auf die Terrasse, von der man den Gianicolo

sieht. Es war einer dieser römischen Abende, die von einem warmen goldenen Licht erfüllt sind: alle Fassaden pompejanisch rot, Schwalben flitzen durch die Luft, und in der Ferne läuten die Kirchenglocken. Hunter deutete auf die üppigen Gärten unter uns.

»Was ist das? Die Villa Borghese?«

»Nein. Das waren die Gärten der Christina von Schweden. Sie lebte in dem Palazzo dort drüben.« Ich deutete auf die hellrosa gestrichene Fassade eines beeindruckenden Gebäudes aus dem siebzehnten Jahrhundert. »Sie war eine große Kunstmäzenin und unterstützte Michelangelo und Raffael. Angeblich eine Lesbierin. Jetzt ist aus ihrem Park der botanische Garten geworden, und ihr Palast ist eine ... wie sagst du, *pinacoteca*?«

Er nickte amüsiert.

»Es ist interessant, dich hier zu erleben. In dieser Umgebung«, er deutete auf das Panorama, »wird mir einiges klarer.«

»Ja?« Ich lächelte und versuchte, geheimnisvoll zu wirken. »Trotzdem sehne ich mich nach Afrika zurück. Es fehlt mir bereits.«

»Wann fliegst du denn?«

»Bald, vielleicht nächsten Monat.«

Wir verstummten. Ich hatte Angst, mehr zu sagen. Ich nippte bedächtig an meinem Glas und befahl mir zu warten.

»Ich bin jetzt auf dem Rückweg nach Afrika«, sagte er.

»Wirklich?« Alles würde gut werden. »Ich dachte, du wolltest nicht ...«

»Letztendlich bin ich doch ein Afrikaner, nicht?« Er lächelte. »Egal, was ich mir vornehme, nach einer Weile packt mich immer das Heimweh.«

»Ich freue mich sehr, daß du zurückkommst.« Ich berührte ganz leicht sein Handgelenk. »Du hast mir gefehlt.«

»Die Zeitung schickt mich wieder nach Nairobi.« Eine Sekunde lang drückte er meine Finger, dann ließ er mich los.

»Nach meinem Artikel über den Jahrestag von Ruanda fanden sie, ich sei eben doch der beste Afrika-Korrespondent, den sie je kriegen können.«

»Wann war das?«

»Gleich nachdem du abgereist bist, im April. Die Zeitung hat mich gebeten, hinzufliegen und eine Story über Kigali ein Jahr nach dem Völkermord zu schreiben. Ich war einen Tag in Nairobi. Du warst gerade abgereist, ich hatte dich nur um ein paar Tage verpaßt.«

»Oh, davon hatte ich keine Ahnung. Ich hatte gehört, du gehst nach Rußland. Ich dachte, ich würde dich auf der ganzen Welt nicht mehr sehen.«

»Na gut, hoffentlich hat dich *das* wenigstens ein bißchen traurig gemacht.«

»Das hat es tatsächlich.«

Ich starrte ihn an, stolz auf meine Worte. Er lächelte, senkte den Blick und begann mit seinem Feuerzeug herumzuspielen.

»Das war so eine Nacht-und-Nebel-Aktion. Ich war der einzige Mitarbeiter, der während des Massakers in Ruanda war, also schickten sie mich sofort hin, als ihnen klarwurde, daß jeder Fernsehsender und jedes Magazin zum Jahrestag eine Story bringen würde. Und so war ich innerhalb von vierundzwanzig Stunden wieder in Kigali.«

»War es schlimm zurückzugehen?«

»Ja und nein. Ich mußte es noch einmal sehen, um ein paar Erinnerungen auszulöschen. Wir trafen uns alle wieder, im selben Hotel, ein Jahr danach. Beim letzten Mal war der Besitzer geflüchtet und hatte mich, Reuben und Miles und Hunderte von Flüchtlingen ohne Essen und Wasser zurückgelassen. Wir lebten in dieser aufgegebenen Festung wie in einem Schützengraben. Alles roch nach Urin und Blut. Und es riecht immer noch so, ich hab den Geruch sofort erkannt, die Wände und Teppiche sind getränkt davon. Es ist die Angst. Ich konnte nicht glauben, daß wir diesmal *zahlen* mußten, um dort zu wohnen. Sie haben jetzt Kreditkartenmaschinen und alles andere.«

»Erstaunlich«, sagte ich und schaute ratlos in mein halbleeres Glas.

Ich merkte, daß ich nicht darauf vorbereitet war, das alles schon wieder über mich ergehen zu lassen. Das einzige, was ich hören wollte, war, daß ich ihm gefehlt hatte wie er mir.

»Jetzt ist der Rasen getrimmt, der Hotelfriseur steht wieder in seinem Laden, die traumatisierten Gärtner sind wieder an der Arbeit. Nie hätte man vermutet, daß hier irgend etwas geschehen ist. Es war, als wäre ein völlig anderes Bild darübergelegt worden. Zum Beispiel wenn ich zum Swimmingpool ging und die Horde ausländischer Helfer sah, die unbekümmert herumplanschten und schwammen und sich bräunten – die Erinnerung an die vielen hundert Flüchtlinge vor nur einem Jahr, die sich beinahe gegenseitig erschlugen, um das Wasser in diesem Pool zu *trinken*, konnte ich einfach nicht aus meinem Gedächtnis streichen.«

»Für deine Story muß das sehr inspirierend gewesen sein.«

»Ja, das war es. Und es hatte auch therapeutischen Wert, allerdings auf eine grausame Weise. Man erkennt, daß letztendlich alles ausgelöscht werden kann und in Vergessenheit gerät.« Er warf mir einen traurigen Blick zu. »Daß man tatsächlich *alles mögliche* vergessen kann.«

»Aber kannst du wirklich?«

»Ja. Klar. Das tun wir alle. Je schmerzhafter die Erinnerung, desto schneller will man vergessen. Du tauschst die Szene einfach aus, setzt ein anderes Gesicht ein.«

»Sprichst du von uns?«

Ich weiß nicht, woher das kam. Es flog mir buchstäblich aus dem Mund.

»Ich spreche von vielen Dingen gleichzeitig.«

Ich spürte seinen Blick auf mir, aber ich sah nicht auf – ich wußte, daß meine Frage ihm unangenehm war. Aber ich hatte sie nicht zurückhalten können. Warum war er denn aus heiterem Himmel hier aufgekreuzt? War es ein langgehegter Plan, auf dem Rückweg nach Afrika hierherzukommen und mich zu besuchen? Oder war es wirklich nur ein zufälliger Aufenthalt zwischen zwei Flügen? Es war immer dasselbe mit Hunter: Er überrumpelte mich, antizyklisch, wenn ich auf nichts gefaßt war und nie eine angemessene Strategie parat hatte.

»Wirst du bei mir übernachten?« fragte ich abrupt.

»Ja.«

Wir lauschten noch ein wenig dem Nachklang dieser Worte. Es war tröstlich, für eine oder zwei Minuten auf festem Boden zu stehen. Jetzt wußten wir zumindest, daß wir die Nacht für uns hatten. Und wenn man schon die Nacht hat, kann man – theoretisch – viel mehr haben.

»Ich muß morgen aber sehr früh weg, gegen sechs«, fügte er hinzu, leicht abwehrend. »Ich nehme die Morgenmaschine nach London.«

»In Ordnung. Ich bestell dir ein Taxi.«

Ich beugte mich näher zu ihm. Langsam strich ich mit der Fingerspitze über sein Schlüsselbein und ließ sie in die Höhlung seiner Kehle gleiten. Ich sah ihn an, nun ruhig geworden, und spürte sein Blut pulsieren. Es wurde allmählich dunkel. Ich wollte nicht allzuviel Zeit verschwenden.

Wir küßten uns endlich. Langsam, als hätten wir alle Zeit der Welt. Ich spürte einen Schwall von Wärme im Nacken, der sich langsam durch meinen Körper ergoß. Es war, als taute ich aus einem Winterschlaf auf.

Dann weiß ich nicht, was weiter geschah, es ist mir unmöglich, mich zu erinnern. Wir sahen einander immer nur an, fast so, als fürchteten wir, der andere könnte davongleiten und wieder verschwinden. Unverwandt sahen wir uns an, während wir uns küßten, uns liebten. Und wir liebten uns langsam, mit dem Wissen, daß wir von neuem beginnen würden, sobald es vorbei wäre, und lächelten und flüsterten kleine Worte, die nichts bedeuteten, sagten nur immer wieder unsere Namen und schüttelten den Kopf, wie um zu beweisen, wie unglaublich es war, wieder zusammenzusein, wie wunderbar, einander wieder berühren, küssen, umarmen zu können, und wie *undenkbar* es war, daß wir je wieder so lange voneinander getrennt wären.

Ich sah ihn an, als er neben mir in der Dunkelheit lag. Ich glaube nicht, daß ich je in meinem Leben so glücklich war wie in diesem Augenblick. Reine Seligkeit rann aus mir, stieg zum Himmel auf wie ein Zaubernebel, überschwemmte mich.

»Hunter«, flüsterte ich. »Liebst du mich?«

»Ja«, sagte er.

»Gut. Denn ich bin verrückt nach dir. Und ich liebe dich.«

Es war wunderschön, es endlich aussprechen zu können. Und es war so einfach, ein Geschenk – nie wieder wollte ich es ihm verweigern.

Eine Weile waren wir still. Mit den Fingerspitzen streichelte ich sein Haar, seine Stirn, seine Lippen.

Endlich waren wir gemeinsam irgendwo angekommen. Zum ersten Mal. Ja, nun würden wir über die organisatorischen Dinge diskutieren müssen, doch dieser Aspekt erschreckte mich nicht mehr. Ich würde aus Adams Haus ausziehen und...

Sanft schob er meine Finger von sich.

»Esmé. Ich werde in Nairobi mit jemandem zusammenleben. Sie heißt Claire. Du kennst sie nicht.«

Auf einmal war das Zimmer leer. Als hätte jemand die milde Luft, den verzauberten Nebel abgesaugt und den Raum in eine düstere Höhle verwandelt. Kalt und leer.

Es war, als wenn Kristall zerbirst: eine Explosion innerhalb einer Sekunde. Schmerzhaft wie tausend Klingen, die einem ins Herz fahren. Mir wird übel, wenn ich daran denke.

»Ich habe sie in London kennengelernt, vor ein paar Monaten. Ich hab sie gebeten, rüberzukommen und mit mir zusammenzuleben. Sie ist ein Mensch, der mir sehr am Herzen liegt.«

Jedes Wort, das er sprach, fiel in den Raum wie ein Kiesel auf Marmorboden. Es hatte dasselbe Gewicht, verursachte denselben Lärm, man konnte es unmöglich falsch verstehen oder falsch deuten. Das war der unmißverständliche, abscheuliche Klang der Wahrheit. Abweisend, pragmatisch, direkt. *Hart.*

Claire.

Das Wort, das mein Leben zerstörte.

Erstarrt saß ich in der Dunkelheit. Was tut man, was sagt man? Hat man das Recht zu weinen, zu schreien?

»Wieso bist du dann gekommen?« stieß ich schließlich flüsternd hervor, mit der letzten Luft aus meiner ausgedörrten Lunge.

»Weil ich dich noch mal sehen wollte, bevor…«

»Weil du sichergehen wolltest, daß du mich ausgelöscht hast«, unterbrach ich ihn. »Wie Ruanda. Am Jahrestag bist du gekommen.«

»Sei nicht so. Sei nicht verbittert.«

»Ich bin nicht verbittert. Ich bin vernichtet.«

Das brachte ihn zum Schweigen. Er zündete sich eine Zigarette an und stieß seufzend den Rauch aus.

»Warum jetzt? Warum bist du erst jetzt bereit, mir zu sagen, was du wirklich für mich empfindest?« fragte er.

»Warum hast du mich so geliebt *wie jetzt*?«

Er gab keine Antwort. Er starrte zur Decke, und ich wußte, daß seine Augen nun voll schrecklicher Traurigkeit waren.

»Warum glaubst du, daß es auf alles, was man tut, immer eine Antwort gibt?« sagte er langsam. »Wir sind keine perfekten Maschinen, die ständig logisch und vernünftig funktionieren.«

»Aber wie kannst du sagen, du liebst *mich*, und dann dein Leben mit jemand anderem planen?«

Seine Stimme wurde scharf, und er sah mich mit einem kalten Blick an. »Wie kannst du sagen, du liebst *mich*, und mit einem anderen Mann leben? Du vergißt, daß du vom ersten Tag an in exakt derselben Lage warst.«

Sicher; aber es erschien mir so verrückt, so absurd, daß er nun denselben Fehler machte.

»Dann ist es also deine Rache?« fragte ich, ebenfalls in schärferem Ton.

»Ich sag dir, was es ist. Es ist sehr einfach, vielleicht viel zu einfach für dich. Ich möchte auch ein Leben haben. Genau wie du. Ich möchte von all den scheußlichen Orten, zu denen ich geschickt werde, heimkommen und jemanden vorfinden, der lächelt und froh ist, mich zu sehen. Ich möchte mit einer Frau zusammensein, die sich nicht quält und sich schuldig fühlt, weil sie mich liebt, die nicht ständig auf die Uhr schaut. Die nicht lügen muß. Klingt das zu prosaisch? Ist dir das zu häuslich, nicht spektakulär genug?«

Ich legte ihm eine Hand auf den Mund.

»Nicht. Bitte, sag nichts mehr, bloß um mich zu verletzen.«

Wir schwiegen lange. Ich schaltete mein Gehirn auf Leerlauf und hörte auf zu denken.

Bald würde es hell werden. Ich hörte schon die Vögel in den Bäumen und den Müllwagen, der durch die Straße fuhr. Beim Morgengrauen würde Hunter verschwunden sein – noch eine Romanfigur aus dem letzten Jahrhundert. Ich konnte immer noch zum Bahnhof laufen und auf den Gleisen meine Anna-Karenina-Nummer abziehen. Doch das Bild heiterte mich nicht auf. Ich war zu erschlagen, um noch irgendeine Energie in den Versuch zu investieren, mich zum Lächeln zu bringen.

Ich hatte das Bedürfnis, etwas Endgültiges zu sagen, das uns helfen würde, getrennte Wege zu gehen. Es spielte keine Rolle mehr, ob es wieder nur eine Lüge war. Ich wollte einfach fähig sein weiterzuatmen, wenn er fort war. Verzweifelt suchte ich nach einer Lüge, um meine Lunge wieder mit Luft zu füllen und mir einzureden, ich könnte mit seinem Verlust fertig werden. Mit Claires Existenz.

»Vielleicht ist das die beste Lösung. Wahrscheinlich hätte es mit uns sowieso nie geklappt«, sagte ich. »Ich muß mich nur daran gewöhnen.«

Er sagte nichts.

»Ich bin nicht wütend auf dich oder sonst irgendwas«, fuhr ich fort. »Es tut mir nur leid, daß wir uns gegenseitig so unglücklich gemacht haben. Ich wollte das Gegenteil. Aber unser Timing war immer völlig falsch. Von Anfang an.«

»Ja. Das *Timing*«, antwortete er in leicht sarkastischem Ton. »Das unterschätzt man immer.«

Ich stand auf und entfernte mich vom Bett. Von ihm. Zum ersten Mal dachte ich tatsächlich, daß wir einander nicht mehr so nahe sein durften, daß wir dazu kein Recht mehr hatten. Ich drehte die Dusche auf und ließ das heiße Wasser den Schmerz fortspülen.

Rosafarbenes Licht schimmerte durch die Jalousie und erfüllte den Raum, wärmte unsere erstarrten Gesichter. Er stand auf, und ich sah zu, wie er sich ankleidete. In dem weichen Licht sah er so wunderschön aus, daß ich den Blick abwenden mußte.

Wir hörten das Taxi vor dem Haus vorfahren, und er küßte mich flüchtig auf die Lippen.

»Ich seh dich in Afrika.«

Und war fort. Ich fühlte mich spröde. Und dann zersprungen.

20

Die Kraft, die durch die grüne Kapsel Blumen treibt,
Treibt meine grünen Jahre; sie sprengt der Bäume Wurzeln,
Ist mein Zerstörer.
Und stumm kann ich nicht der queren Rose sagen,
Wie dasselbe Winterfieber meine Jugend beugt.

Dylan Thomas

Die Lektion der Drogensüchtigen habe ich nun wohl gelernt.

Der springende Punkt bei einem Radikalentzug ist die Brutalität der körperlichen Symptome, die derart erschütternd sind, daß es sich der idiotische Junkie in dir zweimal überlegt, ehe er sich diesen Horror noch einmal antut.

Mehr als einmal hältst du diesen Schmerz nicht aus. Ich muß eine ziemlich harte Nuß gewesen sein, wenn man bedenkt, daß ich ihn mit Hunter zweimal durchmachte. Das zweite Mal, nachdem er mich in der leeren Wohnung in Rom zurückgelassen, die Tür hinter sich geschlossen hatte, fühlte ich mich, als wäre mein Herz für den Rest meines Lebens in eine Kühlkammer gesperrt worden. Ich erinnere mich an den dumpfen Schlag, mit dem die schwere Metalltür ins Schloß fiel.

Der jähe Temperaturwechsel ließ es zerspringen.

Ich brach nicht zusammen, ich zerfiel nicht in Stücke. Es blieb nur ein sehr feiner Riß zurück.

Ich lernte damit zu leben und fand ihn schließlich sogar recht reizvoll. Tatsächlich verlieh er mir sogar Kraft, eine Willensstärke, die mir neu war. Ich fühlte mich wie eine alte japanische Porzellantasse, entschlossen, die neuen zu überdauern. Um so wertvoller wegen ihres einzigartigen Sprungs.

»Bist du sicher?« fragte Teo, als ich ihm meine Rückkehr nach Afrika ankündigte. »Wenn du noch ein bißchen bleibst, könnten wir nach Stromboli fahren, im Juni ist das Wasser dort himmlisch.

Wir könnten ein altes Fischerhaus mieten, morgens mit dem Boot hinausfahren und dann jede Menge eiskalten Muskateller trinken. Wir könnten in einer Vollmondnacht zum Krater hinaufsteigen. Wir hätten es bestimmt sehr schön.«

Die Aussicht auf einen weiteren milden, mediterranen Sommer war tatsächlich verlockend. Wenn ich länger bliebe, dachte ich, gelänge es mir vielleicht, mein früheres Ich wieder zum Leben zu erwecken und am Ende sogar das qualvolle Verlustgefühl loszuwerden. Mein früheres Leben erschien mir soviel zahmer, so exquisit, so geschmackvoll. Hier drohte keine Gefahr, jemals zu zerbrechen.

Doch eines Abends rief Nicole aus Nairobi an.

»Nena, Miles und ich wollten übers Wochenende nach Laikipia, aber wir blieben im Schlamm stecken, hatten zwei Pannen und brauchten zwölf Stunden, bis wir dort waren. Bei einem Reifenwechsel griff uns ein Büffel an, und ich schwöre dir, das Vieh hat uns beinahe umgebracht, wir mußten uns auf das Dach des Landcruisers flüchten, und dort saßen wir drei Stunden im Regen, dröhnten uns mit Wodka zu und warteten, bis das Monster uns in Ruhe ließ. Diese Safari hat der Teufel gesehen, trotzdem war's ein tolles Abenteuer. In Nairobi regnet es immer noch, und allmählich wird es wirklich kalt. Du willst nicht zurückkommen, das Wetter ist grauenhaft, und alle sind in mieser Stimmung.«

Es klang wunderbar.

Auf einmal packte mich die Sehnsucht nach dem Geruch von Holzrauch im Regen – es muß die brennende Akazienrinde sein, die man nur in Afrika bekommt –, nach dem weiten Himmel, der niedrig und schwer über dir hängt, nach dem Gefühl von Gefahr und der Weite des Raums. Diese Angst wollte ich wiederempfinden, die Angst, in den Wellen zerschmettert zu werden.

»Nein, ich will nicht im Mittelmeer schwimmen«, sagte ich zu Teo. »Es ist mir zu artig.«

Eine Woche später saß ich wieder in einem ausgebuchten Flugzeug, eingezwängt zwischen einer Meute grimmiger Urlauber, die sich mit leopardengemusterten Kleidern und Strohhüten ausstaffiert hatten. Sie waren laut und ausgelassen und wild entschlossen, aus ihren zwei Wochen am Strand von Malindi das Maximum herauszuholen. Diesmal machte mir ihre Gesellschaft nichts aus: Ihre kindlichen Erwartungen erfüllten das Flugzeug mit einer fröhlichen Energie.

Im ersten Morgengrauen schlug ich die Augen auf und stellte fest, daß wir über Äthiopien flogen. Das Licht zerstört die Magie eines nächtlichen Flugs, während dessen du dir nicht vorstellen kannst, jemals irgendwo anzukommen, so eingekapselt, wie du dich fühlst, eingeschlossen in eine Dimension ohne Raum und umringt von fremden Wesen. Ein geruch- und zeitloser Übergang. Dann, als ich unversehens aus der Finsternis auftauchte und mich über Afrika wiederfand, konnte ich es riechen, das schwöre ich.

Als wir den Turkana-See überflogen und ich in der Wüste seine Umrisse erkannte, ergriff mich eine unendliche Rührung. Der Blick auf den narbigen Boden verriet mir sofort, wo wir waren. Das Land unter uns war keine Abstraktion mehr.

Loyangalani, South Horr, Baragoi, Barsaloi, Wamba, Archer's Post.

Ich flüsterte die Namen vor mich hin. Sind wir also soweit, dachte ich, jetzt kann auch ich mein Lied von Afrika singen. Wie absurd, daß ich das Gefühl hatte heimzukommen. Dieses Land konnte unmöglich ein Zuhause sein. Aber warum war mir dann so sentimental zumute?

Meine Nachbarin, eine Wasserstoffblondine in einem Lycraanzug mit Leoparden-Design, versuchte sich auf ihr aufgewärmtes Rührei zu konzentrieren, doch aus dem Augenwinkel musterte sie mich immer wieder. »Machen Sie allein Urlaub?« fragte sie schließlich argwöhnisch.

»Nein, ich lebe hier.«

»*Hier* leben Sie?« Wie abartig. Für sie war Afrika ein Reiseprospekt. Weiße *leben* hier nicht, sie verbringen hier nur ihren Urlaub.

»Arbeiten Sie dort?«

»Manchmal.«

»Sind Sie verheiratet?«

»Nein.«

Eine Weile schwieg sie nachdenklich, dann schüttelte sie den Kopf.

»*Warum* leben Sie dann hier?«

Darauf gab ich keine Antwort – ich diskutiere nicht gern mit Fremden über mein Leben.

Aber jetzt kann ich sagen, warum.

Aus Liebe.

Niemand zieht je aus einem anderen Grund nach Afrika. Es muß nicht wegen einer Frau oder wegen eines Mannes sein. Es ist Liebe an sich. Aber das habe ich jetzt erst gelernt. Die Antwort ist das Geschenk, das mir vor kurzem zuteil wurde. An dem Tag im Flugzeug, als die leopardengemusterte Frau mich danach fragte, wußte ich die Antwort noch nicht.

So kam ich zurück, und hinter der Glastür im Jomo-Kenyatta-Flughafen stand Adam in einem mottenzerfressenen braunen Pullover. Seine unerschüttliche Zuversicht, daß ich zu ihm zurückkommen würde, gleichgültig, was geschah, rührte mich beinahe zu Tränen.

Und dann, draußen auf der Straße, begrüßte mich der rauchige Geruch nach Feuerholz, Kuhdung und Regen. Ja, genauso hatte ich mir die Rückkehr nach Afrika vorgestellt, und ich behielt recht.

Ich bin ruhig und geduldig geworden, seitdem ich zurückgekehrt bin.

Ich bin eine Frau mit einer sehr dünnen Narbe. Es ist eine geheime Narbe, die niemand sehen kann. Wenn ich nackt bin, sehe ich sie mir an, und ich habe gelernt, sie zu lieben.

Sie verleiht mir Macht.

Ich wurde verwundet, und die Wunde ließ mich stärker werden.

Auch das habe ich in Afrika gelernt: Unter den Weißen in Afrika wird nur gesund, wer zugelassen hat, verwundet zu werden.

Jetzt ist es wieder Juli, der kälteste Monat des afrikanischen Winters.

Nicole hat recht, das Wetter ist immer noch miserabel, und alle sind ziemlich schlecht gelaunt.

Es war ebenfalls Juli, als ich vor zwei Jahren zum ersten Mal hierhergekommen war, wie Napoleon auf einem neuen Feldzug, der seine Armeen heranführt. Damals war ich so aufgeregt gewesen, daß ich, soweit ich mich erinnere, diese Kälte in den Knochen nicht so spürte wie jetzt.

Adam ist wieder im Camp. Morag hat es schließlich doch geschafft, sich von ihm anstellen zu lassen, und die Kunden scheinen sie zu lieben.

Adam auch, vermute ich.

Ich beobachte die beiden zusammen, wenn ich im Camp bin, und muß zugeben, daß sie füreinander geschaffen sind, aber diese Erkenntnis macht mich nicht mehr traurig oder wütend. Ihre spiegelglatten Tümpelaugen ärgern mich immer noch, sie ist eine härtere Version von Iris, ohne Anmut und ohne Wärme. Aber sie wird ihm treu sein, wie ich es nicht gewesen bin.

Adam und ich empfinden immer noch Liebe füreinander, so wie es Liebenden ergeht, die einander verloren haben. Überschattet von Wehmut: Wir wissen beide, daß der unausweichliche Augenblick der Trennung jederzeit eintreten kann – jederzeit.

Hunter war häufig in der Stadt, kam an und flog wieder ab zu seinen unangenehmen Einsatzorten, und seit meiner Rückkehr sind wir uns mehrmals begegnet. Im Einkaufszentrum von Karen stoßen wir zusammen, treffen uns auf Dinnerpartys oder auf dem Parkplatz der Bank, den Autoschlüssel in der Hand. Es ist merkwürdig, wie wir uns mit solchen zufälligen Begegnungen arrangiert haben, wie zwei Nachbarn, die einander im Vorbeigehen grüßen.

Seitdem wir uns voreinander abgeriegelt haben, unsere Hände sich nicht mehr zu berühren wagen, kommen wir uns nie nahe genug, um den Geruch des anderen wahrzunehmen. Wir vermeiden es, uns länger als eine oder zwei Sekunden in die Augen zu schauen. Unsere Körper sind füreinander tabu, und dieses Verbot haben wir zu einer sehr strengen Regel erhoben.

Doch ich bin mir sicher, daß auch er unter seinen Kleidern mit einer sehr ähnlichen Narbe wie ich durch diese Stadt geht. Ich will sie nicht sehen. Es ist mir nicht mehr erlaubt, ihn nackt zu sehen.

»Claire kommt nächsten Freitag.«

Wir standen vor der Tankstelle. Hunter und ich. Vor nicht einmal einer Woche.

»Ach.«

Wir schwiegen, ich war schrecklich nervös. Ich hielt einen Strauß blaßoranger Rosen in der Hand, den ich gerade gekauft hatte. Die Blumen weckten ein Gefühl merkwürdiger Verletzlichkeit in mir. Als wären sie ein Geschenk für ihn, eine Gabe, die er zurückgewiesen hatte.

»Ich bin dann in Kampala – übermorgen fliege ich.«

»Das heißt, sie wird dich gar nicht antreffen, wenn sie am Flughafen ankommt.«

»Nein. Ich kann's leider nicht ändern.«

»Ich werde sie abholen.«

»Das mußt *du* nicht machen.«

»Ich weiß. Aber ich kann's tun.«

»Wieso ausgerechnet du?«

»Schon gut, Hunter. Das gehört wahrscheinlich alles dazu.«

»Wozu?«

»Ich meine... ich muß mich an vieles Neue hier gewöhnen. Und nachdem ich ihr früher oder später sowieso begegnen werde, kann ich genausogut etwas Nützliches tun.«

Er sagte nichts. Er schaute auf die Rosen in meiner Hand, als hätte ihn das Wiedersehen mit mir seiner ganzen Energie beraubt. Ich zupfte nervös an den Blumen herum und zog unwillkürlich eine aus dem Strauß, als wollte ich sie ihm reichen.

»Schau, ich werde sie ja nicht beißen. Ich fahre sie einfach zu dir nach Hause und sehe zu, daß sie im Kühlschrank was zu essen findet.«

»Sie weiß nichts von dir.«

»Sie wird auch nichts erfahren, keine Angst.«

Er starrte mich an, und auf einmal nahm ich die Temperatur seines Körpers wahr. Zu nahe. Das rote Licht meines inneren Alarmsystems begann zu blinken.

»Na gut«, sagte er und riß mir die Rose aus der Hand. »Es ist die

Morgenmaschine der British Airways. Nächsten Freitag. Ich werde ihr beschreiben, wie du aussiehst.«

Ich lächelte.

»Gut. Aber sag ihr lieber nicht, wie schön du mich findest.«

Und ich lief schnell davon. Aus meinen Armen regnete ein Blütenschauer zu Boden.

Nach einem langen Umweg sind wir also wieder dort angelangt, wo wir begonnen haben.

In Nairobi ist es fast fünf Uhr morgens, ich bin auf dem Heimweg vom Mud Club, immer noch ziemlich high vom Tequila. Peter, der Elefantenmann, bringt mich nach Hause. Er hat die ganze Nacht mit Dutzenden von Mädchen getanzt und wohl auch einiges getrunken. Ich glaube nicht, daß ich ihn je so enthemmt erlebt habe. Er ist nicht betrunken oder sentimental, sondern einfach gelöst, jungenhafter denn je, als hätte der Alkohol die Lackschicht abgewaschen, die ihn normalerweise schützt.

»Warum ist Nena nicht mitgekommen?« frage ich.

»Wir hatten einen scheußlichen Streit.«

Peter fährt einen leichten Zickzackkurs. Er lächelt vor sich hin. Noch nie hat er ein so privates Wort zu mir gesagt.

»Wirklich? Hoffentlich war's nicht allzu ernst.«

»Tja, wahrscheinlich sollte ich sagen: nein. Aber die Wahrheit ist, daß es ziemlich schlimm war.«

Eine Pause tritt ein, dann fügt er hinzu: »Ich sag's dir sehr ungern, aber ich glaube, wir werden uns trennen müssen.«

»*Was?*… Scheiße, Peter, ich dachte immer, daß du und Nena… Fahr langsamer, mein Lieber, sonst landen wir im Graben.«

»Keine Angst, ich bin durchaus noch in der Lage zu fahren. Ja, ich denke wirklich, daß wir uns trennen werden. Schockiert dich das?«

Ich kann nicht glauben, daß er um fünf Uhr morgens mit mir über seine Ehe diskutieren will. Doch offensichtlich ist er dazu aufgelegt. Also packe ich den Stier bei den Hörnern.

»Gibt es jemand anderen?«

»Warum fragst du das?«

»Weil Ehepaare mit Kindern sich normalerweise nur trennen, wenn eine dritte Person im Spiel ist.«

»Du meinst, es lohnt sich nicht, eine Ehe zu beenden, nur um allein glücklicher zu sein und sich wieder lebendig zu fühlen?«

»Nein, warte, das sage ich nicht. Sondern die meisten Leute tun's nicht. Weil sie finden, für einen allein zahlt sich der ganze Ärger nicht aus.«

»Hm, interessante Theorie. Das heißt also, viele Leute halten eine unglückliche Ehe aufrecht, weil sie unter zu geringer Selbstachtung leiden, wie die Psychofritzen es nennen.«

»Ungefähr so. Angst spielt natürlich auch eine Rolle. Angst vor dem Sprung ins kalte Wasser. Aber wenn man ein Objekt der Liebe hat, dann hat man wenigstens ein Ziel, nicht? Das macht die Sache einfacher.«

Er nickt nachdenklich. Dann dreht er sich zu mir, energisch und durchaus nüchtern: »Sag, ist dir wirklich danach, jetzt nach Hause zu gehen?«

»Na ja, was wäre denn die Alternative? Es wird ja schon bald hell.«

»Warum fahren wir nicht irgendwohin, wo es schön ist, und trinken eine Tasse Kaffee?«

»Fein. Irgendwohin, wo's schön ist. Bloß fällt mir kein schöner Ort ein, an dem wir um diese Zeit Kaffee trinken können.«

»Mir schon. Aber wir müssen uns beeilen, ehe es hell wird.«

Er braust über die Langata Road davon, auf das Tor des Wilson-Flughafens zu.

»Wir werden wohin *fliegen*, wo es schön ist und wo wir die Sonne aufgehen sehen.«

»Oh, Peter, das ist ja großartig. Und du bist nicht zu betrunken, um zu fliegen?«

»Jetzt hör doch mal auf, dir über meine Promille Sorgen zu machen.«

Er parkt den Wagen vor dem Hangar der Africair. Noch ist es dunkel. Ein paar Afrikaner im Overall sitzen hinter einer Glasscheibe in einem winzigen Büro. Peter drückt kurz auf die Hupe, und sie winken ihn durch.

Ich weiß nicht, was der Wilson-Flugplatz an sich hat – es muß die Verbindung aus Hangars, kleinen Flugzeugen und diesen hochgewachsenen Männern in altmodischen Overalls sein, die mich auf der Stelle in eine Stimmung wie aus einem Schwarzweißfilm versetzt.

Peter kramt auf dem Rücksitz des Wagens herum und taucht mit einer Thermoskanne wieder auf.

»Geh rein und bitte die Burschen, sie mit Nescafé zu füllen. Ich habe Zucker und Kekse im Flugzeug – magst du Hobnobs?«

»Und wie! Es ist *genau* das, wonach mir jetzt zumute ist.«

Am Äquator geht die Sonne immer um sechs Uhr auf. Ganz gleich, was passiert.

Beim allerersten Tageslicht sind Peter und ich zu den Klängen der Brandenburgischen Konzerte über das Rift Valley geflogen.

Die Tequila-Dünste haben sich jäh verzogen, und zusammen mit dem Alkohol ist auch meine Traurigkeit verschwunden. Tief sind wir über den Naivasha-See geflogen, haben mit den Flügeln das Wasser gestreift und kurz darauf die Wipfel der gelben Fieberbäume, als die ersten Strahlen der Sonne die Rinde berührten und sie in Gold verwandelten.

Auf einmal zerspringe ich fast vor Glück.

Wie soll ich das erklären? Wie kommt es, daß man nie hoffen kann, die Gemütsbewegungen, die Afrika auslöst, je zu beschreiben?

Du wirst emporgehoben.

Hervorgeholt selbst aus dem tiefsten Loch, losgebunden von allen Fesseln, befreit von allen Ängsten. Du wirst emporgehoben und siehst alles aus der Höhe: dein Loch, deine Fesseln, deine Ängste. Du wirst emporgehoben und steigst langsam auf wie ein Heißluftballon, und alles, was du siehst, ist die endlose Weite und die unzähligen Wege, dich darin zu verlieren.

»Dieses Land wurde dafür geschaffen, daß man es vom Himmel

aus betrachtet«, rufe ich Peter zu. »Hier sollte jeder das Recht auf Flügel haben.«

»Wieso nicht?« Er lacht. »Wir sollten alle das Recht haben, Engel zu sein – schließlich leben wir ja im Paradies.«

Peter hat ohne allzu großes Holpern eine elegante Landung im Gras zustande gebracht, und wir sind mit unserem Frühstück und einer Decke auf die Spitze einer Kuppe geklettert. Jetzt sitzen wir auf einer Felsplatte, Hunderte Kilometer von Nairobi entfernt, betrachten das frühmorgendliche Panorama und schlürfen unseren Nescafé. Von hier aus reicht der Blick bis in ein anderes Land: Links von uns, hinter diesen tiefpurpurnen Bergen, liegt Tansania. Der Mount Kenya befreit sich aus seiner Wolkenumhüllung, sehr bald werden wir seinen Gipfel sehen können.

Unter uns steht das Flugzeug, klein wie eine Libelle. Wie aus einem Kinderbuch. Ein verzaubertes Spielzeug aus einem Märchen.

»Weißt du, daß du auf der Strecke bis zu den Bergen dort zweimal die Länge von Manhattan unterbringen könntest?« sagt Peter. »Die ganze Insel, mit allen Autos und Büros und Telefonleitungen und Elektrokabeln.«

»Mit all den Menschen, dem Lärm, den sie machen, und allen Problemen – *sex, crime and business.*«

»Und mit den Banken, den Büchern, der Kunst, den Läden, den Möbeln, den Kleidern, den Maschinen aller Art.«

»Stell dir vor. Soviel Zeug.«

»Unglaublich. Diese Konzentration auf jedem Quadratmeter!«

»Hier dagegen ist absolut nichts.«

»Nur wir beide und ein paar Tiere.«

»Irrsinnig gut.«

Die Sonne steht noch niedrig und wirft ein orangegelbes Licht auf die Ebene. In der Ferne grasen Impalas und Gazellen. Bald werden sie zu dem Wasserloch kommen, das direkt unter uns liegt. Seine Oberfläche ist jetzt vollkommen ruhig und glatt wie ein Spiegel und reflektiert den Himmel mit erstaunlicher Schärfe.

»Danke, Peter. Ich wüßte keinen besseren Platz für eine Tasse Kaffee. Er bringt alles wieder ins Lot.«

Er nickt, trinkt seinen Kaffee, dann zündet er zwei Zigaretten an und reicht mir eine.

»Ich sag dir, was es mit diesem Land auf sich hat«, sagt er. »Es verurteilt einen zur Freiheit.«

»Ja. Es kann wirklich ein Urteil sein, nicht eine Erleichterung, nicht?«

»Sicher. Viele Leute halten es nicht aus, es macht ihnen angst. Deshalb gibt es in Afrika so viele Säufer – es ist eine Möglichkeit, das Schwindelgefühl zu bekämpfen. Aber weißt du, wer es erträgt, auf dem Wellenkamm zu reiten, der wird ständig daran erinnert, wie es ist, frei und lebendig zu sein: Das ist es, was hier passiert. Und dann fällt es einem sehr schwer, sich mit weniger zufriedenzugeben. Wenn man es einmal erlebt hat, will man sich dieses Bewußtsein immer bewahren. Man will immer wieder bei Sonnenaufgang auf einem Felsen sitzen und sich *genauso* glücklich fühlen.«

Eine Weile schweigt er, in Gedanken versunken.

»Deswegen muß ich manchmal herkommen und mir alles aus dieser Perspektive ansehen. Irgendwie rückt es die Welt wieder ins richtige Verhältnis. Das, meine ich – sieh dir das an. Offen gestanden, ich finde es sehr schwer, an einem Ort wie diesem *nicht* glücklich zu sein.«

»Ja. Aber es kann auch sehr grausam sein. Ich war hier unglaublich verzweifelt. Ich kam mir so ausgesetzt vor wie nirgendwo sonst auf der Welt.«

Ein paar Sekunden lang sitzen wir stumm da und spüren die Wärme der ersten Sonnenstrahlen, die unsere Haut berühren. Peter füllt meine Tasse mit dampfendem Kaffee.

»Weißt du, Esmé, als ich dich zum ersten Mal gesehen habe«, sagt er freundlich, »dachte ich: *Sie wird hier Prügel beziehen.*«

»Wirklich?« frage ich, verblüfft über seine Worte.

Er nickt.

»Na komm, Peter. Hab ich denn *derart* naiv gewirkt?«

»Nein. Nur wie jemand, der keinen Widerstand leisten wird. Jemand, der absichtlich unbewaffnet gekommen ist. Aber mir war klar, daß du am anderen Ende wieder auftauchen würdest.«

»Und, hab ich's geschafft?«

»Ja, ich denke schon. Das Schwerste ist vorbei.«

Er weiß alles über mich. Ist das nicht bei jedem hier der Fall? Aber er war freundlich, er hat mich mit Anteilnahme beobachtet. Seine Aufmerksamkeit rührt mich.

Doch dann hebe ich ungeduldig den Kopf, wie in einer letzten Anwandlung von Wut.

»Manchmal denke ich, ich sollte fortgehen. Manchmal denke ich, ich kann das alles nicht mehr ertragen.« Ich deute auf die Ebene unter uns. Auf das im Wind leise schwankende Gras. »Allein.«

Ich will von ihm beruhigt werden.

»Das schaffst du schon. Du mußt nicht fortgehen.«

Doch ich kann noch nicht nachgeben: »Ich hab das Gefühl, als hätte ich alles verloren.«

Er schüttelt den Kopf und lächelt.

»Nein, hast du nicht. Genau das will ich dir begreiflich machen. Du *denkst*, du bist hier, weil du in jemanden verliebt bist, und dann vielleicht, weil du in jemand anderen verliebt bist. Aber was du nicht verstehst, ist, daß du die ganze Zeit aus einem völlig anderen Grund hier warst, der nichts mit den Menschen in deinem Leben zu tun hat, sondern mit deiner Empfindungsfähigkeit.«

Er sieht mich an, wartet auf eine Antwort, doch ich bringe kein Wort heraus. Ich senke sogar die Augen, denn sein eindringlicher Blick ist mir unbehaglich.

»Liebst du Nena nicht mehr?« frage ich ihn rasch, flüsternd, als schmiedete uns die Antwort auf ewig in einem gemeinsamen Geheimnis zusammen, das mir unheimlich ist.

»Liebe.« Er spricht das Wort aus, als schleuderte er es von dem Felsen, auf dem wir sitzen, um festzustellen, wie weit es in der Stille gleitet. »Natürlich liebe ich sie und werde sie immer lieben. Aber Nena und ich haben aufgehört, füreinander zu *fühlen*. Wir haben uns langsam gegenseitig die Flügel gestutzt, könnte man sagen. Das passiert oft bei Leuten, die viele Jahre zusammenleben. Man höhlt sich gegenseitig aus.«

Ich nehme noch einen Schluck Kaffee. Unglaublich, aber ich

habe Peter nie besondere Beachtung geschenkt. Nach der ersten flüchtigen Begutachtung seiner Person hielt ich ihn immer für eine selbstverständliche, unwandelbare Größe, die nicht weiter hinterfragt werden mußte. Der Elefantenmann, idealer Gatte und idealer Vater. Wunschlos glücklich. Ziemlich arrogant von mir.

»Weißt du, Peter, es ist sehr egoistisch, aber in gewisser Weise geht's mir besser, seitdem ich weiß, daß du und Nena nicht das ideale Paar seid und daß euer Leben sich immer noch ändert. Daß auch ihr beide…« Mir fiel das richtige Wort nicht ein.

»Kämpft«, sagt er. »Aber müssen wir das nicht alle?«

Wir sitzen schweigend da und lauschen dem Rascheln der Gräser im Wind.

Dann tauchen Vögel auf: In einem vollendeten V gleiten sie elegant über das Wasserloch, die Oberfläche reflektiert ihr Bild wie ein Spiegel, und für einen Augenblick ist es unmöglich zu erkennen, wie viele es wirklich sind. Sie fliegen sehr niedrig, wie Tänzer, die einer Choreographie folgen, und in der völligen Stille hören wir ihren Flügelschlag. Dieses Geräusch bei diesem Licht läßt einem das Herz stillstehen.

»Schau, jetzt«, sagt Peter, und wir halten den Atem an, denn wir spüren, daß jeden Moment einer von ihnen das Wasser streifen und die Reglosigkeit der Oberfläche stören wird.

Und dann kommt es, das Geräusch von Federn auf Wasser, die Wellen, der Himmel zersplittert zu Wirbeln, und all seine weichen Purpur- und Rosatöne fließen in heftiger Bewegung ineinander.

»Großartig, nicht?« sagt er. »Und es ist immer so, als würde es zum allerersten Mal passieren.«

Jetzt habe ich begriffen, und ich glaube nicht, daß ich es je wieder vergessen werde.

In gewisser Weise geschieht hier immer alles zum ersten Mal.

Der Flug der Vögel, die Bewegung der Wolken, die Art des Sonnenaufgangs. Jedesmal ist es, als erlebtest du ein Wunder.

Du gewöhnst dich nie daran.

Es ist immer wieder neu.